Sur l'auteur

Ann Granger est un auteur de romans policiers et historiques très prolifique, avec plus de trente romans parus en Angleterre. Elle a rencontré un franc succès à l'international avec ses séries « Lizzie Martin » et « Campbell et Carter ». Ann Granger a travaillé dans les ambassades britanniques de nombreux pays, dont la République tchèque, la Zambie et l'Allemagne. Elle vit désormais dans l'Oxfordshire.

Du même auteur
aux Éditions 10/18

UN INTÉRÊT PARTICULIER POUR LES MORTS, n° 4658
LA CURIOSITÉ EST UN PÉCHÉ MORTEL, n° 4804
UN ASSASSINAT DE QUALITÉ, n° 4938
UN FLAIR INFAILLIBLE POUR LE CRIME, n° 5014
LE TÉMOIGNAGE DU PENDU, n° 5084
L'ORPHELINE DE SALISBURY, n° 5537
COTTAGE, FANTÔMES ET GUET-APENS

ANN GRANGER

COTTAGE, FANTÔMES ET GUET-APENS

Traduit de l'anglais
par Elisabeth Kern

10
18

Grands détectives

créé par Jean-Claude Zylberstein

Titre original :
Mud, Muck and Dead Things

ISBN 978-2-264-07643-4
Dépôt légal : octobre 2020

1

— De la boue, du fumier et des charognes, marmonna Lucas Burton. Je hais la campagne…

Il avait lancé les mots à voix haute, bien qu'il n'y eût pour les entendre que les corbeaux qu'il avait à son arrivée éloignés du cadavre d'un animal écrasé et qui s'étaient dispersés en une bourrasque de plumes noires. Alerté par un répugnant bruit de succion sous ses pieds, il baissa la tête pour voir une vase épaisse recouvrir progressivement ses chaussures impeccables. Déjà, dans de sonores claquements d'ailes, les corbeaux allaient reprendre leur festin. Ils poussaient des criaillements aigus, sautillaient sur le sol et se bousculaient en une âpre mêlée pour gagner la meilleure place. À voir la joie méchante qui brillait dans leurs petits yeux vifs, on aurait eu peine à croire que ces voyous du monde des volatiles n'étaient pas en train de se moquer de lui.

Lucas souleva un pied, produisant un son de mauvais augure. Un instant plus tard, l'empreinte de son soulier italien cousu main s'emplissait d'eau. Il clopina jusqu'à une pile de bois mort qui pourrissait à proximité et en saisit un morceau pour gratter la substance noire sous les semelles. En vain. Quelle que fût la composition de cette fange spécifique – et Lucas ne souhaitait pas s'appesantir sur cette question –, elle adhérait comme de la colle. Avec un soupir résigné, il reposa franchement le pied dans la boue. Il était coincé à présent ; qu'il continue ou revienne sur ses pas, il aurait de toute façon un aspect répugnant.

Le lieu fixé pour le rendez-vous était la cour d'une vieille ferme laissée à l'abandon, apparemment déserte, en bordure d'une petite route départementale qui suivait la crête d'une colline. De là, on jouissait d'un panorama magnifique, que Lucas n'était cependant pas d'humeur à apprécier. Sur trois des versants, c'était une succession de vallons verdoyants, tandis que, du quatrième côté, un bosquet naturel formait un écran épais de feuillages qui masquait tout ce qui pouvait se trouver au bas de la pente abrupte.

— Je suis au bout du monde… marmonna Lucas et, étrangement, le son de sa voix le réconforta.

Mais c'était bien pour cela qu'il était là, non ? Cette ferme n'avait-elle pas été choisie pour son isolement ? Elle était accessible en voiture, mais on risquait peu d'y être dérangé, hormis par la faune locale. Au départ, l'idée lui avait semblé brillante. Maintenant, il se demandait, non sans un certain malaise, si l'individu qui devait le rejoindre ici ne possédait pas un sens de l'humour douteux, voire déplaisant. À l'image des fichus corbeaux qui peuplaient l'endroit…

Au moins, cela avait été aussi simple à trouver qu'on le lui avait assuré.

— Dans le temps, ça s'appelait la ferme du Criquet, lui avait indiqué son interlocuteur. Ne me demandez pas pourquoi. Il n'y a pas de criquets dans ce pays, n'est-ce pas ? J'imagine qu'il s'agit plutôt du jeu…

— Mais vous êtes certain que cette foutue ferme n'est plus exploitée ? avait insisté Lucas. On connaît ce genre d'endroits : pas une âme qui vive à l'horizon, comme sur la *Mary Celeste*[1], et tout à coup, on se retrouve entouré de vaches !

1. Navire découvert abandonné en 1872, la disparition totale de son équipage n'a jamais été expliquée mais a suscité de nombreuses rumeurs.

— Allons, ne craignez rien ! Ça fait des années que personne n'y vit plus. Les bâtiments sont vides et la maison est complètement délabrée. En plus, vous verrez, toutes les portes et fenêtres sont condamnées. Faites-moi confiance !

Faire confiance à cette personne-là, c'était bien là ce qui posait problème à Lucas. Tous deux avaient repris contact assez récemment, après plusieurs années de silence. Dans le temps, leur collaboration avait été productive, et Lucas nourrissait de grands espoirs que ce soit encore le cas à l'avenir. Jusqu'à cet instant, il n'en avait pas douté, mais maintenant qu'il était là, seul dans ce lieu désolé, il commençait à prendre douloureusement conscience que, à la vérité, il ne savait pas grand-chose de cet individu. En règle générale, il se fiait à son propre jugement, mais il était joueur dans l'âme : et un joueur gardait toujours à l'esprit que, tôt ou tard, la chance tournait…

Il songea qu'il aurait dû prévoir des bottes en caoutchouc. Non, ce n'était pas ça : en fait, il aurait dû fixer lui-même le lieu du rendez-vous. Il regarda autour de lui avec une appréhension grandissante.

— On ne pourra pas voir la Mercedes de la route, lui avait-on promis.

Il n'en était pas sûr. De part et d'autre de la cour, des granges et des bâtiments à l'abandon tombaient en ruine sous le ciel de plomb. En face s'élevait le corps de ferme, dont toutes les ouvertures étaient barricadées. Les intempéries avaient donné aux planches une couleur gris sale. Son correspondant avait raison, décida-t-il : cela faisait des années que personne n'habitait plus ici. Seul un amoncellement de vieilles machines, dans un coin de la cour, suggérait la venue sporadique d'un ou plusieurs êtres humains. Ce tas d'objets hétéroclites avait de quoi attirer l'attention. Il s'en approcha et passa plusieurs minutes à l'examiner. C'était un curieux mélange de lave-linge, de cuisinières et d'objets en métal divers et variés. L'ensemble rouillait doucement et il se demanda d'où diable tout cela pouvait provenir. Peut-être les gens du coin venaient-ils incognito décharger là leurs encombrants, pour filer ensuite au plus vite ? En réalité, toute cette ferraille valait de l'argent, pensa Lucas avec une moue. Oui, elle valait de l'argent, mais pas assez cependant pour qu'il prenne la peine de s'y attarder.

Une forte dénivellation séparait la cour de la route en contrebas. Deux piquets corrodés plantés de guingois dans le sol tenaient lieu d'entrée à la ferme, mais la lourde barrière qu'ils maintenaient jadis avait disparu. Sans doute l'avait-on mise au rebut, se dit Lucas, comme les vieilles machines entassées plus haut. Les piquets continuaient néanmoins à indiquer qu'il s'agissait d'une propriété, et ils guideraient l'œil de n'importe quel automobiliste de passage vers sa bien-aimée Mercedes, incongrue dans cet environnement immonde. Il fallait la cacher. Mais où ?

L'abri le plus évident serait la vieille étable, à quelques mètres sur la droite, dont le toit était constitué de plaques de tôle ondulée. Mal fixées, celles-ci grinçaient et tremblaient sous la forte brise qui balayait le haut de la colline. Lucas pataugea jusqu'au bâtiment et jeta un coup d'œil à l'intérieur. On ne voyait pas grand-chose, tout était sombre, mais le lieu gardait encore l'odeur de ses anciens occupants, ou plutôt de leurs fonctions physiologiques. Il avança de quelques pas prudents. Garer la voiture là-dedans n'aurait pas grand intérêt, il risquait juste de crever un pneu, avec tous les débris métalliques qui devaient joncher le sol, comme dans la cour.

Peu à peu, ses yeux s'habituèrent à la pénombre et il distingua les stalles. De la vieille paille moisissait au sol. Le sort de cette étable sans doute autrefois bruissante d'activité et désormais réduite à un état de décrépitude avancée attisa sa curiosité malgré lui. D'autant qu'un domaine agricole à l'abandon, si tant est qu'il soit à vendre et que l'on puisse obtenir un permis de construire, pouvait se révéler juteux si on l'acquérait au juste prix. Oui, l'idée méritait qu'on s'y arrête. Contrairement à la ferraille qu'il avait vue dehors, ce serait là un projet qui lui correspondrait, quelque chose de grandiose et de rentable. Rien que dans la cour, il y avait de quoi construire six maisons de style cottage, voire huit en les serrant un peu. Les gens, les citadins romantiques qui rêvaient de vie à la campagne, aimaient ce genre de chose. Jamais ils n'envisageraient d'acquérir un logement aussi étriqué en ville, mais ils étaient prêts à débourser de belles sommes pour un minuscule clapier doté d'un coin cheminée et jouissant d'un beau panorama.

Il imaginait déjà ces ravissantes maisonnettes : pierres des Cotswolds (pas les vraies, mais des imitations bon marché), entrées surmontées d'un miniporche en bois et parking pour les résidents. Les garages privés représentaient un coût supplémentaire et nécessitaient un espace que l'on pouvait exploiter à meilleur escient. À contrecœur, il chassa de son esprit cette excellente idée d'investissement. Il n'était pas venu ici pour chercher des terrains à bâtir et, cependant, il s'était toujours enorgueilli d'avoir l'œil pour les opportunités lucratives. Certains des meilleurs placements qu'il avait réalisés dans sa vie avaient commencé comme cela : une rencontre fortuite et une prise de décision rapide. On voit une ouverture et on fonce…

Il avança vers le centre de l'étable. Derrière lui, l'automobile gris métallisé se profilait dans le large rectangle de lumière et, lorsqu'il y jeta un coup d'œil, il eut l'impression qu'elle appartenait à un monde tout à fait différent de celui où il venait de pénétrer : le monde de « là-bas », où les choses n'étaient pas plaisantes, mais où elles étaient normales. Il s'était pour sa part introduit dans le monde « du dedans », où s'appliquaient des règles différentes qu'il n'était pas sûr de maîtriser. Un instant, il eut la sensation irrationnelle qu'il ne pourrait plus revenir en arrière, que, en posant le pied sous ce toit de tôle qui grinçait et laissait filtrer le jour et la pluie, il venait de franchir un pas irrévocable. Ici, il ne se trouvait pas simplement dans un autre espace : il avait pénétré dans un autre temps, qui appartenait à une culture disparue. Il avait traversé le miroir. Il frissonna sous l'effet d'une sensation qu'il n'avait pas éprouvée depuis des années – la panique – et se retourna pour retrouver l'air libre et l'univers familier qu'il avait quitté si inconsidérément.

Il allait atteindre la sortie et – son esprit cartésien insistait pour la qualifier ainsi – la sécurité, lorsqu'il remarqua une masse sur le sol, à sa gauche. Il avait dû passer à quelques centimètres d'elle en entrant mais, comme ses yeux n'étaient pas encore accoutumés à l'obscurité, il n'y avait pas prêté attention. Il s'immobilisa. La sensation de panique s'amplifia au creux de son estomac et la nausée le gagna.

— Arrête de faire l'idiot, bon sang ! s'énerva-t-il à voix haute. C'est juste un tas d'ordures, comme tout le reste !

Pourtant, le monticule l'attirait, comme s'il exerçait sur lui une force d'attraction magnétique. Il devait regarder, ne serait-ce, se dit-il, que pour se prouver que ce n'était rien d'important, pour dissiper ses frayeurs. La forme se trouvait désormais à ses pieds. Oui, ce n'était qu'un vieux blouson.

— Mais Lucas, nom d'un chien, qu'est-ce qui te prend ? grogna-t-il. Tu vois des fantômes, maintenant ?

C'était juste un vieux blouson rose, ni plus ni moins. Une veste de femme, apparemment, si tant est que la couleur signifie quelque chose… Pendant quelques secondes, ses craintes s'évanouirent, pour revenir soudain en force : le vêtement n'était pas si vieux que ça, en fait et, quand on y pensait, pas très sale non plus. Presque pas abîmé et loin d'avoir été assez porté pour qu'on l'abandonne comme ça. Il n'était pas à sa place en ce lieu. La toile à sac déchirée, juste à côté, oui, elle faisait partie du décor. Mais pourquoi avait-on jeté là un blouson neuf, et qui ne semblait pas particulièrement bon marché ?

Ses chaussures étaient maintenant si boueuses qu'il ne se soucia pas de les salir davantage. De la pointe du pied, il toucha le vêtement. Il y avait quelque chose de solide au-dessous, un objet qui – autre contact du pied – se prolongeait sous les vieux sacs. On avait cherché à le dissimuler et il avait fallu, pour le recouvrir, à la fois le blouson et la toile à sac.

Lucas tressaillit et recula d'un pas. Il avait envie de tourner les talons et de décamper, mais il en était incapable. Un puissant besoin d'en savoir davantage sur le mystérieux objet enveloppé dans son linceul entrait en conflit avec une réticence presque égale à le toucher. La perspective du moindre contact physique, l'idée de poser sa paume nue sur cette forme au sol le dégoûtait. Regardant autour de lui, il repéra une vieille fourche appuyée au mur d'une stalle. Il alla la chercher et la tendit devant lui pour soulever la toile à sac au moyen des dents métalliques, avant de la pousser maladroitement et de libérer la chose placée dessous.

Une puissante odeur douceâtre le saisit à la gorge, éliminant celle du bétail qui dominait jusque-là. Deux jambes en jean denim terminées par des pieds chaussés de baskets étaient étalées devant lui au milieu de la saleté.

— Non, non, non… souffla-t-il. Ce n'est pas ce que je vois ! Ce n'est pas possible…

Sa main s'était mise à trembler violemment.

— Secoue-toi, espèce de poule mouillée ! s'intima-t-il.

Cette fois, il se pencha pour saisir le blouson et le jeta de côté, révélant le reste de ce qui gisait au sol. Un grondement remplit ses oreilles. Les murs de l'étable reculèrent, pour revenir à toute allure. Il avait subi la boue et le fumier ; là, il faisait l'expérience du cadavre. Ce n'était pas un renard, comme cet animal réduit en bouillie qu'il avait vu dehors sur la route, mais un être humain, qui fixait le vide d'un regard trouble injecté de sang et semblait l'accuser, lui. Une fille, une jeune fille. Un rictus avait figé en arrière sa mâchoire pour découvrir des dents blanches et régulières. Une langue bleuâtre sortait légèrement et la lèvre inférieure était ensanglantée, comme si on l'avait violemment mordue.

Lucas rejeta la fourche avec un haut-le-cœur. D'un pas chancelant, il sortit de l'étable et regagna tant bien que mal la Mercedes. Il y monta à grand-peine, peu soucieux maintenant de salir le tapis de sol, et sa main chercha la clé à tâtons. Le moteur se réveilla au quart de tour. Lucas retraversa la cour en marche arrière, tourna le volant à fond et enfonça la pédale d'accélérateur pour déboucher en trombe sur la route.

Par chance, aucun véhicule n'arrivait ni dans un sens ni dans l'autre, car il l'aurait violemment percuté. Et même si, par miracle, il avait évité la collision, l'autre conducteur l'aurait aperçu. Or il ne devait surtout pas être vu. Il s'éloigna furieusement et ne freina qu'une fois en bas de la colline, au-delà du bosquet. Un espace ménagé au bord de la route, à l'entrée d'un champ, lui permit de s'arrêter. Il batailla pour trouver son téléphone portable.

Dieu merci, son interlocuteur répondit.

— Écoutez ! articula Lucas d'une voix rauque. Il ne faut pas y aller ! N'allez surtout pas là-haut, n'allez pas à la ferme du Criquet, nom d'un chien ! Où est-ce que vous êtes ? Alors faites demi-tour et rentrez chez vous !

Ne posez pas de questions ! Je vous expliquerai... Faites ce que je vous dis, c'est compris ?

Il suait à grosses gouttes et s'efforçait de refouler la bile qui lui montait à la gorge. Dans sa hâte de quitter les lieux, il avait dû laisser bon nombre d'indices de son passage : les marques des pneus de sa Mercedes, la trace de ses pas, ses empreintes digitales sur le manche de la fourche... Mais tant pis, ce n'était pas grave. Il y avait des chances que la pluie efface tout cela avant la nuit. Ces derniers jours, il avait plu suffisamment pour mettre l'arche de Noé à flot et la météo promettait encore du mauvais temps. Cela supprimerait les marques de pneus et de pas. Et les empreintes digitales ? Oh ! voyons, elles seraient floues, incomplètes. D'ailleurs, peut-être qu'ils ne vérifieraient même pas le manche. Qui, *ils* ? La police, bien sûr...

Mais que viendrait faire la police à la ferme du Criquet ? Personne ne s'y rendait jamais. Sauf lui, malheureusement. Non, personne ne trouverait le... Personne ne trouverait *ça* avant des semaines, des mois. Le principal, c'était qu'on n'apprenne pas qu'il y était allé, lui. Ils n'étaient que deux à être au courant. Pour sa part, il ne parlerait pas ; quant à l'autre, il avait intérêt à se taire...

Un bruit de moteur qui s'amplifiait rapidement lui indiqua qu'un véhicule arrivait derrière lui à vive allure. Lucas poussa un juron. Ces gens avaient dû passer devant la ferme du Criquet, puisqu'ils descendaient la colline en fonçant droit vers lui. Il était trop tard pour redémarrer. Lucas n'écouta que son instinct : il se plaqua sur la banquette passager en espérant que les occupants du véhicule croiraient sa voiture vide.

L'automobile le dépassa dans un bruit de ferraille. Lorsque Lucas se redressa pour jeter un coup d'œil prudent par-dessus le tableau de bord, il eut juste le temps d'apercevoir l'arrière d'un van. C'était le genre de remorque conçue pour transporter un cheval unique, avec une rampe que l'on redressait pour constituer une demi-porte, et que tiraient généralement des Land Rover ou de grosses voitures de ce genre, le style de véhicules qu'on pouvait s'attendre à trouver à la campagne. Le van qu'il vit disparaître dans un virage semblait vide, ce qui expliquait que le conducteur se sente libre d'enfoncer la pédale d'accélérateur. Un paysan du coin occupé à ses affaires, et que Lucas n'intéressait pas du tout…

Il se ressaisit et réfléchit à un plan d'action. Tout d'abord, quitter les lieux. Mais n'y avait-il pas autre chose à faire avant ? Et comment faudrait-il procéder ensuite ?

Bien sûr, un bon citoyen appellerait la police pour signaler la macabre découverte. Mais les bons citoyens n'avaient pas la conscience lourde… Et lui ? Lui, sa conscience s'était toujours montrée conciliante. Elle n'émettait pas souvent d'objections. En revanche, Lucas possédait un instinct de conservation extrêmement puissant, qui se manifestait avec force à cet instant. Il avait commis une erreur en venant ici, il avait commis une erreur en se laissant entraîner dans cette affaire stupide. Contacter les autorités en constituerait une troisième, qui aggraverait les deux premières. Il ne pourrait se permettre de fournir d'explications. Et puis, même si la police promettait toujours une parfaite discrétion lorsqu'elle voulait encourager les témoins pusillanimes à collaborer, deux flics, en uniforme ou non, qui venaient sonner à votre porte ou se présentaient à votre bureau, enfin, qui apparaissaient d'une manière ou d'une autre, cela n'avait jamais rien de discret. Être un pilier de la bonne société et inspirer confiance, toute l'activité professionnelle de Lucas reposait là-dessus. Alors si un idiot s'avisait d'aller raconter à qui voulait l'entendre, au club-house du golf ou au pub du quartier, que la police était venue trouver Lucas Burton (« C'est la vérité vraie, j'ai vu de mes yeux deux flics ressortir de chez lui ! »), les gens ne seraient pas près de l'oublier. C'était le problème, avec les poulets : même s'ils étaient en civil, il fallait être aveugle pour ne pas les reconnaître. Il aurait beau trouver une histoire convaincante à leur fourguer et réussir à les berner, sa réputation en prendrait un coup de toute façon...

Un appel anonyme, alors ? Pas avec son portable. Bien trop risqué, la communication serait vite tracée, localisée dans la région, voire, qui sait, mènerait jusqu'à son téléphone. Il n'y avait pas de cabine publique dans le coin : la plus proche devait se trouver dans un pub des environs, où il ne manquerait pas de se faire repérer, forcément, un étranger... On risquait même de surprendre sa conversation. Donc, abandonner l'idée du coup de fil ! Mieux valait laisser quelqu'un d'autre trouver le corps ou, mieux, ne pas le trouver.

Il descendit de la voiture et en fit lentement le tour. Elle était aspergée de boue et quiconque la verrait passer dans cet état la remarquerait. Il repéra une flaque d'eau, non loin de lui. Il y trempa son mouchoir, l'essora et tenta de nettoyer un peu la carrosserie, mais ne réussit qu'à aggraver les choses. Il n'y avait plus qu'à espérer qu'aucun voisin ne l'apercevrait quand il rentrerait chez lui. Il fit une tentative tout aussi infructueuse de nettoyer ses chaussures.

Il finit par renoncer et consulta sa montre. Il avait perdu près de vingt minutes ! Était-ce possible ? D'autres automobilistes auraient pu passer et le voir se ridiculiser en essayant de laver sa voiture avec un mouchoir ! De fines gouttes de pluie atterrirent alors sur le pare-brise et lui mouillèrent le visage. Bon, il mettait les voiles, il rentrait à la maison ! Une fois dans son garage, il laverait lui-même la Mercedes et éliminerait tout souvenir de cet endroit maudit. Pas maintenant.

Il démarra et s'éloigna en songeant que cette désagréable aventure venait confirmer ce qu'il pensait de la campagne. Celle-ci avait toujours de mauvaises surprises en réserve. Quand ce n'étaient pas des vaches, c'étaient des cadavres.

2

La Land Rover et le van vide qui lui était attelé passèrent en trombe devant la pancarte marquée « Haras de Berryhill, Pension et centre équestre, P. Gower », tournèrent tout de suite à gauche et poursuivirent sur le chemin de terre, pour aller s'immobiliser au centre de la cour.

Les box étaient disposés en vis-à-vis sur deux rangées parallèles. L'abreuvoir, au milieu, était fait d'une vieille baignoire en émail. Penny (alias P. Gower) en personne, aidée des bonnes volontés disponibles, bataillait pour maintenir la propreté des lieux, mais il serait agréable, songea-t-elle avec tristesse, que l'endroit ait juste l'air un peu plus accueillant. Les clients seraient prêts à payer davantage pour faire héberger leur animal dans des écuries décentes, avec un manège fermé pour les jours de mauvais temps et… Bon, c'était comme ça. Les rêves, c'était bien joli, mais ça coûtait de l'argent. Pour faire du profit, lui répétait-on, il fallait investir. Or on ne pouvait pas investir ce que l'on ne possédait pas. De toute façon, Penny s'estimait heureuse de ce qu'elle avait. Le club n'était peut-être pas du dernier chic, mais quand elle l'avait acheté, il était à l'abandon et elle avait déjà fait des merveilles. Hélas ! peu de visiteurs s'en rendaient compte.

Au bruit qu'avait fait le van en arrivant, une ou deux têtes curieuses apparurent au-dessus des vantaux bas, les oreilles dressées. Solo, qui aurait dû être le premier à identifier le son familier du moteur et à sortir la tête pour lancer son hennissement de bienvenue, demeura toutefois invisible.

Il y avait du monde, apparemment. Deux voitures stationnaient dans la cour : l'une devant le bureau et l'autre près de l'entrée de la carrière. Penny reconnut la plus proche, la Passat bleue d'Andrew Ferris. Elle espéra que celui-ci ne l'attendait pas depuis trop longtemps. Quant à la vieille Jaguar pleine de boue, tout aussi familière, c'était celle de Selina Foscott. Penny soupira. C'était bien sa veine ! Ma Foscott et sa progéniture…

En descendant de voiture, elle aperçut Andrew. Accoudé à la clôture de la carrière, dans laquelle Penny avait avec son aide installé quelques obstacles bas, il observait, comme fasciné, un enfant monté sur un poney alezan à balzanes qui baissait les oreilles. La monture et son cavalier approchaient d'un ensemble de barres parallèles rouge et blanc à la vitesse d'une charge de cavalerie. Au dernier moment, l'alezan fit un écart tandis que son cavalier continuait tout droit pour aller atterrir, avec un bruit sourd que Penny crut percevoir de là où elle se tenait, juste devant l'obstacle. L'enfant roula sur le sol et s'assit aussitôt. Le poney, parti au petit galop, s'arrêta un peu plus loin en s'ébrouant comme un dragon. Une silhouette maigre en parka matelassée se précipita vers lui et saisit sa bride d'une façon qui ne laissait pas place à la discussion. Le poney secoua la tête et frappa du sabot, mais n'opposa pas de réelle résistance.

— Charlie ! cria la silhouette maigre. Ne reste pas là bêtement ! Allez, en selle !

— Désolée, Andrew ! lança Penny en rejoignant son ami à la clôture. J'ai dû aller récupérer le van chez Eli Smith. Il m'avait promis de réparer les dégâts qu'a faits Solo.

— Et il a réussi ?

— Oh oui ! Eli est capable de réparer n'importe quoi, du moment qu'il en a envie ! Heureusement qu'il s'est proposé, sinon cela m'aurait coûté une fortune. Il n'a pas voulu accepter un penny. J'espère que Charlie n'a rien... ajouta-t-elle en désignant la carrière du menton.

— Je crois que ça va, répondit Andrew en tournant vers l'enfant un regard indifférent. Un gosse, quand ça tombe, ça rebondit, pas vrai ?

— S'il a de la chance... acquiesça Penny. Il faut dire que Charlie a une très grande pratique des chutes.

— *Allez, Charlie, réveille-toi un peu !*

La petite silhouette près de l'obstacle se releva et rejoignit le poney d'un pas morne.

— Mais c'est une fille ! s'exclama Andrew. C'est ça, c'est une fille ?

— Oui ! Tu ne t'en étais pas rendu compte ?

— Ils sont tous pareils, dans cette tenue, tu ne trouves pas ? Là, je vois qu'elle a les cheveux longs. Ils étaient cachés sous la bombe, mais maintenant qu'elle s'est décoiffée... Pourquoi est-ce qu'elle s'appelle Charlie ?

— En réalité, c'est Charlotte, mais j'imagine que la maman voulait un garçon. C'est elle, sa mère, qui lui lance les ordres : Selina Foscott.

— Ah ! Je me disais bien que j'avais déjà vu cette tête-là quelque part ! Cette Selina est une vraie concierge, tu ne trouves pas ? En tout cas, elle ne frappe pas par son côté maternel ; c'est plutôt le genre sergent instructeur ! Charlotte, c'est ça ? Charl*otte* Fosc*ott*. L'association n'est pas des plus heureuses...

— Selina est une enquiquineuse de première, on ne peut pas dire le contraire. Allez, viens au bureau !

Ils se dirigèrent ensemble vers les box.

— Lindsey est partie il y a une vingtaine de minutes avec un élève, indiqua Andrew. Un grand type maigre aux jambes cagneuses.

— M. Pritchard. Il s'est lancé dans l'équitation pour élargir ses horizons personnels. C'est comme ça qu'il en parle, en tout cas. Si tu veux mon avis, il aurait mieux fait de choisir l'aquarelle. Mais il est accro et il paie rubis sur l'ongle !

Ils avaient atteint le bureau, qui était en réalité un box reconverti. On constatait au premier coup d'œil qu'il faisait aussi office de sellerie, puisqu'une rangée de selles étaient suspendues sur des piquets horizontaux, surmontant des harnais. La pièce comportait une petite table (que l'on nommait pompeusement le bureau) et deux vieilles chaises en bois. En face, sur le mur opposé, des étagères supportaient plusieurs boîtes en carton remplies de documents, ainsi que d'autres, en fer-blanc cabossé, et deux ou trois bombes d'équitation. Comme il n'y avait aucune fenêtre, les deux vantaux de la porte, qu'il pleuve ou qu'il vente, devaient être maintenus ouverts pour laisser pénétrer la lumière lorsqu'on se trouvait à l'intérieur. La vue que l'on avait quand on regardait la cour donnait une illusion d'espace mais, en réalité, le haras était extrêmement étriqué. De l'autre côté de la cloison de bois, on entendait Solo piaffer et taper du pied, voire, de temps en temps, se cogner à la paroi.

Andrew jeta un coup d'œil autour de lui et soupira. Penny suivit son regard.

— Ça va, Andy ! lança-t-elle. Je ne laisse rien d'important ici : il n'y a ni relevés de compte ni documents du fisc ! Tout ça, je le garde chez moi. Ici, je conserve juste l'agenda pour les leçons, et un peu de bric-à-brac.

Tout en parlant, elle posa soigneusement son portable sur la table, à côté d'un cahier de rendez-vous écorné et d'une feuille de papier sur laquelle était écrit : « Mick Mackenzie est passé et il a laissé ça. »

Le « ça » était une enveloppe blanche qu'elle désigna à son ami.

— C'est sa note, expliqua-t-elle. Je n'ai pas besoin de l'ouvrir pour le savoir, mais je vais devoir la payer. Mick a beau être gentil, il est vétérinaire et il ne peut pas garder des clients qui ne paient pas les visites.

— C'est beaucoup, tu crois ? demanda Andrew avec une moue soucieuse.

— Du moment qu'il faut payer, c'est toujours beaucoup pour moi ! Quand Mick vient voir les animaux que j'ai en pension, ce sont les propriétaires qui le règlent, bien sûr. Mais mes deux montures les plus loyales ont eu des problèmes récemment.

Elle interrogea Andrew du regard.

— C'est pour ça que tu es venu, hein ? Pour me parler de ma situation financière désastreuse ? Ça ne te dérangerait pas de mettre la bouilloire en route, s'il te plaît ? Tu es plus près.

Mettre la bouilloire en route signifiait allumer le petit réchaud à gaz au-dessous. Andrew s'exécuta.

— C'est dangereux, ici, ce truc-là, avec tout ce bois… Et avec les animaux, juste à côté…

Il désigna la bouteille de gaz.

— C'est fait pour être utilisé au grand air, tu sais.

— Lindsey et moi, nous ne l'allumons que quand nous prenons une pause ou que nous avons un visiteur comme toi, protesta Penny, sur la défensive. Elle ne va pas exploser toute seule, sois tranquille !

— Elle explosera s'il y a un incendie et tu pourras dire adieu à ton bureau. Rapporte-la au moins chez toi à la fin de la journée !

— J'aimerais bien que tu ne viennes pas ici pour me parler de catastrophes, Andy. J'ai assez de soucis avec la faillite qui guette. Et de toute façon, je ne peux pas trimballer ma bonbonne de gaz partout où je vais !

— Rassure-toi, ta situation n'est pas si grave que ça ! modéra-t-il. Tu n'es pas encore en faillite. Mais il faudrait tout de même augmenter les rentrées d'argent, Penny. Sérieusement, ça devient urgent !

— Je n'ai plus de box libres, je ne peux pas prendre de nouveaux chevaux en pension. Je pourrais bien sûr renoncer à ce bureau et le retransformer mais, dans ce cas, je n'aurais plus d'endroit pour recevoir les clients. Et puis, Lindsey et moi, on ne saurait plus où mettre notre bazar… En fait, je vais peut-être acheter un nouveau poney pour les leçons, si j'en trouve un bien qui ne soit pas hors de portée de ma bourse. Solo devient capricieux avec l'âge. Jusqu'à présent, il n'avait jamais fait d'histoires pour monter dans le van mais, l'autre jour, il est devenu fou furieux. Le véto dit qu'il est peut-être en train de devenir aveugle d'un œil et, s'il ne se trompe pas, on ne va plus pouvoir l'utiliser pour les cours. Ce serait un vrai danger pour les élèves, et même pour tout le monde, d'ailleurs. Je ne pourrais plus le sortir du club, tu te rends compte ? Et même à l'intérieur, s'il a vraiment la vue qui baisse, il risque de regimber ou de ruer au moment où on s'y attend le moins. Il deviendra impossible à maîtriser et l'assurance ne me couvrira pas en cas d'accident. D'ailleurs, c'est peut-être déjà le cas, maintenant que Mick Mackenzie a attiré mon attention sur le problème.

Penny poussa un soupir et poursuivit avec un geste résigné :

— Il faut regarder les choses en face : la pauvre bête ne nous sert plus à rien et c'est devenu un boulet à traîner. Peut-être que c'est ça qu'il y a là, d'ailleurs, ajouta-t-elle en touchant l'enveloppe blanche encore intacte, et pas la facture. Le diagnostic définitif pour Solo !

— Si je comprends bien, il est bon pour une balle dans la tête ?

— Je déteste cette idée ! Je pourrais le mettre à la retraite dans la carrière pendant un temps, mais au bout du compte… un cheval aveugle est un cheval aveugle !

Et en attendant, il me coûte de l'argent et ne m'en fait pas gagner.

L'air désespéré, Penny enroula une mèche de ses cheveux châtains autour de son index.

— Mais les leçons d'équitation rapportent bien, non ? Tu ne pourrais pas développer un peu cette activité ? Même sans Solo ?

— Sans le pauvre Solo, non. Et de toute façon, il n'y a que Lindsey et moi ici pour tout faire. Si l'une de nous deux est en balade avec un élève, l'autre doit s'occuper de tout le reste. Ni l'une ni l'autre ne prenons jamais de vacances. En tout cas, pas de vraies vacances. Si Lindsey est partie quinze jours à Pâques dernier, c'est parce que son mari a insisté, mais je peux te dire que ça a été sacrément dur pour moi toute seule !

— Je te rappelle que je suis venu t'aider, souligna Andrew, de toute évidence blessé.

— Oh oui ! Excuse-moi, je ne voulais pas dire ça... Je sais bien que tu es venu. Je te suis très reconnaissante, Andrew, de tenir ma comptabilité pour une somme plus que modique et de venir bénévolement ramasser le crottin, réparer des clôtures et construire des obstacles... Tu es le meilleur ami que j'aie jamais eu !

Il lui lança un regard chargé de sens.

— Non, arrête, Andy ! reprit-elle. Tu es marié, tu te souviens ?

— Plus vraiment, je te ferais remarquer. Karen a passé toute la semaine au Portugal, à descendre le Douro, et elle ne revient pas avant quinze jours. Et encore ! Ce ne sera pas pour très longtemps, elle repart juste après. En Europe de l'Est, je crois.

— Elle travaille beaucoup, Andrew. Ça ne doit pas être très drôle de guider sans arrêt des touristes !

— Je sais bien qu'elle travaille dur ! Et je sais aussi qu'elle adore son métier. Jamais je ne lui demanderais d'arrêter, ce serait égoïste de ma part, et contre-productif.

Seulement, elle et moi, nous avons tout à fait conscience que, en tant que couple marié, nous sommes finis ! Tôt ou tard, l'un ou l'autre va décider de partir, ce n'est qu'une question de temps. Moi, j'attends qu'elle le fasse et elle, elle espère que ce sera moi.

— Épargne-moi la rubrique Courrier du cœur, Andrew, répliqua Penny avec fermeté. Et de toute façon, même si tu étais libre, nous ne serions pas terribles non plus comme couple, tous les deux : moi, je n'ai pas l'âme à jouer les nounous auprès de touristes fortunés qui s'amusent à remonter et à descendre les fleuves d'Europe, mais tout mon temps, je le passe ici. C'est pareil.

— Dans les romans sentimentaux que lisait ma pauvre maman, les gens se mariaient par amour, commenta Andrew.

— Je ne suis pas un personnage de roman à l'eau de rose ! Et toi non plus, d'ailleurs.

Il fit la grimace.

— Ô monde cruel… soupira-t-il.

— Ouais, c'est comme ça !

Une ombre se profila soudain à l'entrée et ils relevèrent la tête d'un même mouvement.

— Il s'est remis à pleuvoir, annonça Selina Foscott d'une voix sèche. Nous avons mis Sultan à l'abri et Charlie est en train de le desseller. Ah, la voilà !

L'enfant venait d'apparaître, ployant sous le poids de la selle. Les brides du harnais traînaient derrière elle dans la boue.

— Allez, pose tout ça ici, ordonna sa mère. C'est bon ?

La question s'adressait à Penny, mais avant que celle-ci ait pu répondre que non, ce n'était pas bon, Selina battait déjà en retraite.

— Désolée, il faut qu'on file. Allez, Charlie, du nerf ! Hop, dans la voiture ! On reviendra peut-être demain, sauf s'il pleut des cordes ! Dans ce cas, ce sera pour le week-end prochain !

Elle disparut sur ces paroles.

— Tu vois ce que je voulais dire tout à l'heure ? soupira Penny. On fourre Sultan à l'abri, on le desselle et on jette tout dans la sellerie ! Mais pas question de bouchonner l'animal ou de retirer la boue sur ses jambes, ni de lui nettoyer les sabots, oh non, rien de tout ça ! Et on ne s'occupe pas du harnais non plus, ajouta-t-elle en désignant le tas de brides de cuir au sol. Ça, on n'a plus qu'à le faire nous-mêmes, Lindsey ou moi.

— C'est pour ça que Selina paie la pension. En tout cas, c'est ce qu'elle doit s'imaginer.

— Elle imagine mal ! Ce n'est pas pour ça qu'elle paie la pension. Elle paie pour que son animal soit gardé chez nous, nourri et pansé, ça, d'accord. Et on fait travailler Sultan quand Charlie est à l'école et qu'elle ne peut pas venir. Tout ça, c'est de l'entretien normal et ça demande du travail, pour ne pas dire beaucoup de temps. Mais ce n'est pas parce que Selina paie ses frais de pension qu'elle peut venir ici avec sa fille un jour où le sol est tout boueux comme aujourd'hui, faire faire des tours et des tours à son animal dans la carrière jusqu'à ce qu'il soit tout crotté et suant, et puis rentrer tranquillement chez elle en le laissant comme ça ! Quelle est la différence entre ça, poursuivit-elle en désignant d'un doigt rageur la selle à ses pieds, et laisser traîner ton linge sale par terre dans la salle de bains en espérant que quelqu'un viendra le ramasser pour faire ta lessive ? Quand on possède un animal, on en prend soin ! Je ne suis pas sa bonniche !

— Dis-le-lui !

— On ne peut rien dire à Selina !

— Alors dis-lui qu'elle n'a qu'à emmener son poney et sa pauvre gosse ailleurs !

Penny soupira.

— Elle est déterminée à faire de Charlie une championne de sauts d'obstacles – même si ni Charlie ni Sultan n'ont de grandes aptitudes pour ça… Ce qui signifie une multitude de cours d'équitation pour Charlie, et le poney hébergé ici pour pas mal d'années encore.

— Dans ce cas, augmente le prix…

— Je n'ose pas. Je demande déjà le maximum. Tu ne l'as peut-être pas remarqué, mais nous ne sommes pas un établissement de luxe.

— Je t'aime, Penny.

— Tu comprends ce que je te dis ? Je n'ai pas besoin de complications, Andy ! Non, tu ne m'*aimes* pas. Tu m'admires parce que je trime dur et que je me décarcasse pour continuer à faire tourner ce club, et parce que tu sais que j'ai besoin de quelqu'un pour rester saine d'esprit. La seule autre chose qui me permet de continuer – en plus de ton soutien et de la dévotion de Lindsey –, c'est qu'Eli Smith me loue la carrière pour une bouchée de pain et ne me dit rien si je laisse mes chevaux brouter dans le champ d'à côté que, techniquement, je ne loue pas. L'avantage, c'est qu'il n'en fait rien lui-même.

Andrew se rembrunit de nouveau.

— Un drôle de bonhomme, cet Eli. Et susceptible aussi…

— Oui, c'est vrai, mais on peut compter sur lui. Même si, tôt ou tard, quelqu'un lui fera pour ses terrains une offre qu'il ne pourra pas refuser ! Ce jour-là, ma foi, ce sera terminé pour moi. Je n'ai pas les moyens d'acheter.

L'eau de la bouilloire était arrivée à ébullition et emplissait la pièce étroite de vapeur. Andrew fit le thé et en emplit un mug ébréché qu'il tendit à Penny.

— Merci ! fit-elle. Tiens, en parlant d'Eli, c'est drôle…

Elle s'interrompit.

— Qu'est-ce qui est drôle ? demanda Andrew. Je veux dire, à part Eli lui-même ?

Penny sirota une gorgée de thé et sursauta.

— Ouah, c'est chaud ! fit-elle en reposant la tasse sur la lettre du vétérinaire. Tout à l'heure, en revenant ici, je suis passée par sa décharge. Tu sais, en haut de la colline, là où il y a sa ferme… Il entrepose sa marchandise dans la cour.

— C'est de la « marchandise », tout ce bazar ?

— Lui, il appelle ça comme ça.

— Moi, je dirais que c'est de la vieille ferraille. Mais au fait, pourquoi est-ce qu'Eli n'habite pas là-haut ? Dans sa ferme ?

— Parce que la maison est hantée. Tu peux demander à n'importe qui, enfin, aux gens du coin un peu âgés. Elle a été la scène d'un crime épouvantable.

— Ah oui ! C'est vrai, on m'en a parlé… Pour un vieux filou comme Eli, c'est tout bénéfice ! Alimenter la rumeur d'un fantôme, c'est le meilleur moyen de tenir les curieux à distance et de les empêcher de venir fouiner là.

— Je ne sais pas si l'histoire vient de lui, ni pourquoi il l'aurait inventée si c'est le cas, n'empêche qu'il est hors de question pour lui d'habiter la ferme ou de l'exploiter. C'est bien pour ça que les gens se disent qu'il doit se passer des choses inquiétantes dans cette propriété. Je ne dis pas qu'Eli est sûr que des apparitions spectrales viennent flotter autour de la ferme au milieu de la nuit. En même temps, sa mémoire doit sans arrêt le replonger dans une époque de sa vie qu'il aimerait mieux oublier. Dans ce sens, peut-être que c'est lui qui est hanté, même si la maison ne l'est pas, tu vois ce que je veux dire ?

— C'est pour cela que certaines personnes voient des fantômes et d'autres non, estima Andrew. Les fantômes viennent de l'intérieur de nous-mêmes, pas de l'extérieur.

Il y eut un silence embarrassé.

— Écoute, reprit brusquement Penny, tu veux savoir ce qui est drôle, oui ou non ? Figure-toi que je suis donc passée devant la ferme tout à l'heure et, en redescendant, un peu plus loin, il y a un espace à l'entrée du champ, tu sais… Eh bien, à cet endroit, il y avait une voiture arrêtée, une belle Mercedes grise. Ça m'étonnerait qu'elle appartienne à un paysan du coin. C'est même sûr que non !

— Le conducteur sera allé satisfaire un besoin naturel derrière un buisson.

— Eh bien non, figure-toi, et c'est ça qui est marrant ! Il était dans sa voiture et, quand je suis passée, il a essayé de se cacher en s'allongeant sur le siège avant. Mais je t'assure que je l'ai vu parfaitement !

— Ha, ha ! Voilà un mystère ! Je passerai par là en repartant, pour voir s'il y est toujours.

— J'en doute.

— Mais s'il roulait vers le haras, nous l'aurions vu passer, non ?

— Pas forcément. Nous étions collés à la clôture, en train de regarder Sultan et Charlie. D'ailleurs, à propos, je ferais bien d'aller m'occuper du pauvre Sultan.

— Dis-moi, demanda Andrew d'un ton soudain soucieux, tu aurais un numéro où joindre Eli ?

— J'ai son numéro de portable, pourquoi ?

— Je vais lui conseiller d'aller vérifier la cour de sa ferme. Je veux dire, d'après ce qu'on en sait, tout ce qu'il entrepose là-haut, ce sont de vieilles machines rouillées. Mais Eli est un drôle d'oiseau et il peut très bien avoir aussi des objets de valeur, des choses que ces histoires de maison hantée sont censées protéger des curieux. À mon avis, si un étranger est venu se promener par ici, quelqu'un qui ne voulait surtout pas être vu, Eli aura peut-être envie de le savoir.

Penny leva le bras vers une étagère pour attraper un cahier d'écolier usé.

— La voilà, ma précieuse liste de numéros de téléphone ! Le portable d'Eli est dedans. Merci encore d'être venu, Andy, et merci pour le thé. Maintenant, il faut vraiment que j'aille voir Sultan.

Elle sortit sans attendre, tandis qu'Andrew feuilletait déjà le carnet d'adresses.

3

— Pourquoi s'embêter pour des traces de pneus ? fulmina le sergent Phil Morton. Autant rouler un peu partout, pour être sûr de tout foutre en l'air !

Il immobilisa la voiture derrière plusieurs véhicules stationnés au bord de la route. D'autres avaient quitté le bitume pour se garer sur une zone herbue, juste à l'entrée de la ferme. Phil Morton avait raison de relever cette erreur et de pester ainsi. Des empreintes avaient sans doute été réduites à néant. Ils descendirent tous deux de voiture et Morton releva son col. On avait annoncé de la pluie – une fois de plus – et une bruine persistante avait commencé à tomber. Un été pourri était en passe de laisser place à un automne cafardeux.

— Dave Nugent a eu le nez fin de partir en Algarve avec ses clubs de golf et sa crème solaire ! marmonna encore Morton, trouvant une nouvelle raison de ronchonner.

— Tiens, le Dr Palmer est là ! annonça Jess en désignant une Toyota familière.

Phil eut un rire mauvais.

— Au moins un qui doit être content !

— Aucun d'entre nous n'est content, Phil. Arrête un peu !

Morton était un râleur invétéré. Depuis le peu de temps qu'ils travaillaient ensemble, Jess Campbell s'y était habituée et, d'ordinaire, cette mauvaise humeur ne la dérangeait pas. Mais on était vendredi et elle était fatiguée. Elle avait attendu son week-end avec impatience.

Ils parvenaient maintenant à la hauteur des deux véhicules arrêtés sur le sol meuble. Le premier, observa-t-elle avec contrariété, était une voiture de patrouille, l'autre, un vieux camion à benne chargé d'appareils ménagers : deux cuisinières cabossées, une machine à laver toute rayée, et ce qui ressemblait à un percolateur de bar. À leur approche, la portière du camion s'ouvrit et un individu courtaud d'une soixantaine d'années, vêtu d'un pull-over douteux et d'un jean crasseux, en descendit pour venir à leur rencontre.

— Vous êtes qui ? grogna-t-il.

— Inspecteur Campbell, répondit Jess. Et voici le sergent Morton, ajouta-t-elle en se tournant vers Phil.

Ce dernier sortit obligeamment sa plaque.

Deux petits yeux sombres examinèrent l'insigne avec soin, puis revinrent sur Jess pour la soumettre à une inspection tout aussi exhaustive. La réponse fusa enfin en une sorte de grognement rauque issu de quelque part sous le pull-over mité.

— Moi, c'est Eli Smith, et ça, là…

Il tendit derrière lui une main tannée par le soleil.

— Ça, c'est ma cour… Tout le terrain est à moi.

— C'est vous qui avez signalé la découverte du corps ?

— Oui.

M. Smith fit la grimace.

— Une femme, alors ? ajouta-t-il.

— Je crois que le corps est celui d'une femme, oui, rétorqua Jess, se méprenant à dessein sur le sens de la question.

Un éclair appréciateur traversa le regard sombre. Eli Smith n'était pas un idiot, songea Jess. Mais il aimait apparemment se faire passer pour tel.

— À ce que j'en ai vu, oui, mais je ne me suis pas éternisé, j'avoue. Je vous ai appelés. Après tout, c'est votre boulot, ajouta-t-il d'un ton méprisant. Moi, le mien, c'est la ferraille.

— Je vois ça, acquiesça-t-elle en jetant un coup d'œil au chargement du camion. Où est-ce que vous trouvez tout ça ?

— Il n'y a rien d'illégal ! se récria-t-il aussitôt. J'ai tous les reçus !

— Donc, vous n'exploitez pas votre ferme, monsieur ? intervint Morton, visiblement agacé.

— Certainement pas ! Travailler la terre, ça ne rapporte plus. Mais je la garde quand même en attendant.

— En attendant quoi ?

— Bah… fit M. Smith en promenant un doigt calleux sur l'arête de son nez. Bon, ça suffit, non ?

Jess poussa un soupir.

— Expliquez-nous comment vous avez découvert le corps, monsieur.

À ces mots, les manières d'Eli se transformèrent. Sous le cuir tanné de sa peau, une légère rougeur envahit son visage.

— Dans ma propriété, vous vous rendez compte ! C'est interdit, d'entrer comme ça chez les gens !

— Si vous n'exploitez pas la ferme, vous vous en servez pour quoi ?

— Pour entreposer ma marchandise, répliqua-t-il d'un ton plein de dignité. Vous ne me croyez pas ?

— Si vous le dites… Et est-ce que vous vivez ici, même sans travailler la terre ?

La question lui valut un nouveau regard chargé de dédain.

— Ah ça, non ! D'ailleurs, vous ne me poseriez pas cette question si vous preniez la peine de regarder un peu la maison… Elle est condamnée, ça ne se voit pas ?

Et puis, de toute façon, le toit est complètement fichu. Bien entendu, ajouta-t-il, tandis que ses traits mous se crispaient en une expression pathétique, comment voulez-vous qu'un pauvre vieux comme moi ait de quoi payer toutes les réparations ?

— Pourquoi ne vendez-vous pas, alors ? s'enquit Phil.

À l'évidence, cela ne lui plaisait pas de rester là, sous la pluie, et il passait impatiemment d'un pied sur l'autre.

— Je vous l'ai déjà dit ! rétorqua Eli. J'attends le moment, je vous le répète !

— Un vrai malade… marmonna Phil Morton dans sa barbe.

Jess s'éloigna de quelques pas pour avoir un meilleur aperçu de la cour et déterminer ce que l'on voyait de la route. Elle remonta jusqu'en haut la fermeture Éclair de son imperméable et fourra les mains dans ses poches en songeant que, avec cette pluie persistante, elle aurait aimé rabattre sa capuche. L'eau commençait à plaquer contre son crâne ses cheveux auburn coupés court, mais malheureusement, se coller une capuche sur la tête manquerait de dignité ; cela lui donnerait l'air d'être une randonneuse attirée par la curiosité sur une scène de crime. Il fallait que les gens puissent la reconnaître. Un peu comme le roi soulevait son heaume sur le champ de bataille pour que ses hommes sachent qu'ils avaient un personnage prestigieux à leur tête.

Arrête ! se sermonna-t-elle. *Tu n'es pas Henri V, que je sache ! Tu n'es qu'un petit flic surmené, et on est vendredi, nom d'un chien ! Pourquoi ces choses-là arrivent-elles toujours avant les week-ends ou les jours fériés ?*

C'est ton travail et c'est toi qui l'as choisi, répondit une autre voix dans sa tête. *Quand tu es entrée dans la police, tu as renoncé à la vie normale.*

Elle soupçonna cette remarque-là de venir de sa mère. Ses parents n'avaient ni l'un ni l'autre compris son choix de carrière. Ils l'avaient accepté avec réticence, mais sa mère continuait à regretter ce qu'elle appelait tout bonnement du gâchis. « Du gâchis de quoi ? » lui avait un jour demandé Jess. La réponse avait fusé, très sèche : « De la vie que tu aurais pu avoir ! »

Jess n'avait jamais reposé la question.

Ayant porté un uniforme militaire durant toute son existence, son père avait plus de respect pour la voie qu'elle s'était choisie, même s'il aurait préféré qu'elle se tourne vers autre chose. « Je ne peux pas dire que je t'approuve, lui avait-il répondu le jour où elle lui avait annoncé sa résolution. Ce n'est pas ce que j'aurais aimé pour toi. Si c'est ce que tu veux, d'accord. C'est un métier utile, mais tu vas vite le trouver pénible, je te préviens. »

Elle se demanda tout à coup s'il avait pensé qu'elle le trouverait *trop* pénible et qu'elle finirait par déclarer forfait. Cela n'avait pas été le cas, et son père n'avait jamais formulé d'autre commentaire.

Près du camion, Phil avait repris l'interrogatoire. Elle observa les deux hommes du coin de l'œil. Le langage des corps était éloquent. Phil commençait à s'énerver et le témoin, qui lui répondait de temps à autre avec une agressivité non dissimulée, se tenait face à lui, sa grosse tête ronde enfoncée dans ses robustes épaules, le regard noir. Il était l'image même du provocateur, mais ce n'était qu'un écran de fumée. Sa fureur visait à cacher quelque chose. L'espace d'un instant, elle se demanda si ce n'était pas de la peur.

— Donc, monsieur, vous êtes venu ici pour décharger dans cette cour ce que vous transportiez dans votre camion. Je crois que c'est ce que vous nous avez dit au téléphone quand vous avez appelé, déclara Morton avec un peu trop de véhémence.

— Puisque vous connaissez déjà la réponse ! Il va falloir que je vous le répète combien de fois ?

— Vous êtes venu par hasard, c'est ça ? Je veux dire, ça vous arrive souvent de vous arrêter ici ?

— Ça m'arrive, acquiesça Eli.

— Mais si vous êtes venu aujourd'hui, c'était juste pour vider votre camion, c'est ça ? Est-ce que quelqu'un vous attendait ?

— Qui voulez-vous qui m'attende ? Il n'y a personne ici !

— Seulement, vous n'avez pas engagé le camion dans la cour. Vous vous êtes arrêté à l'entrée. Aviez-vous l'intention de transporter sur votre dos tout ce que vous avez là ? souligna Phil en désignant le véhicule et son chargement. Vous comptiez porter tout ça tout seul ? C'est un sacré boulot ! Pourquoi ne pas vous être garé juste à côté de votre tas de ferraille ? Vous n'auriez eu qu'à monter à l'arrière du camion et à pousser les machines une par une pour qu'elles atterrissent avec les autres. Ç'aurait été plus logique, non ?

Il y avait quelque chose du bull-terrier chez Phil Morton. Il ne lâchait pas une question tant qu'il n'estimait pas avoir reçu de réponse satisfaisante. Il était trapu de carrure et à peine assez grand pour avoir été accepté dans la police, un handicap dont il avait pleinement conscience. Jess l'aimait bien et elle le respectait pour sa compétence professionnelle, mais ce n'était pas le collaborateur le plus facile au jour le jour. *Bull-baiting*, pensa-t-elle soudain : les combats taureau contre chiens, c'était ce que ces deux hommes lui inspiraient, une réminiscence d'un vieux livre d'images où était représenté ce cruel sport d'autrefois. Un animal énorme et puissant, contre d'autres plus petits, mais déterminés, qui sautaient tout autour pour le mordre. La technique fonctionnait avec des témoins mal à l'aise et un peu frustes, mais Jess n'était pas convaincue de son efficacité face à ce M. Smith.

— Je me suis dit que j'allais jeter un coup d'œil avant, répondit Eli, sur la défensive.

— C'est ce que vous faites d'habitude ? Vous commencez par aller inspecter les lieux ?

— Pas forcément mais, ces derniers temps, ma foi, il y a toutes sortes de vagabonds qui traînent dans le coin, alors on ne sait jamais…

— Vous pensez à quelqu'un en particulier ?

— Non, je parle en général. Mais ce n'est pas plus mal que j'aie fait ça, bon sang ! Parce qu'il y a une morte dans mon étable ! Et je n'ai rien à voir là-dedans, moi ! Je n'ai rien demandé ! De toute façon, elle n'avait pas le droit d'entrer chez moi, et j'espère bien que vous allez l'emporter avec vous en repartant ! Vous n'allez pas la laisser là, hein ?

— Vous avez eu un choc, monsieur, déclara Jess en se rapprochant.

Elle arbora ce sourire plein de compassion destiné à calmer les témoins nerveux. Et l'homme était nerveux. Mais pourquoi ? Il y avait sans doute des choses, beaucoup de choses, qu'il ne disait pas.

— En rentrant chez vous, vous allez avoir besoin d'une bonne tasse de thé, ajouta-t-elle.

Manifestement surpris, Phil lui décocha un regard réprobateur.

— Un choc ? répéta Eli.

Ses yeux brillants quittèrent Morton pour se poser sur elle.

— Ah ! Un choc… Oui, on peut le dire… J'ai eu assez de problèmes comme ça dans ma vie. Je n'ai pas besoin d'en avoir d'autres, et surtout pas ici ! Cette femme n'avait rien à faire chez moi ! Rien à faire chez moi ! C'est un mauvais tour qu'on m'a joué, on l'a mise là exprès, j'en suis sûr ! C'est un vaurien qui a fait ça pour que ce soit moi qui la trouve, et ça, *ce n'est pas bien* !

Il devenait de plus en plus agité et Jess jugea préférable de le laisser tranquille pour le moment. Elle le signifia à Morton.

— Merci, monsieur. Je vais aller regarder. Peut-être pourriez-vous faire votre déposition au sergent et lui donner toutes vos coordonnées ?

Eli dévisagea Phil d'un air suspicieux.

— Il va falloir que je signe ?

— À la fin, oui, une fois qu'on aura imprimé votre déposition, répondit Morton. Vous pourrez aller le faire au poste, sauf si vous préférez qu'on vienne chez vous.

— Ah bon ? marmonna Eli.

— Un problème, monsieur ?

Eli émit un vague grognement.

— Je ne suis pas très fort pour écrire. Ça ira si je mets juste une croix ?

Plusieurs silhouettes vêtues de blanc circulaient autour de la mare de boue qui avait été une cour de ferme, et on les voyait entrer et sortir d'une étable dont la façade était ouverte. Un policier en uniforme gardait le ruban de plastique bleu et blanc tendu entre les deux piquets de l'entrée. Quand Jess approcha, après avoir enfilé des vêtements de protection, l'agent leva le léger cordon et elle se faufila au-dessous.

— Comment vous appelez-vous ? l'interrogea-t-elle.

— Wickham, madame.

— Vous savez qui a pris l'appel quand on nous a signalé l'incident ?

— Quelqu'un a téléphoné au poste, madame. Jeff Murray et moi, on était dans la voiture de patrouille et le poste nous a prévenus par radio. On est venus directement ici et on a trouvé ce vieux type…

D'un geste, il indiqua Eli Smith, qui agitait les bras autour de lui en débitant une longue tirade. Phil, qui tenait son carnet dans une main, faisait lui aussi des gestes de l'autre, s'efforçant, à l'exemple de Jess, de tenter de calmer le témoin, mais sans succès visible. On aurait dit qu'il chassait des mouches.

Sans doute Smith avait-il recommencé à répéter que c'était sa propriété, songea Jess. C'était la seule chose qui le choquait, apparemment : non pas la découverte d'un cadavre, non pas la vue de la mort, mais le fait que ce corps se soit trouvé là, dans son étable. C'était cela qui lui avait fait le plus peur, semblait-il.

— Alors Murray et vous, vous êtes entrés dans cette grange, enfin, dans cette étable, si vous préférez…

— Eh bien oui, madame. Je veux dire, on n'y croyait pas vraiment. On pensait que le gars avait peut-être forcé sur le cidre artisanal…

— Est-il venu avec vous ?

Wickham secoua la tête.

— Il n'a pas voulu. Il n'y a pas eu moyen de le faire descendre de son camion. Il nous a dit qu'il l'avait déjà vue une fois et qu'il n'avait pas besoin de la revoir. On a pensé que, s'il y avait bel et bien un corps, il vaudrait mieux éviter que trop de monde vienne piétiner à côté, alors Murray et moi, on n'y est allés que tous les deux.

L'agent passa d'un pied sur l'autre et Jess eut l'impression qu'il luttait pour retenir une envie de vomir.

— C'était horrible… ajouta-t-il plus bas.

— Vous n'aviez encore jamais vu de victimes de meurtre ?

Le policier semblait très jeune et Jess ne doutait pas que cela ait été sa première fois. Il y avait toujours, pour chacun d'entre eux, une première victime. La violence et la cruauté de l'homme envers l'homme, rien ne préparait au choc que produisait une telle vision.

— Non, madame.

Il semblait en avoir honte : cela ne lui plaisait pas de devoir l'admettre, surtout devant une femme. Jess eut la délicatesse de ne pas compatir. De toute façon, elle avait un compte à régler avec lui et son collègue.

— La prochaine fois qu'on vous appellera pour une mort suspecte, ne vous garez pas sur un terrain meuble, indiqua-t-elle. Laissez la voiture sur la route. Maintenant, nous avons vos traces de roues en plus de celles du ou des coupables.

Le jeune homme parut dévasté par ces mots.

— Oh oui, madame ! désolé... s'excusa-t-il, avant de se redresser pour reprendre à la hâte : Mais j'ai vu la peinture, madame ! Et je l'ai montrée à un des gars...

Il se tourna pour désigner l'équipe des experts de la police scientifique.

— La peinture ? répéta-t-elle, en alerte.

Pour toute réponse, le policier désigna le piquet de l'entrée près duquel ils se tenaient. Une trace grise brillait au milieu de la rouille. Jess se pencha pour l'examiner. Elle était récente et avait été laissée là par un automobiliste très pressé, ou très mauvais. Plutôt quelqu'un de pressé, estima-t-elle. Mais pressé d'arriver ou de repartir ? Cela ne provenait pas du camion d'Eli Smith. La police scientifique en prélèverait un échantillon et découvrirait quel type de véhicule l'avait laissée. Chaque fabricant utilisait une marque de peinture différente. Cette trace était un vrai coup de chance.

— Félicitations, Wickham ! dit-elle.

Le policier parut soulagé.

Tom Palmer sortait de l'étable quand elle s'en approcha.

— Bonjour, inspecteur ! lança-t-il.

Il souriait. Avant qu'elle prenne son nouveau poste, Jess avait toujours dû travailler avec des médecins légistes d'un certain âge, auxquels une longue fréquentation de la mort et de la violence avait conféré un certain détachement vis-à-vis des choses. Palmer, au contraire, était jeune et restait assez enthousiaste pour effectuer son travail avec une vraie curiosité. Il était originaire des Cornouailles, cela s'entendait quand il parlait et cela se voyait à ses cheveux et à ses yeux noirs. Peut-être, quelque trois cents ans plus tôt, un marin espagnol réchappé d'un naufrage était-il venu s'échouer sur la côte rocheuse des Cornouailles, pour s'y enraciner ensuite avec une jeune fille du cru.

— J'ai terminé là-dedans, annonça-t-il. Une jeune, dix-huit ou vingt ans, vingt-deux maximum. Je dirais qu'elle a été étranglée, il y a des ecchymoses sur le cou, de petits vaisseaux éclatés dans les yeux, et la langue est sortie. Elle s'est mordu la lèvre en se débattant, mais elle n'a pas eu le temps de beaucoup se défendre. Elle a dû s'évanouir. J'en saurai plus quand je l'aurai sur la table d'autopsie.

— Depuis combien de temps est-elle morte ? s'enquit Jess.

— Pour le moment, tu pourras estimer ça aussi bien que moi. À mon avis, ça ne fait pas longtemps. La rigidité cadavérique a commencé à régresser, alors disons une trentaine d'heures ? Je te préciserai tout ça plus tard.

Palmer entreprit de retirer ses fins gants de caoutchouc.

— Un peu sinistre, comme endroit, tu ne trouves pas ? poursuivit-il. Regarde la maison, là-bas… Tu n'imagines pas Dracula sortant de la lucarne du toit par une sombre nuit d'orage ?

— Je n'ai pas besoin de Dracula, assura Jess. J'ai déjà de quoi faire avec les horreurs que je rencontre !

Elle gagna l'étable et entra. La jeune fille étendue sur le sol n'attendait plus que son arrivée, maintenant que la police scientifique avait accompli son travail. Lorsque Jess serait repartie, on pourrait emporter le corps et le soumettre à l'expertise de Tom Palmer.

D'instinct, Jess s'immobilisa, respectueuse. La présence de la mort inspirait de la décence. Non que la police et les experts ne se laissent jamais aller à pratiquer l'humour noir sur les scènes de crime, histoire de désamorcer des situations angoissantes. Mais c'était un être humain qui avait perdu la vie, même si, au premier regard, on pouvait prendre le cadavre pour un mannequin grandeur nature que l'on aurait jeté là, avec ses bras recourbés dans des positions peu naturelles. *Nous ne finissons pas tous notre vie assassinés*, songea Jess avec compassion, *mais nous « partons » tous*, comme disaient les adultes lorsqu'elle était petite s'ils pensaient que des enfants pouvaient les entendre.

Elle s'approcha du corps et s'agenouilla. Cette fille n'avait pas vingt ans, décida-t-elle. Ses traits, tout déformés qu'ils étaient, gardaient les signes d'une rondeur adolescente. Elle avait dû être jolie avant que cela ne lui arrive. Sa peau était sans imperfections, la blondeur de ses cheveux longs et épais paraissait naturelle, ses yeux fixes étaient couleur noisette. Vraisemblablement, les marques noires tout autour venaient du mascara qui avait coulé, non de contusions. Jess imagina une jeune fille penchée vers son miroir, en train d'appliquer avec soin son maquillage.

Ses vêtements aussi étaient jolis, du moins au goût de Jess : jean neuf, tee-shirt blanc à présent tout maculé de boue, baskets récentes. Un blouson imperméable rose framboise reposait à côté d'elle. Il ne semblait pas avoir été beaucoup porté. Cette jeune fille devait avoir de l'argent en poche le jour où elle était partie acheter tous ces nouveaux vêtements. Si cette sortie shopping était récente, on parviendrait peut-être à découvrir de quelle boutique provenait le blouson rose. Une vendeuse pourrait même se souvenir de cette cliente en particulier.

Aucun bijou, remarqua Jess. Ni boucles d'oreilles ni bracelet-montre. L'absence de ces objets pouvait toujours laisser envisager le vol comme mobile. Toutefois, dans ce genre d'agression, on n'avait pas l'habitude d'étrangler. On menaçait plutôt avec un couteau.

Jess prit conscience de la présence du chef de l'équipe scientifique derrière elle. Peut-être voulait-il voir si elle aurait la nausée, comme le jeune policier. Mais Jess avait une longue pratique de la maîtrise d'elle-même et elle savait garder une expression impassible. Elle se retourna pour regarder l'homme et haussa les sourcils.

— Avez-vous pris un échantillon de la peinture, sur le poteau de l'entrée ?

— Oui, et nous avons aussi fait des moulages de certaines marques de pneus. Une voiture a fait un rapide demi-tour en trois temps…

Il désigna d'un geste la cour, où une zone de boue creusée était protégée par une série de minitentes en plastique, semblable à une enfilade de serres miniatures. Puis il montra la ferme aux fenêtres condamnées.

— Vous voulez qu'on pénètre dans la maison ? C'est scellé comme s'il y avait la peste à l'intérieur…

— Il va falloir l'examiner, oui, acquiesça Jess. Je dois voir si le propriétaire a les clés et le prévenir que nous allons fouiller sa propriété.

Quand elle ressortit au grand air, Palmer l'attendait. S'assurant qu'il n'y avait personne d'autre pour l'observer, elle s'autorisa à prendre une profonde inspiration, afin de chasser les miasmes de la mort. Palmer, lui, pouvait bien la voir, il comprendrait.

Il lui sourit.

— Ça pourrait être pire, commenta-t-il.

— Oui, je sais. Mais elle est quand même très jeune. Pour moi, on peut l'emmener…

Les femmes victimes de meurtre étaient rarement âgées. Quand on avait une existence rangée et une relation stable, on ne sortait pas avec des étrangers, on ne fréquentait pas les bars ou les boîtes de nuit seule, on n'acceptait pas de monter dans des voitures dont on ne connaissait pas le conducteur. Quant aux victimes sorties « dans le cadre de leur profession », elles étaient jeunes elles aussi, le plus souvent. La prostitution était surtout pratiquée par des femmes de moins de trente ans, et parfois à peine sorties de l'adolescence. Cependant, il y avait chez la victime étendue dans l'étable quelque chose de désespérément normal. Ce n'était pas une prostituée, mais une jolie petite jeune fille. Elle n'aurait jamais dû être allongée là, sans vie, en ce vendredi après-midi. Elle aurait dû être occupée à prévoir son programme du week-end, à téléphoner à des amis, à fixer des rendez-vous, à se préparer pour une nouvelle virée dans les magasins, bref, à pratiquer toutes ces activités dont la mère de Jess estimait qu'elles faisaient partie de la vie « normale ».

Mais voilà où la vie normale avait conduit cette fille-là, songea Jess avec ironie. Une entrée supplémentaire dans les statistiques du crime, allongée dans la boue et la crasse, son corps bientôt disséqué et étudié, sa vie tout aussi disséquée et discutée… À condition que l'on parvienne à l'identifier, bien sûr. On devait pouvoir y arriver. Trente heures, c'était déjà bien suffisant pour que la disparition ait été signalée.

À côté d'elle, Tom Palmer hochait la tête.

— Alors, tu sais que le nouveau chef arrive lundi ? C'est bien, tu vas avoir de quoi l'accueillir !

— Tu crois que je l'ai oublié ?

Jess fit la grimace et Palmer se mit à rire. Il pouvait se permettre de trouver cela drôle, lui, pensa-t-elle. Il n'aurait pas bientôt un nouveau patron sur le dos. Un inconnu forcément soucieux de mettre de l'ordre dans le service ou, plutôt, d'y imposer sa propre version de l'ordre.

Voyant Morton approcher, pataugeant dans la boue avec un air de sombre satisfaction, le médecin légiste prit congé et retourna à sa voiture.

— J'ai pris sa déposition en note, pour ce que ça vaut, déclara Phil en arrivant près de Jess. De toute façon, il n'a fait que répéter qu'il est venu ici pour décharger son camion et qu'il a décidé d'aller d'abord inspecter les lieux, pour des raisons mystérieuses qu'il ne veut pas expliquer, et que c'est comme ça qu'il a trouvé le corps. Je vais taper tout ça. Ça tient debout jusqu'à un certain point…

Sa voix demeura en suspens et il posa un regard morne sur ses notes.

— Mais… ? interrogea Jess. Il y a nécessairement autre chose, c'est ce que tu veux dire ?

— J'en suis sûr et certain mais, là-dessus, il reste muet comme une tombe, répondit Morton, inconscient de sa tournure de phrase malheureuse. C'est le genre de gars qui garde pour lui ce qu'il considère comme ses affaires. Il en dit le minimum, et il ne rajoutera rien !

— Vérifie son nom dans l'ordinateur, commanda Jess. Et pendant que tu y es, entre aussi le nom de cet endroit, la ferme du Criquet, et vois ce que la banque de données de la police a à nous offrir.

Phil haussa les sourcils et promena son regard dans la cour.

— Tu crois qu'il fait du recel d'objets volés ?

— Peut-être pas. Ce que nous risquons plutôt de découvrir, à mon avis, c'est qu'il roule sans assurance ou qu'il n'a pas payé sa vignette. Je n'ai pas dit que c'était l'ennemi public numéro un, mais lui et la police se sont déjà croisés, j'en suis convaincue. Il est trop nerveux avec nous !

— Si tu veux mon avis, déclara Phil, qui, décidément, ne passait pas une bonne journée, ce zigoto-là ne va pas nous être très utile. À la campagne, les gens sont fermés. Ils n'aiment pas qu'on fourre le nez dans leurs affaires. Et tu te rends compte que ce gars-là ne sait même pas écrire son nom ?

— Il peut y avoir une infinité de motifs à cela, répondit patiemment Jess. Il doit avoir dans les soixante ans, peut-être plus. À son époque, on ne diagnostiquait pas souvent la dyslexie. Ça pourrait être une raison. Ou alors, il a pu manquer très souvent l'école parce qu'on avait besoin de lui ici, à la ferme, par exemple. On ne sait pas. Il est illettré, mais il n'est pas stupide pour autant. Excentrique, sans doute, je suis d'accord, et pas très bavard sur ce qu'il fait. Mais peut-être que, quand il aura compris que nous ne cherchons pas à savoir d'où il sort ses vieilles machines à laver, sa langue se déliera un peu !

— Hé ! s'alarma soudain Morton. Mais s'il ne sait pas écrire, il ne sait peut-être pas lire non plus ! Comment est-ce qu'il va lire sa déposition avant de mettre sa petite croix ?

— Tu devrais connaître la procédure, Phil : tu vas la lui lire à haute voix et tu ajouteras au bas de la feuille une déclaration indiquant comment tu as procédé… et aussi que tu es la personne qui a pris la déposition. Tu ajoutes que le témoin est analphabète et tu signes, avec la date et le lieu.

— Il veut savoir s'il peut partir. Je lui ai fait cracher son adresse. Il habite un peu plus loin, par là-bas, précisa-t-il en pointant le doigt vers la route. C'est juste avant le premier carrefour, il y a un chemin sur la droite, paraît-il. Il vit dans une petite maison qui lui appartient.

— Je vais d'abord lui dire un mot, décida Jess.

Eli la regarda venir vers lui avec une expression de profonde défiance.

— Monsieur Smith, commença-t-elle d'un ton ferme, anticipant une opposition, nous allons avoir besoin d'entrer dans votre ferme.

— Et pour quoi faire ? lança-t-il aussitôt en projetant sa mâchoire en avant avec de rapides battements de cils. La fille n'est pas dedans, elle est dans l'étable ! Qu'est-ce que la ferme a à voir dans cette histoire ?

— Nous avons besoin d'explorer tous les abords d'une scène de crime.

Ces mots produisirent sur Smith un effet inattendu. Sous sa peau tannée battue par la pluie, Jess eut la certitude de le voir pâlir et il sembla pris de panique.

— Vous avez vu, articula-t-il d'une voix rauque. Vous avez vu tout ce que vous avez besoin de voir. Vous avez vu ma cour, et mon étable, et vous voyez d'ici tout ce qui peut avoir de l'intérêt pour vous…

— Nous n'avons pas vu l'intérieur de la maison, insista Jess. Nous allons devoir entrer, monsieur. Nous ferons très attention, nous n'abîmerons rien.

— Non, non ! explosa alors Eli en agitant les mains. Il y a des planches partout, elle est condamnée. Personne n'y a mis les pieds depuis… personne n'est entré dedans depuis presque trente ans.

— Je vois bien qu'elle a l'air condamnée, approuva Jess avec calme. Mais quelqu'un a pu trouver un moyen d'y pénétrer et réussir à dissimuler son passage ensuite.

Cette hypothèse parut terrifier son interlocuteur.

— Alors j'espère que vous comprenez que nous avons besoin d'aller vérifier l'intérieur, conclut-elle.

— C'est fermé à clé, gémit Eli. Même si on arrive à enlever les planches, on ne peut pas entrer. Personne ne peut entrer. Si quelqu'un l'avait fait, je m'en serais rendu compte tout de suite. Personne n'est jamais entré, c'est fermé à clé, tout est fermé à clé !

— Et les clés, vous les avez ?

Elie se mâchonna la lèvre inférieure tout en étudiant Jess du regard.

— Oui, bien sûr que je les ai, finit-il par répondre d'un ton morne.

Sans doute s'était-il demandé si prétendre le contraire découragerait la police et, à juste titre, avait-il décidé que non. Parce que la police pourrait toujours forcer la porte.

— Elles sont chez moi.

— Dans ce cas, le sergent Morton va vous accompagner pour les prendre.

Eli ne bougea pas.

— D'accord, monsieur ? fit Jess, inquiète.

L'homme avait l'air plus qu'ennuyé : il paraissait malade. Des gouttes de sueur s'étaient mises à perler à son front et Jess se demanda s'il redoutait que l'on puisse trouver des choses dans la maison, ou si cette détresse tenait à une tout autre raison. Elle espéra qu'il n'allait pas faire une crise cardiaque.

— Qu'est-ce qui se passe, monsieur ? demanda-t-elle d'une voix douce.

Il se pencha en avant, comme quelqu'un qui s'apprête à faire une confidence.

— Qu'est-ce qu'ils vont dire, eux ? lâcha-t-il dans un murmure rauque. Ils ne vont pas aimer ça du tout.

— De qui parlez-vous ? s'enquit Jess, surprise.

Eli battit des paupières et, se reprenant, recouvra son attitude fière et déterminée.

— Les voisins, répondit-il. Ce sont des mauvaises langues, les voisins…

Sur ces mots, il fit volte-face, marcha d'un pas lourd jusqu'au camion et monta dans la cabine.

— Suis-le jusque chez lui et rapporte les clés, Phil, ordonna Jess. Ne lui pose pas d'autres questions pour le moment. Il est un peu secoué et il n'est plus tout jeune. Mais qu'il n'aille pas te raconter qu'il ne trouve pas les clés ou quoi que ce soit ! Tu sais, j'ai l'impression qu'il a vraiment peur de ses voisins.

— De ses voisins ?

Morton lui décocha un regard incrédule et indiqua les arbres qui gouttaient et les champs déserts autour d'eux.

— Mais qu'est-ce que tu racontes ? C'est la cambrousse ici ! Des voisins, il n'en a pas un seul !

4

Lucas était de retour chez lui. En temps normal, arpenter les pièces du ravissant hôtel particulier qu'il possédait à Cheltenham l'emplissait de cette fierté qu'inspire la possession d'un trophée. La maison s'élevait parmi une enfilade d'autres édifices tout aussi majestueux, blancs ou couleur pastel. Ses hautes fenêtres à guillotine, d'où l'on regardait passer les attelages à l'époque où Cheltenham était une ville d'eau réputée, donnaient maintenant sur une artère de circulation assez bruyante. Mais cela n'enlevait rien à son apparence de supériorité et à son caractère.

Lucas appréciait beaucoup cette distinction. Il était parti de rien, n'avait joui d'aucun privilège, et il avait fait son chemin dans la vie, comme il s'en vantait volontiers auprès des gens qu'il rencontrait. Tout ce qu'il avait, il ne le devait qu'à lui-même. Outre sa résidence principale, il possédait un petit appartement à Londres, dans le très chic quartier des Docklands. C'était un pied-à-terre, qu'il utilisait seulement quand ses affaires l'appelaient dans la capitale. Il l'avait acquis avec de l'argent frais, gagné à la sueur de son front et non reçu en héritage et, malgré tout le luxe et le prestige qu'il dénotait, Lucas ne pouvait empêcher ses relations de lui reprocher, en catimini, son côté tape-à-l'œil.

Mais pas la maison. Il l'avait achetée en très mauvais état cinq ans plus tôt, séduit par son lustre et sa distinction, à une grande famille qui traversait des « circonstances difficiles ». Étant donné son délabrement et la vétusté de ses installations, le prix avait été très raisonnable. En revanche, il avait dépensé une petite fortune à la rénover et à la meubler. Un coût qui incluait les services d'un architecte d'intérieur rémunéré à prix d'or. Au début, Lucas n'avait pas apprécié les tons bleu pâle et jaune que ce dernier avait choisis pour la décoration. Cela lui avait semblé trop féminin. Mais désormais, il reconnaissait que l'architecte avait eu raison. Ces couleurs mettaient en valeur les hauts plafonds, les corniches sculptées et les rosaces des solives, ainsi que la collection de meubles d'époque de Lucas.

Non pas que les visiteurs soient nombreux à pénétrer chez lui. Il vivait seul. Il s'était marié très jeune, bien des années auparavant, mais cette alliance n'avait pas duré et il en avait conclu que la vie de couple n'était pas pour lui. Il savait en outre qu'un nouveau divorce risquait de lui coûter, cette fois, plusieurs millions de livres.

Bien sûr, il y avait tout de même des femmes dans sa vie. Il possédait un petit carnet noir légendaire où il répertoriait les numéros de téléphone de quelques ravissantes créatures disponibles, dont il pouvait se faire accompagner à travers Londres chaque fois qu'il en éprouvait le besoin. Toutes savaient qu'elles n'étaient qu'un numéro dans le carnet mais, quand Lucas les sortait, il dépensait sans compter et, si elles étaient vraiment très gentilles avec lui, elles recevaient de surcroît un cadeau de prix. C'était un arrangement commercial, comme il y en avait beaucoup d'autres dans la vie de Lucas. Les filles y trouvaient leur compte. Quand l'une arrêtait, il remplaçait son numéro par un autre. Des poules de luxe, en réalité, mais assez distinguées pour échapper à l'image peu reluisante que l'on s'en faisait d'ordinaire. Toutes étaient « mannequins » ou « comédiennes ». Il entretenait avec elles des relations proches de la vraie camaraderie et c'était tout à son honneur. Elles le trouvaient « super sympa », et lui les aimait bien, même s'il estimait hors de question d'entrer dans une relation suivie avec l'une ou l'autre d'entre elles.

Il avait également, de temps à autre, des liaisons avec des femmes mariées, des épouses riches qui s'ennuyaient, disposaient de temps et avaient le goût de l'aventure. Elles ne doutaient pas que Lucas resterait discret, qu'il n'irait pas fanfaronner. De son côté, il savait qu'elles ne cherchaient avec lui qu'une distraction. Elles et lui aimaient le risque et le frisson du danger. Il leur avait toujours fait confiance pour ne pas se conduire de façon inconsidérée et, jusqu'alors, cette confiance avait été payée en retour. Cependant, il y avait toujours une première fois…

Côté hommes, la plupart voyaient en lui « un bon copain », sauf ceux qui l'avaient mis en colère et qui pestaient contre « ce saligaud de Lucas Burton ». Lucas n'était pas tendre quand on le contrariait et, en général, il se vengeait. En dehors de cela, c'était un homme de parole qui savait garder son sang-froid et ne donnait pas à ses interlocuteurs l'occasion de perdre le leur. Ainsi avait-il le don de rester en bons termes même avec ceux qu'il avait doublés dans les affaires, et il ne faisait pas trop de mécontents. Lucas Burton, tout le monde était d'accord là-dessus, savait plus que quiconque faire montre de charme, et même les rares personnes qui maudissaient son nom lui concédaient cela, si amères soient-elles.

En ce moment toutefois, Lucas n'était pas d'humeur charmeuse et, contrairement à l'habitude, rentrer à la maison ne lui avait pas remonté le moral. Il se sentait on ne peut plus mal. Il avait lavé la Mercedes dans le box fermé qu'il louait. (L'inconvénient de ces bâtisses d'époque était qu'elles ne possédaient pas de garage à elles.) Il avait également nettoyé ses chaussures, mais il s'en débarrasserait dès que possible. Il les retira et les regarda d'un œil mauvais : non plus comme une acquisition prestigieuse dont il était fier, mais comme une possible pièce à conviction contre lui. Ce genre de boue qu'il y avait à la ferme était identifiable entre mille et, s'il en restait, fût-ce en quantité minuscule, la police, si elle parvenait jusqu'à lui, saurait qu'il était passé à la ferme du Criquet. Il ne pouvait se débarrasser de la Mercedes aussi facilement, ni non plus prendre le risque de la confier dans cet état à une station de lavage, où elle attirerait l'attention et susciterait des commentaires. Aussi avait-il effectué lui-même le travail avec le plus grand soin, tout en sachant que les experts de la criminalistique décèleraient immanquablement quelque chose.

En regagnant sa maison, il avait jeté les chiffons sales et son mouchoir boueux dans une benne à ordures placée sur son chemin et qui tombait à point nommé. Restait toutefois un troisième problème : à sa grande consternation, il avait découvert un accroc sur le rétroviseur gauche en nettoyant la voiture. C'était une toute petite éraflure, mais elle ne passait pas inaperçue. Il ignorait où il l'avait faite : dans cette maudite ferme, sans doute, mais cela avait aussi pu arriver plus tard, quand il s'était arrêté à l'entrée du champ, paniqué, pour passer son coup de fil. Il espéra que c'était en heurtant le vieux muret de pierre sèche qu'il y avait là. Dans l'état où il était, il ne s'en était pas rendu compte. C'était beaucoup plus grave si cela s'était passé quelque part dans la cour de la ferme. Dans ce cas, il avait laissé sa trace sur la scène de crime…

— La scène de crime ! pesta-t-il à voix haute en se servant un whisky.

Oui, ce serait ainsi que les flics appelleraient l'endroit quand ils finiraient par le découvrir. Car, tôt ou tard, ils arriveraient sur les lieux. Et, même si le plus tard serait le mieux, il ne fallait pas espérer que l'on ne trouve jamais le corps. Pendant quelques minutes de pure démence, au moment où il s'était garé à l'entrée du champ, il s'était laissé aller à l'optimisme. Il avait eu tort, il fallait être réaliste : un jour ou l'autre, quelqu'un se rendrait à la ferme.

Il devait donc s'occuper lui-même de l'accroc. Emmener la voiture chez son garagiste habituel était impossible. Celui-ci le connaissait et il se souviendrait. Lucas ne pouvait pas non plus s'adresser à l'un de ces petits bricoleurs qui effectuaient les réparations à domicile. Il allait devoir s'en charger lui-même. Mais, sacré nom d'un chien, il savait le faire : quand il était ado, ne lui avait-on pas donné à rafistoler toute une série de vieilles bagnoles ? Il ferait ça le soir même. Les flics n'arriveraient pas jusqu'à lui, non, pas s'il accomplissait son travail de façon impeccable. Car comment diable pourraient-ils le retrouver ? La seule façon, ce serait que l'autre parle… C'était là un point dont il devait donc s'occuper dès ce soir. Il ne pouvait pas remettre cette affaire-là à plus tard.

Il passa dans la cuisine, son verre à la main. Lucas ne se préparait jamais à manger ; c'était tout juste s'il se faisait griller ses toasts le matin. Quand il avait faim, il appelait un service de livraison à domicile ou sortait manger dehors. Ce soir, il n'était pas question d'avoir le moindre contact humain : il était trop agité et quelqu'un risquait de le remarquer. De toute façon, il n'avait pas faim mais, comme il avait la nausée, il devait avaler quelque chose.

En pure perte, il ouvrit les placards. Ceux-ci ne contenaient que le strict minimum nécessaire au petit déjeuner : la confiture, du café et du thé, un vieux paquet de sucre ouvert depuis au moins six mois, une boîte de corn-flakes à moitié pleine et, bizarrement, une boîte de sardines. Il ne se souvenait pas d'avoir acheté les sardines. Le réfrigérateur était tout aussi vide, à l'exception du beurre et du lait, et d'une demi-douzaine de bières blondes. Bon sang, pourquoi n'y avait-il même pas un morceau de fromage ? Tout le monde avait au moins du fromage dans son frigo !

Pour la première fois, il prit conscience, non sans en éprouver un choc, du côté pitoyable de cette absence de nourriture. Il s'était toujours félicité d'être un homme qui ne se préoccupait pas des détails domestiques de sa vie. Là, se profilait devant lui la désagréable vision de lui-même en célibataire vieillissant, sans famille, sans épouse ni compagne, sans personne pour se soucier de lui, en réalité. Pas même ses complaisantes petites amies. Elles s'en fichaient complètement… Jusque-là, cette totale absence d'engagement lui était apparue comme une précieuse liberté. Maintenant, elle lui donnait l'impression d'être un raté.

Il repoussa cette pensée. Décidément, il n'était plus lui-même ! Mais pouvait-on être soi-même quand on venait de buter sur un cadavre ?

Il finit par dénicher un paquet de biscuits au chocolat que la femme de ménage avait dû laisser là pour accompagner ses sempiternelles tasses de thé. Elle venait trois fois par semaine et n'avait pas grand-chose à faire, il fallait le reconnaître. Par chance, elle ne reviendrait pas avant lundi. Peut-être était-ce elle qui avait apporté les sardines ? Si c'était le cas, il ne voyait pas bien pourquoi…

Lucas s'envoya le whisky, puis se prépara une grande quantité de café et l'emporta dans son bureau avec les biscuits, afin de réfléchir à ce qu'il devait faire. Il avait besoin d'avoir l'esprit clair pour cela.

Dès lors qu'il se sentait plus d'aplomb, il allait pouvoir contacter l'individu qui lui avait fixé ce rendez-vous et qu'il avait décommandé avec tant de précipitation. Il mettrait un terme définitif à cette relation-là.

L'autre personne ne serait peut-être pas d'accord au départ, mais elle verrait vite que c'était la chose à faire. Lucas s'en assurerait. D'ailleurs, plus il y pensait, plus cette apparente coïncidence lui déplaisait. De tous les lieux où il pouvait y avoir un cadavre (un corps, un être humain sans vie, étendu sur le sol...), cette morte l'avait attendu là, à l'endroit précis où ils avaient prévu de se rencontrer.

Non. Les coïncidences, c'était bon pour le cinéma ou la littérature. Dans la vraie vie, cela pouvait arriver aussi, sans doute, mais il devait en avoir le cœur net. Se pouvait-il qu'il soit la victime d'une farce sous-tendue par une intention malveillante ? Que l'une des personnes qu'il avait doublées dans le cadre d'un contrat juteux n'ait pas été conquise par son charme proverbial ? Était-ce l'idée que quelqu'un se faisait de la revanche ?

Eh bien, si c'était un piège, il découvrirait qui le lui avait tendu. Et cette ordure se rendrait vite compte qu'il avait affaire à « l'autre Lucas », celui qui était beaucoup moins amène, le garçon qui affectionnait jadis les combats de rue.

Ce n'était certainement pas la personne qu'il devait rencontrer qui lui avait fait cette crasse, parce qu'elle n'avait aucun motif pour cela. Non, c'était quelqu'un d'autre, quelqu'un qui avait eu vent du lieu du rendez-vous. Bon sang, son interlocuteur lui avait juré le secret, ils étaient tombés d'accord sur ce point ! C'était dans leur intérêt à tous les deux, il ne pouvait pas y avoir de troisième partie...

Il sortit son téléphone portable, passa en revue la liste de ses contacts et pressa un nom.

— C'est moi, commença-t-il d'un ton brusque. Vous êtes seul ? Alors écoutez : on ne travaille plus ensemble, tous les deux, c'est terminé ! Oui, c'est fini ! Il y avait un cadavre dans cette ferme. Non, je ne suis pas ivre, nom d'un chien ! Qu'est-ce qui vous a pris de choisir cet endroit ? Je suis entré dans une sorte de grange et je suis tombé sur un macchabée. Mais évidemment que j'en suis sûr ! Qui c'est ? Mais comment voulez-vous que je le sache ? Écoutez : tôt ou tard, quelqu'un va le trouver et les flics monteront dans cette ferme. Alors moi, je n'y ai jamais mis les pieds, d'accord ? Vous et moi, on n'a jamais eu rendez-vous là-bas, c'est clair ? C'est notre version et ça doit le rester. Et puis, on se connaît un peu, mais sans plus. Oui, c'est ce que j'ai dit : on est de vagues connaissances ! Et c'est d'ailleurs ce qu'on sera à partir de maintenant…

À l'autre bout du fil, son interlocuteur protesta vigoureusement.

— Taisez-vous ! le coupa Lucas. Maintenant, voyez-vous, ce que je n'aimerais pas, c'est commencer à me dire que j'ai été piégé…

Nouvelles protestations énergiques, que Lucas fit taire :

— D'accord, je ne vous accuse pas ! Mais si ce n'est pas vous, qui est-ce ? Vous n'avez pas parlé ? Vous n'avez rien dit à personne sur ce rendez-vous ? Un mot qui vous aurait échappé, un papier avec mon nom que vous auriez laissé traîner, ou avec le nom de cette foutue ferme ? Il n'est pas possible que quelqu'un ait surpris la conversation quand vous m'avez parlé au téléphone ?

Réponse concise à ces paroles.

— Très bien, fit Lucas. Quoi qu'il en soit, je n'aime pas beaucoup les coïncidences, et j'apprécie encore moins quand c'est moi qui en fais les frais. Vous ne m'enlèverez pas de l'idée qu'on a cherché à me piéger – ou peut-être à nous piéger tous les deux, d'ailleurs – et j'ai bien l'intention de découvrir qui c'est, et pourquoi ! Alors vous pouvez me faire confiance, je trouverai !

Lorsque Jess rentra chez elle, ce vendredi soir, il était déjà tard. Une enveloppe froissée portant un timbre inconnu l'attendait sur le paillasson. Elle la ramassa avec une surprise mêlée de plaisir. Simon avait trouvé le temps de lui écrire ! Les lettres de son frère jumeau étaient rares. Il était médecin et travaillait pour des associations humanitaires dans diverses parties du globe, aussi demeurait-il pendant de longues périodes dans des zones du monde dangereuses où les communications étaient incertaines. En outre, il n'avait guère de temps libre. Aussi cette lettre, griffonnée la nuit, sans doute à la lueur d'une lampe à pétrole, était-elle une rareté.

Elle la fourra dans sa poche pour la lire à tête reposée et bien la savourer. Du talon, elle repoussa la porte qui claqua derrière elle.

Son appartement était petit, mais il lui convenait, en particulier parce que le ménage s'y faisait très vite. Elle n'avait ni le temps ni l'inclination pour passer l'aspirateur et épousseter. En revanche, elle était ordonnée de nature et n'aimait pas vivre dans la saleté. L'ameublement se résumait donc au strict minimum, des pièces sélectionnées avec soin et aucun bibelot, à l'exception d'une photo de famille encadrée prise quand Simon et elle avaient douze ans, dans le jardin d'une maison de vacances louée dans les Cornouailles. Le frère et la sœur, dont les cheveux roux brillaient sous le soleil, souriaient à l'appareil et Jess entourait de ses deux bras le cou de leur labrador. Chaque fois qu'ils partaient en vacances, ils refusaient de confier le chien à une pension et l'emmenaient donc avec eux. La famille avait attendu qu'il s'en aille pour le paradis des chiens, accompagné par un éloge funèbre que prononça le père devant la tombe creusée dans le jardin, pour commencer à passer leurs vacances à l'étranger. Cette fidélité ne signifiait pas pour autant qu'ils aient toujours été sédentaires. Le père de Jess travaillait dans l'armée et, quand elle était petite, ils avaient vécu plusieurs années dans une base militaire de l'OTAN en Allemagne. C'était sans doute pour cela, songeait-elle, que ses parents n'avaient jamais ressenti l'envie de fréquenter les aéroports ou les ports maritimes pendant leurs vacances. Peut-être aussi cela expliquait-il que, une fois adultes, son frère et elle aient tous deux choisi des vies mouvementées. Simon voyageait beaucoup plus qu'elle, bien sûr, mais un officier de la brigade criminelle avait aussi son lot d'imprévus et travaillait rarement de neuf à dix-sept heures. Comme cela avait été le cas ce jour-là, l'inattendu était toujours prêt à faire irruption.

Jess sourit en regardant le cliché et tenta de se rappeler qui l'avait pris, étant donné qu'ils s'y trouvaient tous les quatre. Elle n'en avait aucun souvenir.

Elle passa dans sa chambre à coucher et retira ses vêtements humides et sales. Une fois douchée et revêtue d'un jean propre et d'un tee-shirt, elle se sentit mieux. La fatigue l'avait désertée en même temps que la boue de la ferme du Criquet. Revivifiée, elle retourna dans la salle à manger et alluma la radio sur une station locale. Les médias ignoraient encore ce qui s'était passé à la ferme du Criquet, car elle n'entendit rien à ce sujet aux informations. Elle regarderait le journal télévisé plus tard dans la soirée. D'ici là, peut-être la presse régionale aurait-elle eu vent du corps trouvé dans l'étable. Il y avait dans ce lieu particulier une originalité qui risquait de plaire aux rédacteurs des bulletins d'information du soir. Et pour les tabloïds, ce serait pain bénit…

Pour sa part, elle préférait que les journalistes attendent au moins un ou deux jours pour s'emparer de l'information. Elle n'avait aucune envie qu'ils envahissent la ferme du Criquet, et encore moins qu'ils aillent harceler Eli Smith durant le week-end. Elle était convaincue que cet homme cachait quelque chose, elle l'avait trouvé trop préoccupé. Bien sûr, il était impossible de se montrer insouciant lorsqu'un corps était découvert dans votre propriété, mais Smith lui avait paru sur le qui-vive.

Et puis, c'était un solitaire, et il n'aurait pas la bonne réaction face à des reporters trop zélés venus lui poser des questions indiscrètes.

Plus tard, si l'on ne parvenait pas à identifier la victime, on aurait besoin de la presse pour un appel à témoins, et une image judicieusement publiée de cette même ferme pourrait stimuler les mémoires.

Il était prévu que Smith aille signer sa déposition au commissariat le lendemain matin à dix heures. Phil Morton s'en occuperait. Théoriquement, Jess ne travaillait ni le samedi ni le dimanche, mais là, il n'était pas question pour elle de se désintéresser de l'affaire durant tout un week-end.

Tout d'abord, les premiers jours d'une enquête policière étaient toujours cruciaux. Ensuite, et plus important encore, le nouveau chef, le commissaire Ian Carter, prenait ses fonctions le lundi matin, et il fallait qu'ils aient des éléments à lui présenter.

Elle ne savait pas grand-chose de son futur supérieur. Il arrivait de l'autre extrémité du pays et l'on ignorait totalement s'il avait choisi de se délocaliser ainsi, et pour quelles raisons, ou s'il l'avait été contre son gré. Une connaissance à elle, un officier de police à la retraite, lui avait assuré que Carter était quelqu'un de très expérimenté.

— Il me semble que j'ai joué au rugby contre lui il y a des années, lui avait-il dit.

Comme elle n'avait même pas vu de photographie de lui, son imagination lui avait envoyé l'image d'une armoire à glace en veste de tweed qui menait un combat désespéré contre les kilos en trop…

Jess avait donc établi un programme pour le lendemain : se lever de bonne heure et partir faire son jogging, rentrer et déjeuner en vitesse, puis se rendre au QG pour voir ce qui se passait. Ensuite, elle irait à la ferme du Criquet et explorerait encore la zone avec soin. Elle avait repéré des écuries au bas de la colline, après le petit bois. Il faudrait interroger toutes les personnes qui s'y étaient trouvées, à un moment ou à un autre, au cours de la semaine précédente.

Elle avait le temps de se préparer à manger avant le journal du soir. Elle gagna sa kitchenette, fit cuire des pâtes et, quand celles-ci furent prêtes, y ajouta une boîte de thon et un petit bocal de pesto. Elle plaça le tout sur un plateau et alla s'installer devant la télévision, la lettre de Simon posée devant elle sur la table basse. Jess n'avait pas de table de salle à manger. C'était inutile : elle dînait toujours seule.

Eli Smith, lui, en avait une. Phil Morton avait dit vrai, sa maison était totalement isolée. Elle faisait partie des quatre cottages dispersés sur le domaine, dans lesquels on logeait les journaliers au temps où la ferme était exploitée. Deux d'entre eux étaient jumelés, mais si délabrés qu'ils n'étaient plus habitables. Les deux autres, indépendants, se trouvaient à un kilomètre de distance l'un de l'autre et restaient dans un état correct. Eli vivait dans l'un d'eux et louait l'autre à Penny Gower. Techniquement, celle-ci était sa plus proche voisine, mais à une distance qui signifiait qu'il ne la rencontrait jamais, sauf lorsqu'il allait à la ferme. Alors, il poussait parfois jusqu'aux écuries, afin de voir si tout allait bien pour elle.

Eli aimait les chevaux. Il y en avait eu à la ferme, quand il était petit, des chevaux pour le labour, mais un tracteur était ensuite venu les remplacer. On appelait ça la modernisation. Il avait été triste de les voir partir et avait constaté que son père regrettait lui aussi de devoir s'en séparer. C'était l'une des rares occasions où tous deux avaient été en adéquation. Mais les chevaux de trait, Dolly et Florence, étaient devenus vieux, et il n'était pas question de sentimentalisme sur une exploitation. Une chose était sûre, en tout cas : une telle émotion n'avait jamais eu sa place à la ferme du Criquet.

Eli avait son atelier à l'arrière du cottage. C'était un appentis surmonté d'un toit en tôle jusqu'auquel il avait tiré un câble électrique depuis la maison. Il pouvait faire là tout le bruit qu'il voulait, personne ne l'entendait, du moins, aucun individu susceptible de se plaindre. Personne non plus ne risquait de venir lui demander, par curiosité, ce qu'il faisait. C'était parfait, car Eli ne supportait pas les curieux, une autre caractéristique qui remontait à son enfance. Et à présent, voilà que les flics venaient fouiner chez lui ! Il ne leur révélerait bien sûr que le strict minimum. Il les avait prévenus qu'il y avait un corps dans l'étable et cela suffisait : il ne leur dirait rien de plus, rien de moins.

Ce soir-là, Eli était installé dans la cuisine, à la table rectangulaire en bois de pin, avec toute la famille. Il s'était figuré qu'ils sauraient ce qui s'était passé et il ne s'était pas étonné de les voir arriver. Le père était assis au bout de la table, face à lui, la mère était à sa gauche et son frère à sa droite.

Ils ne dînaient pas toujours avec lui, mais venaient une ou deux fois par semaine. Quand ils étaient là, il acceptait leur présence comme on tolère la visite de membres de la famille. En fait, il n'était pas particulièrement heureux de les voir mais, d'un autre côté, ils avaient le mérite de ne pas le fatiguer par leur conversation. C'était un fait, les morts n'étaient pas bavards.

Il préférait de loin cette taciturnité aux récriminations et aux chamailleries incessantes qui caractérisaient les repas lorsqu'ils étaient tous vivants. Quoique, même maintenant et même silencieux, ils réussissaient à l'agacer.

Son frère, par exemple, assistait toujours au repas avec une corde autour du cou. Cela ennuyait Eli car, non seulement cela dénotait un manque de tact, mais c'était inexact. Nathan avait utilisé sa taie d'oreiller, découpée en fines bandes nouées entre elles, pour se pendre dans sa cellule de prison. Où aurait-il trouvé une vraie corde comme celle-ci ? C'était bien Nathan, ça : toujours à vouloir paraître plus malin qu'il ne l'était !

Sa mère, elle, arborait un air renfrogné. Elle posait tour à tour le regard sur la cuisinière sale (elle pouvait toujours courir pour qu'il la nettoie, juste pour lui faire plaisir !) ou sur le sang qui tachait le devant de sa robe et qu'elle essuyait avec un torchon.

Son père fixait un point vers la fenêtre derrière Eli, par-dessus son épaule. Lui aussi avait toute sa chemise tachée de sang, mais il ne s'en souciait pas. Eli se disait que, si sa mère n'arrêtait pas de tapoter sa robe avec le torchon, c'était parce qu'elle se trouvait juste en face de Nathan et voulait lui rappeler ce qu'il avait fait. Mais Nathan restait simplement là à sourire, avec sa corde autour du cou.

— Je ne vois pas pourquoi tu es si content de toi, Nat ! lança Eli. En tout cas, il y a eu un autre crime, alors tu n'es plus le seul assassin à la ferme, tu vois ? Tu n'es pas si exceptionnel !

Nathan tripota son nœud coulant avec un sourire satisfait. On ne pouvait jamais rien lui dire, à lui ! Il savait toujours tout mieux que les autres !

La mère délaissa l'examen de la cuisinière pour tourner son regard morne vers lui. Chaque fois que quelque chose n'allait pas à la ferme, c'était à lui qu'elle le reprochait. Mais le problème, ça n'avait pas été lui, hein ? Ça avait été Nathan ! Quant au père, il continuait à fixer la fenêtre derrière Eli. Pourtant, il était au courant. Ça se voyait à cette grimace qu'il faisait.

— Ce n'est pas ma faute si les flics veulent rentrer dans la ferme ! se défendit Eli. Je leur ai dit que personne n'y était allé depuis que Nat a fait ce qu'il a fait. Seulement, ils voulaient à tout prix les clés. Ce n'est pas ma faute, ce n'est pas la peine de me regarder de travers comme ça !

Mais si, c'était toujours sa faute, ils le regardaient toujours de travers…

— Allez-vous-en, vous autres ! s'écria-t-il alors, las de cette compagnie silencieuse et poussé à la rébellion par ces critiques non formulées, mais implacables.

Ils se retirèrent sans se faire prier, disparaissant dans le papier peint crasseux, avec son motif de bouteilles de chianti. Un motif ridicule pour du papier peint, estimait Eli, même dans une cuisine. Un de ces jours, il prendrait le temps de l'arracher et de repeindre les murs.

— Non, il ne vaut mieux pas, dit-il à la vieille chatte tigrée qui venait d'entrer.

Elle n'aimait pas la compagnie, elle se sauvait invariablement dans la cour dès qu'ils arrivaient.

— Il vaut mieux ne rien changer. Ils n'aimeraient pas ça et ça leur donnerait une raison de plus de me regarder de travers…

La chatte déambulait prudemment dans la cuisine, vérifiant bien que tout le monde était parti. Dans une minute, elle sauterait sur ses genoux, passerait la tête au-dessus de la table et chercherait à piocher des morceaux de nourriture dans son assiette.

Eli se demanda si la morte de l'étable finirait par venir elle aussi avec les autres. Après tout, elle avait été découverte dans leur ferme. Cela faisait d'elle un membre de la famille, en quelque sorte.

En attendant, songea-t-il en ingurgitant le reste des pommes de terre bouillies de la veille qu'il avait fait frire avec du bacon, la famille avait décampé. Lui et la vieille Tibs (qui avait flairé le bacon et s'apprêtait à sauter) avaient de nouveau la maison pour eux.

Pour le moment, en tout cas.

Parce qu'ils reviendraient…

En d'autres circonstances, Lucas aurait été satisfait en ce vendredi soir. Il avait très bien réparé l'éraflure sur son rétroviseur et il était fier de lui. De plus, cette activité l'avait ramené au temps de sa jeunesse, quand il faisait des miracles sur les vieilles guimbardes qu'il rafistolait.

— Ah, les jours heureux… murmura-t-il pour lui-même, avant de se reprendre : Non, ce n'étaient pas des jours heureux ! J'avais une vie de chien !

N'empêche qu'il avait adoré s'occuper des vieilles voitures… Et au moins, à l'époque, il n'avait pas eu à se soucier de cadavres déposés sur son chemin.

Il passa un dernier coup de chiffon sur le rétroviseur et recula d'un pas pour admirer son œuvre. Toutefois, ce sentiment de satisfaction céda la place à la panique lorsqu'il entendit un coup frappé à la porte basculante. Les flics, déjà ?

— Qui est-ce ? lança-t-il d'une voix qu'il voulait naturelle.

Le nouveau venu s'identifia à travers la porte métallique.

— Bon sang… marmonna Lucas.

Il alla ouvrir la porte et fit signe au visiteur d'entrer, pour rabaisser le battant sans attendre.

— Je ne vous ai pas dit qu'on en avait fini, tous les deux ? pesta-t-il. Qu'est-ce que vous venez faire ici, nom d'un chien ? Je ne veux plus avoir aucun contact avec vous !

— Vous m'avez dit de ne jamais venir chez vous, répondit l'homme d'un ton léger. Alors j'ai essayé le parking ! Vous êtes en train de trafiquer votre Mercedes, c'est ça ?

— Je ne trafique rien du tout, rétorqua Lucas. J'ai réparé un accroc que je me suis fait en montant à cette maudite ferme. Enfin, je crois que je me le suis fait là-haut. J'espère bien que non, mais je préfère…

Il s'interrompit net. Moins son interlocuteur en savait, mieux c'était.

— Bref, je vérifiais que la voiture marche bien, se reprit-il, conscient d'en avoir trop dit, en posant négligemment son chiffon sur le rétroviseur.

Près de lui, l'autre s'adossa à la Mercedes avec un sans-gêne qui contraria Lucas davantage encore.

— Vous savez ce qu'on leur apprend, à l'école de police ? lança-t-il sèchement. On leur apprend à ne jamais toucher les voitures des gens. Quand un flic arrête un automobiliste, il se penche par la vitre et il demande au gars de descendre. Mais il ne touche surtout pas la carrosserie. Pourquoi ? Parce que les gens ont un sentiment de propriété très fort quand il s'agit de leur voiture et on ne sait jamais, ils peuvent s'énerver. C'est quelque chose de primitif, un instinct de défense du territoire.

— Je n'ai jamais pensé que vous étiez quelqu'un de primitif, Lucas, répondit le visiteur en se redressant néanmoins.

— Je me contrefous de ce que vous pensez ! Tout ce que je veux savoir, c'est ce que vous êtes venu faire ici !

— Je me suis dit qu'il était important que nous parlions un peu de cette histoire.

Lucas fut sur le point de répondre comme il l'aurait fait vingt ans plus tôt : « Eh ben, tu t'es gouré, mon coco, on parle de rien du tout, toi et moi ! », mais il se l'interdit. Il se rendait compte avec horreur que l'incident de la ferme menaçait d'avoir un effet délétère sur l'image de lui-même qu'il s'était peaufinée au fil des ans. Voilà qu'il avait commencé à se dépouiller de son nouveau personnage, comme un serpent sort de sa mue et, s'il continuait, on verrait réapparaître le Lucas des débuts, l'homme qu'il avait été jadis. Cette prise de conscience lui fit un choc.

— Je veux dire, reprit le visiteur, si vous avez réellement trouvé un cadavre…

— Évidemment que j'ai trouvé un cadavre ! s'emporta-t-il. Vous croyez que je serais allé inventer une histoire pareille ?

— Non, non, bien sûr que non, le tranquillisa l'autre. Mais je n'ai rien vu aux infos.

— Dans ce cas, ça veut dire que personne d'autre ne l'a découvert.

Lucas tenta de dissimuler son soulagement. Plus le temps passait, plus il deviendrait difficile de le relier à cette foutue ferme.

— Et donc, vous vous dites que vous feriez peut-être bien d'en parler à la police ?

Le ton de la voix, tout comme la question elle-même, exaspéra Lucas davantage encore.

Longtemps, il avait travaillé à éradiquer de son discours son fort accent du sud de Londres, quoique cette façon de parler soit devenue très à la mode depuis peu. À l'époque où il grandissait dans ces quartiers, elle ne plaisait à personne. C'était le signe que l'on ne faisait pas partie des gens fréquentables. À cause d'elle, il avait vu de nombreuses portes se fermer devant lui. Il avait donc œuvré pour qu'on le considère comme un snob. Il savait cependant que cette personnalité-là n'avait pas toujours l'air authentique dans sa bouche et il enviait la belle assurance des classes moyennes qu'il percevait là dans la voix qui s'adressait à lui. Il explosa :

— Vous êtes tombé sur la tête ou quoi ? Comment voulez-vous que j'explique à la police ce que je faisais là-bas ?

— Vous pourriez dire que vous vous êtes arrêté pour explorer l'endroit, par curiosité. Que vous êtes à la recherche de terrains à bâtir.

C'était exactement la pensée qu'il avait eue lorsqu'il se trouvait dans la cour de la ferme, et entendre l'autre la formuler le mit encore plus en rage. Était-il de ceux dans lesquels on lisait à livre ouvert ? Les personnes de ce genre étaient faciles à manipuler, il le savait. Sa suspicion initiale refit surface.

— Vous savez, j'ai eu le temps de réfléchir, déclara-t-il en considérant son interlocuteur d'un œil noir. Et j'en suis venu à me demander pourquoi vous aviez précisément choisi cette ferme-là pour notre rendez-vous.

— Mais parce que je connaissais l'endroit ! rétorqua son compagnon, sur la défensive. Je savais qu'il était désert. Le propriétaire n'habite pas sur place, il s'y arrête juste de temps en temps, et il aurait vraiment fallu un sacré manque de chance pour tomber sur lui ! Mais si c'était arrivé, j'ai assez confiance en vous pour croire que vous auriez su inventer une explication à votre présence. Raconter par exemple que vous cherchiez un terrain pour un projet immobilier, bref, la même chose que vous pourriez dire à la police si vous y alliez maintenant…

— Je n'ai aucune intention d'aller dire quoi que ce soit à la police ! rugit Lucas.

Il s'interrompit, conscient qu'il devait se ressaisir, et reprit d'une voix maîtrisée, mais non moins menaçante :

— Et vous savez très bien pourquoi. Ni vous ni moi n'irons voir les flics, c'est clair ? Maintenant, sortez de ma vie et vous n'entendrez plus parler de moi. Par contre, si je découvre que vous avez cherché à me piéger…

Le chiffon qu'il avait déposé sur le rétroviseur glissa et il s'interrompit un bref instant.

— Le premier qui cherchera à me piéger le regrettera sacrément… conclut-il en se penchant pour ramasser le chiffon.

C'était là une erreur qu'il n'aurait jamais commise du temps de sa jeunesse.

5

Jess comprit très vite que le samedi matin n'était pas un bon moment pour arriver dans un haras, surtout quand celui-ci proposait des leçons d'équitation en plus de la pension. Descendant de voiture, elle examina les deux rangées de box en mauvais état, avec leurs toits en tôle qui auraient nécessité quelques réparations. Il devait y avoir un bruit terrible ici quand il pleuvait, songea-t-elle. Mais les bêtes avaient sans doute l'habitude…

L'espace central entre les box formait une sorte de cour où l'on voyait une vieille baignoire transformée en abreuvoir, une pile de ballots de foin et un tas de fumier qui fumait doucement. À l'extrémité, plusieurs véhicules étaient garés et, au-delà, Jess distingua une carrière équipée d'obstacles bas.

Elle était venue de bonne heure, mais le travail dans les écuries avait commencé plus tôt encore : on avait déjà récuré les box, et l'odeur particulière du résultat de cette opération venait s'ajouter à celle, âcre, des chevaux, dont la plupart étaient sortis dans la cour, pris en main par des personnes dont Jess supposa qu'il s'agissait de leurs propriétaires. Ce devaient être les clients de la pension. Une très petite fille, qui atteignait à peine le garrot de son animal en tendant les bras, brossait énergiquement un robuste poney. Deux autres chevaux étaient sellés et prêts à être montés. Un long jeune homme filiforme avait toutes les peines du monde à se hisser sur l'un d'eux qui, conscient sans doute de son inexpérience, baissait les oreilles et frappait le sol de son sabot arrière. La femme grande et forte qui tenait la bride lui flatta l'encolure avec des paroles d'apaisement, d'abord destinées au cheval, puis au cavalier.

— Tout doux, tout doux… C'est bon, monsieur Pritchard, vous y êtes ?

— Oui, ça y est, tout va bien, Lindsey ! répondit le jeune homme avec un enjouement manifestement forcé.

La femme lâcha la bride et l'inquiétude marqua les traits du cavalier.

Jess se dirigea vers eux.

— Bonjour, madame, lança-t-elle. Vous êtes la propriétaire ?

La dénommée Lindsey tourna vers elle un visage criblé de taches de rousseur.

— Non, c'est Penny, la propriétaire. Penny Gower. Elle est au bureau.

Du doigt, elle désigna la rangée de box derrière elle.

— C'est pour des cours ou pour louer un cheval ? Parce que, si vous n'avez pas réservé…

— Non, répondit Jess en lui montrant sa plaque.

— Ah… d'accord, fit Lindsey. Vous venez à propos de cette terrible affaire à la ferme du Criquet, c'est ça ?

Le cheval dut percevoir le trouble dans sa voix, car il fit un écart et frappa de nouveau du sabot.

— Oh là ! Doucement ! protesta Pritchard.

— Ne vous inquiétez pas, monsieur. Caressez-lui l'encolure !

Le jeune homme se pencha pour atteindre la zone en question, qu'il tapota d'une main nerveuse.

Je ne sais pas pourquoi, songea Jess, *mais j'ai l'impression que ce M. Pritchard ne sera pas prêt pour le concours du cavalier de l'année…*

— Et vous, vous êtes… ? demanda-t-elle à la femme.

— Lindsey. Lindsey Harper. Mais je ne peux pas vous aider, s'empressa-t-elle de préciser. Je suis venue vendredi, mais seulement le temps de la leçon de M. Pritchard. Nous sommes partis en promenade, mais pas vers la ferme, de l'autre côté, à travers les champs, derrière, conclut-elle en désignant un vague point au loin. La ferme n'est pas non plus sur mon chemin pour rentrer chez moi, désolée !

— Dans ce cas, je vais aller voir Mme Gower, déclara Jess, avant d'esquisser un geste vers les autres chevaux. Ce sont les propriétaires, là, qui s'occupent de leurs animaux ? s'enquit-elle.

— Oui, nous gardons leurs chevaux en pension. En général, ils ne viennent que le week-end et Penny et moi, on s'en occupe la semaine. Nous en avons deux autres qui appartiennent à Penny. Dont celui-ci, dit-elle en désignant la monture de Pritchard.

Elle se tourna ensuite vers le deuxième cheval sellé et posa une main possessive sur sa crinière.

— Et lui, poursuivit-elle, c'est mon vieux copain à moi. Je le garde ici et il se rend utile. Pas vrai, toi ?

Le cheval secoua la tête puis allongea le cou pour venir heurter des naseaux l'épaule de Lindsey.

— Je crois qu'il commence à s'impatienter, ajouta cette dernière avec diplomatie.

— Bien sûr, je ne veux pas vous retenir…

Jess sourit à M. Pritchard en passant devant lui. En réponse à cette marque d'intérêt, le jeune homme rassembla nonchalamment les rênes dans sa main droite et posa la gauche sur sa cuisse, coude levé, prenant la pose qu'affectent les officiers de cavalerie sur les illustrations anciennes. Cette tentative de paraître stylé manquait de naturel, mais Jess la porta néanmoins à son crédit : l'intention y était. Et puis, songea-t-elle, ce n'était pas elle, mais lui-même, qu'il cherchait surtout à convaincre.

En approchant du bureau, Jess entendit du bruit. Manifestement, elle n'était pas la première visiteuse, et la personne qui l'avait devancée possédait une voix stridente. On voyait, aux deux battants de la porte ouverte retenue contre le mur extérieur par des crochets, que le bureau avait jadis servi de box. Jess évita de buter contre un vieux seau cabossé et donna d'une main hésitante deux petits coups sur le panneau de bois, avant de se décider à entrer.

Après la forte luminosité de la matinée, il faisait sombre à l'intérieur et elle fut quelques instants aveuglée. Il n'y avait aucune fenêtre et la seule source de lumière provenait de l'ouverture sur la cour. Tandis que Jess clignait des yeux pour s'accoutumer à l'obscurité, ses narines s'emplirent d'une odeur de vieux cuir mêlé de sueur.

L'ombre finit par se dissiper et elle découvrit trois personnes qui encombraient une pièce minuscule. Le bureau se doublant d'une sellerie, il ne restait déjà plus guère d'espace pour se mouvoir, même lorsqu'il était vide. L'une des personnes présentes était une jeune femme de l'âge de Jess, jolie dans le sens anglais et « équestre » du terme, assise derrière une vieille table. Ses longs cheveux châtains décoiffés étaient réunis par un foulard. Adossé au mur derrière elle, se trouvait un homme auquel Jess donna trente-cinq ou quarante ans. Il portait un pantalon et des bottes d'équitation, et un pull-over sur une chemise à carreaux. Il croisait les bras avec indolence et Jess se dit qu'il paraissait trop à l'aise pour être un client. La dernière personne, la plus proche de l'entrée, était une femme entre deux âges qu'en elle-même elle qualifia de « desséchée ». Elle avait le visage flétri, les cheveux fins et hirsutes, et pas un gramme de graisse superflue sous ses vêtements défraîchis. Clairement outrée par l'intrusion, elle posa sur Jess un regard impérieux.

La jeune femme assise parut au contraire soulagée de la voir arriver, un soulagement qui se doubla cependant d'une certaine méfiance. Ces deux émotions contradictoires se succédèrent sur son visage.

— Oui ? lança-t-elle.

Il s'agissait à l'évidence de Penny Gower et Jess s'en réjouit. Elle n'aurait pas aimé avoir affaire à la femme maigre.

Sans lui laisser le temps de répondre, l'homme se détacha du mur.

— Voilà la flicaille, Pen ! Une descente de police chez toi !

— La police ? s'écria la deuxième femme. Ah, vous êtes là pour cette histoire de fou du Criquet ?

Jess préféra l'ignorer et sortit sa plaque, qu'elle leur présenta à tous les trois. Elle était un peu déconfite d'avoir ainsi été identifiée au premier regard, avant même d'ouvrir la bouche. Cela lui était déjà arrivé à plusieurs reprises et elle aurait dû commencer à s'y habituer. Certes, après l'incident de la ferme, ces gens devaient s'attendre à la visite de la police. Il n'en restait pas moins vrai que, comme le savaient aussi bon nombre de ses collègues en civil, le grand public repérait sans peine les représentants de l'ordre.

— Je suis désolée de vous déranger à un moment où vous êtes visiblement très occupée, mais pourrions-nous discuter un peu ?

La femme maigre ne parut pas apprécier d'être ignorée de la sorte. Du coin de l'œil, Jess la vit se hérisser, prête à protester.

— Oui, bien sûr, répondit Penny. Je suis désolée, Selina... Mais je viendrai vous chercher dès que la police en aura terminé avec moi.

— Bien... fit sombrement la femme.

Elle décocha un regard acéré à Jess et sortit d'un pas lourd. Jess se demanda si elle n'allait pas téléphoner sur-le-champ au préfet de police.

— Je vais dégager moi aussi, proposa l'homme sans toutefois joindre le geste à la parole.

— Non, attends…

Penny tendit un bras pour le dissuader de sortir.

— Reste, s'il te plaît, Andy. Inspecteur, je vous présente Andrew Ferris, un ami. Il était ici hier avec moi. Vous voulez me parler d'hier, c'est ça ? Au fait, je suis Penny Gower.

Elle regarda autour d'elle.

— Mais asseyez-vous, je vous en prie, il y a une chaise…

Cette fois, Ferris se détacha du mur pour saisir avec empressement une chaise de bois bancale et l'approcher en effectuant un moulinet du bras. Jess s'y assit avec autant de précautions que M. Pritchard lorsqu'il s'était installé sur sa selle.

— J'espère que je n'ai pas offensé une cliente importante, dit-elle en désignant la cour d'un signe de tête.

— Ma Foscott ? fit Ferris avec un sourire. Ne vous en faites pas pour cette vipère !

— Chut ! souffla Penny, affolée. Elle est juste là, Andy ! C'est Selina Foscott, inspecteur. Nous avons en pension le poney de sa fille.

À ces mots, Jess se souvint de la petite fille qui peinait à panser son poney.

— D'ailleurs, elle était aussi là hier, poursuivit Penny avec un soupir. Selina et Charlie sont venues tous les jours cette semaine.

Bon sang ! songea Jess. *J'ai vexé Mme Foscott et maintenant, je vais devoir l'interroger. Elle se fera un plaisir de me compliquer la tâche, c'est sûr…*

— Comme vous le savez, je suis ici au sujet de ce qui s'est passé à la ferme du Criquet, commença-t-elle d'un ton professionnel.

Ferris haussa les sourcils et parut prêt à se fendre d'un nouveau sourire, mais il dut estimer que ce serait inapproprié et se ravisa. Jess lui jeta un coup d'œil, comme pour lui signifier qu'elle avait remarqué son esquisse de sourire, et, tel un petit garçon pris en faute, il afficha un air contrit.

— J'aimerais surtout savoir si l'un ou l'autre d'entre vous a remarqué quelque chose d'anormal hier, à n'importe quelle heure de la journée, ou même au cours de la semaine. Je sais qu'on ne voit pas la ferme d'ici, mais vous êtes malgré tout son plus proche voisin.

Penny tendit la main pour désigner l'extérieur.

— Tout ça, expliqua-t-elle, ce sont les terrains d'Eli. Je veux dire, d'Eli Smith. Il n'y a que les écuries qui m'appartiennent. Je loue la carrière qui est derrière à Eli. Toutes ces installations étaient dans un état lamentable quand je suis arrivée. Le précédent propriétaire avait été obligé de mettre la clé sous la porte, il n'y avait plus de chevaux depuis longtemps et personne n'avait envie de reprendre l'endroit.

— Comment avez-vous su que ces écuries étaient à vendre ? questionna Jess, curieuse.

— Oh, eh bien… fit Penny, l'air gêné. En fait, je vivais à Londres. J'étais institutrice. Enseigner dans une grande ville, de nos jours, ce n'est pas très drôle. En plus, j'étais avec… Enfin, j'étais dans une relation qui n'allait nulle part, conclut-elle en rougissant.

— Ça arrive à tout le monde… marmonna Ferris dans son dos.

— Quand j'étais petite, poursuivit Penny, nous rendions souvent visite à ma tante, qui habitait par ici. J'adorais la région. Et puis, elle est décédée et je suis revenue pour les obsèques. Il se trouve que l'enterrement est tombé pendant une période de vacances scolaires, alors j'en ai profité pour rester toute une semaine, seule, parce que… parce que j'avais besoin de respirer un peu… Un jour, alors que je me promenais en voiture dans la campagne, je suis passée devant ces écuries et j'ai vu une pancarte « À vendre » qui devait être là depuis longtemps, parce qu'elle s'était affaissée dans des broussailles. Personne n'avait pris la peine de venir la redresser et elle était à peine visible. Je suis descendue de voiture et j'ai exploré les lieux. C'était… En fait, j'ai eu l'impression que cet endroit me parlait. Tout était en très mauvais état, bien sûr, mais j'ai senti que c'était le moment pour moi de changer de direction. Je n'aimais plus ma vie à Londres et ce panneau « À vendre » m'offrait une chance de faire quelque chose de complètement différent. Comme ma tante m'avait laissé un petit pécule et que j'avais toujours adoré les chevaux… Eh bien, j'ai pris ma décision et j'ai acheté ces écuries.

— Cela a dû vous coûter beaucoup d'argent de tout remettre en état, fit remarquer Jess. Sans parler du travail !

— Ça m'a coûté à peu près tout l'argent que m'a laissé ma tante, répondit Penny sans détour. Plus celui que m'a versé mon ex-compagnon pour la part de l'appartement que nous avions commencé à acheter ensemble. Par chance, il souhaitait le garder. Maintenant, je me bats pour survivre et, si j'y arrive, c'est grâce aux très bons amis que j'ai ici. Il y a Lindsey Harper, que vous avez dû voir dehors…

Elle se tut et interrogea Jess du regard.

— Oui, je lui ai parlé, confirma celle-ci.

— Lindsey a son propre cheval en pension ici et, en plus, elle vient presque tous les jours et elle travaille d'arrache-pied. Elle m'aide beaucoup.

— Elle n'a pas d'activité professionnelle ?

— Euh… En fait, son mari gagne assez bien sa vie… répondit Penny, évasive.

— Il est plein aux as, oui ! renchérit Ferris, manifestement moins inhibé.

— Et puis, il y a Andy… fit Penny en se tournant vers lui avec un large sourire.

Il le lui rendit et Jess surprit dans son regard une flamme révélatrice. *Amoureux*, songea-t-elle avec compassion. *Il n'a d'yeux que pour elle. Reste à savoir ce qu'elle, elle pense de lui. Elle a beaucoup d'affection pour lui mais, à mon avis, ce n'est pas de l'amour…*

— Andy ne fait pas que venir m'aider quand il y a un travail pénible à effectuer, comme construire les obstacles dans la carrière. Il s'occupe aussi de ma comptabilité à prix d'ami.

— C'est mon métier, intervint Ferris. Je suis installé à mon compte, je travaille chez moi, ce qui fait que j'organise mes journées comme je veux !

— Et en plus, il y a Eli, reprit Penny. Je ne dois pas l'oublier. Eli sait tout réparer, tout ! C'est aussi le propriétaire du cottage où j'habite et franchement, le loyer qu'il me demande est ridicule. Vous avez rencontré Eli ? Évidemment, quelle question ! C'est sûr que oui !

— Si c'est d'Eli Smith que vous parlez, alors oui. C'est lui qui a trouvé le… la victime.

Jess s'était ravisée *in extremis* : certains témoins ne pouvaient entendre le mot « corps » sans se trouver mal. Toutefois, Penny Gower et Andrew Ferris semblaient être tous deux d'une autre trempe.

— Eli est très gentil, lança Penny avec emphase en se penchant en avant sur sa table. Il est un peu excentrique, c'est vrai, mais il a des circonstances atténuantes…

Elle s'interrompit, laissant la phrase en suspens.

— Des circonstances atténuantes… ?

Penny parut embarrassée, puis elle haussa les épaules.

— Oh ! Vous finirez par entendre l'histoire de toute façon, soupira-t-elle. Autrefois, la ferme du Criquet était exploitée par la famille Smith. Je parle d'il y a longtemps… Il y avait les parents et leurs deux fils, Eli et Nathan. Je ne sais pas lequel des deux était l'aîné.

Un jour, pour une raison que personne ne connaît, Nathan a tué ses deux parents avec un fusil de chasse qu'ils gardaient à la maison. Il a été arrêté, mais il s'est suicidé en se pendant dans sa cellule avant le procès. Eli a condamné la maison avec des planches, il a quitté la ferme et n'y a plus jamais vécu. Il se sert encore de la cour, mais juste pour entreposer des choses…

— Oui, il nous a parlé de son commerce de ferraille, fit Jess, songeuse.

Elle avait demandé à Morton de chercher des renseignements sur Smith dans l'ordinateur de la police nationale. S'il l'avait fait, le sergent avait dû découvrir tout cela. Elle comprenait maintenant pourquoi la présence de la police à la ferme du Criquet avait rendu Eli Smith fébrile.

— Andy et moi, on se sent un peu coupables, reprit Penny contre toute attente en jetant un regard à Ferris, comme pour obtenir confirmation.

Celui-ci parut surpris, mais hocha loyalement la tête.

— Ah bon ? s'étonna Jess.

— Oui, parce que, en fait, c'est notre faute – ou plutôt, *ma* faute – si le pauvre Eli a revécu cette affreuse expérience de découvrir un corps dans sa ferme. À l'époque, vous comprenez, il avait déjà trouvé ses parents morts en arrivant chez lui. Il paraît que Nathan, son frère, était assis à la table de la cuisine quand il est rentré. Je crois qu'Eli était allé au marché ce jour-là, il était absent au moment du drame. Il est entré dans la maison sans se douter de rien et il a vu son frère, avec le fusil posé devant lui, et du sang partout. Vous imaginez quel cauchemar il a dû vivre à ce moment-là ? Arriver chez soi et découvrir cette scène d'horreur ?

Penny frissonna.

— Et maintenant, il a dû revivre cette expérience épouvantable, puisqu'il est encore tombé sur un cadavre…

— Nathan avait dû péter les plombs, intervint Ferris. Je ne sais pas pourquoi ils n'ont pas plaidé la folie. D'ailleurs, le pauvre gus s'est tué en prison.

Et son suicide a dû faire des vagues, songea Jess. Il y avait certainement eu une enquête officielle. Car Nathan n'avait visiblement pas fait l'objet d'une surveillance particulière : on n'aurait jamais dû lui laisser la possibilité de se donner la mort dans sa prison.

— Ce que je me demande, enchaîna pensivement Ferris, c'est pourquoi Nathan n'a pas tiré sur Eli avec le fusil. Il avait eu tout le temps de recharger.

Jess l'ignora. Si tentant que cela pût être de se laisser détourner de sa tâche par cet effroyable récit, elle était là pour enquêter sur un crime beaucoup plus récent. Même si l'on serait bien sûr amené à fouiller le passé pour en savoir plus sur ces deux assassinats perpétrés jadis. Car avec trois cadavres découverts dans une même ferme, il y avait quelques questions à se poser…

— Pourquoi est-ce votre faute si Eli Smith a trouvé le corps ? demanda Jess à Penny.

Ferris et Penny Gower commencèrent à parler en même temps, manifestement pressés de lui répondre l'un comme l'autre. Elle se demanda s'ils n'avaient pas répété ce petit débat qu'ils semblaient improviser devant elle.

— Ce n'est pas du tout ta faute ! protestait Ferris avec indignation. Bon sang, Penny, il faut que tu arrêtes de toujours te faire du souci pour les gens ! Ce corps était sur la propriété d'Eli, c'était forcément à lui de le découvrir, non ?

— C'est normal que je me sente coupable, puisque c'est moi qui ai vu la voiture !

Ils semblaient vouloir se chamailler encore et Jess dut leur imposer le silence, avec de nouveau cette étrange impression de se trouver face à des enfants trop enthousiastes et impatients, quoique disciplinés.

— D'accord, acquiesça Ferris d'un ton navré. C'est juste que Pen…

— Non, arrête ! l'interrompit Penny. C'est parce que j'aime bien Eli que je me fais du souci pour lui, c'est normal ! Il n'est plus tout jeune…

Jess leva la main.

— Un seul de vous deux, s'il vous plaît ! Madame ?

Enfin, l'histoire lui fut exposée de façon cohérente.

Penny avait aperçu un véhicule qu'elle ne connaissait pas, une Mercedes gris métallisé, pensait-elle ou, en tout cas, une très belle voiture, qui était arrêtée au bord de la route entre la ferme et le haras, à l'entrée du champ voisin.

— Je ramenais mon van de chez Eli, expliqua-t-elle. Il venait de me le réparer, parce qu'il avait été endommagé. Je vous l'ai dit, Eli est quelqu'un de très serviable.

— La Mercedes… lui rappela Jess avec patience.

Le conducteur était dans la voiture mais, en le dépassant, Penny avait trouvé son attitude bizarre, car elle avait eu l'impression qu'il cherchait à se cacher. Elle avait raconté l'incident à Andrew dès son arrivée au haras.

Ferris hocha vigoureusement la tête à ce point du récit et prit le relais :

— J'ai pensé qu'il fallait prévenir Eli, parce que, en fait, euh… on ne sait pas trop ce qu'il entrepose à la ferme. Enfin, s'empressa-t-il de préciser, je ne prétends pas qu'il cache des choses ou qu'il fasse quoi que ce soit d'illégal. Franchement, ce qu'il y a là-haut, ça ressemble à de la vieille ferraille, rien de plus, mais ça doit tout de même avoir de la valeur, parce que sinon, le vieil Eli ne s'embêterait pas avec… Enfin bref, j'ai proposé d'appeler Eli…

— Et j'ai donné à Andrew son numéro de portable, compléta Penny.

— Alors je l'ai appelé, et il m'a répondu qu'il allait jeter un coup d'œil. Eli n'est pas un grand bavard. Mais bon, je me suis dit que j'avais fait ce que j'avais à faire, que j'avais passé l'info ! J'allais raccrocher quand il a tout d'un coup ajouté qu'il fallait qu'il aille à la ferme de toute façon, parce qu'il avait des machines à décharger, et qu'il irait donc tout de suite, que ça ferait d'une pierre deux coups. Ce n'est pas le genre d'Eli de dire autant de choses d'affilée, et j'ai pensé que mon appel l'avait vraiment perturbé. Pour finir, il est monté à la ferme et il a trouvé le macchabée.

Il s'interrompit et esquissa une grimace.

— Penny a raison, reprit-il. C'est un sale coup pour ce pauvre vieux ! De quoi lui faire perdre les pédales, comme son frère Nathan les a perdues il y a trente ans. Maintenant, je me dis que j'aurais dû aller l'attendre là-haut et inspecter les lieux avec lui. Seulement, je sais qu'Eli a horreur que les gens mettent leur nez dans ses affaires. Ça ne lui aurait pas plu s'il m'avait trouvé là-bas. Il m'aurait jugé trop curieux.

— À quelle heure tout cela s'est-il passé ? interrogea Jess en cherchant son carnet dans son sac.

Penny et Ferris se consultèrent du regard.

— Quand j'ai vu la voiture, il devait être quatre heures moins le quart, répondit Penny d'un ton incertain. Enfin, à peu près. Je suis partie de chez Eli à quatre heures moins vingt. Je le sais parce que j'ai regardé ma montre. Andrew m'avait dit qu'il passerait me voir et je me demandais s'il serait là quand j'arriverais. Et de fait, il était là. Il faut dire que j'ai roulé très vite pour revenir.

Elle s'interrompit net, rougissante.

— Je ne dis pas que j'ai dépassé la limite de vitesse, précisa-t-elle. Mais comme je n'avais pas de cheval dans le van, je n'étais pas obligée de conduire doucement.

— Et vous, monsieur, vous n'étiez pas passé par la ferme du Criquet pour venir ici ?

Il secoua la tête.

— Non ! Je suis arrivé par l'autre côté. Mais Penny était ici à quatre heures moins le quart, comme elle l'a dit et, en voiture, la ferme du Criquet n'est qu'à une ou deux minutes du club. Ma Foscott est repartie vers quatre heures, ou quatre heures cinq, peut-être, avec sa sale gamine et, quand j'ai décidé d'appeler Eli sur son portable, il devait être quatre heures et quart, ou disons quatre heures vingt.

— Eli Smith ne nous a rien dit à ce sujet, révéla Jess. Je ne parle pas de l'histoire de sa famille. Ça, je peux comprendre qu'il n'ait pas eu envie de rappeler un tel souvenir. Je parle de cette voiture que vous avez aperçue et du fait que M. Ferris lui a téléphoné pour le lui dire.

Penny et Andrew échangèrent un nouveau regard et Andrew eut un petit rire. Penny sourit.

— C'est normal, dit-elle.

— Eli est comme ça, ajoutèrent-ils tous deux d'une même voix, avant d'éclater de rire.

— Désolée, reprit aussitôt Penny. Ce n'est pas drôle. C'est juste qu'Eli, vous savez… Ce n'est pas quelqu'un qui parle pour ne rien dire, même avec moi, comme vous l'a expliqué Andrew. Il dit juste ce qu'il considère comme nécessaire, les faits et c'est tout. Il m'a réparé mon petit van. L'un de nos chevaux s'était énervé et l'avait percé avec son sabot. J'ai demandé à Eli s'il voulait bien s'en occuper. Il est venu, il a regardé, et il m'a juste répondu oui. Alors j'ai attelé le van à ma voiture, je l'ai apporté chez lui et il a réparé le trou. Il n'a pour ainsi dire pas dit un mot, sauf pour refuser que je le paie.

Elle sourit encore.

— En plus, en s'arrangeant pour ne pas me mêler à cette histoire, Eli a probablement voulu me protéger. À sa façon, il aime bien garder un œil sur moi. Il vient ici de temps en temps, soi-disant pour voir les chevaux, il traîne un peu autour des box et il regarde s'il y a des réparations à faire…

Elle s'interrompit soudain et la consternation se peignit sur ses traits.

— Oh ! J'y pense… Eli n'a tout de même pas peur qu'il m'arrive quelque chose ici, n'est-ce pas ? Enfin… Il est rare que je me retrouve seule au club, il y a presque toujours quelqu'un avec moi : Lindsey, ou bien un propriétaire, un élève, ou même Andy…

Elle venait de réaliser les implications de la découverte de cette femme morte à trois cents mètres de là. La bouche entrouverte, elle tourna vers Jess un regard alarmé. Ferris posa une main sur son épaule.

— Allons, Pen, ne t'en fais pas ! Les flics vont vite tirer cette affaire au clair.

Une telle confiance de la part du public faisait chaud au cœur. Jess espéra que la police en serait digne.

Tandis qu'ils discutaient ainsi, des chocs et des ébrouements leur étaient parvenus du box adjacent. Lorsque Jess ressortit du bureau, un cheval passa la tête au-dessus du demi-vantail voisin.

— Salut, mon vieux ! dit-elle en tendant la main pour le caresser.

— Attention ! s'écria une voix masculine derrière elle. Il se peut qu'il soit aveugle de cet œil-là. Il vaut mieux venir le voir par l'autre côté.

C'était Ferris, qui l'avait suivie dans la cour.

— Ah… fit-elle, embarrassée.

— Écoutez, poursuivit-il, un ton plus bas, d'une voix pressante : vous ne croyez pas que Penny court un danger ici ? C'est tout de même très isolé. Je sais que, la plupart du temps, il y a quelqu'un avec elle, mais elle arrive très tôt le matin et elle repart tard le soir. Dans ces moments-là, elle est seule. Elle n'a pas le choix, j'en ai conscience, puisqu'il faut bien s'occuper des chevaux…

Et moi, je ne peux pas l'empêcher de venir ici ni rester tout le temps avec elle. J'ai mon travail…

— D'après ce que vous m'avez raconté tous les deux, il n'y a aucune raison de penser que Mme Gower coure un quelconque danger, répondit lentement Jess. Mais elle a vu cette Mercedes grise. Cela fait d'elle un témoin précieux. Si le conducteur est impliqué d'une manière ou d'une autre, il en a certainement conscience. Et avec le van qu'elle ramenait au haras, il n'était pas très sorcier de comprendre où elle allait.

— Alors, vous croyez que ce type risque de venir faire un tour par ici ? s'enquit Ferris en désignant du menton la cour et les box.

— Mme Gower doit simplement rester sur ses gardes. De notre côté, nous ne divulguons pas les informations à la presse au début d'une enquête, et le fait qu'elle ait vu cette voiture garée devant le champ fait partie des choses que nous tiendrons sans doute secrètes pour le moment. C'est même à peu près certain.

— Ça nous va très bien, acquiesça Ferris.

Jess promena son regard autour d'elle.

— Si vous voulez voir Selina Foscott, elle est là-bas avec Charlie, reprit-il en désignant la carrière.

— Charlie, c'est le poney ?

— Non, c'est sa fille. Allez, bonne chance !

Il tourna les talons et regagna le bureau. Un chien de garde, songea Jess, qui veille sur Penny Gower. Eli Smith et lui estimaient tous deux qu'il fallait prendre soin d'elle. *Il y a des femmes comme ça*, conclut-elle tristement. *Des femmes que les hommes éprouvent le besoin de protéger*. À sa connaissance, elle-même n'avait jamais appartenu à cette catégorie.

Charlie Foscott et son poney tournaient en rond dans la carrière en chargeant par moments sur un obstacle pour le franchir. Et « charger » était le mot adéquat, avec ce poney qui ressemblait à une barrique hissée sur quatre jambes épaisses. La distance entre les deux jambes avant était un peu plus large que la normale, jugea Jess, mais elle était profane en la matière. Le poney donnait également l'impression qu'il pouvait refuser l'obstacle à tout moment et la cavalière, petite silhouette fragile, en semblait plus que consciente.

Alors que Jess approchait, Mme Foscott leva la main.

— Stop ! cria-t-elle.

Jess crut un instant que l'ordre s'adressait à elle, mais Charlie immobilisa aussitôt sa monture et elle comprit que le mot avait été aboyé à l'intention de la fillette. Sans attendre, l'animal se mit à arracher une petite motte d'herbe isolée au cœur de la boue. La cavalière se hissa sur ses étriers et observa Jess. Elle avait le regard arrogant de sa mère et Jess, qui avait commencé à éprouver de la compassion pour elle, cessa dès lors de la prendre en pitié.

— Bon ! lança Mme Foscott en avançant dans la boue pour rejoindre le portail. Vous voulez m'interroger, je présume ?

— Si vous avez un peu de temps à m'accorder, madame…

Cette femme-là ne se ferait pas prier pour parler, estima Jess. Elle semblait au contraire très pressée de le faire. Restait à savoir si elle avait quelque chose d'intéressant à révéler. En général, c'étaient les témoins les plus volubiles qui faisaient perdre le plus de temps aux enquêteurs.

— Vous savez qui c'est ? interrogea-t-elle.

Jess déduisit qu'elle parlait de la victime.

— Pas encore. Penny Gower m'a dit que vous étiez venues ici tous les jours la semaine dernière. C'est vrai ?

— Pas le choix, nous n'avons plus de temps à perdre ! répondit Mme Foscott. Il va bientôt y avoir une présentation et il faut que Sultan soit prêt. Il a eu la rosette bleue la dernière fois, vous savez, dans sa catégorie !

— Ah bon ? Bravo !

L'animal aurait pu se voir pousser des ailes et s'envoler par-dessus les obstacles que Jess ne s'en serait pas souciée davantage. Honnêtement, en regardant Sultan, elle voyait mal par quel autre moyen il avait pu réussir à les franchir. Elle supposait que la rosette bleue correspondait à une très honorable place de deuxième. Mais, dans ce cas, combien y avait-il eu de candidats à s'affronter dans cette catégorie particulière ? Elle prit une inspiration et s'appliqua à remettre la conversation sur les rails.

— Pour venir ici de chez vous, vous passez par la ferme du Criquet ?

Mme Foscott hocha la tête.

— Mais je ne peux pas prétendre que j'y fasse très attention. J'essaie même de ne pas regarder de ce côté-là, en fait, vu son état lamentable ! En général, elle est déserte. Mais Eli Smith y vient de temps en temps, je crois ; en tout cas, il m'arrive de voir son camion.

— Et vendredi, vous l'avez vu ?

— Non. S'il est monté là-haut et qu'il ait trouvé un macchabée, j'étais déjà rentrée chez moi. Même si j'ai failli avoir un sacré accident en repartant, et ce n'était pas ma faute !

Elle fronça les sourcils.

— J'allais sortir du club et là, vlan, une voiture passe à toute vitesse ! Une grosse Mercedes grise, qui a surgi à pleins gaz devant mon nez comme une chauve-souris de l'enfer. Je peux vous dire que j'ai enfoncé le frein au plancher ! Ces chauffards prennent les départementales pour des autoroutes et ils conduisent comme des malades sous prétexte qu'il n'y a personne ! Mais ce sont des routes à une voie, et sans accotement !

— À quelle heure cela s'est-il produit, madame ?

— Oh, vers quatre heures de l'après-midi, ou un peu plus. Il avait commencé à pleuvoir. Je suis passée au bureau là-bas (Mme Foscott désigna d'une main vague la direction des écuries) pour les prévenir qu'on avait remis Sultan dans son box. Charlie a rapporté la selle et ensuite, nous sommes montées dans la voiture. Je me suis approchée de la route et je me suis arrêtée pour regarder à droite et à gauche, comme d'habitude, et comme je n'ai rien vu, j'ai pensé que c'était bon et j'ai avancé, sauf que ce fou du volant a débouché au même moment à fond la caisse. Il a failli m'arracher le pare-chocs ! Charlie a hurlé comme un porc qu'on égorge. Elle a cru que notre heure était arrivée et j'avoue que, pendant un instant, je l'ai cru moi aussi !

Mme Foscott plissa les yeux en détaillant pensivement Jess.

— Si j'avais réussi à relever son numéro, je vous l'aurais signalé tout de suite !

Jess se demanda si, pour cette femme, les officiers de la brigade criminelle se doublaient tous d'agents de la circulation. Puis elle comprit que ce compte rendu détaillé était destiné à établir clairement que Selina n'était pour rien dans cet accident évité de justesse. Penny, récapitula la jeune femme, avait doublé une voiture suspecte d'apparence similaire peu avant ce second incident. Elle en avait parlé à Andrew Ferris, qui avait téléphoné à Eli Smith. Mais la Mercedes dont parlait Selina était passée devant les écuries au moins vingt minutes après le moment où Penny l'avait aperçue. Cela signifiait que son conducteur n'avait pas démarré tout de suite. Pourquoi ? Pour être sûr qu'il ne rattraperait pas Penny sur la route ? Ou parce qu'il avait quelque chose à faire avant de repartir ? Un coup de téléphone à passer ? Une tentative de nettoyer le véhicule ? La cour d'Eli Smith était extrêmement boueuse…

— Bon, revenons à nos moutons, reprit soudain Mme Foscott avec ce ton dominateur qui lui était naturel. Comment est morte cette fille ?

— Nous ne divulguons pas encore de détails, madame, je suis désolée. D'ailleurs, en toute franchise, nous ne le savons pas pour le moment. Nous attendons le rapport du médecin légiste. Sans lui, nous ne pouvons pas avoir de certitude.

— Oh, je sais bien ! répondit sèchement la femme. Je ne suis pas idiote ! Ce que je vous demande, c'est... est-ce une arme à feu qui l'a tuée ?

— Ah... fit Jess, surprise. Pas à notre connaissance, non. Mais comme je vous l'ai dit, l'autopsie...

Selina ne la laissa pas achever.

— Ah ! Alors, dans ce cas, coupa-t-elle d'un ton satisfait, Eli Smith n'a rien à voir là-dedans !

Elle fixa Jess d'un œil menaçant et reprit :

— Si, pour une raison ou pour une autre, le vieil Eli voulait tuer quelqu'un – par exemple, s'il avait surpris cette fille en train de rôder dans sa ferme – il l'aurait abattue, elle ou n'importe qui d'autre, avec un fusil.

— Pourquoi ? hasarda faiblement Jess.

Mme Foscott parut ravie d'avoir enfin réussi à la désarçonner.

— Parce que c'est la façon de faire des Smith ! répliqua-t-elle, triomphale. Vous n'en avez pas entendu parler ? Le double meurtre à la ferme ?

— J'ai cru comprendre que Nathan Smith avait tué ses deux parents à coups de carabine...

Selina hocha la tête.

— C'est ça ! C'est ce qu'a fait Nathan et c'est ce que ferait Eli aussi, assura-t-elle en secouant la tête. Je me souviens très bien de cette histoire sordide. Cela n'a surpris personne à l'époque. Les Smith étaient une famille très bizarre. Ils ne se mélangeaient pas avec les autres. Les gens comme ça n'ont pas beaucoup d'imagination, en général. Quand ils trouvent une méthode qui marche, ils s'y tiennent ! Croyez-moi, si Eli décidait de tuer quelqu'un, il le ferait de la même façon que son frère Nathan. Il n'a pas assez de cervelle pour aller imaginer autre chose…

Elle dévisagea quelques instants Jess, qui gardait le silence.

— Alors ça y est, c'est tout ? Vous n'avez plus besoin de moi ?

Jess se ressaisit.

— Non, euh… En tout cas pour l'instant. Mais pourriez-vous me donner votre adresse et votre numéro de téléphone, madame ? Pour le cas où j'aurais d'autres questions à vous poser à propos de la Mercedes que vous avez vue ?

— Mais volontiers ! répondit presque joyeusement Selina. Je suis ravie de pouvoir aider !

Lorsqu'elle se fut éloignée, Jess sortit son portable et appela Phil Morton.

— Phil ? Consulte les données de la circulation. On m'a parlé d'un incident impliquant une Mercedes gris métallisé vendredi, entre seize heures et seize heures trente. S'il y a quelque chose de bien dans le Gloucestershire, c'est la quantité de radars sur la route. Alors si cette voiture roulait à tombeau ouvert – et un témoin m'a assuré que c'était le cas –, elle a forcément été flashée. Et si le conducteur pensait à autre chose, par exemple à un cadavre dans une étable, il ne l'a peut-être même pas remarqué.

Debout devant sa psyché, Lindsey Harper étudiait son reflet. Le soleil couchant nimbait l'atmosphère d'une chaude lumière dorée qui parvenait même à donner une jolie couleur à ses cheveux. Très loin du blond sexy, ceux-ci tiraient naturellement sur le jaune, de sorte que Lindsey fréquentait avec assiduité le coiffeur pour des colorations. Mais les nombreuses heures qu'elle passait au grand air avaient vite raison de la teinture et ils ne tardaient pas à retrouver leur jaunâtre d'origine.

Lindsey était grande et forte. Non pas grosse, mais très charpentée. En somme, bâtie comme un homme. Il en avait toujours été ainsi. Lorsqu'elle était enfant, les gens la prenaient pour un garçon. Un garçon vigoureux, coutumier des activités au grand air, costaud et sérieux. Deux adjectifs qui la définissaient parfaitement…

Elle poussa un soupir. Elle était rentrée du haras une heure plus tôt et s'était douchée et changée. Pour Mark, son mari, qui arriverait d'une minute à l'autre, elle avait enfilé une robe. Mark devait revenir cet après-midi d'un voyage d'affaires. Pendant des années, Lindsey avait entendu sa mère lui marteler qu'une femme devait veiller à se faire belle pour son mari. Hélas, les robes ne lui allaient pas. Pantalons, jodhpurs, bottes d'équitation, pull-overs à grosse maille et gilets sans manches convenaient beaucoup mieux à sa morphologie.

— On dirait un piano droit qu'on a recouvert d'un drap pour le décorer, soupira-t-elle. On voit la forme générale, avec juste des angles droits, et la robe a l'air d'un simple morceau de tissu.

C'était d'autant plus ennuyeux que le morceau de tissu avait coûté une fortune…

La porte d'entrée claqua soudain au rez-de-chaussée et Lindsey perçut des pas dans le couloir. Mark était rentré. Elle n'avait pas entendu la voiture arriver : il avait dû se garer dans la rue, alors que la chambre à coucher donnait sur l'arrière. Sans le voir, elle savait ce que faisait son mari à présent : il se servait un whisky dans le salon.

Elle brossa la robe d'un geste distrait et descendit le rejoindre.

— Ah, tu es là ? fit-il sans la regarder. Je te croyais encore au club.

— J'en suis repartie plus tôt. Je voulais être là quand tu arriverais.

Cette déclaration d'affection conjugale manqua manifestement son objectif.

— Tu veux un verre ? demanda-t-il.

— Du gin avec du tonic, s'il te plaît, répondit Lindsey, abandonnant l'approche « petite femme douce ». (Après tout, qui espérait-elle tromper ? Pas elle-même, et encore moins Mark.) Tu as eu du monde sur la route ?

— Comme d'habitude.

— Et tes affaires ? Tout s'est bien passé ?

— Oui, je pense.

Il lui apporta sa boisson et elle s'assit sur le canapé pour la siroter. Il se laissa tomber dans un fauteuil.

— Qu'est-ce qu'il y a pour le dîner ?

— Du curry d'agneau.

Pour la première fois, Mark parut intéressé ou, plus précisément, il eut l'air surpris.

— C'est toi qui l'as préparé ?

— J'ai fait le riz. Le curry d'agneau est de chez M & S.

— Ah, du surgelé ?

— Non, une boîte. Mais il est très bon. La dernière fois, ça t'avait plu.

— Ah, d'accord, c'est bien…

Son attention était déjà ailleurs. Il ne se souciait pas de ce qu'il allait manger, ni de savoir qu'elle ne l'avait pas confectionné elle-même. Lorsqu'ils s'étaient installés ensemble, il avait tout de suite proposé d'engager une cuisinière. Celle qu'ils avaient prise s'était révélée catastrophique et, depuis, Lindsey se contentait de l'aide d'une femme de ménage, qui venait chaque jour astiquer les vastes pièces de leur maison de ville victorienne.

— Tu sais, il y a eu un crime à la ferme du Criquet, annonça-t-elle.

Son mari s'était adossé au fauteuil et avait fermé les yeux. Il les rouvrit à ces mots.

— Oui, je sais, mais pourquoi me parles-tu de ça ? C'est de l'histoire ancienne, ça s'est passé il y a des lustres…

— Non, pas les Smith… Il y a eu un autre meurtre. Ils ont trouvé un corps là-haut.

Mark la regarda fixement durant un moment interminable.

— Si tu pouvais arrêter de raconter des conneries…

Lindsey sentit une vague de chaleur envahir son cou et ses joues et elle agrippa son gin tonic. Une autre femme l'aurait sans doute lancé au visage de son conjoint. Elle, toutefois, s'accrochait encore à son mariage.

Mais pourquoi, nom d'un chien ? interrogea une petite voix dans sa tête.

Elle répondit mentalement à la question : *Au moins le temps qu'il faudra pour en sortir avec dignité, et avec des compensations décentes. Je connais assez bien mon époux pour savoir que c'est un sale type et qu'il est vindicatif.*

— Eli Smith a trouvé le corps d'une jeune femme dans un bâtiment de sa ferme. La police est venue au haras aujourd'hui. Juste une femme, en fait : une femme inspecteur.

— Bon Dieu ! s'exclama Mark. C'est tout ce qu'ils ont trouvé à vous envoyer ?

Lindsey but la majeure partie de son verre avant de répondre, afin d'être sûre de ne pas lui envoyer le liquide à la figure.

— Elle a parlé avec Penny et Andrew Ferris, et aussi avec Selina Foscott.

Elle avait son attention, tout à coup.

— Et pas avec toi ?

— Non. Enfin, pas vraiment. Je lui ai dit que je ne pouvais pas l'aider. Le corps a été retrouvé hier et moi, j'étais là-bas, mais je ne suis pas du tout allée du côté de la ferme du Criquet.

— Bon, super, conclut-il. Comme ça, on n'aura pas besoin de s'embêter avec ce problème.

Le silence s'installa et Lindsey songea à ce qu'elle avait décidé de lui dire ce soir-là. Elle avait préparé l'angle d'approche avant que le corps découvert à la ferme du Criquet ne vienne leur fournir un sujet de conversation inespéré ou, du moins, déclencher ce qui pouvait passer pour une conversation entre mari et femme. Elle avait prévu de lui demander négligemment des précisions sur son « voyage d'affaires », ce qui conduirait à lui poser la véritable question. Mais en fait, à quoi bon adopter des voies détournées ? Ce ne serait qu'une perte de temps. L'effet de surprise se révélerait plus efficace, maintenant que la nouvelle du meurtre avait un peu déstabilisé Mark.

Aussi lança-t-elle d'emblée sa question d'un ton neutre :

— Est-ce que tu as une maîtresse, Mark ?

Il releva la tête vers elle et la dévisagea avec des yeux ronds.

— Est-ce que j'ai *quoi* ? fit-il. Qu'est-ce que c'est que cette question débile ?

— Je dirais que c'est une question directe.

La nervosité lui donnait la nausée, mais elle s'efforça de ne rien laisser paraître.

Mark était secoué, visiblement. Il se leva pour aller se servir un deuxième whisky.

— Qu'est-ce qui a pu te mettre cette putain d'idée dans la tête ?

— Tu es tout le temps absent, tu ne me racontes jamais ce que tu fais, tu…

— Je voyage pour mon boulot ! s'écria-t-il en faisant soudain volte-face. Je bosse pour gagner du fric, pour que tu puisses avoir le niveau de vie auquel tu as été habituée.

D'un geste il désigna la pièce autour d'eux.

— Ce n'est pas moi qui ai choisi cette maison ! protesta-t-elle.

— N'empêche que tu n'as pas dit non quand je t'ai proposé de venir y vivre avec moi ! Tu n'as pas refusé de m'épouser, que je sache !

— Non, concéda Lindsey à regret. J'ai été flattée. Pourquoi as-tu voulu te marier avec moi, d'ailleurs ? Je te le demande, mais en fait, je le sais très bien : tu avais besoin d'une femme qui te fasse accéder à la haute société ! Et j'ai été cette femme-là ! Et ça y est, tu as eu ce que tu voulais, non, grâce à moi ?

Mark la fixait maintenant, plongé dans ses réflexions. Elle entendait presque les rouages tourner à l'intérieur de son cerveau.

— Mais qu'est-ce qui te prend, bon sang, de m'entraîner dans une conversation pareille ? finit-il par demander. Tu n'as pas assez d'argent ? Tu as envie de t'acheter un nouveau cheval ? Eh bien, vas-y, fais-toi plaisir !

— Pourquoi pas ? rétorqua Lindsey d'un ton sec, renonçant cette fois à masquer sa colère. Penny a justement besoin d'un cheval supplémentaire pour les leçons au club.

— Attends, je n'ai pas l'intention d'offrir un canasson pour la petite Gower, moi ! Je parlais d'un vrai cheval de concours, pour toi ! Que tu placerais dans un *vrai* haras qui organise de *vraies* compétitions !

— Et comme ça, tu m'auras encore moins dans les pattes ?

Mark s'approcha du canapé et se posta devant elle pour la considérer de toute sa hauteur.

— Tu as besoin d'avoir un but dans la vie, lui dit-il d'une voix douce. Tu as besoin de quelque chose qui t'occupe et qui t'empêche de divaguer comme ça, et d'aller t'inventer des histoires à dormir debout. Alors continue à décrotter tes canassons puants si ça te fait plaisir, mais réfléchis aussi à l'idée que je te donne, celle de te lancer dans les concours. Moi, de mon côté, je me concentrerai sur mon travail pour gagner l'argent qui te permettra de payer tout ça et de faire tout ce qui te chante.

Il eut un sourire froid.

— Au fait, je n'ai pas de maîtresse, ajouta-t-il. Mais si j'en avais une, tu crois vraiment que je te le dirais ?

Il tendit la main et lui caressa du doigt le dessous du menton.

— Petite imbécile, conclut-il. Ne reviens plus jamais me dire de choses comme ça, d'accord ?

6

— Il est dans la maison ! chuchota Joe Hegarty quand Jess passa près de lui le lundi matin.

Penché au-dessus du comptoir d'où il surveillait les entrées et les sorties, le planton levait vers elle sa tête ronde. Jess lui trouva une ressemblance avec les grotesques chimères des corniches qui, dans les églises, fixent les intrus de leur regard de pierre.

— Merci, répondit-elle.

— Il a les cheveux gris ! ajouta Joe, qui grisonnait lui-même.

— C'est bien, Joe. Je suis sûre que je vais très vite faire la connaissance du commissaire Carter.

Cette façon de le remettre à sa place ne fit ni chaud ni froid à Hegarty. Dans quelques mois, il partirait à la retraite et il avait cessé de se préoccuper des questions d'ancienneté. Il redeviendrait sous peu un civil parmi les autres, un ex-flic et, quand arriverait ce moment tant attendu, il ne se demanderait plus si son interlocuteur était inspecteur ou commissaire. Il n'aurait plus à les appeler « chef » ni l'un ni l'autre. D'ailleurs, songea Jess avec amusement, il s'entraînait déjà.

Elle lui fut cependant reconnaissante de l'avertissement, quoique l'information qu'il recelait l'ennuyât un peu. Mais soit ! Il était normal que le nouveau patron ait envie d'être là de bonne heure le premier jour, et elle-même avait veillé à ne pas avoir une seule minute de retard. De fait, elle en avait même dix d'avance, constata-t-elle en consultant sa montre, mais le commissaire Carter était arrivé encore plus tôt. Espérait-il les prendre en défaut ? Elle fut tentée de retourner sur ses pas pour demander à Joe à quelle heure exactement il était arrivé, mais elle se ravisa : cela lui ferait trop plaisir de la savoir nerveuse.

C'est vrai que je suis nerveuse, reconnut-elle en son for intérieur tandis qu'elle s'engageait dans l'escalier. Toutefois, le nouveau patron n'en était pas la seule cause : elle avait une enquête pour meurtre sur les bras. La façon dont on avait commencé à la mener et les progrès que l'on réaliserait dans les jours et les semaines à venir seraient déterminants pour l'image que Carter aurait de l'équipe. Si l'on se montrait efficace, tout serait plus facile à l'avenir. Si l'on échouait à résoudre l'affaire, il ne l'oublierait pas et s'arrangerait sans nul doute pour que toute l'équipe s'en souvienne aussi.

À cette heure matinale du lundi, Jess aurait dû croiser du monde dans les couloirs, des collègues occupés à prendre des nouvelles les uns des autres ou à se raconter leur week-end. Ce jour-là, il n'y avait personne. Certes, deux membres de l'équipe étaient en vacances et une troisième en congé de maladie, mais les autres faisaient profil bas, semblait-il. Ils devaient déjà être à leur bureau.

Elle s'arrêta devant celui que Morton partageait avec Nugent – celui qui transpirait sur les greens de golf d'Algarve – et Phil releva vivement la tête.

— Ce n'est que moi, lança-t-elle avec un sourire ironique.

— Il est là ! la prévint-il. Il est même venu me voir ! Il s'est présenté, il m'a annoncé qu'il y aurait une réunion à dix heures et il est reparti ! Ce n'est pas un grand bavard, notre commissaire ! Vu qu'il n'y a que toi, Stubbs, Bennison et moi, ça va être assez intime, comme réunion…

Jess acquiesça avec un soupir.

— Où est-ce qu'on en est ? interrogea-t-elle.

— Eh bien, le Dr Palmer a appelé il y a trois minutes pour dire qu'il commençait l'autopsie à neuf heures et demie ce matin.

— Ah… fit Jess, contrariée. Cela signifie que l'un de nous va rater le briefing de dix heures. Parce qu'il faut qu'il y ait quelqu'un là-bas, évidemment. Tu l'as dit à Carter ?

— J'allais le faire. C'est moi qui m'y colle, je suppose ? Je vais devoir regarder le Dr Palmer travailler ! Toi, tu n'as pas le choix, tu dois rester ici…

— Oui. Et d'ailleurs, tu ferais bien de partir tout de suite. Palmer est quelqu'un de très ponctuel.

— C'est toujours sur moi que ça tombe ! marmonna Phil en se levant. Ah ! Au fait, j'ai quelque chose pour toi…

Il saisit un dossier sur sa table et le lui tendit.

— Tu m'as demandé de chercher des choses sur Eli Smith, alors je suis repassé ici vendredi soir, puisque, en plus, il devait venir signer sa déposition samedi. Avant qu'il arrive, j'ai voulu vérifier s'il n'était pas fiché. J'ai aussi fait une recherche sur la ferme du Criquet, pendant que j'y étais, et je n'ai pas été déçu.

Il s'autorisa un sourire satisfait.

— Je t'ai tout imprimé, conclut-il.

— Merci. Et il est venu pour sa déposition samedi matin, alors ? s'enquit-elle en prenant le dossier. En fait, je crois déjà savoir ce qu'il y a là-dedans. Un double meurtre à la ferme, c'est ça ?

— Ah, tu es au courant ? s'exclama Phil, un soupçon de déception dans la voix. Ça s'est passé il y a vingt-sept ans, et oui, le pauvre vieux est venu mettre sa petite croix samedi, comme promis. Je n'arrive toujours pas à croire qu'il ne sache même pas écrire son nom ! Il n'a pas changé une virgule par rapport à ce qu'il nous a raconté vendredi.

Il désigna le dossier d'un geste vague.

— Avec cette histoire, pas étonnant qu'on l'ait trouvé dans ses petits souliers l'autre jour ! Moi, j'ai toujours dit qu'il fallait se méfier des paysans ! On en voit des vertes et des pas mûres à la campagne…

Dès qu'elle ouvrit le dossier, Jess tomba en arrêt sur la première page. Phil s'alarma aussitôt.

— Qu'est-ce qu'il y a ?

Elle parvint à chasser l'étonnement de son visage.

— Rien, répondit-elle.

C'était faux, bien sûr : un détail venait de la frapper, alors qu'il n'avait sans doute pas retenu l'attention de Phil. Penny Gower avait dit ignorer lequel, de Nathan ou d'Eli, était l'aîné. Manifestement, elle ne connaissait pas tous les détails de la tragédie des Smith. Car les frères étaient des jumeaux. *Tout comme Simon et moi*, pensa-t-elle, perturbée.

Jess connaissait bien la grande proximité qui pouvait exister entre jumeaux. À l'époque où toute la famille vivait sous le même toit, elle savait à chaque instant ce que pensait son frère. Et lui-même avait avec elle ce même lien de télépathie. Chacun anticipait les réponses, les réactions, les intentions de l'autre. Lorsque, devenus grands, le frère et la sœur étaient partis dans des directions différentes, cela avait été très dur de ne plus savoir ce que faisait l'autre. Mais lors de ses rares visites à la maison, Simon lui parlait de son travail de médecin avec une franchise qu'il ne pouvait pas – ou ne voulait pas – adopter vis-à-vis de ses parents. Car si leur père avait sans doute une idée assez claire des dangers que couraient Simon et ses confrères, leur mère, elle, imaginait toutes sortes de périls… et n'avait probablement pas conscience de la réalité.

Et les frères Smith ? Le glissement progressif de Nathan vers le désordre mental et la volonté meurtrière s'était-il communiqué à son frère au cours des semaines qui avaient précédé le drame ? Cela avait-il vraiment été un choc pour Eli de découvrir la cuisine aspergée de sang en rentrant du marché ? Ou ce massacre n'avait-il été que le point culminant prévisible d'une longue gestation dans l'esprit de son frère ? S'était-il tout simplement dit que Nathan avait fini par passer à l'acte ? Et s'était-il senti coupable ? Avait-il pensé qu'il aurait dû anticiper la chose, connaître le niveau d'angoisse et de frustration de son frère ? Nathan avait-il proféré des menaces à l'encontre de ses parents ? Et son suicide, ensuite ? Eli n'en avait-il pas eu la prémonition ?

Elle s'immobilisa dans le couloir qui menait à son bureau quand une autre pensée la frappa. En hâte, elle feuilleta le dossier. Nathan et Eli semblaient être de vrais jumeaux, mais ce détail n'était mentionné nulle part. Eli avait eu un alibi pour expliquer son absence au moment du meurtre : il se trouvait au marché aux bestiaux. Des gens l'avaient vu là-bas. Toutefois, les Smith formaient une famille solitaire. Ils ne se mêlaient pas aux autres, avait affirmé Selina Foscott, qui était petite fille à l'époque. La tragédie faisait partie de ses souvenirs d'enfance. Elle avait grandi dans la région et, même si ce n'était pas une femme très agréable et qu'elle veuille toujours avoir la main haute dans les conversations, elle se révélerait une source d'informations précieuse. Ainsi, si les frères Smith n'étaient amis avec personne, peut-être Eli n'avait-il pas adressé la parole aux paysans du marché ce jour-là. Était-il possible que ce fût Nathan, et non Eli, qui s'y soit rendu ? Et qu'Eli ait tiré les coups fatals avec le fusil ?

Jess secoua la tête. Cela signifierait que Nathan avait endossé la responsabilité du crime de son frère. Pourquoi l'aurait-il fait ? Non, Nathan était bel et bien l'assassin, et le remords, la dépression ou l'instabilité mentale l'avaient poussé à mettre fin à ses jours juste ensuite. Néanmoins, Jess avait du mal à chasser de son esprit le brutal commentaire de Selina : « Croyez-moi, si Eli décidait de tuer quelqu'un, il le ferait de la même façon que son frère. » Parce que, songea Jess, c'était en effet ce que ferait un frère jumeau.

Avec les hypothèses suscitées par la découverte qui occupaient ainsi l'esprit de Jess, le commissaire Carter était passé au second plan. Tel fut du moins le cas jusqu'au moment où elle pénétra dans son bureau, le dossier ouvert dans les mains et les yeux fixés sur les pages imprimées, et que le bruit d'un pied heurtant le sol la fit sursauter.

Un homme était posté devant la fenêtre. Il lui tournait le dos, mais sa haute stature et son attitude très droite évoquèrent à Jess les militaires que fréquentait son père jadis. Il avait d'épais cheveux gris et portait un costume que, sans être spécialiste en la matière, Jess jugea onéreux. Même sans sa formation d'inspecteur de police, elle aurait deviné de qui il s'agissait.

La surprise ranima les braises de son agacement latent. S'il souhaitait la voir, pourquoi Carter ne lui avait-il pas laissé un message la priant de passer à son bureau dès son arrivée ? Il aurait également pu patienter jusqu'à la réunion de dix heures. Mais entrer ici en son absence, fureter dans son environnement et la prendre de court de cette façon… Avant même d'avoir vu son visage ou entendu sa voix, elle s'était déjà fait une opinion négative du mode de fonctionnement de son nouveau supérieur.

Aussi, lorsqu'il se retourna et lui lança son « Bonjour ! », se contenta-t-elle d'une réponse plutôt sèche.

L'espace d'un instant, il parut surpris, et elle s'aperçut qu'elle fronçait les sourcils. Elle se reprit et afficha une expression neutre.

— Commissaire Carter ? Je… Nous sommes très heureux de vous voir.

— Merci, acquiesça-t-il. Et vous êtes l'inspecteur Jessica Campbell, je présume ? Enchanté !

Il lui tendit la main et elle la prit. Il savait comment serrer la main aux femmes, remarqua-t-elle. Il n'écrasait pas les doigts en une poigne trop masculine, mais ne balançait pas non plus votre main dans sa paume comme s'il s'agissait d'un œuf Fabergé.

On en avait terminé avec l'échange de politesses. Maintenant qu'elle voyait son visage, Jess constatait que son interlocuteur était plus jeune que ne le laissaient présager ses cheveux poivre et sel. Quarante-cinq ans, estima-t-elle. Certaines canities survenaient très tôt.

Jess désigna le dossier qu'elle tenait à la main.

— Le sergent Morton vient de me remettre cela. On a dû vous dire que nous avions une nouvelle affaire de meurtre ?

— Oui, et j'imagine que c'est en rapport ?

Il parlait d'un ton calme, mais il y avait un indéniable malaise dans l'air. Tous deux ressemblaient à deux étrangers se rencontrant dans un cocktail guindé, debout face à face et cherchant maladroitement quoi se dire.

Jess songea soudain à Alan Markby, son supérieur à son précédent poste. Lors de leur premier contact, elle l'avait trouvé intimidant, mais il s'était tout de suite appliqué à la mettre à l'aise. Cet homme, se dit-elle, n'avait pas le talent de Markby en matière de relations humaines. La poignée de main initiale, qui lui avai fait bonne impression contre toute attente, avait été trompeuse. Mais soit : c'était le premier jour de Carter. À la différence de ce qui s'était passé avec Markby, ce n'était pas le supérieur qui accueillait un nouveau membre dans son équipe, mais l'inverse. Le supérieur était le nouveau et, par un curieux renversement des rôles, il était accueilli, et évidemment jugé, par ceux qui se trouvaient déjà dans la place.

Elle se ressaisit.

— Oui, monsieur ! Le corps est celui d'une jeune femme que nous n'avons pas encore identifiée. Il a été découvert par un dénommé Eli Smith, propriétaire de la ferme du Criquet, dans une étable désaffectée de son domaine.

Carter haussa les sourcils.

— Désaffectée ?

— La ferme n'est plus exploitée. Smith est toujours propriétaire du terrain et il utilise la cour pour un vague commerce de ferraille. Quand nous sommes allés là-bas, vendredi, il avait de vieilles machines dans son camion, des cuisinières, des lave-linge… En fait, il n'habite pas sur place, mais juste à côté. La maison est condamnée par des planches.

Elle désigna le dossier.

— La raison à cela est là-dedans. Autrefois, Smith vivait là avec ses parents et son frère. Et puis un jour, il y a de cela vingt-sept ans, son frère a pris un fusil de chasse et il a tué ses deux parents. Eli n'était pas présent, il était parti à un marché au bétail. Beaucoup de témoins l'ont vu là-bas. Il a eu de la chance, sans doute : s'il avait été là, rien ne dit que son frère Nathan ne l'aurait pas abattu lui aussi…

— Trois meurtres pour une même ferme, donc ? Sinistre coïncidence… Quel genre de personnage est ce Smith ?

— Un drôle de bonhomme, répondit Jess. Il doit avoir dans les soixante ans. Il nous a raconté qu'il était juste venu à la ferme pour déposer un chargement de ferraille et qu'il avait découvert le corps par hasard. Mais samedi matin, je suis allée enquêter dans un petit club équestre qui se trouve à quelques centaines de mètres de la ferme, au bas de la colline. Penny Gower, sa propriétaire, a vu une Mercedes garée au bord d'un champ, entre la ferme et les écuries, le vendredi après-midi. Au moment où elle est passée, le conducteur s'est brusquement baissé sur le siège avant, comme s'il ne voulait pas être vu. Elle a parlé de cet incident à un ami, un certain Andrew Ferris, qui l'attendait au haras quand elle est arrivée. Il a trouvé ça suspect et a jugé bon d'appeler Smith sur son portable. C'est ce coup de téléphone qui a poussé ce dernier à monter à la ferme environ une heure plus tard, pour vérifier si tout était en ordre. Il a dit à Ferris qu'il avait de la ferraille à apporter là-bas de toute façon. C'est drôle qu'il ne nous ait pas du tout parlé de l'appel de Ferris quand nous l'avons interrogé. Lorsque j'ai fait remarquer ce détail à Gower et à Ferris, ça n'a pas eu l'air de les étonner. Il paraît que cela n'a rien de surprenant quand on connaît Eli Smith. Ils semblaient même trouver ça amusant.

Elle tapota le dossier.

— On peut le comprendre, quand on lit ça… Cette ferme est chargée de souvenirs terribles pour lui. Il était très agité de savoir qu'un nouveau corps se trouvait sur sa propriété, et il a eu l'air encore plus mal quand nous lui avons dit que nous allions devoir entrer dans la maison condamnée. Avec le double meurtre qu'il y a eu autrefois, il se doute bien qu'on risque de trouver la coïncidence étrange. Il m'a dit qu'il se faisait du souci pour ce qu'allaient raconter ses voisins. Sauf que, comme l'a souligné Phil Morton, il n'a aucun voisin ! Il vit à un kilomètre de la ferme, dans un cottage isolé au milieu des champs. Ah ! Et il est illettré…

— Un suspect possible ? s'enquit Carter de sa voix calme.

— Je ne crois pas, répliqua Jess avec fermeté, réfutant du même coup ses récentes conjectures. Il aurait mis le corps ailleurs, non ? Pas aussi près de sa ferme, et en aucun cas dans son étable. Ce ne sont pas les possibilités qui manquent à la campagne : il aurait pu abandonner le corps n'importe où, ou même l'enterrer dans un champ. Personne n'en aurait jamais rien su.

— On peut dire la même chose de l'assassin, fit remarquer Carter.

Elle s'aperçut qu'il l'observait avec attention. Il avait les yeux noisette, pensa-t-elle, et son regard était froid. Cela l'angoissa autant que la première image qu'elle avait eue de lui, debout à la fenêtre.

— Oui, reconnut-elle. Il est très bizarre que l'assassin ait placé le corps dans cette étable… Sauf, bien sûr, si c'est là que le meurtre a été commis.

— Même dans ce cas, il aurait été logique de ne pas le laisser sur place. Si la cour est utilisée d'une manière ou d'une autre, il était probable que quelqu'un viendrait tôt ou tard, et il y avait toutes les chances que le cadavre soit découvert.

Le silence plana quelques instants, puis Jess reprit lentement la parole :

— Vous insinuez que le corps a été laissé là pour qu'on le trouve ? C'est étonnant, Eli Smith aussi a affirmé qu'il avait été mis là exprès. Pour que ce soit lui qui le découvre. L'assassin serait donc quelqu'un qui savait ce qui s'était déjà passé à la ferme, et qui en voulait à Eli pour une raison ou pour une autre.

— Avez-vous vérifié cela ? Qui pourrait en vouloir à Smith ?

Il y avait quelque chose de déstabilisant dans l'expression toujours neutre de Carter et dans son flegme imperturbable.

— Nous allons le réinterroger. Pour le moment, nous n'avons pas vérifié, non. J'ai parlé avec une femme qui est née ici, une certaine Selina Foscott. Elle était petite fille à l'époque du double meurtre et elle se souvient que les Smith étaient des gens assez solitaires. Mais n'est-il pas improbable qu'une personne aille jusqu'à tuer une jeune femme dans le seul but de mettre Smith dans l'embarras ? De plus, ajouta Jess en prenant le parti d'ignorer le léger froncement de sourcils de son interlocuteur, il y a un autre suspect possible.

— Le conducteur de la Mercedes arrêtée ?

— Oui. Il a été vu une deuxième fois très peu de temps après la première : Selina Foscott quittait le club équestre et, en s'engageant sur la route principale, elle a failli percuter une Mercedes grise lancée à très vive allure. Elle a évité la collision de justesse.

— Et que faisons-nous pour localiser le chauffeur très timide de cette Mercedes ?

« Nous », et non pas « vous ». Jess apprécia ce détail.

— Phil Morton s'est adressé au service de la circulation, monsieur, pour voir si un radar ne l'aurait pas flashé. Et nous avons aussi trouvé un peu de peinture gris métallisé sur un piquet à l'entrée de la ferme : cela pourrait prouver que notre homme était bien là-haut cet après-midi-là. L'expertise nous dira si la peinture vient de la Mercedes. Mais cet individu est de toute façon suspect.

— Et l'autopsie ? Elle est prévue pour aujourd'hui ?

Mince ! Elle avait oublié. Elle se sentit rougir.

— À neuf heures trente ce matin, monsieur, alors…

Elle consulta sa montre.

— … comme elle va débuter bientôt, le sergent Morton a dû partir pour y assister. Je sais que vous vouliez nous voir tous à dix heures, mais maintenant, Morton est sorti, deux membres de l'équipe sont en vacances et une autre est malade…

— Oh, laissons tomber le briefing de dix heures ! coupa Carter. Je rencontrerai tous ceux qui sont là quand Morton reviendra. En attendant, ce qui m'intéresse, c'est de voir la ferme du Criquet et l'endroit où on a trouvé le corps. Pourriez-vous me conduire là-bas ?

— Quoi ? Maintenant ?

— Oui, maintenant. Sauf si vous avez quelque chose de plus urgent à faire.

— Euh… non… répondit-elle en fourrant le dossier dans le minisac à dos qu'elle emportait partout en guise de sac à main. Bien sûr, monsieur, je serai ravie de vous montrer la scène de crime. Je vais voir si je trouve les clés de la ferme. C'est Phil Morton qui est allé les chercher, elles doivent être dans son bureau.

— Parfait ! Et en chemin, vous me direz tout ce que j'ai besoin de savoir…

La ferme du Criquet apparaissait comme une maison abandonnée, mais de nombreux signes de l'activité qui s'y était déroulée à la fin de la semaine précédente demeuraient visibles. Le ruban de plastique bleu et blanc flottait encore en travers de l'entrée de la cour. Il n'y avait plus personne pour surveiller les lieux, ce qui signifiait que l'équipe technique avait achevé son travail. Des badauds viendraient sans doute bientôt, attirés sur la scène de crime par une curiosité macabre, mais pour le moment, ils n'avaient pas encore trouvé le chemin de ce lieu très isolé.

Jess et Carter passèrent sous le ruban et elle le conduisit dans l'étable. On distinguait encore un peu la forme du corps dessinée sur le sol, mais la craie était déjà en partie effacée, bien qu'il n'ait pas plu davantage au cours du week-end. Dès la prochaine averse, les dernières traces de la présence de la jeune morte disparaîtraient pour de bon.

— On ne sait pas du tout qui c'est, n'est-ce pas ? demanda Carter tout en examinant les lieux.

— Pas encore, non. Aucune disparition de personne correspondant à cette description n'a été signalée. À mon avis, c'est pourtant quelqu'un du coin. On est assez loin de la ville ici. D'un autre côté, elle était bien habillée : elle portait une tenue décontractée, mais soignée. Il y avait à côté du corps un anorak rose vif qui lui appartenait probablement et qui avait l'air neuf. D'après ses vêtements, j'ai l'impression qu'elle était sortie dans le but de rencontrer quelqu'un.

— Un homme ?

Carter se tourna pour l'interroger du regard et elle découvrit avec surprise que ses yeux, qu'elle avait crus noisette dans la lumière artificielle du bureau, étaient verts.

— Oui, c'est possible. Ou alors, elle avait prévu d'aller faire du shopping ou voir un film avec une amie…

Tous deux ressortirent dans la cour et Carter désigna la maison.

— Et là-dedans ?

— J'ignore s'ils ont trouvé quelque chose, monsieur. Le sergent Morton ne m'a rien dit, mais je ne lui ai parlé que quelques minutes ce matin, il devait partir à la morgue.

— Hum… Bon, nous ferons un point tout à l'heure. Mais puisque nous sommes là, autant jeter un coup d'œil à l'intérieur.

Il se mit aussitôt en marche vers le corps de ferme. Après une brève hésitation, Jess lui emboîta le pas.

La maison se dressait devant eux, plus sinistre que jamais. On avait retiré les planches qui barraient la porte d'entrée et celle-ci apparaissait, avec sa couche de peinture brune qui s'écaillait. Les deux fenêtres du rez-de-chaussée en façade avaient elles aussi été en partie dégagées. Des trous inégaux dans les linteaux indiquaient les points d'où les planches avaient été arrachées. À l'étage, les lattes étaient intactes, mais elles ne couvraient pas totalement les fenêtres.

Jess sortit le trousseau que Morton avait étiqueté « Ferme du Criquet » d'une main soigneuse. Elle trouva la bonne clé dès la deuxième tentative et poussa le battant, qui s'ouvrit dans un grincement. Ils entrèrent.

Une puissante odeur d'humidité, de poussière et de putréfaction saisit Jess à la gorge, lui évoquant les « miasmes morbides » du poète. À peine en eut-elle empli ses narines qu'il lui sembla qu'elle lui collait à la peau et infestait ses cheveux et ses vêtements. Elle la garderait sans doute durant le reste de la matinée, voire toute la journée. Elle songea qu'il serait bon de prendre une douche dès qu'elle aurait quitté cette maison, mais ce ne serait pas possible : elle devrait patienter jusqu'au soir.

Carter n'émit aucun commentaire. En revanche, il fut pris d'une quinte de toux et se couvrit la bouche et le nez de la main.

La porte restée ouverte derrière eux éclairait mal le couloir où ils se trouvaient, et le vieux papier peint aux motifs de roses brunes ne faisait rien pour améliorer la luminosité. Même neuf, on n'aurait pas pu le trouver joli. Il se décollait dans l'atmosphère saturée d'humidité et pendait par pans entiers, telles des couches de peau après un méchant coup de soleil. Sur le plâtre ainsi dégarni, une moisissure noire s'était formée. Jess et le commissaire examinèrent les deux pièces successives correspondant aux fenêtres de l'avant. La première avait été un salon. Elle comportait un canapé et deux fauteuils pourrissants, ainsi qu'un tapis aux tons passés qui portait les marques de boue fraîche de la récente intrusion policière. L'assise d'un des fauteuils était percée et l'on aurait dit que le crin de cheval de sa garniture avait été rongé. Répandu au sol, il ressemblait à de la ficelle entortillée noire et brillante.

Un nid pourri, pensa Jess avec un frisson. *Espérons qu'il est abandonné...*

Au-dessus de la cheminée, un miroir décoloré était suspendu au mur. Deux vases qui semblaient vieux de plus d'un siècle étaient posés sur le manteau, voilés de toiles d'araignées. Entre eux, une horloge silencieuse attendait en vain qu'une main secourable vienne la remonter. Elle s'était arrêtée à quatre heures dix, remarqua Jess, étrange coïncidence, puisque c'était l'heure à laquelle Selina Foscott avait manqué percuter la Mercedes grise.

La deuxième pièce était une salle à manger. Une épaisse couche de poussière ancienne formait une triste nappe grise sur une table en chêne et quatre chaises à haut dossier. Deux autres chaises identiques, contre le mur, suggéraient que la table était extensible. Là encore, tout semblait antérieur à la Première Guerre mondiale. Deux lithographies délavées et jaunies ornaient les murs. La première montrait deux silhouettes de femmes drapées dans des sortes de toges antiques. Elles se tenaient à l'embranchement de deux routes. L'une des femmes, qui avait le visage voilé, désignait la portion qui partait sur la droite, la seconde, l'air plus jeune, pressait une main sur sa poitrine et pointait, de l'autre, la même direction. Jess se pencha pour lire le commentaire qui figurait au-dessous :

— « Ruth et Noémie », déchiffra-t-elle à voix haute. « Où tu iras, j'irai. »

Elle se tourna vers l'image jumelle, sur le mur d'en face. Elle représentait apparemment un autre thème biblique.

— Ils n'ont jamais rien acheté de nouveau, commenta tout à coup Carter. Les grands-parents devaient déjà exploiter la ferme, et peut-être aussi les arrière-grands-parents. Mais les derniers à le faire ont été les parents. Le propriétaire actuel s'appelle Eli, c'est ça ? Son frère et lui auraient continué à travailler ces terres si tout s'était passé normalement.

Oui, si Nathan Smith n'avait pas mis un terme à cette existence toute tracée par une double rafale de coups de fusil…

Comme mus par un accord tacite, ils quittèrent la pièce et pénétrèrent dans une vaste cuisine qui occupait l'arrière de la maison. À son extrémité, une petite construction en pierre sèche servait de buanderie et abritait une essoreuse à rouleaux dont l'utilisation devait nécessiter la force d'un terrassier, ainsi qu'un large cylindre en émail gris perché sur quatre pieds en griffes.

— Une lessiveuse, affirma Carter en en soulevant le couvercle pour regarder. On y faisait bouillir le linge blanc. Elle a au moins soixante-dix ans. Ils n'ont jamais pris l'initiative d'acheter une machine à laver.

Ils revinrent dans la cuisine. Des assiettes crasseuses s'entassaient sur une étagère, des casseroles tout aussi sales étaient suspendues à des crochets et le calendrier jauni, au mur, datait de vingt-sept ans. D'épaisses toiles d'araignées formaient comme des rideaux devant les fenêtres, mais leurs occupantes les avaient depuis longtemps désertées. Dans un coin se trouvaient deux paires de bottes en caoutchouc maculées de boue séchée et un vieil imperméable miteux pendait derrière la porte.

— Dès la fin de l'enquête, déclara pensivement Jess, Eli a fermé la maison et il est parti. Il a tout laissé en l'état, exactement comme c'était. On dirait la maison de miss Havisham, dans *Les Grandes Espérances*.

Carter la considéra avec curiosité.

— Vous avez lu le livre ? demanda-t-il. Ou juste vu le film ?

— Les deux, répondit Jess, agacée. J'ai étudié la littérature anglaise.

— Moi, j'ai juste vu le film, indiqua Carter, impassible. Mais il faut dire que j'étais botaniste…

Botaniste ? Jess fut tentée de lui demander par quel chemin détourné un homme intéressé par l'étude de la nature avait pu s'orienter vers la police, mais elle se ravisa. Elle savait que l'on entrait dans la police pour toutes sortes de raisons. Elle-même avait les siennes. D'ailleurs, quelles autres possibilités Carter avait-il eues ? L'enseignement ? Tout de même, le plus logique pour lui aurait été d'intégrer la police scientifique.

Déjà, il s'était penché pour examiner le sol, puis il observa la surface de la table en bois.

— C'est ici que ça s'est passé, n'est-ce pas ? C'est dans cette pièce que l'un des deux frères a expédié ses parents dans l'oubli ?

— Nathan était assis dans la cuisine quand Eli est rentré du marché, lui expliqua Jess. Le fusil était sur la table, là. Les parents étaient morts, mais je ne suis pas sûre qu'il les ait tués dans cette pièce. Cela s'est peut-être passé dehors, dans la cour. Laissez-moi regarder le rapport…

Elle sortit le dossier de son sac à dos et se rapprocha de la fenêtre pour bénéficier du peu de lumière qui filtrait à travers les toiles d'araignées.

— « M. Smith senior a été tué dans la cuisine », lut-elle. Donc, c'était bien dans cette pièce !

Relevant la tête, elle croisa le regard de Carter et se tourna aussitôt vers la table.

Restait-il encore des traces de sang sous toute cette poussière ? Elle prit une grande inspiration et concentra de nouveau son attention sur les documents qu'elle avait à la main.

— La mère a été tuée au fond, dans la buanderie, indiqua-t-elle. Les corps n'ont pas été déplacés, il les a laissés là où ils sont tombés.

— Croyez-vous aux fantômes ? interrogea Carter à brûle-pourpoint.

Il accompagna sa question d'un léger sourire, comme pour lui signifier qu'il plaisantait. Jess songea toutefois que, si le commissaire Carter posait une question, c'était bien pour connaître ses pensées.

— Si je devais commencer à y croire, répondit-elle, ce serait peut-être ici, dans cette cuisine. Je n'ai aucun mal à imaginer Nathan Smith assis là, et Eli debout à la porte. Quoique Eli ne soit pas mort, bien sûr…

Si, il l'est, songea-t-elle soudain. À sa manière, Eli était mort le jour où, en rentrant chez lui, il avait trouvé son frère jumeau couvert du sang de leurs parents. Cette maison vide était le tombeau d'Eli. Certes son corps physique continuait de vivre dans les environs, mais son esprit était resté là, piégé, momifié, comme tout cet univers pourrissant.

Toujours souriant, Carter se contenta de hocher la tête.

Ils gravirent l'escalier grinçant pour parvenir au premier étage. En haut, la seule clarté provenait des interstices entre les planches des fenêtres, avec çà et là des pans de lumière plus larges lorsqu'un morceau de bois s'était brisé ou détaché. Une odeur âcre extrêmement désagréable imprégnait l'air. Carter sortit une petite torche de sa poche et fit danser le rayon autour d'eux. Un lit double apparut, avec des draps couverts de moisissures et un édredon en satin décomposé, une coiffeuse noire de poussière portant un plateau et des pots assortis en verre taillé, une robe de chambre suspendue à l'arrière de la porte, avec sa ceinture à glands qui traînait sur le sol. Par terre, ils aperçurent le cadavre desséché d'une souris morte depuis longtemps.

Étouffant une exclamation de dégoût, Jess désigna le mur, vers lequel Carter dirigea sa lampe : sur le papier peint noirci, on distinguait un rectangle plus pâle.

— Vous avez remarqué, monsieur ? demanda Jess. Il n'y a aucune photo. Eli a dû les emporter, il a seulement laissé les deux lithographies du rez-de-chaussée et le calendrier de la cuisine. En dehors des photos, tout est resté en l'état. Je suis sûre que les vêtements sont encore dans les placards.

Elle s'interrompit, pensive, avant de conclure :

— Si Eli a pris les photos de sa famille avant de fermer la maison pour la dernière fois, je me demande s'il les a toujours. Peut-être qu'il les a détruites…

Ils montèrent ensuite une dernière volée de marches jusqu'à une porte qui donnait sur un grenier. Quand Carter l'ouvrit, l'odeur âcre présente au premier étage s'intensifia, plus déplaisante encore. De l'obscurité s'élevèrent des bruissements nerveux que Jess identifia comme des battements d'ailes. Quelque chose vint frôler son oreille et son cœur fit un bond dans sa poitrine au moment où elle comprit.

— Des chauves-souris ! souffla-t-elle.

— Espèce protégée, commenta Carter. Smith va avoir un sacré casse-tête s'il décide un jour de revenir habiter ici.

Ils ne s'éternisèrent pas au grenier et redescendirent au rez-de-chaussée.

— Je ne vois aucun signe d'intrusion de squatters dans cette maison, ni récemment ni jamais. Une vieille bâtisse abandonnée comme celle-là aurait pu attirer des vagabonds ou des hippies, mais il n'y a ni bouteilles vides ni seringues. Rien.

— Vous pensiez qu'Eli avait pu surprendre quelqu'un et devenir violent ? s'enquit Jess.

— Pourquoi pas ? Mais si tel était le cas, nous aurions trouvé au moins des traces de présence vieilles de moins de vingt-sept ans. Jusqu'à ce que la police entre ici vendredi, cet endroit est resté intouché, exactement dans le même état qu'au moment où Eli a fermé les portes et fixé les planches. Tout comme la maison de miss Havisham, dont vous parliez tout à l'heure.

Ce fut avec un immense soulagement que Jess verrouilla la porte d'entrée derrière eux lorsqu'ils furent ressortis. Elle espéra qu'elle n'aurait jamais à revenir dans ce lieu sinistre.

Décidément spécialiste des questions inattendues, Carter l'interrogea soudain :

— Vous étiez dans l'équipe d'Alan Markby, n'est-ce pas, quand vous étiez à Cheriton ?

— Oui, monsieur.

— Et qu'est-ce qui vous a incitée à changer pour venir ici ?

— C'est surtout que je cherchais un logement, confessa Jess. Je ne trouvais rien à Bamford ni dans les villages environnants. J'ai cru un moment pouvoir acheter la maison de Meredith… Je veux dire de Meredith Mitchell, qui était fiancée à M. Markby et qui est aujourd'hui sa femme. Mais elle a retiré la maison de la vente, parce que, apparemment, M. Markby avait vendu la sienne et que celle qu'ils avaient achetée ensemble n'était pas prête. Ils se sont donc installés chez Meredith et moi, je me suis retrouvée à devoir rester dans une location minable. Alors, quand j'ai appris qu'on avait besoin d'un inspecteur ici, j'ai postulé.

— Et vous avez trouvé à vous loger ?

— Oui. J'habite à Cheltenham, au premier étage d'une vieille maison qui a été divisée en appartements.

— Très bien.

Cette fois, Jess ne put s'empêcher de poser la question qui lui brûlait les lèvres.

— Vous connaissez M. Markby, monsieur ?

— Comment ? Oh oui ! Depuis des années. Nous nous croisons de temps en temps…

Sur ces mots, il se dirigea vers la route pour rejoindre la voiture.

Il ne se gêne pas pour me poser des questions personnelles, songea Jess, *mais il n'aime pas répondre aux miennes. Logique, c'est le privilège du rang...*

Elle aurait tout de même bien aimé satisfaire sa curiosité.

7

Le soleil du soir qui inondait le bureau donnait vie à la portion de table que la femme de ménage avait négligée en nettoyant la poussière. Jess était assise devant le dossier du double meurtre du Criquet. Une longue journée de travail touchait à sa fin et, à la vérité, elle aurait pu rentrer chez elle, prendre cette douche tant désirée et enfiler des vêtements propres. Autour d'elle, ses collègues se préparaient à partir et le bâtiment se vidait peu à peu. Des bruits de pas résonnaient dans le couloir, l'écho des « Au revoir ! » échangés rebondissait contre les murs et les plafonds. En bas, des moteurs démarraient sur le parking extérieur, tandis que deux ou trois voitures venaient se garer. L'équipe de nuit serait bientôt au complet.

— Rentre à la maison, Jessica, murmura-t-elle pour elle-même.

Elle en était incapable : le dossier exerçait sur elle une attraction irrésistible. Sa triste, son horrible histoire défilait dans son esprit, avec pour cadre la maison abandonnée qu'elle avait visitée le matin. Le souvenir des rideaux couverts de moisissures, de la poussière épaisse sur les meubles et, par-dessus tout, de l'odeur nauséabonde qui continuait à remplir ses narines la retenait là. Elle tenta de se représenter le décor tel qu'il avait été en ce jour fatal. Savoir ce qui s'était passé exactement était nécessaire à l'enquête actuelle, se dit-elle. Car c'était Eli Smith et nul autre qui avait découvert le nouveau corps.

À moins que ce ne fût plutôt une fascination morbide qui la motivait… Au fond d'elle-même, elle ne pouvait s'empêcher de se poser la question. Elle tourna une page.

Dépositions des témoins, lut-elle.

Mme Doreen Warble :

« Jeudi après-midi, je suis montée à vélo à la ferme du Criquet pour chercher mes œufs. Je les achète toujours chez Millie Smith. Quand on les prend à la ferme, on est sûr qu'ils sont frais. Moi, je n'achète jamais d'œufs à l'épicerie. Et puis, je connais Millie depuis des années, on était ensemble à l'école. Il n'y a pas… enfin, il n'y avait pas beaucoup de gens qui venaient lui rendre visite, c'est le moins qu'on puisse dire… Le Criquet n'a jamais été un lieu très accueillant, mais ça, c'est à cause d'Albert, son mari ! C'était d'ailleurs une raison de plus pour que j'aille acheter mes œufs là-haut : Millie aimait bien que je vienne la voir et elle préparait toujours un gâteau pour m'accueillir. On s'asseyait dans la cuisine une petite heure et je lui donnais des nouvelles. Albert détestait ça. Il disait que prendre le thé, c'était une perte de temps !

« Il va falloir que je me rappelle de parler d'elle au passé, maintenant qu'elle n'est plus là… Quand je pense que je ne la reverrai jamais, et ni Albert non plus… C'est difficile à croire ! Il y a une phrase qu'on lit à l'église, dans le livre de prières : “La mort a frappé au cœur de la vie.” La mort, on ne sait jamais quand elle va nous prendre, pas vrai ? En tout cas, j'espère juste que moi, je mourrai dans mon lit, et pas comme cette pauvre Millie…

« Ça va me manquer, nos petites conversations du jeudi ! Et puis, où est-ce que je vais acheter mes œufs, maintenant ? Même si quelqu'un reprend la ferme, que ce soit Eli ou un autre, ça m'étonnerait que je réussisse à remonter là-haut un jour ! Je verrai toujours la ferme comme je l'ai vue jeudi…

« C'était silencieux dans la cour, mais ça n'avait rien de bizarre, c'était toujours comme ça quand je venais. Il devait être cinq heures de l'après-midi. Les poules picoraient comme d'habitude et on n'avait pas encore rentré les vaches pour la traite. En général, ils les ramènent un peu plus tard et je m'arrange pour être repartie avant, parce que ça fait un bazar pas possible sur la route et alors, c'est difficile comme tout de passer avec mon vélo. En fait, ce jeudi, je suis arrivée plus tard que d'habitude, je ne saurai jamais pourquoi. Si je m'étais pointée une demi-heure plus tôt, rien n'aurait été pareil, hein ? Peut-être que Millie serait encore vivante à l'heure qu'il est, ou que moi, je serais morte… Quand je pense que j'aurais pu être là au moment où Nathan s'est mis à tirer !

« Je n'ai pas spécialement regardé autour de moi. Je n'avais pas de raison de le faire, et puis j'étais pressée, puisque j'étais en retard ! J'ai laissé mon vélo contre le mur et j'ai fait le tour pour entrer par l'arrière. Comme d'habitude, quoi…

« En arrivant derrière, j'ai vu Eli qui fumait devant la porte. Il avait un air bizarre : il était blanc comme un linge et il regardait droit devant lui. Il n'a pas dit un mot, alors je lui ai demandé s'il allait bien. J'ai dû lui répéter deux fois la question, la deuxième presque en criant pour capter son attention, parce qu'on aurait dit qu'il ne me voyait pas.

« À la fin, il a eu l'air de revenir à lui et il m'a vraiment regardée. "Papa et maman sont morts", qu'il m'a dit.

« J'ai senti comme si mon sang se glaçait. Mais en même temps, je ne l'ai pas cru. Ce n'était pas possible, tous les deux ensemble ! Qu'il y en ait un qui ait fait une crise cardiaque et qui soit mort tout à coup, ça, d'accord ! Mais pas les deux en même temps… J'ai dit à Eli d'arrêter de raconter des bêtises. “Vous n'avez qu'à aller regarder vous-même, qu'il m'a répondu. Mais je vous préviens, ce n'est pas beau à voir !”

« C'est là que j'ai commencé à comprendre qu'il s'était passé quelque chose de moche et j'ai eu peur. Je lui ai demandé où était Nathan et il m'a répondu “Dans la maison” en lançant sa tête en arrière pour désigner la porte. J'ai aussi demandé si Nathan allait bien et il m'a répondu qu'il allait aussi bien que ça pouvait aller pour lui, vu qu'il avait perdu la boule…

« Là, je peux vous dire que j'ai été terrorisée. J'aurais bien voulu partir en courant, mais mes jambes ne m'auraient pas portée. Je suis restée clouée au sol et je me demande comment je tenais encore debout. J'étais paralysée par la peur, comme on dit.

« Et puis, j'ai pensé que je devais quand même comprendre ce qui s'était passé, ne serait-ce que pour Millie. Je me suis dit *Allez, Doreen ! Tu pourras flancher plus tard, mais là, ce n'est pas le moment !* Parce que je crois bien qu'en fait, cette pauvre Millie, j'étais sa seule amie. Moi, je ne me suis jamais souciée de ce que disait son mari. Celui-là, c'est un… Enfin, *c'était* un vieux rabat-joie. Il ne faut pas dire du mal des morts, je sais, mais je ne vois pas ce qu'on pourrait dire de gentil sur Albert Smith. Il n'ouvrait jamais la bouche, il ne vous aurait même pas donné l'heure ! Quand on lui disait bonjour, on avait droit à un vague grognement. Je crois que je ne l'ai jamais vu sourire. Quand Millie était jeune fille, elle était jolie et joyeuse. Mais dès l'instant où elle s'est mariée, elle a commencé à s'éteindre. Il lui a tué sa joie de vivre, bien avant que cette histoire arrive.

« J'ai dit à Eli que je devais aller dans la cuisine et je lui ai demandé si son frère y était. Parce que je n'avais pas envie de croiser Nathan s'il était devenu fou. À ce moment-là, je n'avais pas encore compris qu'il avait tué ses parents ; je me disais qu'il les avait peut-être trouvés morts tous les deux et que ça l'avait rendu dingue. D'ailleurs, pour vous dire la vérité, je ne voulais toujours pas croire qu'ils étaient morts tous les deux. Parce que je ne savais pas, pour le fusil…

« Eli m'a dit que Nathan avait dû monter dans la salle de bains pour se laver. Ça m'a paru un peu bizarre, mais au point où on en était ! Tout ce que je voulais, c'était être sûre qu'il n'était pas dans la cuisine. Alors je suis entrée dans la maison et Eli est resté dehors.

« J'espère, Dieu m'est témoin, qu'il ne me sera plus jamais donné de revoir un spectacle pareil pendant les jours qu'il me reste à vivre ! La cuisine, on aurait dit un champ de bataille, c'était plein de sang partout ! Une chaise était tombée par terre et il y avait Albert derrière, par terre, sur le dos, avec la tête complètement explosée. En fait, ça aurait pu être n'importe qui et, si j'ai compris que c'était lui, c'est grâce à sa montre de gousset. Il la tenait de son père et il ne la quittait jamais, il la gardait accrochée à son gilet. Hiver comme été, je ne l'ai jamais vu sans son gilet, et sans sa chaîne en or qui pendait.

« Comme je ne voyais pas Millie, je l'ai appelée plusieurs fois. Eli est arrivé derrière moi et il m'a dit qu'elle était dans la buanderie.

« J'ai fait le tour d'Albert en prenant soin de ne pas le toucher et je suis allée dans la buanderie. Cette fois, j'étais un peu préparée, si tant est qu'on puisse être préparé à une vision d'horreur comme celle-là. La pauvre Millie était assise par terre, le dos contre la lessiveuse. Il… enfin, Nathan avait dû tirer plusieurs balles sur elle.

« C'est là que j'ai enfin compris ce qui s'était passé. Je savais que Nathan était dans la maison et qu'il devait encore avoir le fusil. Alors j'ai fait demi-tour et j'ai retraversé la cuisine en courant. Je voulais sortir pour être plus en sécurité.

« J'ai trouvé Eli dehors. Il m'a dit : "Je vous l'avais bien dit…" Je lui ai demandé où était l'arme et si c'était Nathan qui l'avait. Il m'a répondu que non, que le fusil était sur la table de la cuisine. Il devait avoir raison mais, pour être honnête, je ne l'avais pas vu. Il fait toujours sombre dans cette cuisine, même au milieu de la journée, et mes yeux s'étaient dirigés directement sur Albert. Ensuite, j'ai été dans la buanderie, et quand je suis repassée, je n'ai pas pris le temps de regarder ce qu'il y avait sur la table.

« J'ai dit à Eli qu'il fallait prévenir la police, mais il ne paraissait vraiment pas du tout en état de le faire. Alors je suis allée reprendre mon vieux vélo et j'ai foncé jusqu'au Hart, qui est le pub le plus proche. J'ai tout expliqué au patron et je lui ai demandé de vous appeler [par ce "vous", le témoin désigne la police].

« Si je n'ai pas téléphoné de la maison, c'est parce que je ne savais pas ce que faisait Nathan. Je savais juste qu'il se trouvait quelque part dans la ferme et qu'il avait perdu la tête. Je ne savais pas non plus où était le fusil, si c'était lui qui l'avait ou non. Eli m'avait dit qu'il était sur la table, mais comme je ne l'avais pas vu… Nathan avait très bien pu redescendre et le reprendre pendant qu'Eli était dehors avec moi. Enfin, de toute façon, même si Nathan n'avait pas été là, je n'aurais jamais eu le courage de retourner à l'intérieur et d'enjamber Albert dans la cuisine, en sachant la pauvre Millie juste à côté, avec tous ces trous dans la poitrine. En plus, j'avais dans la tête l'idée qu'il ne fallait toucher à rien. Peut-être que c'est seulement dans les romans policiers qu'on dit ça, je ne sais pas…

« La police a demandé au patron du Hart de me garder auprès de lui jusqu'à ce qu'elle arrive. Ma foi, je n'ai pas eu besoin de me le faire dire deux fois, hein ?

Je n'avais aucune intention de retourner à la ferme ! Le patron m'a servi du brandy, mais mes mains tremblaient tellement que j'arrivais à peine à tenir le verre ! Je ne saurai jamais comment j'avais réussi à rouler jusqu'au pub sans tomber de vélo. En tout cas, ce qui est sûr, c'est que je n'aurais pas pu rentrer chez moi ensuite. Heureusement, mon fils est venu me chercher avec sa voiture, il a mis le vélo dans le coffre et il m'a ramenée. Je ne suis pas sûre que je pourrai un jour me remettre de ce que j'ai vu… »

Pauvre Doreen Warble ! Elle avait été sacrément courageuse… Jess soupira et se lança dans la lecture du deuxième témoignage, celui d'Eli Smith.

« J'étais allé au marché. On avait deux vaches à vendre. J'en ai obtenu un assez bon prix. Papa allait dire que ce n'était pas assez, mais il disait toujours ça de toute façon. Ce matin-là, quand je suis parti, il était en train de ronchonner après les prix… Comme d'habitude, quoi : papa qui rouspète, maman qui se prépare à faire une lessive, Nathan qui s'aplatit les cheveux devant la glace avec ce produit qu'il achète en ville… Papa lui avait dit que ça cocottait et qu'on se croyait dans un bordel. Il râlait aussi après ça…

« Quand je suis rentré, à la même heure que d'habitude, quatre heures et demie, je suis passé par-derrière. On fait toujours ça, personne n'ouvre jamais la porte du devant. J'ai tout de suite senti une odeur de sang et j'ai compris qu'on avait tué quelque chose. Je me suis dit qu'ils avaient dû égorger un poulet ou deux. Mais tout d'un coup, j'ai vu Nathan assis à la table de la cuisine, avec un petit sourire idiot et le fusil devant lui, sur la table. Il avait sa chemise complètement aspergée de sang. Je lui ai dit : “Mais qu'est-ce que t'as fait, Nat ?”

« Il m'a répondu qu'il avait tué papa et maman et il m'a montré du doigt papa, qui était là, par terre. Je lui ai demandé où était maman et il m'a dit qu'elle était dans la buanderie. Je suis allé regarder et c'était vrai, elle était bien dans la buanderie. Je suis retourné à la cuisine et je lui ai demandé pourquoi il avait fait ça. Il m'a répondu : “Ça commençait à bien faire.” Juste ça, *ça commençait à bien faire*... C'est tout. Alors il s'est levé et il s'est regardé, il a vu qu'il était plein de sang et il a dit “Je ferais mieux d'aller me laver, moi !” et il est parti. Je l'ai entendu monter l'escalier, et puis ouvrir les robinets dans la salle de bains.

« Je suis ressorti et j'ai allumé une cigarette. J'ai dû en fumer deux ou trois d'affilée, là, derrière la maison, sans savoir quoi faire. J'avais tout mon corps qui tremblait et, à l'intérieur, ça tremblait aussi. Et puis, Doreen Warble est arrivée pour les œufs. Je lui ai dit ce qui s'était passé et elle a plus ou moins pris les choses en main. Elle est gentille, Doreen. Maman, elle l'aimait beaucoup. »

Jess referma le dossier. S'était-on disputé sur un sujet trivial, comme le produit capillaire de Nathan ? Le père avait-il proféré une insulte de trop ? *Ça commençait à bien faire*... La goutte d'eau qui avait fait déborder le vase de nombreuses années de frustrations. Nathan avait mis un terme à l'acrimonie de son père.

Cette fois, elle rentra chez elle, se doucha et se coucha.

8

— Bien le bonjour, madame l'inspecteur ! Alors, tu viens glaner quelques détails sanglants ? J'ai terminé mon rapport d'autopsie. Il est là, quelque part…

Tom Palmer fourragea parmi les documents qui encombraient son bureau, puis se ravisa :

— Ah non, je suis bête ! Je viens de le passer à ma secrétaire ! Mais je me souviens de tout, alors si tu as des questions…

Il releva la tête vers Jess en haussant ses épais sourcils noirs.

On était à la morgue et le travail, en ce mardi matin, concernait la mort et la violence, mais Jess se surprit néanmoins à retourner au médecin légiste son sourire enjoué. Puis elle se ressaisit et afficha le sérieux professionnel de rigueur.

— J'ai vu Phil Morton. Il m'a dit que tu n'avais aucun doute sur le fait que la mort a été donnée par strangulation manuelle, c'est bien ça ?

En guise de réponse, Palmer indiqua le siège en face de lui.

— Je t'en prie, prends une chaise ! proposa-t-il en s'asseyant lui-même. Oui… J'en suis pratiquement sûr. Nous avons la fracture caractéristique de l'os hyoïde. Nous avons les hématomes sur le cou, qui concordent avec la pression des doigts, mais sans traces d'ongles. Notre étrangleur avait les ongles courts.

Il tendit vers elle ses propres mains, que recouvrait un fin duvet brun, et effectua le geste de serrer.

— Un homme, donc, à ton avis ?

— Certaines femmes ont les mains larges et se coupent les ongles, objecta-t-il d'un ton de reproche. Par exemple, je suis moi-même sorti avec une fille qui… enfin, bref, peu importe… Mais en tout cas, elle avait des mains de terrassier.

Jess jeta malgré elle un coup d'œil à ses propres mains et s'appliqua à les dissimuler. Elles n'étaient pas grandes, mais les ongles étaient courts.

— Si tu pouvais m'épargner les détails de ta vie amoureuse… suggéra-t-elle. Si originale soit-elle !

Palmer se mit à rire.

— Ce que j'ai voulu dire, c'est qu'il ne faut ni beaucoup de force ni beaucoup de temps pour étrangler quelqu'un. C'est bien pour cela qu'on dit toujours aux enfants de faire attention avec ça, non ? On leur recommande de ne jamais mettre les mains autour du cou d'un copain, même pour rire ! Si tu serres le cou de ta victime (nouvelle démonstration des deux mains), elle va très vite perdre connaissance. À cause de la pression sur la carotide, tu vois ? Le sang ne parvient plus au cerveau et, en plus, la victime ne peut plus respirer.

Il rejeta la tête en arrière et émit un râle très réaliste.

— Elle tombe dans les pommes et le meurtrier n'a plus qu'à achever le travail.

Il reposa ses mains sur le bureau.

— Merci pour la démonstration ! commenta Jess en souriant.

— Je t'en prie, tout le plaisir est pour moi ! Alors oui, ce peut être une femme qui a fait ça, une femme en bonne condition physique. Bien sûr, il a dû y avoir une lutte initiale. Notre victime a une vilaine morsure à la lèvre inférieure, je dirais qu'elle se l'est faite en se défendant. Mais si on l'a attaquée par surprise ou si elle n'avait aucune raison de se méfier de son assassin, sa réaction n'a pas été immédiate. S'il s'agit de son petit ami, alors peut-être qu'un peu de chamaillerie faisait partie du rituel de leurs… euh… de leur interaction physique.

Le médecin légiste se racla la gorge et, l'espace d'un instant, afficha une confusion inattendue.

— La victime a-t-elle eu des relations sexuelles ? interrogea Jess.

Palmer secoua la tête.

— Aucun signe de rapports récents, non, répondit-il, retrouvant sa vivacité. Elle n'était pas vierge, elle semble avoir été une jeune fille moderne… En tout cas, ajouta-t-il en évitant le regard de Jess, elle était jeune. Je dirais dix-huit ou dix-neuf ans, vingt, grand maximum.

— Depuis combien de temps était-elle morte quand on l'a trouvée ? Et est-ce qu'elle a été déplacée ?

— Je dirais que la première estimation que j'ai faite sur la scène de crime – une trentaine d'heures – est correcte, ou du moins, aussi correcte qu'elle peut l'être. Quoi qu'on nous montre dans les séries télévisées et les polars, on ne peut jamais établir ces choses-là avec une réelle précision. Il y a tellement de facteurs qui entrent en jeu ! Dans notre affaire, le corps est resté dans une grange où il faisait froid, ouverte à tous les vents, avec des gouttes de pluie portées par les bourrasques qui pénétraient à l'intérieur. Mais à vrai dire, ajouta-t-il, comme pris d'une pensée subite, ses vêtements n'étaient pas mouillés, juste un peu humides. Quand a-t-il plu ?

— Ça a commencé vendredi après-midi, le jour où le corps a été découvert, répondit Jess. Avant cela, bien que nous ayons eu beaucoup de pluie récemment, je crois qu'il n'était rien tombé pendant quarante-huit heures. Je me souviens d'avoir pensé que cela faisait du bien…

— Humm… Bon, après tout, c'est toi, l'enquêtrice ! Quant à savoir si elle a été déplacée, je dirais que oui. Pas tout de suite, mais au cours des cinq heures qui ont suivi le décès. Après, une fois déposée à cet endroit, elle n'a plus été bougée. Donc, de mon côté, je dirais qu'elle a été tuée ailleurs et que, après avoir passé quelques heures à se demander ce qu'il allait faire du corps, notre assassin s'est décidé pour cette étable.

— Dans ce cas, il connaissait la ferme, dit pensivement Jess. Et il savait qu'elle était plus ou moins abandonnée. Cela signifie aussi qu'après le meurtre il a dû garder le corps quelque part.

— Dans le coffre de sa voiture ? suggéra Tom. Il a eu besoin d'un véhicule pour transporter sa victime. Et d'ailleurs, il ne connaissait pas forcément la ferme : il a pu rouler quatre ou cinq heures avec le corps dans son coffre en cherchant un endroit pour s'en débarrasser. Et puis, tout à coup, il est passé devant cette ferme, qui lui a paru déserte ; il est descendu de voiture pour inspecter les lieux et il a conclu que c'était parfait pour ce qu'il voulait faire.

— Mais que voulait-il faire ?

Palmer secoua la tête sans répondre. Au cours du silence qui suivit, Jess réfléchit au scénario évoqué.

— Il l'a laissée tout près de l'entrée de l'étable, objecta-t-elle enfin. La première personne à s'arrêter là et à jeter un coup d'œil à l'intérieur, même sans entrer, était obligée de la voir. Même si les vieux sacs et le blouson qu'on a retrouvé à côté du corps recouvraient celui-ci au départ, il devait tout de même être flagrant qu'il y avait quelque chose au-dessous, manifestement une chose qu'on avait voulu cacher et qui n'aurait jamais dû se trouver là. À part peindre des flèches sur le sol de la cour, je vois mal ce qu'on aurait pu faire de mieux pour conduire jusqu'au corps…

Tom gratta sa crinière de boucles brunes et fit la grimace.

— Trouver le mobile, c'est ton boulot, Sherlock ! Moi, les intentions du tueur, je ne les connais pas. Je ne suis que le charcutier ! L'hypostase cadavérique indique que le corps est resté dans la position dans laquelle on l'a trouvé la majeure partie du temps qui s'est écoulé après la mort. La lividité est bien fixée. C'est pourquoi je t'ai dit que le corps n'avait été bougé qu'au cours des quelques heures qui ont suivi immédiatement la mort. Tu sais de quoi je parle, bien sûr ?

Il haussa de nouveau les sourcils.

— Oui, docteur ! acquiesça Jess. À la mort, le sang cesse de circuler et il descend vers les points les plus bas pour former des taches roses ou rouges. Au bout d'un certain temps, ces taches se fixent. Elles sont donc censées se trouver dans la partie inférieure du corps. Si elles sont au-dessus, cela signifie qu'il a été retourné.

— Bravo, c'est tout à fait ça ! Bien sûr que tu connais ces choses-là ! Disons *grosso modo* car, de nos jours, on attache moins d'importance au *livor mortis*. Mais ce que tu dis est juste et reste vrai. Le fait qu'elle soit demeurée dans un lieu aussi froid explique peut-être la couleur très rouge des taches. Ah au fait ! Elle a pris un repas peu avant sa mort…

— Tu sais ce qu'elle a mangé ?

— Des aliments frits, sans doute. Le taux de graisses dans le contenu de l'estomac est élevé. Du bœuf, des pommes de terre, un peu de fibres. Si tu veux mon avis, je dirais un steak-frites, avec de la salade verte. Le genre de repas qu'on sert dans les pubs. Et les pubs, ce n'est pas ce qui manque dans le Gloucestershire… conclut-il avec un nouveau sourire.

Il avait raison, hélas ! Jess poursuivit sa réflexion à voix haute :

— Elle a été découverte à cinq heures de l'après-midi. Si on déduit trente heures, cela nous donne à peu près l'heure du déjeuner de la veille. Peut-être a-t-elle été invitée par un garçon dans un pub du coin. Il faudra qu'on aille enquêter. Ce sera déjà un bon début. Bon, eh bien, merci, Tom !

— Eh, attends ! protesta-t-il, alarmé. Le steak-frites et le pub, ce ne sont que des hypothèses, je peux très bien me tromper !

— Il faut bien commencer quelque part, répondit Jess. Et ses effets personnels ? Il n'y a rien qui nous permettrait d'identifier cette jeune fille ?

Palmer désigna une étagère sur laquelle étaient posés plusieurs sacs transparents soigneusement scellés.

— Désolé, ça m'étonnerait que tu trouves ton bonheur là-dedans…

Il se leva et elle l'imita. Chacun des vêtements de la jeune fille avait été emballé individuellement, mais il n'y avait là aucun objet personnel. Aussi ébranlée qu'au moment de sa première découverte du corps, Jess recensa dans son esprit tout ce qu'elle aurait dû voir dans ces sacs : des bijoux, une montre, un carnet ou un agenda, un téléphone portable, un porte-monnaie… On n'avait même pas trouvé de tube de rouge à lèvres. Elle fronça les sourcils.

— Bizarre, murmura-t-elle. Tu es sûr qu'il n'y avait rien d'autre ?

À son côté, Tom hocha la tête.

— Moi aussi, j'ai trouvé ça curieux. Elle aurait dû au moins avoir un peu d'argent. On en prend toujours sur soi quand on sort, non ? Ou une carte de crédit…

— Il… Enfin, je dis « il » par commodité, précisa Jess, mais j'ai bien noté que l'assassin peut aussi être une femme. Donc, il a passé le corps en revue et il a prélevé tout ce qui pouvait ressembler à des objets personnels. Voilà un individu qui sait garder la tête froide, hein ?

Il n'a pas paniqué. Quand on s'aperçoit qu'on a étranglé quelqu'un sans le vouloir, j'imagine qu'on s'affole ! Donc, il s'agit bel et bien d'un crime. Mais pas d'un crime crapuleux : une personne qui aurait agressé cette jeune fille pour la dépouiller l'aurait laissée sur place et aurait décampé sans demander son reste. Quant à ta théorie, elle ne me satisfait pas pleinement : je n'imagine pas le meurtrier tourner pendant cinq heures en voiture à la recherche d'un endroit où déposer sa victime. C'est trop long. Deux heures, peut-être. Trois, à la limite. Mais cinq ? Non. À mon avis, il a caché le corps dans son coffre et il est allé se garer en lieu sûr, en attendant le moment propice pour se rendre à la ferme sans risquer de rencontrer quelqu'un.

— Bon, ce n'est pas à moi d'en juger de toute façon, acquiesça Palmer d'un ton prudent. Meurtre ou homicide involontaire ? Je vous laisse décider, toi et le ministère public.

— Oui, oui, je sais. Celle qui mène l'enquête, c'est moi !

Maintenant, le scénario qu'elle était parvenue à élaborer se déroulait avec netteté dans son esprit :

Il l'invite à déjeuner. Elle est heureuse, confiante. Après le repas, il réussit à la convaincre de l'accompagner dans un lieu isolé et il la tue. Des lieux isolés, il en existe des dizaines autour de la ferme... Il lui enlève ensuite tous les objets susceptibles de mener à son identification et il attend le soir. Alors, il la dépose dans l'étable et jette sur elle le blouson rose et, comme cela ne suffit pas à la dissimuler en entier, il ajoute une vieille toile qu'il trouve sur place. Ensuite seulement, il s'en va. Ce n'est pas un homicide involontaire. Nous recherchons un véritable assassin.

Mais est-ce l'homme à la Mercedes grise ? Se peut-il que, après avoir laissé sa victime dans l'étable, le meurtrier ait commencé à se poser des questions ? Et qu'il ait décidé de revenir sur les lieux le lendemain, pour vérifier quelque chose ? Était-il surpris que personne ne l'ait encore trouvée ? Ne pouvait-il pas juste faire profil bas et attendre ?

— En tout cas, reprit Palmer en désignant les sacs en plastique, ses vêtements m'ont tous l'air neufs. Mais je ne suis pas un expert en prêt-à-porter féminin…

— Ils m'ont l'air neufs à moi aussi, confirma Jess.

La jeune fille avait-elle récemment reçu de l'argent ? À moins que l'homme qui l'avait invitée à déjeuner ne lui ait également offert des vêtements... Venait-elle de débuter dans un nouveau travail et de toucher son premier salaire ? Était-elle étudiante et avait-elle trouvé un job à temps partiel qui lui permettait de s'acheter de nouvelles affaires ?

Jess saisit le sac qui contenait le blouson.

— C'est le vêtement qui sort le plus de l'ordinaire et c'est aussi le plus onéreux, dit-elle. Nous allons nous en servir pour un appel à témoins. Nous en publierons une photo dans la presse, et si possible à la télévision.

Les sourcils froncés, elle demeura pensive, le paquet entre les mains.

— J'aimerais quand même bien comprendre pourquoi l'assassin a laissé le corps aussi près de l'entrée. Pour moi, il est évident qu'il souhaitait que quelqu'un le trouve. Il existe des dizaines de meilleures cachettes, rien qu'à la ferme du Criquet.

— As-tu déjà essayé de déplacer un corps ? interrogea Tom. Je peux te dire que c'est sacrément lourd. Ce n'est pas pour rien qu'on parle de « poids mort ». L'assassin a peut-être déjà eu du mal à la porter jusqu'à l'entrée de l'étable et, en parvenant enfin à l'intérieur, il en a eu marre et l'a abandonnée là. Pour étrangler quelqu'un, on a moins besoin de force que de ténacité. Peut-être qu'il n'était pas très fort physiquement.

— Oui… Et peut-être que ce n'était pas « il », mais « elle », conclut Jess.

La nouvelle de « l'inconnue de l'étable » fut divulguée puis, tard dans l'après-midi, Carter et Jess tinrent une conférence de presse et demandèrent l'aide du public pour identifier la victime. À cette fin, ils présentèrent la photographie du blouson rose.

C'était une fille plutôt petite et bien en chair, avec une tignasse blonde et des yeux gris tourterelle qui évoquaient à Phil Morton deux de ces oiseaux prêts à prendre leur envol… Il aurait toutefois aimé que ces yeux le considèrent avec plus d'aménité. On était le mercredi matin.

— Mademoiselle Svo-bo-do-va… ânonna-t-il.

Elle se pencha vers lui.

— Svobodovà, corrigea-t-elle d'un ton agressif.

— Désolé, je n'ai jamais été très fort en langues étrangères, confessa-t-il.

Elle le considéra comme si elle n'avait aucune peine à le croire. Il fit une nouvelle tentative.

— Svobod-ova, dit-il, avant de lever une main en l'air. Quoi qu'il en soit, vous allez devoir vous contenter de ma prononciation, d'accord ? Ou alors, je peux vous appeler Milada, ce sera plus simple pour moi. Ça vous va ?

— Vous pouvez m'appeler comme vous voulez, répondit-elle. Mais pas la peine de faire la grimace !

— Oh, je ne fais pas la grimace ! se récria Morton avec le sentiment qu'il n'avait pas démarré l'interrogatoire sur de bonnes bases.

— Si ! Vous ne vous voyez pas, vous ! Moi, je vous vois ! Vous avez un nom, monsieur le sergent ?

— Morton.

— Tsk ! fit-elle en secouant une main agacée devant lui. Vous avez un *petit* nom ? Vous avez été baptisé, oui ?

Elle fronçait les sourcils et le dévisageait avec un doute manifeste.

— Mais oui, bien sûr ! répondit Morton. Mon nom de baptême est Philip, comme mon père.

— Bon, alors voilà : je peux dire « Philip Morton » et je ne fais pas la grimace. Alors vous, ça doit être même chose avec moi !

— Que pouvons-nous faire pour vous, Milada ? soupira Morton, accablé. Vous avez dit que vous vouliez parler à quelqu'un au sujet du corps découvert récemment.

Elle se renversa contre son dossier et son expression belliqueuse fit place à un regard triste. Ses lèvres pleines et bien dessinées s'incurvaient maintenant vers le bas, remarqua Morton, et il espéra, pour une raison qu'il ne put s'expliquer, qu'elles s'orienteraient bientôt dans le bon sens pour lui sourire. Et il eut aussi envie que ce sourire fasse briller les yeux gris.

— C'est mon amie, dit-elle. Je suis sûre.

— Qu'est-ce qui vous fait penser ça ?

— Elle a disparu. Je ne sais pas où elle est. Et je me retrouve à faire son service en plus du mien.

Morton saisit son stylo et chercha son carnet.

— Où est-ce que vous travaillez, toutes les deux, et comment s'appelle votre amie ? demanda-t-il, non sans une note d'appréhension.

— Eva Zelenà, répondit-elle, et Morton poussa un soupir de soulagement. On travaille ensemble au Foot to the Ground. C'est un pub qui fait restaurant. Je sais, c'est un nom bizarre… commenta-t-elle en haussant les épaules. C'est au milieu de la campagne, mais il y a beaucoup de monde qui vient.

— Je crois que je le connais, indiqua Morton. En tout cas, je sais où il se trouve. On dit que le restaurant est très bon, mais cher. Depuis combien de temps travaillez-vous là-bas, toutes les deux ?

— Eva était là avant moi. Quand je suis arrivée, ça faisait… oh ! je crois deux mois qu'elle travaillait là. Moi, j'y suis à présent depuis deux… enfin, presque trois mois, ça fait qu'elle, elle a été là cinq mois.

— Et vous habitez sur place, toutes les deux ? Ou plutôt, où habitez-vous ?

— Oui, sur place. On partage une chambre dans le grenier, expliqua-t-elle en désignant le plafond. Mais c'est très grand, presque toute la longueur de la maison, et puis on a une salle de bains pour nous toutes seules. C'est vraiment très bien.

— Quand avez-vous vu Mlle Zelenà pour la dernière fois ?

— Jeudi matin, avant le petit déjeuner. C'est son jour de congé, le jeudi, alors elle s'est levée tôt pour aller à Cheltenham. Je lui ai demandé comment elle comptait faire pour aller jusque là-bas. Le Foot to the Ground, c'est loin de tout, et il n'y a même pas de bus ! conclut-elle avec indignation.

L'indignation, songea Morton, était une humeur qui lui semblait naturelle. Il éprouva le besoin de s'excuser pour l'insuffisance du réseau de transports en commun en zone rurale.

— C'est partout comme ça, de nos jours, malheureusement…

— Eva m'a dit que quelqu'un venait la chercher. C'était quelqu'un qu'elle connaissait et qui n'habitait pas loin. Elle devait descendre au coin à neuf heures et cette personne la prendrait. Le Foot to the Ground, c'est au bout d'une petite montée qui part de la grande route de Cheltenham. Ça fait comme ça…

Elle leva l'index de la main gauche et mit celui de la main droite en travers de son extrémité.

— Il y a une intersection, traduisit Morton. Oui, c'est vrai. Je connais l'endroit. En fait, je suis déjà allé au Foot to the Ground, mais c'était il y a assez longtemps. Vous n'y étiez pas encore.

Et il n'avait pas non plus reconnu la victime de l'étable. Sa visite dans ce pub datait de plus de six mois et aucune des deux jeunes filles n'y travaillait encore. Dommage qu'il n'y soit pas retourné ces derniers temps, il y aurait peut-être rencontré Milada à un moment où elle était moins revêche…

— La même personne devait la ramener au même endroit le soir. C'était prévu. Seulement, Eva n'est pas revenue et M. Westcott est très en colère. Il dit qu'elle s'est tirée. Mais moi, je sais que ce n'est pas vrai : elle ne s'est pas tirée !

— M. Westcott ?

— Le patron. Je lui ai dit que c'était sûr que non, parce qu'elle m'aurait dit, si elle voulait partir. Et puis en plus, elle a laissé tous ses vêtements, et aussi…

Milada s'interrompit, le temps de fouiller dans son sac, et de produire triomphalement un petit livret bordeaux.

— … et aussi son passeport ! Elle ne serait jamais partie sans son passeport !

— Ah, très bien ! fit Morton en le prenant. Ça, c'est intéressant. République tchèque. Vous venez de là aussi ?

Elle hocha la tête.

Il ouvrit le document et examina la photographie. Ce pouvait être la jeune morte qu'il avait vue à la morgue, mais il n'en était pas certain : la personne qui souriait sur l'image semblait très gaie, alors que le visage sans vie qui restait gravé dans sa mémoire était déformé et décoloré.

— Si cela ne vous ennuie pas, dit-il, nous allons garder ça. Je vais vous donner un reçu et, si votre amie revient, vous lui direz de venir le rechercher ici, d'accord ?

— Gardez passeport ! fit Milada avec impatience. Il ne sert plus à rien maintenant. Elle est morte, elle ne va pas revenir !

— Partir quelques jours sans prévenir est une chose, rectifia Morton. Être décédé en est une autre. A-t-elle un petit ami ?

Milada pinça les lèvres et inclina la tête à droite puis à gauche.

— Peut-être. Moi, je crois que oui. Mais je ne sais pas comment il s'appelle ni qui c'est. Elle ne voulait pas en parler. Mais plusieurs fois, quand elle ne travaillait pas, elle descendait au coin, à la… intersection, et quelqu'un venait la prendre.

— Est-ce qu'il vous est arrivé de voir la voiture ? s'enquit vivement Morton.

— Juste une fois. J'étais à la porte du Foot to the Ground et j'ai regardé en bas, vers la route, juste pour vérifier si Eva était encore là, parce qu'il commençait à pleuvoir. J'ai vu une voiture grise partir. Il y avait deux personnes dedans : je ne sais pas qui conduisait mais je crois bien que c'était Eva à côté.

— Quel type de voiture était-ce ? pressa Morton. Vous avez une idée de la marque ?

— Non, je ne connais pas les marques de voitures. Juste Skoda.

— BMW ? Renault ? Mazda ? Mercedes… ?

Il laissa sa voix en suspens, conscient qu'il cherchait à influencer un témoin, mais il n'y avait pas de juge pour l'entendre.

Elle secoua la tête et les espoirs du policier s'évanouirent.

— C'est étranger, tout ça. Je connais juste Skoda, répéta-t-elle.

— C'était une grosse voiture ? Une petite ?

— Pas très grosse.

Bon sang ! Si elle disait vrai, ce n'était donc pas la mystérieuse Mercedes qu'ils recherchaient. Toutefois, à plusieurs centaines de mètres de distance, le véhicule avait pu apparaître plus petit à Milada qui, elle l'avait admis elle-même, ne savait pas reconnaître les voitures.

— À votre avis, pourquoi Eva ne voulait-elle pas parler de son petit ami ?

Elle haussa les épaules.

— Je n'en sais rien. Elle ne racontait pas sa vie. Et puis, c'étaient ses affaires.

— Dix contre un qu'il est marié ! lança Morton à Jess un peu plus tard. En tout cas, le type veut rester discret. Il l'attend en bas du chemin, alors qu'il pourrait très bien monter jusqu'au pub pour la prendre devant la porte. Même sous la pluie, elle doit descendre jusqu'au croisement pour le rejoindre. Il ne voulait absolument pas qu'on le voie et je parie qu'il lui avait demandé de ne dire son nom à personne !

Pensive, Jess hocha la tête, puis examina le passeport d'Eva Zelenà.

— Dix-neuf ans, dit-elle. L'âge correspond et il y a une certaine ressemblance. Mais il faut dire que beaucoup de filles d'Europe de l'Est ont un peu ce physique-là. Il faudra faire venir à la morgue quelqu'un qui l'a bien connue pour identifier le corps. Tu crois que Mlle Svobodovà serait d'accord ?

Morton parut ennuyé.

— On ne pourrait pas demander à ce Westcott, le patron du Foot to the Ground ? C'était son employeur, après tout, il la connaissait. Ça ne va pas être agréable pour Milada, je veux dire pour Mlle Svobodovà, d'aller regarder un cadavre, surtout si c'est celui de sa collègue. Elles partageaient la même chambre, toutes les deux. Tu l'imagines la nuit, allongée dans le noir, avec le lit vide à côté du sien et, dans sa tête, l'image de la morte qu'elle a vue à la morgue ?

Il était rare que Phil se préoccupe des difficultés que pouvaient rencontrer les témoins dans leur vie de tous les jours. Peut-être Milada Svobodovà était-elle comme Penny Gower, songea Jess : l'une de ces femmes d'aspect fragile (mais en réalité solides comme des rocs) que les hommes éprouvaient l'envie de protéger.

Ne sois pas aigrie, Jess !

— Humm… De toute façon, il faut que j'aille voir ce Westcott et tous ceux qui ont connu la jeune serveuse en question. Mais cela ne fait pas très longtemps qu'elle a disparu et, malgré la ressemblance avec cette photo… et aussi malgré ce que nous disent nos informateurs, elle peut encore revenir. Si elle a vraiment un petit ami, il a peut-être eu envie de l'emmener quelques jours au pays de Galles, et elle a dit oui au pied levé.

— Pas si c'est un homme marié, objecta Morton.

— Si c'est un homme marié, sa femme a pu partir rendre visite à sa mère malade, ou quelque chose comme ça ! Des dizaines de raisons peuvent expliquer qu'il ait eu une occasion inattendue d'emmener sa petite amie en vacances ! C'est vrai, la jeune fille sur le passeport ressemble à notre victime, mais ça peut très bien être une coïncidence… Elle est jeune, elle est jolie et, comme elle vient de l'étranger, elle n'a pas de famille ici. Quelqu'un a pu lier connaissance avec elle en ayant de mauvaises intentions derrière la tête. Ce ne serait pas la première étrangère forcée à la prostitution ! Quoi qu'il en soit, je vais aller au Foot to the Ground voir un peu ce qui se passe là-bas.

— Je peux y aller moi, proposa Morton. Milada doit y retourner de toute façon. Elle est toujours en bas, elle boit du thé. C'est un livreur du restaurant qui l'a amenée ici ce matin, mais elle ne sait pas comment rentrer.

— Dans ce cas, je vais la raccompagner, annonça Jess en se levant. Ça me permettra de lui parler.

Morton dissimula mal sa déception.

— Il faut que je voie où vivait la jeune fille qui a disparu, insista Jess, et que je parle à ses collègues de travail et à ce fameux Westcott. Allez, Phil, remets-toi ! Tu auras sûrement l'occasion de la recroiser, ta petite Milada !

— Et voilà, c'est le Foot to the Ground ! annonça Milada avec un air de propriétaire, en désignant d'un geste ample la maison basse devant eux.

C'était une vieille bâtisse qui, perchée au plus haut sommet du paysage environnant, dominait des vallons verdoyants. Au loin, quelques petits bois barraient la ligne d'horizon, telles des armées d'envahisseurs déployées sur les crêtes des collines. La route qui montait au pub n'était guère plus qu'un chemin désormais, mais elle avait dû être une voie passante autrefois. On ne pouvait nier que le cadre était paisible. En venant, les deux femmes étaient passées devant quelques autres maisons de pierre et un ou deux manoirs majestueux, nichés dans la verdure et cernés de hautes murailles, avec des grilles en fer forgé. Juste avant le pub se dressait aussi une courte enfilade de maisons mitoyennes en pierre grise. Derrière elles, un bâtiment aux volets fermés tombait en ruine. Il évoqua à Jess une chapelle non-conformiste du XIXe siècle. Elle s'étonna que nul n'ait encore songé à le racheter à bas prix pour le transformer en résidence de luxe. Apparemment, ce lieu attirait jadis une communauté religieuse florissante, qui subsistait peut-être encore, d'ailleurs, d'une manière ou d'une autre. Jess se demanda combien, parmi les maisons qui l'entouraient, étaient des résidences secondaires. On ne remarquait aucun signe de vie.

Comme beaucoup de vieilles auberges campagnardes, le Foot to the Ground avait subi des ajouts et été modifié plusieurs fois au cours des siècles. Les différentes parties, qui ne s'harmonisaient guère, formaient un ensemble chaotique, mais engageant. Un architecte pourrait beaucoup s'amuser à identifier les murs qui remontaient au Moyen Âge et ceux de l'époque géorgienne, se dit Jess, ainsi que les tuyaux extérieurs, qui devaient être là depuis un bon siècle et demi.

— Notre cuisine est très bonne ! annonça Milada, qui prenait visiblement à cœur son rôle d'ambassadrice.

Jess avait très vite compris que ce n'était pas la fragilité de Mlle Svobodovà qui avait poussé Phil à vouloir la ménager. Par ses manières, la jeune fille évoquait moins le lierre grimpant qu'une militante pour les droits de la femme. Phil avait tout intérêt à se méfier.

— Philip, le sergent, il dit que c'est cher…

Son vif désir de défendre son restaurant et son penchant naturel à ne pas jeter l'argent par les fenêtres, qui lui venait de sa culture slave, semblaient s'affronter sur le visage de Milada.

— Les Anglais, ils dépensent beaucoup d'argent pour tout ce qu'ils font, enchaîna-t-elle sans attendre de réaction. Alors, moi, je crois que ce n'est pas grave pour eux de payer cher pour un repas vraiment bon. En Angleterre, on paie déjà cher pour un mauvais repas.

— Vous avez raison, reconnut Jess.

Milada promena sur elle un regard professionnel.

— Le poisson est vraiment bon, et toujours frais !

— Et vous, vous êtes une employée modèle, répondit Jess. Vous croyez que M. Westcott est là ?

La jeune fille consulta sa montre.

— Le bar est ouvert, alors oui, il est là. Moi aussi, je devrais déjà être là depuis une demi-heure. Vous lui expliquerez que ce n'est pas ma faute si je suis en retard ?

Il faisait sombre à l'intérieur du Foot to the Ground. Quelques appliques avaient été allumées dans les recoins les plus ténébreux. Le sol était pavé de dalles inégales vieilles d'un siècle ou deux, et la plupart des meubles semblaient dater de quelques bonnes années. Mais tout reluisait de cire et de propreté. L'endroit était accueillant et, malgré la nature officielle de sa visite, Jess se laissa aller à consulter le tableau noir où l'on avait inscrit à la craie la liste des plats du jour.

Un homme grand et mince, porteur d'une moustache, fit soudain irruption derrière le comptoir et couvrit Jess d'un regard plein d'appréhension.

— C'est M. Westcott, souffla Milada à Jess, avant d'ajouter d'une voix plus forte à l'intention de son employeur : La police !

Elle accompagna son annonce d'un grand rond de bras pour désigner Jess, un peu comme un magicien sortant un lapin de son chapeau.

— Oh ! non ! qu'est-ce que tu as fait, Milada ? soupira Westcott d'un ton excédé. Bon, venez, madame, nous serons mieux dans mon bureau.

— Inspecteur, rectifia Jess.

— Bon sang de bonsoir… marmonna Westcott dans sa barbe.

Il entraîna Jess dans une petite pièce encombrée et avança vers elle un fauteuil Windsor.

— Milada a absolument tenu à contacter la police, commença-t-il. Je suis désolé qu'elle soit venue vous embêter. Je n'ai pas réussi à la faire changer d'avis…

— La faire changer d'avis ? Pourquoi ?

— Mais voyons ! C'est ridicule, cette histoire ! Milada se trompe ! Écoutez, cette fille morte que vous avez retrouvée dans une ferme, ce n'est pas Eva. Ça ne peut pas être elle !

Il se percha sur un tabouret de bar bancal qui occupait un coin de la petite pièce et que l'on avait dû retirer de la salle par crainte d'un accident.

Jess devinait sans peine pourquoi Westcott refusait aussi catégoriquement que la fille de l'étable soit la serveuse disparue : il redoutait la mauvaise publicité. Il ne voulait pas voir la police investir son restaurant et importuner les clients.

— Je comprends votre souci, commença-t-elle prudemment.

Il ne fallait pas se mettre cet homme-là à dos. Du moins, pas d'emblée. Elle lui laisserait toutes les chances de se montrer coopératif.

— Je comprends que cette idée vous inquiète. Mais Eva est partie en laissant son passeport derrière elle, ainsi que toutes ses affaires, m'a dit Milada.

— Bah, elle enverra bientôt quelqu'un les chercher, ou bien elle viendra les reprendre elle-même… Elle a dû se trouver un nouveau boulot quelque part, c'est tout !

— Elle ne se plaisait pas ici ?

— Oh ! Elle était bien payée et le travail n'était pas si dur que ça ! répondit vivement Westcott. Mais il est vrai que nous sommes un peu isolés et elle n'avait pas de moyen de transport. Elle s'en plaignait tout le temps. Je parie qu'elle travaille à Cheltenham maintenant. Dans une ou deux semaines, on va la voir se pointer comme une fleur pour reprendre ses affaires. Vous savez comment sont les jeunes…

— J'ai cru comprendre que quelqu'un venait souvent la chercher en bas, à l'intersection, dans une voiture grise ou gris métallisé.

— Les filles sont tout le temps en train de quémander des places dans les voitures qui repartent. Moi-même, je les conduis très souvent à Cheltenham.

— Il arrivait donc à vos clients de prendre les filles dans leur véhicule pour les emmener en ville ?

L'expression de Westcott se fit prudente.

— Oh, écoutez, je n'en sais rien… Et croyez-moi, inspecteur, ça ne me ferait pas plaisir que vous alliez les interroger. Les gens viennent ici pour prendre un verre tranquillement ou pour se détendre autour d'un bon repas. Ils n'ont pas envie qu'on commence à leur poser des questions personnelles et à suggérer qu'ils puissent être… comment dire… suspects d'une manière ou d'une autre… Ma femme et moi, nous avons travaillé d'arrache-pied pour construire la réputation de cet établissement. On s'en sort plutôt bien maintenant et la dernière chose dont on ait besoin, excusez-moi de vous le dire, c'est d'une armée de policiers passant de table en table pour demander aux clients où ils se trouvaient à telle ou telle heure !

— S'il y a eu un meurtre, je vais devoir poser certaines questions à vos clients, monsieur, je regrette. Mais nous essaierons de le faire avec un maximum de tact, rassurez-vous.

— Oh ! Mais il ne s'agit pas d'un meurtre, je n'arrête pas de vous le répéter ! s'emporta-t-il. C'est Milada qui s'est mis cette idée dans la tête ! Cette fille est très obstinée, il n'y a pas moyen de lui faire entendre raison !

— Néanmoins, vous avez essayé…

Jess pouvait imaginer la scène.

— Oui, je vous l'ai dit. Cette fille a pété un plomb – pardonnez-moi l'expression – et elle a décidé d'aller déranger la police pour rien. Faire perdre son temps à la police, ce n'est pas un délit, ça ? Eva n'est pas morte. Elle est partie pour des raisons qui n'appartiennent qu'à elle !

— Quelles peuvent-elles être, à votre avis, ces raisons ? demanda Jess du tac au tac.

Westcott plissa le front.

— Comment voulez-vous que je le sache ? Vous voyez ? Dès que vous commencez à poser vos questions, vous autres les policiers, même les réponses les plus simples ont l'air louches et déformées ! Et du coup, vous avez l'impression que les gens vous cachent quelque chose, comme moi en ce moment. Mais je n'ai rien à cacher, bon sang ! Personne ici n'a rien à cacher ! Comment est-ce que je pourrais savoir, moi, ce qui se passe dans la tête d'une serveuse tchèque de dix-neuf ans ?

— Parlait-elle bien l'anglais ? Milada le parle très bien.

— Oui, pas mal... Ces filles ne peuvent pas travailler ici si elles ne se débrouillent pas bien en anglais, de toute façon. Eva était intelligente. Je crois me rappeler que son père est professeur de lycée, ou même d'université, je ne sais plus. Un métier dans l'éducation, en tout cas. Elle est venue en Angleterre pour améliorer son anglais. Remarquez, elles disent toutes ça mais, en réalité, c'est le salaire qui les attire.

— Vous les payez bien ?

— Selon les critères habituels, oui. Mais il ne faut pas oublier qu'une paie qui nous semble modeste ici représente beaucoup pour ces filles-là. Elles viennent d'une économie différente.

Les Anglais, ils dépensent beaucoup d'argent pour tout...

— Serait-il possible de visiter sa chambre ? s'enquit Jess.

Westcott parut soulagé de la voir cesser de s'intéresser à lui.

— Bien sûr ! Mais il y a aussi les affaires de Milada là-haut. Elles partagent la même chambre.

— Dans ce cas, je vais demander à Milada si ça ne la dérange pas, indiqua Jess en se levant et en s'empressant de gagner la porte pour rejoindre le bar avant Westcott.

Milada avait trouvé le temps de se changer. Elle portait maintenant un pantalon bleu marine et un tee-shirt de marin à rayures sur lequel était brodé le nom de l'établissement.

— Je vous emmène en haut ! lança aussitôt la jeune serveuse en abandonnant son poste pour s'élancer vers un étroit escalier au fond de la salle.

— Hé là ! cria Westcott. Et tes clients, alors ?

— Je reviens tout de suite.

Manifestement, son employeur ne l'impressionnait guère. Eva possédait-elle autant d'aplomb ?

Comme Milada l'avait expliqué à Phil, la chambre était un grenier reconverti qui occupait toute la longueur du bâtiment. Le plafond bas était soutenu par des chevrons, mais le parquet en bois clair avait manifestement été installé depuis peu et paraissait neuf. Dans cet espace immense, les deux lits étaient assez éloignés l'un de l'autre, assortis chacun d'un petit placard aménagé contre le mur. Milada en désigna un.

— Moi, je suis là, indiqua-t-elle. Celui d'Eva, c'est l'autre…

Elle s'empressa d'aller ouvrir le second avant d'ajouter :

— Alors, vous voyez ! Il y a toutes ses affaires ! Ses vêtements, tout !

Elle se précipita vers le lit mitoyen pour s'emparer d'un cadre posé sur la table de chevet.

— Regardez ! Ses parents ! Elle a laissé la photo de ses parents !

Elle ouvrit ensuite le tiroir et poursuivit :

— Vous voyez ? Elle a laissé ses boucles d'oreilles, son bracelet…

Elle continua d'énumérer les bijoux en les sortant un à un pour les disposer sur le lit, avant d'achever, triomphale :

— Et aussi sa pilule !

— Sa pilule ? répéta Jess en s'approchant.

Des pilules contraceptives. Ainsi, Eva avait bel et bien un petit ami. À moins qu'elle n'ait l'habitude de passer d'un partenaire à l'autre au gré de ses rencontres. Jess préférait la première explication. La pilule devait être prise chaque jour. Eva n'avait pas déserté les lieux sur un coup de tête, comme Westcott cherchait à le faire croire à la police. Elle ne serait jamais partie sans emporter cette boîte, mais aussi ses bijoux, sans doute, ainsi que la photo de ses parents. Jess saisit le cadre, et l'image de sa propre famille lui revint à l'esprit. Elle eut un pincement au cœur. Tout à coup, la disparue prenait corps, elle n'était plus un simple nom. Si Eva était vraiment la jeune morte découverte à la ferme du Criquet, ce beau couple au sourire bienveillant, ce père et cette mère verraient bientôt leur vie dévastée.

— Je vais continuer toute seule, si cela ne vous ennuie pas, dit Jess. Vous feriez bien de redescendre au bar, je crois que M. Westcott n'est pas très content.

— Je gère ! assura sereinement Milada.

Elle sortit cependant et Jess entendit ses pas précipités décroître dans l'escalier en bois. Elle regarda alors autour d'elle et avisa une porte à l'extrémité de la pièce. C'était une petite salle de bains avec une douche, un lavabo et des toilettes. Sur une étagère se trouvait tout un fatras de produits de beauté : plusieurs flacons de vernis à ongles (tous dans les dégradés de rose), du shampoing, du gel pour les cheveux et des bigoudis en Velcro, bref, toutes les choses que l'on pouvait s'attendre à découvrir là, instantané de la vie d'une jeune fille à peine sortie de l'adolescence. Jess se demanda quelle proportion de ces produits appartenait à Eva.

Sur l'étagère qui surmontait le lavabo, deux verres contenaient chacun une brosse à dents. Jess saisit un Kleenex et les orienta l'un après l'autre vers la lumière. Les poils de la brosse bleue brillaient encore d'humidité. Elle avait été utilisée ce matin-là, c'était donc celle de Milada. L'autre, la rose, était sèche. Celle d'Eva.

Une sensation glacée l'atteignit au creux de l'estomac. Tout à coup, étrangement, elle n'avait plus de doute : la jeune fille de l'étable était bien Eva. Elle aurait dû se réjouir d'avoir si vite identifié la victime, mais elle sentait au contraire une profonde tristesse l'envahir.

Elle chercha dans son sac à dos un sachet en plastique destiné aux indices et y glissa le verre à dents et la brosse rose. On devrait réussir à prélever une empreinte digitale convenable sur le verre ; quant à la brosse, elle l'enverrait au labo pour obtenir l'ADN de la jeune disparue. Cette dernière opération nécessiterait un peu de temps. Si le verre portait une empreinte exploitable, ce serait plus rapide.

Elle retourna dans la chambre et gagna l'une des fenêtres, qui donnaient toutes sur l'arrière du pub. En bas, elle découvrit plusieurs tables et bancs de bois où les clients pouvaient boire un verre. Avant la récente interdiction de fumer à l'intérieur des lieux publics, cette terrasse ne devait être utilisée que les mois les plus chauds mais, désormais, les fumeurs y venaient tout au long de l'année, déduisit-elle, puisqu'on avait installé un calorifère prêt à être allumé dès la tombée du jour.

Pour le moment, la seule personne présente était un jeune homme qui balayait la terrasse, vêtu du même uniforme que Milada. Comme s'il se sentait observé, il leva soudain la tête et rencontra le regard de Jess. Tous deux se fixèrent un moment sans bouger, puis le garçon reprit son travail.

Quand elle redescendit, Jess eut la surprise de constater que le bar s'était rempli. Elle se demanda si le bruit n'avait pas déjà commencé à circuler qu'il se passait là quelque chose d'intéressant. Pour une zone rurale si peu peuplée, il était étonnant de voir presque toutes les tables occupées. D'où avaient bien pu surgir tous ces gens ? Étaient-ils déjà là, dissimulés quelque part, à son arrivée ? Elle sentit des regards la suivre tandis qu'elle traversait la salle pour gagner la cour arrière.

Le jeune homme en tee-shirt rayé travaillait avec beaucoup d'énergie et de concentration. Pour capter son attention, Jess se plaça dans le champ de son balai, ce qui le força à s'arrêter. Il releva la tête, ouvrit la bouche comme s'il voulait lui demander de se pousser, puis la referma et demeura immobile sans rien dire ni quitter Jess des yeux.

Elle lui présenta sa plaque de police, qu'il considéra un instant, toujours muet.

— Maintenant, vous connaissez mon nom, lança-t-elle d'un ton amical. Puis-je savoir le vôtre ?

— Dave… euh, David Jones, répondit-il d'une voix à peine audible.

— Depuis combien de temps travaillez-vous ici, monsieur ?

— Bientôt un an.

— Et vous vous plaisez ?

Elle lui adressa un nouveau sourire engageant, qu'il ne lui rendit pas.

— Ça va.

— Si vous êtes là depuis tout ce temps, vous avez dû connaître la serveuse qui est partie récemment sans prévenir.

Il se mordit la lèvre et se retourna pour poser le balai contre une table.

— Eva ? Bien sûr que je l'ai connue…

Il avait la voix agréable d'une personne cultivée, mais on le sentait tendu.

— Vous étiez amis, tous les deux ?

Il sembla reprendre le contrôle de lui-même et sa nervosité transparut moins lorsqu'il répondit.

— On ne s'entendait pas mal, si c'est ce que vous voulez dire. On travaille tous ensemble ici, alors tout le monde s'entend bien.

— Eva était-elle quelqu'un d'agréable ? Elle était gentille ? Serviable ? Joyeuse ?

— Oui, elle était très agréable, répliqua-t-il avec une sécheresse inattendue.

Jess tressaillit. Elle avait, semble-t-il, touché un point sensible.

— Vous parlait-elle de sa vie privée ? A-t-elle fait une quelconque remarque qui puisse laisser supposer qu'elle ait été malheureuse ici ?

— Non, pas du tout ! fit-il presque sauvagement. Elle est fiable, travailleuse, et c'est une fille convenable ! Elle est ici parce qu'elle cherche à améliorer son anglais et elle est vraiment contente. Jake Westcott ne sait pas ce qu'il dit, elle n'a pas pu partir sans prévenir personne ! Eva ne ferait jamais ça ! Elle était très heureuse ici. Si ça n'avait pas été le cas, je l'aurais remarqué…

Il parut soudain s'apercevoir qu'il parlait avec trop de véhémence, car il s'interrompit, pour reprendre plus calmement, mais non sans une émotion perceptible :

— Vous croyez qu'il lui est arrivé quelque chose ? Milada en est persuadée…

L'anxiété qui l'avait saisi sur les derniers mots faisait trembloter sa voix.

— Je ne sais pas, répondit Jess. Milada a fait part de ses inquiétudes à un collègue à moi, et c'est la raison pour laquelle je suis ici. Elle pense qu'Eva a pu avoir un petit ami. Vous en a-t-elle parlé ?

— À moi, non. Je vous ai dit qu'elle était discrète sur sa vie privée mais, d'après ce que je sais, elle était très contente de travailler ici. Je ne vois pas où elle a pu aller, mais il doit y avoir une explication. Peut-être qu'elle a eu un accident et qu'en ce moment même elle est inconsciente sur un lit d'hôpital. Ça arrive. Je le sais, je l'ai vu ! Il y a eu un cas comme ça à l'hôpital où je faisais mes études.

Jess ne releva pas. Ce jeune homme avait étudié la médecine ? Dès lors, que faisait-il là ? Quelle que soit la raison de sa présence parmi les employés du pub, il n'était pas heureux, pas heureux du tout. Il devait être un peu amoureux de la jeune disparue, songea-t-elle. Seulement, celle-ci avait un petit ami, le M. Mystère à la voiture grise, et Jess était sûre que Jones le savait, même s'il se refusait à l'admettre.

Elle regarda autour d'elle dans la cour.

— C'est assez isolé, ici, déclara-t-elle. Le paysage est magnifique, mais il n'y a pas grand-chose à proximité ! Vous habitez là, vous aussi ? Comme les serveuses ?

Le jeune homme secoua la tête et désigna un point derrière Jess.

— J'habite là-bas, dit-il. Greystone House.

Jess se retourna, surprise. Au-delà de la barrière des arbres, on distinguait une cheminée. Avec un tel nom, il pouvait s'agir, soit d'une institution, soit d'une habitation privée.

— Qu'est-ce que c'est ? s'enquit-elle.

— Quoi ? fit-il, déconcerté, avant d'esquisser ce qui pouvait ressembler à un sourire. Ah… c'est la maison de mes parents.

— Votre père est propriétaire terrien ?

Une réponse positive ne l'aurait pas surprise. Ce garçon n'était assurément pas un rustre. À coup sûr, il avait fréquenté des écoles privées durant toute sa scolarité. Mais pourquoi diable travaillait-il maintenant dans ce pub ? C'était une énigme qu'elle entendait élucider.

— Non, répondit Jones. Il est avocat à la cour[1].

Cette fois, il sourit pour de bon, moqueur, comme s'il se réjouissait de l'avoir déstabilisée.

Soit ! Ainsi, le jeune Jones avait un conseiller juridique et un défenseur à disposition. Restait à savoir s'il en avait besoin…

Elle résolut de jouer franc-jeu avec lui.

1. Le *barrister* ou *barrister-at-law* plaide devant la cour, contrairement au *solicitor* (traduit plus loin par « avocat »), qui conseille son client et rédige pour lui des actes sous seing privé.

— Pourquoi travaillez-vous ici ? interrogea-t-elle. Si vous êtes là depuis un an, ce n'est pas un emploi temporaire.

— J'étais étudiant en médecine, expliqua-t-il. Tout se passait bien jusqu'à ce que je commence à travailler à l'hôpital.

Il releva la tête et la regarda droit dans les yeux.

— Vous avez déjà vu pratiquer une amputation ? Vous avez déjà parlé avec un homme complètement jaune à cause d'une cirrhose du foie provoquée par l'alcool, et vu dans ses yeux toute sa détresse à l'idée qu'il allait mourir, qu'il allait abandonner ceux qu'il aimait, tout ça pour une chose qu'il s'était faite délibérément à lui-même ? Un homme qui, pourtant, acceptait tout de suite un verre si vous lui en proposiez un… J'ai fait une sorte de dépression. J'ai abandonné mes études et maintenant, je travaille ici. Ça me plaît. En général, conclut-il en regardant Jess plus intensément encore, en général, personne ne vient me mettre de pression.

— Et vous réagissez mal à la pression ?

— À votre avis ? C'est vrai que je… que je la supporte mal. Je n'ai pas réussi à affronter la réalité du métier de médecin. La théorie, c'est très bien, même quand il s'agit de découper des cadavres. Oui, même ça, ça allait, quoique je n'aimais pas beaucoup le faire. Mais travailler à l'hôpital et voir tous ces gens souffrir, la détresse des familles et tout le reste…

Il cessa de fixer Jess pour contempler un point derrière elle, plongé dans une vision qui n'existait que pour lui seul.

— La médecine n'était vraiment pas un bon choix pour vous, conclut Jess. Mon frère est médecin…

Elle cita l'organisation humanitaire pour laquelle travaillait Simon et vit s'illuminer le regard de son interlocuteur.

— J'aimerais bien être capable de faire la même chose que lui ! soupira-t-il. Quand j'ai commencé médecine, j'avais dans l'idée de choisir cette branche, de partir travailler dans les pays du tiers-monde. Mais comme je n'ai pas tenu le coup, je me retrouve là…

— Ce n'est pas définitif, s'entendit-elle le rassurer, vous trouverez une autre voie à suivre.

— Oui, c'est sûr ! Mon père n'arrête pas de me suggérer subtilement le droit. Ma mère, elle, rêve que je choisisse l'Église. Et moi ? Moi, j'ai juste envie de continuer à balayer cette cour. Mais vous savez, je ne fais pas que ça : je sers au bar, je m'occupe de la cave à vins, je fais des courses.

— Vous avez une voiture ? s'enquit Jess.

— J'ai une moto.

— Et vous faites des courses pour votre employeur à moto ?

Jones hésita.

— Non, il y a une camionnette. Elle appartient au pub.

— D'accord. Et dites-moi, demanda encore Jess, y aurait-il quelque part des photographies du pub et de son personnel, et en particulier d'Eva ?

Elle ne pouvait lui demander directement : « N'auriez-vous pas une photo d'Eva dans votre portefeuille ? » Pourtant, elle était sûre que la réponse serait oui : un instantané pris à la dérobée, pendant que la jeune fille regardait ailleurs. Toutefois, David Jones ne l'avouerait jamais, c'était évident.

— Il y a les prospectus, répondit-il contre toute attente. Ils sont au bar, ce sont des brochures publicitaires pour le pub. Jake Westcott les a fait imprimer il y a deux ou trois semaines. Il y a une photo de nous tous à la fin.

Un prospectus publicitaire ! se réjouit Jess. Enfin la chance lui souriait…

— Je vais aller en demander un, dans ce cas, dit-elle. Au revoir, nous aurons l'occasion de nous recroiser…

— Oui, je n'en doute pas, répondit-il d'un ton las en reprenant son balai.

Un 4 × 4 rouge sombre s'engageait sur le parking du pub au moment où Jess poussa la porte du bar. Elle le suivit des yeux et le vit s'arrêter près de quelques autres véhicules qui n'étaient pas là une heure plus tôt. Manifestement, les habitués commençaient à arriver pour l'apéritif. Un homme corpulent d'une cinquantaine d'années descendit du 4 × 4, vêtu de la tenue typique du gentleman-farmer : pantalon de velours côtelé, pull-over de qualité, quoique plus tout neuf, porté sur une chemise et une cravate. Jess songea avec amusement que la casquette très chic qu'il portait aurait pu appartenir à son père.

L'homme avait dû remarquer qu'elle l'observait car il s'avança vers elle d'un pas assuré, les sourcils froncés.

— Un problème ? interrogea-t-il avec brusquerie.

Jess fut contrainte de produire sa plaque. Il l'étudia avec attention, puis dévisagea la jeune femme.

— Alors vous êtes de la police, hein ? C'est en rapport avec la serveuse de Jake qui a disparu ?

— À qui ai-je l'honneur ? s'enquit Jess.

— Quoi ? Ah ! Mark Harper. Je suis un habitué, ajouta-t-il en désignant le pub du menton.

Harper… Elle avait déjà entendu ce nom quelque part, mais où ? Ah, bien sûr ! Lindsey Harper, qui travaillait avec Penny au haras…

— On nous a informés de la disparition de l'une des serveuses employées ici, déclara Jess. C'est de cette jeune fille que vous parlez ?

— Oui, c'est ça ! Le vieux Jake en a marre. Mais ce n'est pas étonnant. Je n'arrête pas de le lui répéter : avec ces étrangères qu'il embauche, il ne peut que s'attirer des problèmes ! Oh ! Elles sont toutes mignonnes et elles bossent dur, ça, d'accord ! Et les clients du restaurant, ça leur fait plaisir de les voir gambader autour d'eux ! Seulement, il ne sait rien d'elles. Il n'a pas la moindre idée de ce qu'elles fabriquaient dans leur pays. Il est obligé de les croire sur parole et elles peuvent lui raconter toutes les salades qu'elles veulent ! Enfin, c'est ce que je lui ai dit et c'est ce que je pense, conclut-il. On dirait que cette histoire vient me donner raison, hein ?

— C'est à cette jeune fille-là en particulier que vous faisiez allusion quand vous avez dit tout cela à M. Westcott ? s'enquit Jess.

— Non. Non, c'est de toute la clique que je parlais. Toutes ces filles autant qu'elles sont…

— Mais celle-ci, vous la connaissiez ?

Cette fois, Harper mit plus de temps à répondre. Il considéra Jess et expulsa de l'air entre ses lèvres.

— Je ne les connais ni l'une ni l'autre. Je leur commande ma bière au bar et ça ne va pas plus loin.

— Et vous ne connaissez pas le nom de celle qui a disparu ?

— Non ! Enfin, si, attendez… Jake l'a appelée Eva.

— Mais vous n'avez jamais fait la conversation à Eva au bar ? Vous ne lui avez jamais demandé, par exemple, si elle se plaisait ici ? Enfin, ce genre de chose ?

— Pourquoi voulez-vous que je lui demande ça, nom d'un chien ? s'emporta-t-il. Ces filles, elles vont et elles viennent, pourquoi irais-je leur demander si elles sont contentes d'être là ? Celle-là, Jake aura de la chance s'il la revoit. Elle va juste revenir pour chercher ses affaires et demander sa paie…

Sur ce dernier point, il avait raison : si l'on devait de l'argent à Eva, elle finirait en toute logique par le réclamer. Ce retour, toutefois, devenait de plus en plus improbable. Jess revit en pensée le visage déformé de la jeune morte de l'étable.

— Pourriez-vous me décrire Eva ?

— Bien sûr que non, comment voulez-vous ?

Il était encore monté d'un ton et on l'entendait sans doute de l'intérieur du pub.

— Elles sont toutes pareilles, ces filles, je vous dis ! Qu'est-ce que c'est que ces questions que vous me posez ? Je me fiche pas mal de ce que cette petite traînée a pu aller faire…

— Cette petite traînée ? répéta Jess d'un ton sévère. Pourquoi utilisez-vous ce terme ?

Harper prit le temps de la dévisager, puis cligna des yeux.

— Une fille bien ne disparaît pas comme ça du jour au lendemain en laissant son patron dans la panade, sans lui dire où elle va ni quand elle reviendra. Maintenant, si vous avez fini votre petit interrogatoire, peut-être que je vais pouvoir entrer boire ma bière tranquillement ?

Il ouvrit la porte sans attendre la réponse et disparut à l'intérieur du pub. Si c'était là le mari de Lindsey Harper, pensa Jess, il n'était pas étonnant que celle-ci préfère passer son temps en compagnie de Penny et de ses chevaux…

— Ce type-là est un vrai con… fit une voix calme derrière elle.

Elle se retourna et découvrit David Jones à quelques mètres. Harper avait parlé fort sans se soucier d'être entendu. Le jeune homme avait dû suivre toute la conversation, de même que tous ceux qui se trouvaient aux alentours. C'était à Jess que s'adressait le commentaire, mais David fixait avec un dégoût manifeste la porte par laquelle Harper venait de disparaître.

— Qu'est-ce qu'il connaît de ces filles ? Qu'est-ce qu'il sait d'Eva, de Milada ou de celles qui étaient là avant ? Rien ! Il n'a pas le droit de parler d'elles comme ça. Il a dû faire ses avances ridicules à Eva et elle l'aura snobé.

— Parce qu'il fait des avances aux serveuses ?

Jones lui jeta un coup d'œil.

— Ce n'est pas le seul. Seulement, il a moins de finesse que les autres, alors je ne l'ai jamais vu arriver à ses fins. Elles savent à qui elles ont affaire à l'instant même où il franchit la porte.

— Mais c'est un habitué, je crois ?

— Eh oui ! Jake a de l'estime pour lui, allez savoir pourquoi… À cause de son argent, j'imagine. Harper n'en manque pas.

Avec un petit sourire amer, le jeune homme tourna les talons et alla se remettre au travail.

À l'intérieur, Milada s'affairait derrière le bar. Harper avait eu sa bière et il avait battu en retraite dans un coin de la salle, où il faisait bénéficier un autre client de ses opinions. Il n'accorda pas un coup d'œil à Jess. Westcott, quant à lui, n'était nulle part en vue.

Jess croisa le regard de Milada et haussa les sourcils. Milada répondit en tournant les yeux vers la porte fermée du petit bureau. Jess gagna celle-ci, frappa deux petits coups rapides et entra. Westcott parlait sur son téléphone portable mais, dès qu'il la vit, il referma celui-ci d'un geste sec.

— Ah, inspecteur ! Tout va bien ?

Elle ignora la question.

— J'ai cru comprendre, monsieur, qu'il existe un prospectus de votre pub sur lequel est photographiée toute l'équipe qui travaille ici…

— Comment ?

Il paraissait surpris, puis ce fut le soulagement qui marqua ses traits.

— Ah, oui, c'est vrai… reprit-il.

Il ouvrit un tiroir et saisit une pile de fines brochures.

— Tenez, servez-vous !

Jess ouvrit l'une d'elles.

« Le Foot to the Ground, lut-elle, est une auberge très ancienne. Bien qu'elle n'ait jamais été située sur un grand axe de circulation, elle était connue des voyageurs, qui s'y arrêtaient pour se rafraîchir et faire reposer leurs chevaux. C'est de là, sans doute, que lui vient son nom de Foot to the Ground, "le pied à terre". C'est en l'an 1741 qu'apparaît la première référence écrite à l'établissement ainsi nommé. Mais le bâtiment lui-même est bien plus ancien, puisque ses fondations sont médiévales : on pense qu'il servait d'étape pour les pèlerins qui se rendaient à Glastonbury. »

L'historique du lieu continuait ainsi sur quelques paragraphes, puis venaient une appétissante description des spécialités culinaires que l'on servait et, en toute fin, la photographie de groupe, avec le propriétaire entouré de tout son personnel.

Westcott, au centre, dominait tous les autres de sa haute stature. Près de lui se tenait une femme blonde qui avait à sa gauche Milada et un homme d'un certain âge. David Jones et la jeune fille dont Jess avait vu le portrait sur le passeport se trouvaient à leur droite. Ils étaient tous là, se félicita Jess. Si elle présentait cette photo aux gens du coin, qui sait quelles réactions elle susciterait et qui pourrait être ainsi identifié ?

— Qui est cette femme ? demanda Jess en désignant la blonde près de Westcott.

— C'est mon épouse. C'est elle qui cuisine. Elle est aux fourneaux en ce moment, elle est très occupée, ce n'est pas le bon moment pour l'interroger. Si vous souhaitez le faire, je vous suggère de revenir vers cinq heures.

— C'est mon collègue qui viendra, je pense, répondit Jess, avant de montrer du doigt l'homme le plus âgé de la photographie : Et lui, qui est-ce ?

— C'est Bert, mon homme à tout faire : électricien, plombier, charpentier, il s'occupe de tout ce qui est bricolage ! Il est en congé de maladie en ce moment. Des problèmes de dos…

— Ce doit être gênant pour vous, commenta Jess.

— Nous avons Dave Jones, qui se débrouille très bien lui aussi. Il sait à peu près tout faire. Bert lui a beaucoup appris et je ne sais pas ce que je ferais sans lui, franchement !

David Jones, l'ancien étudiant en médecine, songea Jess. Celui qui avait un faible pour Eva et qui savait tout, sans doute, de la carotide. Jones figurerait sur sa liste de suspects, même s'il n'était pas nécessaire de posséder des connaissances en médecine pour étrangler quelqu'un. Il ne supportait pas ce qu'il appelait la pression. Être rejeté par la femme qu'on aime, pouvait-on qualifier cela de « pression » ? Arrivait-il à surmonter cet échec ? Difficilement, sans doute. Il conduisait la camionnette du pub et avait donc pu transporter un corps. On allait devoir examiner de près ce véhicule si la jeune victime se révélait être Eva.

D'un autre côté, il s'était montré plutôt bavard sur ses problèmes nerveux. Presque pressé de raconter son histoire, même. Était-ce par calcul, parce qu'il savait qu'elle finirait par découvrir tout cela ? Avec un père avocat, il devait avoir quelques notions de la manière dont fonctionnait le système judiciaire.

— Alors, vous pensez quoi ? la pressa Westcott. Pour Eva, je veux dire… Ce n'est pas possible, n'est-ce pas, qu'elle soit la… euh… la jeune fille qu'on a trouvée, hein ?

Il avait perdu beaucoup de son assurance et le ton était presque implorant.

Jess reposa la brochure sur les autres et rangea le tout en une pile nette.

— Eh bien, monsieur, nous espérons pouvoir compter sur votre aide à ce sujet. Je suis désolée de devoir vous demander cela mais, comme vous le savez, il ne semble pas y avoir dans notre pays de membres de sa famille que nous ayons la possibilité de solliciter.

Elle vit son interlocuteur pâlir, mais continua néanmoins :

— Nous nous demandions si vous pourriez venir jeter un coup d'œil, afin de voir une bonne fois pour toutes si vous la reconnaissez ou non.

Il ouvrit, puis referma la bouche deux ou trois fois sans qu'aucun son franchisse ses lèvres, avant d'articuler sa réponse d'une voix rauque :

— Vous voulez dire… que je vienne voir ce cadavre que vous avez trouvé ?

— Oui, je suis désolée, mais nous apprécierions beaucoup que vous fassiez cet effort.

— Alors vous croyez vraiment que c'est Eva ?

— Nous ne savons pas, monsieur. Mais c'est une possibilité. Vous étiez son employeur et, en plus, elle a vécu ici plusieurs mois.

— Oh, et puis merde ! fit Westcott en s'asseyant lourdement sur le fauteuil Windsor. Je savais que c'était ça qui arriverait ! Je l'ai dit à Milada…

Il releva la tête vers Jess pour conclure d'un ton pathétique :

— Vous comprenez, je n'ai jamais vu de morts, moi…

Il y a en a qui ont bien de la chance ! soupira Jess en son for intérieur.

Quand elle retourna au bar, Harper avait piégé un nouvel auditeur auquel il assénait ses points de vue. Sa détermination appuyée à ne pas accorder un regard à Jess avait quelque chose d'insultant, en plus d'être ridicule. Mais signifiait-elle que les questions qu'elle lui avait posées l'avaient embarrassé ? Il se comportait comme les enfants sur les bancs de l'école : ne surtout pas lever les yeux vers l'instituteur pour ne pas l'inciter à vous interroger… Elle suggérerait à Phil Morton de rendre visite à M. Harper à son domicile pour avoir un petit entretien informel avec lui.

David Jones était rentré et il avait pris place au côté de Milada derrière le comptoir. Soit on l'avait sollicité parce qu'il y avait du travail, soit il ne voulait pas risquer d'être de nouveau la cible des questions de Jessica. Lui aussi évitait son regard et avait engagé la conversation avec un client. Elle parvint à attirer l'attention de Milada qui, au moins, n'avait pas peur de parler, et qui avait elle-même beaucoup d'interrogations. La jeune fille souhaitait suivre ce qui se passait. Jess lui adressa un signe et sortit dans la cour. Comme prévu, Milada la rejoignit très vite.

— Alors, vous pensez quoi ? demanda celle-ci en fixant Jess avec intensité. J'ai raison, hein ? M. Westcott ne veut pas me croire, mais moi, je sais bien que c'est elle !

— Nous en aurons bientôt le cœur net, assura Jess.

Elle sortit de son sac à dos le sachet contenant la brosse et le verre à dents et le lui montra.

— Pouvez-vous me confirmer que ces deux objets appartiennent bien à Eva ? s'enquit-elle.

Milada haussa les sourcils.

— C'est rose, c'est à Eva ! Tout ce qu'elle achète est rose. Je lui ai dit, essaie de prendre d'autres couleurs aussi, mais il n'y a rien à faire, elle adore le rose !

Et quand elle achète un nouveau blouson, songea Jess, *elle le choisit rose...*

9

— Alors ça y est, nous connaissons l'identité de notre victime ! lança Carter le lendemain matin en s'adossant à son fauteuil. Eva Zelenà. Son employeur n'a eu aucun doute là-dessus… avant de perdre connaissance, c'est ça ?

— Un incident un peu gênant ! soupira Jess. Jake Westcott a juste dit, oui, c'est bien elle, et il s'est effondré aux pieds du pauvre Tom Palmer.

— Il ne s'est pas blessé, au moins ?

— Oh non ! Nous l'avons très vite relevé et il allait bien. Il était juste un peu énervé parce qu'il est passé pour un imbécile. Ce n'est pas moi qui le dis, c'est lui ! Ensuite, il a répété que la victime était bien Eva, il était formel. Quand les parents seront là, nous demanderons peut-être confirmation au père, mais je pense que, d'ici là, nous pouvons poursuivre l'enquête sur la base de cette identification.

— D'accord, acquiesça Carter. Tant que Westcott n'a aucune raison de nous attaquer en justice…

— Pour identifier le corps, c'était lui la personne la plus logique, puisque Eva Zelena n'a pas de famille sur place, se justifia Jess. De plus, sa serveuse ayant disparu en laissant toutes ses affaires, il fallait bien nous assurer que la jeune fille de l'étable et elle ne faisaient qu'une ! Sinon, nous aurions dû ouvrir une enquête pour retrouver une Eva Zelenà vivante, et cela nous aurait fait perdre notre temps ! Nous avons également pu recueillir quelques empreintes exploitables sur le verre à dents que j'ai pris dans la salle de bains. Ce n'est pas assez probant devant un tribunal, bien sûr, mais pour confirmer des soupçons, c'est très utile. Je suis persuadée que nous n'avons plus aucun doute sur son identité et, dans quelques jours, l'analyse ADN que nous recevrons du labo viendra confirmer tout cela. En attendant, j'ai pris les devants et j'ai prévenu l'ambassade de la République tchèque à Londres. Ils vont informer les parents à Karlovy Vary et les prévenir que l'enquête judiciaire est prévue dans une quinzaine de jours, ce qui leur laisse le temps d'arriver.

Carter fronça les sourcils.

— Les gens de l'ambassade ont-ils bien compris que l'enquête préliminaire consistera simplement à établir les faits qui entourent la découverte du corps et à procéder à son identification ? Nous ne pourrons pas expliquer aux parents ce qui est arrivé à leur fille. Ils n'auront aucune réponse.

— J'espère avoir été claire, répondit prudemment Jess. J'ai demandé à ce que tout soit bien précisé aux Zelený mais, maintenant, ce n'est plus entre mes mains. Bien sûr, les parents veulent venir tout de suite. Je les comprends, je réagirais comme eux si j'apprenais qu'un membre de ma famille a trouvé la mort dans un pays étranger…

Elle laissa les derniers mots en suspens. Son regard avait quitté le commissaire pour s'égarer vers la fenêtre.

Car c'était là ce que ses parents et elle redoutaient le plus : qu'un message leur parvienne un jour, semblable à celui que venait de recevoir la famille Zelený (Phil Morton, qui semblait devenir une autorité en grammaire tchèque, lui avait expliqué que « Zelenà » était la version féminine du nom de famille), leur annonçant le décès de Simon. Quand ce dernier leur écrivait, il ne cessait de leur assurer qu'il ne risquait rien. Mais c'était faux, il mentait : dans les coins du globe où il vivait, les balles étaient tirées au hasard et atteignaient indifféremment réfugiés, médecins, employés de la Croix-Rouge, journalistes… Elles – tout comme les hommes qui les tiraient – ne faisaient aucune distinction entre les gens et il leur arrivait même de viser volontairement des étrangers. Ces combattants ne tenaient pas à ce que leurs exactions soient connues au-delà de leurs frontières.

Quand elle se tourna de nouveau vers Carter, il la considérait avec une attention qui l'amena à se demander ce qu'il savait au juste de sa famille et de son histoire personnelle. Il ne pouvait avoir entendu parler de son frère, c'était impossible. Néanmoins, le métier qu'avait choisi Simon n'avait rien de confidentiel. Si elle-même n'en parlait pas, c'était surtout par superstition, par crainte d'attirer la catastrophe. D'autres n'avaient pas ces réticences.

— Bon, j'espère que tout se passera bien… conclut Carter en saisissant la photographie de la brochure du Foot to the Ground, dont on avait réalisé des agrandissements. Maintenant, que comptez-vous faire de cela ?

— La montrer aux gens. J'ai pensé commencer avec Mme Foscott. Si l'une des personnes présentes sur cette photo s'est attardée du côté de la ferme et des étables, elle a pu la remarquer. Elle est…

Jess hésita un instant, puis renonça à ses scrupules.

— Disons qu'elle est un peu pimbêche, mais elle m'a semblé observatrice et plutôt maligne. En plus, elle est née ici. Elle est au courant de tous les bruits qui courent.

Carter croisa les mains sans cesser de l'observer de cet œil scrutateur que Jess commençait à exécrer.

— Cela me paraît bien, commenta-t-il. Mais faites attention : des rumeurs, elle doit en lancer elle aussi.

Il reposa la photographie et Jess se demanda s'il fallait lui parler de David Jones, qui travaillait au pub et dont le père était avocat à la cour. Elle ne savait pas encore de quel côté se tenait Carter quand il s'agissait de bousculer des individus qu'un commissaire de police pourrait un jour avoir à affronter au tribunal. Elle décida de garder l'information pour elle un peu plus longtemps.

Comme on pouvait s'y attendre, les Foscott habitaient une grande maison défraîchie entourée d'un jardin laissé quasi à l'abandon. Deux voitures stationnaient dans l'allée de gravier semée de mauvaises herbes : la très aristocratique vieille Jaguar de Selina et une Lexus, plus neuve et plus moderne. Jess ne fut pas surprise de voir M. Foscott, le probable propriétaire de la seconde, venir lui ouvrir lorsqu'elle sonna.

C'était un homme très grand et très maigre, avec des cheveux blonds clairsemés. Il contempla quelques instants la plaque de Jess à travers ses lunettes, puis releva les yeux.

— Personnellement, je ne vais rien pouvoir vous dire sur ce meurtre. Je n'y étais pas. Je ne m'aventure jamais du côté de cette ferme, ni du club hippique d'ailleurs. Il faudrait plutôt interroger mon épouse.

— Euh… Oui, en fait, je suis venue en espérant… Mme Foscott n'est pas là ?

— Oh, mais si ! Entrez !

Il se retourna et s'éloigna sans l'attendre, lui laissant la liberté de le suivre.

— Selly ! cria-t-il. La policière est là, elle veut te voir !

Il lui lança un coup d'œil rapide par-dessus son épaule, avant d'ajouter à l'intention de sa femme :

— Elle est inspecteur, en fait !

Sur ces mots, il disparut derrière une porte. Restée seule dans l'entrée, Jess regarda autour d'elle : l'intérieur de la maison était aussi décrépit que l'extérieur. On n'avait ni repeint ou retapissé, ni en aucune manière rénové depuis des années. Des photographies de chevaux ou de Charlie à poney depuis son plus jeune âge, ainsi que des objets liés à l'activité équestre, comme des rosettes ou des fers à cheval, ornaient les murs, accrochés au petit bonheur. Une selle posée par terre près du porte-parapluie ajoutait au désordre ambiant et une vague odeur d'écurie imprégnait l'air. M. Foscott n'avait pas besoin d'aller au-devant des chevaux : sa femme et sa fille les ramenaient à la maison avec elles.

Un bruyant claquement de savates annonça à Jess que Selina approchait.

— Eh bien, je ne peux pas t'acheter de nouvelles bottes, c'est comme ça ! cria sa voix quelque part. Tu vas devoir garder celles que tu as encore un peu !

Une porte s'ouvrit soudain et Selina poursuivit sans transition, à l'intention de Jess cette fois :

— Les pieds des gamins n'arrêtent pas de grandir ! Les vieilles Chinoises n'avaient pas tort, dans le temps : c'était une sacrée bonne idée de les bander ! Venez !

Jess se trouva propulsée dans un salon où trônait une imposante cheminée victorienne. Les tapis étaient élimés et le mobilier était éclectique au possible : un canapé et deux fauteuils aux housses de cretonne décolorées, un gigantesque sofa qui semblait échappé d'un club pour messieurs, des tables et guéridons en tous genres couverts de livres, de magazines d'équitation et de journaux, ainsi qu'un magnifique bureau du XIXe, voire du XVIIIe siècle. Toutes les surfaces visibles étaient maculées de poussière.

— Asseyez-vous ! Vous buvez quelque chose ? demanda obligeamment Selina en désignant l'un des fauteuils. Je peux vous proposer du gin tonic, ou bien un autre alcool, mais je suppose qu'on ne boit pas pendant le service ? Alors on devrait pouvoir vous préparer du thé ou du café en vitesse… *Reggie !*

— Non, non, je vous en prie ! s'écria Jess en tendant la main pour repousser l'inévitable demande au dénommé Reggie de mettre une bouilloire en route. Je ne veux ni thé ni café, merci, c'est très gentil…

Elle prit place dans le fauteuil désigné et le regretta aussitôt : l'assise s'enfonça au-dessous d'elle avec un bruyant grincement de ressorts et elle se retrouva piégée dans un creux profond. Ses genoux remontaient presque à hauteur de son visage et les deux bras du fauteuil s'élevaient de chaque côté, à la manière de starting-gates, tandis qu'une pointe dure s'enfonçait quelque part au bas de son dos.

— Bien installée ? s'enquit son hôtesse en se laissant choir sur le sofa.

— Oui, merci, répondit Jess, consciente que l'image qu'elle donnait devait dire tout le contraire.

— Je ne suis pas surprise de vous voir débarquer ici, annonça Selina avec satisfaction.

— Ah bon ?

— Si vous commencez à parler de la ferme du Criquet au haras, vous allez perdre votre temps. Les gens qui gravitent là-bas sont tous des nouveaux venus. La tante de Penny a vécu là toute sa vie, certes, mais Penny, elle, ne venait que pour les vacances, jusqu'au moment où la vieille a claqué en lui laissant tout ce qu'elle avait. C'est là que Penny a racheté les écuries. Quant à Lindsey… Vous l'avez rencontrée, hein ? interrogea Selina en haussant les sourcils.

Jess confirma qu'elle lui avait parlé.

— Elle, elle est d'ici, c'est son mari qui est nouveau. Il est arrivé il y a dix ans à peine.

Combien de temps fallait-il avoir vécu dans la région pour cesser d'être considéré comme un nouveau venu ? se demanda Jess. Peut-être cela n'arrivait-il jamais, dès lors que l'on était né ailleurs. Elle songea que, malgré le fossé social qui existait entre Selina Foscott et Eli Smith, tous deux étaient du terroir et que cela les rapprochait. L'appartenance comptait apparemment beaucoup pour ces gens.

— Vous parlez de Mark Harper ? s'enquit Jess. Lui aussi, je l'ai rencontré.

— Oui, répondit sombrement Selina. Il a fait beaucoup d'argent à la City. Lindsey et lui ont acheté Lanbury House et il a décidé de devenir un notable. Il a dépensé des fortunes pour ça, il est allé jusqu'à faire installer un sauna et un Jacuzzi chez lui ! Oh, il a le droit, chacun ses goûts ! Lindsey, elle, est plus raisonnable et, surtout, elle est née ici. J'étais à l'école avec sa mère, Wendy. Wendy était plus âgée que moi, bien sûr, mais elle était comme moi, elle adorait les chevaux, et sa fille est pareille, d'ailleurs… Alors, qu'est-ce que je peux faire pour vous ?

Saisissant la perche enfin tendue, Jess se pencha maladroitement vers le précieux sac à dos vert qu'elle avait posé à ses pieds et y plongea la main.

— Je me demandais si vous pourriez regarder cette photo…

En temps normal, elle se serait levée pour apporter le document à Selina, mais elle avait le funeste sentiment qu'elle n'y parviendrait pas sans perdre de sa dignité. Ce fut donc Selina qui, obligeamment, quitta son sofa, saisit la photo et retourna s'asseoir.

— Qui sont tous ces gens ? s'enquit-elle en fronçant les sourcils. Ah ! Mais c'est un pub, ça, pas très loin d'ici ! Pour ma part, je ne fréquente pas ce genre d'établissements, mais ceux qui existent depuis longtemps, je les connais. C'est le Foot to the Ground, c'est ça ?

— Oui. Sur la photographie, vous avez toute l'équipe du personnel, ainsi que les patrons.

— Et le patron, c'est lequel ? Le grand avec la moustache, j'imagine ! On dirait un vendeur de voitures d'occasion… Oh, mon Dieu !

Selina approcha le cliché de son visage pour mieux l'examiner.

— Mais c'est le fils de Barney et Julia Jones, ça ! s'exclama-t-elle.

— Pouvez-vous me montrer duquel vous parlez ? demanda Jess.

David était certes le seul jeune homme du groupe, mais un tribunal pouvait vous disqualifier pour négligence lors de l'identification.

Selina retourna la photo vers Jess et désigna David Jones.

— Celui-là. On ne peut pas le louper. Qu'est-ce qu'il fait là ?

— Il travaille au Foot to the Ground.

— Ben ça alors ! s'exclama Selina, interdite. Ah, mais si, je me souviens maintenant… Julia m'avait expliqué ! Son petit David a commencé ses études de médecine, et puis il a craqué. Je ne savais pas qu'il était revenu. C'est une fille de pasteur, vous savez…

Lorsqu'on discutait avec Selina, une certaine agilité mentale était manifestement nécessaire.

— Mme Jones ?

La femme hocha la tête avec vivacité, puis posa le cliché près d'elle sur le sofa pour fixer Jess d'un œil dur.

— Pourquoi vous me montrez cette photo ?

Jess ignora la question.

— En dehors de David Jones, reconnaissez-vous quelqu'un d'autre ?

— Non.

Elle daigna regarder l'image quelques instants de plus, puis considéra de nouveau Jess de son regard de basilic.

— Aucune des femmes ? Je vous en prie, examinez-les bien.

Selina fit l'effort qu'on lui demandait.

— Non, aucune. Mais les filles sont de belles plantes.

— Oui, approuva Jess.

Elle aurait pu lui désigner Eva et insister, mais elle préféra s'en abstenir. Ce genre de méthode avait pour effet de provoquer des « souvenirs » chez certains témoins. Ceux-ci se rappelaient tout à coup avoir vu la victime, alors que, un instant plus tôt, ils étaient sûrs de ne pas la connaître. Lorsque le visage d'Eva Zelenà serait rendu public, Jess ne doutait pas que Selina la contacterait sans attendre si elle se souvenait de l'avoir aperçue quelque part.

— Le petit David n'est pas mêlé à tout ça, au moins ? demanda Selina.

— Nous n'avons aucune raison de le penser.

Elle pinça les lèvres et secoua la photo devant elle.

— Alors j'aimerais bien comprendre pourquoi vous vous promenez avec ça ! Mais j'imagine que vous ne comptez pas me le dire…

— Non, répondit Jess, incapable de retenir un léger sourire.

Une lueur de malice illumina soudain le regard de Selina.

— Pas d'objection à ce que je parle de ça à sa mère ?

— Elle doit déjà être au courant de ma visite au Foot to the Ground, répondit Jess. Son fils lui en aura parlé.

Selina reprit la photographie pour l'étudier de nouveau, puis releva la tête, triomphale.

— Je sais ! lança-t-elle. C'est l'une de ces deux filles qui est morte ! C'est ça ? La fille de l'étable ? Ne niez pas, je le vois sur votre visage !

Jess réprima un soupir. Sa prudence avait fait long feu…

— En effet, vous avez raison, acquiesça-t-elle.

— Laquelle est-ce ?

Jess n'avait plus qu'à baisser les armes. Elle réussit à se redresser au prix d'un rude combat au cours duquel le fauteuil, comme possédé par un démon, parut déterminé à la retenir en émettant toutes sortes de gémissements. Lorsqu'il l'éjecta enfin, elle alla récupérer la photographie et désigna Eva.

— C'est celle-ci.

Selina acquiesça, pensive.

— OK, fit-elle. En tout cas, je me demande ce que Julia et Barney vont penser de ça…

Moi aussi, approuva Jess en son for intérieur. *Surtout quand leur fils leur dira que la police scientifique est en train d'examiner la camionnette du pub…*

— Qu'est-ce qu'il a, alors ?

Penny sursauta et se détacha de la barrière sur laquelle elle était appuyée pour se retourner vers la voix toute proche.

— Oh ! Bonjour, Eli… Je ne vous ai pas entendu arriver !

Eli Smith désigna sans rien dire les bottes en caoutchouc qu'il avait aux pieds. Puis il regarda le cheval en liberté dans la carrière.

— Il ne veut plus manger ?

— Oh ! Ce n'est pas ça… soupira Penny. Il a un appétit de cheval, pour ainsi dire…

Eli parut surpris et elle s'empressa de poursuivre :

— Le véto pense qu'il est en train de perdre la vue d'un œil. En fait, maintenant qu'il m'a dit ça, je vois bien que quelque chose cloche. Quand on le place face à la lumière, il a un œil qui paraît comme embrumé.

Eli se passa la langue sur les dents tout en étudiant Solo.

— Je crois que le véto a raison, déclara-t-il au bout de quelques instants.

Il poursuivit encore son observation un moment, puis conclut :

— C'est la fin, alors, pour lui ?

— C'est la fin, Eli, comme vous dites. Je n'ai pas les moyens de garder ici des chevaux qui n'ont pas d'utilité. Et Solo ne m'est plus d'aucune utilité.

Eli reporta son attention sur elle.

— En fait, c'est vous que je suis venu voir. Vérifier si ça va bien…

— Ça va, Eli, merci. Enfin, en dehors de tous mes problèmes… Et vous ?

— Moi ?

Eli émit un son guttural qui évoquait le réveil d'un volcan.

— Moi, j'ai un foutu cadavre dans mon étable !

— Quoi, ils ne l'ont pas enlevé ? s'étonna Penny.

Il secoua la tête.

— Si, si, ils l'ont emportée, la pauvre gosse… Mais les flics ont ratissé toute la ferme. Et vous savez quoi… ?

Le volcan se remit à gronder. Eli éleva la voix en secouant un index épais sous le nez de Penny.

— Ils sont rentrés dans la maison !

— Dans la… euh, dans la maison de la ferme, ou chez vous, dans votre cottage ? interrogea-t-elle prudemment.

— Les deux, fit Eli après un court instant de réflexion. Un sergent est venu chercher les clés de la maison du Criquet chez moi. Je lui ai dit que toutes les fenêtres étaient barrées et que personne n'était rentré là-dedans depuis des lustres. Mais il n'a pas voulu en démordre, il m'a dit que la police était obligée d'aller voir. Ce n'est pas juste ! Finalement, je lui ai donné les clés et il est reparti. Et il ne me les a toujours pas rendues, vous vous rendez compte ?

Le volcan entra en éruption avec une exclamation furieuse et Solo, qui broutait dans la carrière, releva la tête, les oreilles dressées, en direction de la barrière.

— Ce n'est pas que c'est grave, reprit Eli plus calmement. J'en ai un deuxième jeu, de toute façon. Mais je vais remonter là-haut pour tout refermer, voilà ce que je vais faire !

— Oh, je suis sûre qu'ils ont bien verrouillé toutes les portes derrière eux, Eli !

— Je n'ai pas confiance. J'ai des planches dans le camion, je vais remonter les clouer et tout fixer bien comme il faut !

— Peut-être qu'avant de faire ça vous devriez demander à la police si elle a terminé, suggéra Penny.

— Je ne vais quand même pas demander la permission ! Je fais ce que je veux, c'est chez moi ! Jeudi prochain, ça fera vingt-sept ans tout juste que… Enfin bref, vous voyez, je n'ai pas le choix : je dois aller remettre tout ça avant…

— Pourquoi ? lança Penny sans réfléchir.

Eli retira sa casquette, en examina la doublure crasseuse, puis la recala soigneusement sur ses boucles grisonnantes.

— Avant, le troisième jeudi du mois, c'était le jour du marché, expliqua-t-il. Du marché aux bestiaux, je veux dire, à l'époque où il y en avait un.

Oh, mon Dieu... Penny venait de comprendre : c'était en rentrant de ce marché qu'Eli avait découvert le double meurtre commis par son frère. La date anniversaire du tragique événement approchait. *Il redoute que la maison ne soit toujours sans protection jeudi prochain. Mais que croit-il qu'il puisse arriver dans ce cas ?*

Elle se sentit soudain saisie d'une peur atavique, mais se reprit. Les événements survenus toutes ces années auparavant affectaient encore l'esprit d'Eli, mais il n'y avait aucune raison qu'elle en souffre elle aussi.

Une portière de voiture claqua soudain derrière eux et ils se retournèrent comme un seul homme.

— Eh bien voilà, vous allez voir ce que je veux dire… marmonna Eli. Maintenant, c'est votre tour de vous faire enquiquiner par la police…

Jess avait pensé trouver Penny Gower seule mais, lorsqu'elle aperçut Eli Smith à côté d'elle, elle n'en fut pas fâchée. Elle allait pouvoir leur montrer à tous les deux la photographie agrandie de la brochure.

Ce fut d'un œil noir qu'Eli la regarda approcher, tandis que Penny lui souriait, néanmoins sur ses gardes.

— Bonjour, inspecteur, on peut vous aider ?

— Oh, grogna Eli.

— Je ne sais pas, répondit Jess. Je l'espère. Je me demandais si je pourrais vous montrer une photographie… Et à vous aussi, monsieur, précisa-t-elle en décochant, en pure perte, son plus beau sourire à l'intéressé.

En voyant grossir le petit groupe, le cheval qui broutait dans la carrière s'éloigna de la barrière.

— Il doit croire que je viens pour une leçon et il n'a pas envie de travailler, ironisa Jess, soucieuse de détendre l'atmosphère.

La plaisanterie tomba à plat : ses interlocuteurs restèrent de marbre, tandis que deux paires d'yeux la considéraient en silence.

— Ça m'étonnerait, finit par commenter Penny. Il est hors service, pour ainsi dire. Remarquez, ajouta-t-elle avec un sourire forcé, il ne le sait pas…

— Il est malade ?

— Il est en train de devenir aveugle.

— Oh ! Je suis désolée…

Et voilà, Jess, la reine des gaffes ! Bien sûr, c'était le cheval qu'elle avait cherché à caresser le samedi précédent. Ferris l'avait mise en garde. Il était temps de revenir de toute urgence à l'objet de sa visite du jour.

Elle sortit la photographie et la passa à Penny, qui l'étudia avec attention.

— Est-ce que vous reconnaissez ces gens ? demanda Jess. Auriez-vous aperçu récemment dans les parages quelqu'un qui ressemblerait à l'une ou l'autre de ces personnes ? Je suis désolée pour la mauvaise qualité du grain, c'est un agrandissement d'une image beaucoup plus petite prise dans une brochure.

Penny secoua la tête.

— Non, désolée, je ne vois pas… Je n'en connais aucun. C'est le personnel d'un restaurant ? Les deux filles et le garçon portent le même tee-shirt avec un logo, et on dirait un peu une auberge, là, derrière eux.

— Oui, c'est ça. C'est un pub qui s'appelle le Foot to the Ground, cela vous dit quelque chose ?

— Ça me dit quelque chose, oui… Je sais qu'il se trouve dans la région, mais je n'y suis jamais allée, désolée ! Et pourtant, Andy Ferris et moi, des pubs, nous en avons écumé beaucoup ! Le Foot to the Ground, j'en ai entendu parler, il a la réputation d'être cher.

Elle rendit la photographie à Jess, qui la tendit à Eli. Celui-ci ôta sa casquette et la tint en hauteur pour se gratter la tête de l'index, tout en saisissant le cliché de l'autre main.

Il est presbyte, songea Jess.

— Je reconnais celle qui est morte, dit-il en remettant son couvre-chef en place.

Penny poussa une exclamation choquée.

— Vous avez reconnu la jeune fille morte sur la photo ? insista Jess. Laquelle est-ce ?

Eli posa un doigt sur le visage d'Eva.

— Celle-là. Elle était dans mon étable.

— L'aviez-vous déjà vue de son vivant, avant de la découvrir dans votre ferme ?

— Non, répondit Eli. Vous dites que ce pub est le Foot ? Ça fait des années que je n'ai pas mis les pieds là-bas. C'est devenu chic et ils ont monté les prix. La bière coûte trop cher pour un pauvre gars comme moi et ils n'ont que des plats compliqués. Des petites choses comme les œufs au vinaigre, par exemple, ils n'en font pas.

— La jeune fille s'appelle, ou plutôt s'appelait, Eva Zelenà. Est-ce que ce nom vous dit quelque chose ?

Jess regarda Penny pour l'inclure dans la question.

— Non, répondirent ses deux interlocuteurs d'une seule voix.

Elle s'adressa de nouveau à Eli.

— Vous semblez très sûr de vous, monsieur. Mais quand vous l'avez vue, son visage était déformé. Et vous avez refusé de la regarder une deuxième fois quand les policiers sont arrivés dans leur voiture de patrouille. Vous leur avez dit que vous ne vouliez pas la revoir.

— Bien sûr que je suis sûr ! rétorqua Eli avec irritation. Je ne suis ni aveugle ni idiot ! Je sais que la fille qui était dans mon étable, c'est celle-ci (de nouveau, il désigna Eva au milieu du groupe). Évidemment, elle ne souriait pas comme là. Comment voulez-vous qu'elle sourie, elle était raide morte par terre, avec les yeux qui lui sortaient des orbites et la bouche ouverte…

Penny émit un nouveau cri, plus sonore que le premier, et Eli la regarda un instant.

— Bon, pas la peine de vous faire un dessin, vous l'avez vue comme moi quand elle était dans l'étable, inspecteur, poursuivit-il à l'intention de Jess. Elle n'était pas au mieux de sa forme, mais elle ressemblait quand même à ça, insista-t-il en désignant l'image. Si c'était moi qui vous montrais cette photo, vous ne me diriez pas que c'est elle, vous ?

— Je ne sais pas, c'est difficile pour moi de le savoir, avoua Jess.

— Bon, eh bien, pas pour moi ! Je ne suis peut-être qu'un vieux gars de la cambrousse, mais je sais reconnaître un visage. C'est elle !

— Mais vous ne l'avez jamais croisée dans les environs quand elle était en vie, n'est-ce pas ? Ni elle ni aucune personne de ce groupe ?

Eli lui décocha un regard exaspéré, comme on considère un enfant qui commence à vous taper sur les nerfs.

— Non. Combien de fois il va falloir vous le répéter ! Je ne connais aucune personne de cette photo. Je ne les ai jamais vus nulle part, tous autant qu'ils sont. Sauf la fille, et elle était morte. *Dans mon étable !*

Sur ces mots furieux, il tourna les talons et s'éloigna à grands pas.

— Il faut l'excuser, murmura Penny. En fait, il est bouleversé. Tout cela lui rappelle le meurtre de ses parents, et puis la mort de son frère ensuite. C'est… c'est bientôt la date anniversaire de cette horrible histoire.

— Ah bon ? s'étonna Jess.

— Il me l'a dit tout à l'heure. Cela fera vingt-sept ans jeudi prochain. Il ne m'a pas parlé directement de cet anniversaire, mais il est clair que c'est ce qu'il sous-entendait.

Jess réfléchit à l'information. La date devait figurer dans le dossier et elle l'avait nécessairement lue. Elle aurait dû s'en souvenir et établir le lien. *Ressaisis-toi, Jess, par pitié !* Il n'y avait rien d'étonnant à ce que Smith ne soit pas tout à fait rationnel quand il était question du double meurtre. S'il ne restait qu'une semaine avant le jour anniversaire, il devait avoir une conscience aiguë de la date qui approchait. Se pouvait-il qu'il ait surpris Eva dans la cour de sa ferme – une présence qu'il faudrait expliquer –, que la fureur lui ait fait perdre la raison et qu'il ait agressé la jeune fille ?

Mais pourquoi Eva se serait-elle trouvée à la ferme du Criquet et surtout, comment s'y serait-elle rendue ? Elle n'avait pas de moyen de transport personnel.

La Mercedes grise, conclut Jess. *Il faut retrouver la Mercedes grise.*

Devant elle, Penny promenait le bout de sa botte sur le portail de bois, pensive. Solo se tenait désormais à l'extrémité de la carrière et, à cette distance, il ressemblait à un cheval miniature.

— Inspecteur ? commença Penny d'un air gêné. Il y a une chose que j'aimerais vous dire, maintenant que nous ne sommes plus que toutes les deux. Cela n'a rien à voir avec votre affaire, c'est... c'est quelque chose de personnel. Enfin, c'est au sujet de... d'Andrew Ferris et de moi.

Jess l'observa, l'esprit en éveil. La jeune femme avait rougi et il convenait avant tout de la rassurer. Ce n'était pas la première fois que Jess entendait ce type de préambule à quelque confession personnelle. Sans doute Penny n'avait-elle rien fait d'illégal, ni même de répréhensible. Toutefois, les témoins, surtout les plus irréprochables, estimaient devoir se justifier.

— Écoutez, répondit-elle, entrer dans la vie privée des gens ne m'intéresse pas, tant que cette vie privée ne concerne pas les enquêtes que je mène. Je comprends ce que peuvent ressentir les personnes que nous interrogeons. Nous posons toutes sortes de questions, dont beaucoup sont indiscrètes. Cela me gêne moi aussi, croyez-le bien ! Mais je vous assure que je ne recherche que les renseignements susceptibles de m'aider à découvrir qui a assassiné cette pauvre jeune fille.

Penny attrapa une mèche de cheveux échappée de sa barrette et la ramena derrière son oreille.

— Oui, je sais... Mais c'est une chose que je tiens malgré tout à mettre au point.

— Très bien. Dans ce cas, je vous écoute !

— En fait, commença Penny d'une voix hésitante, je ne voudrais pas que vous ayez une idée fausse de ma relation avec Andrew. Andrew est un très bon ami. Il a été adorable avec moi quand je suis arrivée ici. Il m'a énormément aidée. Il a un métier sédentaire, mais on sent qu'il a grandi à la campagne ! Ça lui plaît beaucoup de venir ici, de côtoyer les chevaux et même de nettoyer les box ou de construire les obstacles. Il aime les promenades à cheval à travers champs. Nous avons la chance qu'Eli nous laisse traverser ses terres, qui sont pour la plupart inexploitées. Les moutons que vous voyez là-bas, au fond…

Elle montra du doigt un point au-delà de la carrière et de Solo, qui arrachait énergiquement des touffes d'herbe.

— Ces moutons n'appartiennent pas à Eli, mais à un fermier à qui il loue deux ou trois prés. Mais c'est tout. Dans les environs, on peut se promener toute la journée sans rencontrer âme qui vive. C'est très calme. Enfin, en dehors de ce qui vient de se passer, bien sûr ! Mais pour en revenir à Andrew, nous ne sommes rien de plus que des amis, lui et moi. Il est marié, vous comprenez… Bon, tout le monde ici sait que ce mariage n'en est plus vraiment un. Sa femme est à l'étranger la plupart du temps. Elle fait visiter les pays d'Europe à des touristes, elle est guide. Ils n'ont pas eu d'enfants, tous les deux. Je pense qu'ils se dirigent peu à peu vers un divorce, mais je n'y suis pour rien. Andrew n'a jamais été heureux dans sa vie mais, quand il est ici, il a l'air bien. Il se trouve que j'ai eu moi aussi ma part de problèmes… C'est ce qui m'a poussée à changer de vie, d'ailleurs, à venir me cacher ici, au fin fond de la campagne. Nous avons tous les deux été déçus en amour et ça nous rapproche. Mais attention, je ne veux pas passer pour le bureau des pleurs ! se reprit-elle avec une grimace comique. Si je vous raconte tout ça, c'est pour vous donner une image exacte de la situation.

— Considérez que c'est fait ! acquiesça Jess en lui souriant.

— Merci…

Penny s'écarta de la barrière.

— Je suis désolée que ni Eli ni moi n'ayons pu vous aider avec cette photo…

— Oh ! je finirai bien par trouver quelqu'un qui pourra me renseigner, assura Jess.

Elle espérait sans trop y croire que l'avenir lui donnerait raison.

On avait confié au sergent Phil Morton la mission d'interroger les habitués du pub et il avait décidé de débuter avec Mark Harper. En ce jeudi matin, il s'était donc rendu à Lanbury House, comptant sur la chance pour trouver ce dernier chez lui. Dans le cas contraire, il profiterait de sa visite pour jeter un coup d'œil à la maison.

Quand il arriva, il se félicita de voir le 4 × 4 rouge sombre garé devant le porche. La porte d'entrée s'ouvrit au moment même où il descendait de son véhicule et un homme grand et solidement bâti apparut. L'inconnu s'arrêta net lorsqu'il le vit approcher de la maison, puis il vint à sa rencontre en faisant tinter ses clés de voiture dans sa main.

J'arrive au mauvais moment, songea Morton.

— Quelque chose me dit que vous êtes encore un flic, déclara l'homme lorsqu'il parvint à sa hauteur.

Le ton était insultant.

— M. Harper ? demanda Morton d'une voix glaciale en produisant sa plaque. Sergent Morton. Vous avez quelques minutes ?

Harper parut évaluer le degré de difficulté qu'il rencontrerait avec ce deuxième représentant de l'ordre, avant de se décider à coopérer.

— Sans problème, répondit-il. Rentrons, il n'y a personne. Nous n'allons tout de même pas rester dehors !

Les voisins risqueraient de nous voir, compléta Morton en son for intérieur. Il suivit Harper dans la maison en admirant au passage l'élégant porche. *Et cela ferait mauvaise impression, hein ?*

— Votre femme n'est pas là ? interrogea-t-il lorsqu'il fut introduit dans une pièce qui servait manifestement de bureau.

— Non, répondit Harper d'un ton brusque. Asseyez-vous, sergent, si vous voulez.

Il esquissa un geste en direction d'une chaise et prit place sur une autre.

— Vous devez savoir que nous enquêtons sur la disparition et le meurtre d'une serveuse qui travaillait au Foot to the Ground, commença Morton sur le ton de la conversation.

Il fut aussitôt interrompu.

— J'ai déjà parlé avec une certaine inspecteur Campbell. Elle est venue au pub.

Le ton indiquait sans ambiguïté que, pour lui, l'affaire était classée. Il ne connaissait pas Phil Morton.

— Oui, monsieur. Mais quand l'inspecteur Campbell vous a vu, nous savions seulement qu'une serveuse avait disparu. Nous ignorions encore que le corps retrouvé à la ferme du Criquet était le sien. J'ai ici une photographie qui montre cette jeune fille vivante. Vous avez dit à l'inspecteur Campbell que vous ne vous souveniez pas du tout de laquelle il pouvait s'agir, alors je me demandais si, en vous montrant ceci…

Il sortit l'agrandissement et le présenta à son interlocuteur.

— … cela ne vous rafraîchirait pas la mémoire…

Harper saisit le cliché à contrecœur.

— Ah ! je sais d'où ça vient ! C'est dans la brochure publicitaire que Jake vient de faire imprimer pour son restaurant !

— C'est cette jeune fille qui est morte, indiqua Morton en se penchant pour désigner Eva Zelenà. Vous la reconnaissez maintenant ?

Harper y jeta un coup d'œil distrait.

— Non… Enfin, peut-être… Vaguement. De toute façon, elles se ressemblent toutes, les serveuses de Jake. J'en ai déjà parlé à l'inspecteur. Je ne sais vraiment pas pourquoi vous êtes venu !

— Nous parlons avec toutes les personnes qui ont eu un contact, même très lointain, avec la victime, expliqua Morton en reprenant la photographie, ce qui parut faire plaisir à Harper.

— Eh bien, on ne peut pas avoir de contact plus « lointain » que moi avec elle ! commenta-t-il. J'ai dû lui commander une ou deux bières au bar, c'est tout !

— Cela vous a-t-il surpris d'apprendre qu'elle était partie sans crier gare ?

— Non, et ça aussi, je l'ai déjà expliqué à l'inspecteur Campbell. Ces filles-là, ce sont des étrangères. J'avais prévenu Jake, il les engage sans rien savoir d'elles. On ne sait pas ce qui peut leur passer par la tête. Celle-là devait sûrement…

Il n'acheva pas.

— Elle devait sûrement quoi ? le pressa Morton.

— Peu importe. Je vous l'ai dit, je ne la connaissais pas.

— Nous sommes intéressés par toutes les hypothèses, monsieur.

— Ah bon ? fit Harper avec un sourire moqueur. Vous êtes désespérés à ce point ? Dans ce cas, si vous voulez savoir… Ce que je crois, moi, c'est qu'elle faisait le tapin.

— Ah bon ? Elle se serait prostituée ? Mais pour quelle raison, monsieur ? Elle avait un emploi et un logement !

— Elle pouvait très bien arrondir ses fins de mois au noir. Ces filles-là, vous savez…

Il haussa les épaules.

— Vous n'avez aucune preuve de ce que vous avancez, si ? interrogea Morton.

Quelque chose, dans le ton de sa voix, dut signaler à Harper qu'il venait de s'aventurer en terrain dangereux.

— Mais non ! Bien sûr que non ! Oh, je n'aurais jamais dû vous dire ça... Je ne l'aurais pas dit si vous n'aviez pas insisté comme ça !

— Vous-même, vous ne l'avez jamais rémunérée en échange de rapports sexuels ?

— Quoi ? Mais nom d'un chien, non ! Vous n'avez pas le droit de faire des insinuations pareilles ! Écoutez, reprit-il plus calmement en se penchant en avant, nous sommes en train de perdre notre temps, tous les deux. La semaine dernière, je n'étais même pas dans la région. Je ne suis rentré que samedi.

— Et où étiez-vous, monsieur, s'enquit poliment Morton, la semaine dernière ?

— À Londres. Pour mes affaires.

— Quelqu'un là-bas peut confirmer vos dires ?

Le sergent sortit un calepin et Harper le regarda l'ouvrir, fou de rage.

— Mais bon sang de bonsoir ! s'indigna-t-il. Vous n'allez pas me dire que j'ai besoin d'un alibi, maintenant ?

— Question de routine, monsieur, je vous assure, le tranquillisa Morton, son carnet ouvert devant lui.

— Eh bien, je... je... j'avais rendez-vous avec mon banquier jeudi matin. Il vous le confirmera.

— Et le reste de la journée, monsieur ? Et le vendredi ? Vous m'avez dit que vous n'étiez rentré que samedi...

Harper s'enfonça dans son siège, les mains croisées sur ses genoux.

— Écoutez, dit-il. Cet entretien est confidentiel, n'est-ce pas ?

— C'est une enquête de police, lui rappela Morton.

— Mais je le sais bien ! explosa de nouveau Harper, avant de faire un effort visible sur lui-même pour poursuivre : Je veux dire, si ce que je vous raconte n'a pas d'intérêt pour votre enquête, ça ne sortira pas de votre carnet, et il n'y aura que l'inspecteur Campbell et vous qui saurez, hein ?

— Si cela ne concerne pas l'enquête, oui, monsieur. Alors si vous pouviez juste me donner un nom et une adresse, afin que nous puissions dissiper tous les soupçons… ?

— Bon, j'ai une amie, révéla Harper avec réticence. J'ai passé deux jours et deux nuits chez elle. Je ne voudrais pas… Il n'y a aucune raison que ma femme soit au courant. Cette dame est une personne que je connais de longue date, depuis avant mon mariage, même. Elle… enfin, vous n'avez pas besoin de tout savoir non plus… Bref, en fait, elle est mariée, mais elle est séparée. Son mari vit à l'étranger. Je ne voudrais pas qu'on aille l'embêter ni qu'elle soit gênée. Elle est mariée avec un diplomate. Si un certain type de journaux venaient à publier ça, cela pourrait causer de très gros dégâts…

— Nous ferons très attention, monsieur, promit Morton. Maintenant, son nom et son adresse, je vous prie ?

Harper le regarda écrire, la mort dans l'âme.

— Dites-moi, reprit ensuite Morton, à quel moment précis avez-vous appris qu'il y avait eu un meurtre ?

— À quel moment ?

Harper le contempla d'un air franchement exaspéré.

— À votre avis ? Eh bien, en rentrant de Londres, samedi après-midi, comme je vous l'ai dit ! C'est ma femme qui me l'a annoncé. Elle a un cheval en pension au haras de Berryhill et elle passe beaucoup de temps là-bas, à aider. Elle a une passion pour les chevaux. Votre inspecteur Campbell est allée là-bas aussi, d'ailleurs.

— Et dimanche, vous êtes allé au pub comme tous les jours, n'est-ce pas ?

— Oui.

— Et c'est là que vous avez appris la disparition de sa serveuse, n'est-ce pas ?

Harper hocha la tête sans répondre cette fois.

— À ce moment-là, vous n'avez pas pensé que ce pouvait être la jeune fille dont vous avait parlé votre femme la veille, celle qu'on avait retrouvée morte à la ferme ?

— Mais non, comment voulez-vous que je pense à ça ? Jake Westcott était sûr que sa serveuse était partie à Cheltenham, qu'elle avait pris un autre travail ! Pourquoi serais-je allé m'imaginer autre chose ?

Harper s'adossa à son siège en prenant une profonde inspiration, avant d'ajouter :

— Bon, je crois que j'ai répondu à toutes vos questions maintenant. Comme je n'étais pas là quand cette histoire est arrivée, et comme je vous ai donné une explication satisfaisante à mon absence, je ne vois vraiment pas ce que vous pourriez gagner en continuant cet interrogatoire. Si vous voulez quand même le faire, il faudra que ce soit à un autre moment, et en présence de mon avocat.

Du perron, Harper regarda son visiteur s'éloigner dans sa voiture, puis il retourna dans l'entrée en claquant la lourde porte de chêne derrière lui.

— Sacré nom de Dieu ! pesta-t-il d'une voix forte, et l'écho de ces mots se répercuta sous le haut plafond.

— Quelque chose ne va pas ?

Il releva la tête et pâlit. Son épouse se tenait à la porte de la salle à manger. Elle portait sa tenue habituelle, jodhpurs et gilet sans manches matelassé sur un gros pull.

— Qui était-ce ?

— Je croyais que tu étais partie à ton club de cheval ?

— J'ai été retardée… Un courrier à écrire. J'étais dans la salle à manger.

— Ah bon ? Euh… c'était un flic. Aucune inquiétude à avoir. Ils ont identifié le corps dont tu m'as parlé, celui qu'on a trouvé à la ferme du Criquet. C'est une des serveuses de Jake Westcott. Ils interrogent les clients réguliers du pub.

— Ce n'est pas toi qui l'as tuée ? interrogea Lindsey de cette façon directe et désinvolte qu'elle adoptait avec lui depuis peu, lançant des questions aussi inattendues que déstabilisantes.

— Mais bien sûr que non ! Qu'est-ce qui te prend ? Ce n'est pas moi que les flics soupçonnent ! De toute façon, je n'étais pas là la semaine dernière.

— C'est vrai, acquiesça-t-elle d'un ton amène. Tu as un alibi.

Un silence s'installa. Harper fusilla sa femme du regard, puis jeta un coup d'œil à la porte ouverte de la salle à manger, qui jouxtait le bureau.

— Qu'est-ce que tu as entendu au juste de la conversation ? interrogea-t-il prudemment.

10

Le tube fluorescent ronronnait doucement au-dessus de sa tête et la lumière vacillait par moments. Jess espéra qu'il ne se préparait pas à imploser. Du couloir lui parvint un bonsoir lancé à un membre de l'équipe de nuit qui arrivait. La voix se répercuta, accompagnée de claquements de semelles sur le sol. Une fois de plus, elle était seule au bureau et se réjouissait de cette petite bulle de tranquillité. Elle rouvrit le dossier du double meurtre à la ferme du Criquet et se lança dans la lecture.

Transcription de l'interrogatoire de Nathan Smith par l'inspecteur Harris. Sont également présents le sergent Welland et Me P. Samson, avocat de M. Smith.

Insp. H. : Vous vous appelez Nathan Smith et vous habitez la ferme du Criquet.

Smith : Oui.

Insp. H. : Pouvez-vous nous expliquer ce qui s'est passé là-bas hier après-midi, jeudi ?

Smith : J'ai tué papa et maman.

Insp. H. : Était-ce un accident ?

Smith : Non, je voulais le faire.

Arrêt pour consultation entre l'avocat de l'accusé et l'accusé.

Mᵉ Samson : M. Smith n'est pas en train d'avouer un meurtre avec préméditation.

Insp. H. : Vous avez agi sur une impulsion ?

Mᵉ Samson (à son client) : Vous n'êtes pas obligé de répondre à cette question pour l'instant.

Insp. H. : Pourquoi avez-vous fait cela ? Aviez-vous une raison de tuer vos parents ?

Smith : C'était le moment.

Insp. H. : Qu'est-ce que vous voulez dire par là ?

Smith : Ça commençait à bien faire, le moment était venu.

Insp. H. : Qui avez-vous tué en premier ?

Smith : Mon père. Je l'ai entendu approcher. J'étais dans la cuisine. J'ai décroché le fusil et je l'ai chargé. Quand il est arrivé, j'ai vidé le chargeur sur lui.

Insp. H. : Votre père a-t-il eu le temps de dire quelque chose ?

Smith : Il a dit : « Mais qu'est-ce que tu fous avec ce truc ? »

Insp. H. : Et votre mère ?

Smith : Elle était à côté, dans la buanderie. En entendant les coups de feu, elle s'est précipitée dans la cuisine. Je me suis retourné et j'ai pointé le fusil sur elle. Elle est repartie en courant dans la buanderie. Je l'ai suivie et je l'ai tuée elle aussi.

Insp. H. : Pourquoi ? Pourquoi avez-vous tué votre mère ?

Smith : J'étais obligé. Elle m'aurait tout le temps cassé les pieds avec ça.

Insp. H. : Et après, qu'avez-vous fait, Nathan ?

Smith : Je me suis assis dans la cuisine et j'ai attendu qu'Eli revienne du marché.

Insp. H. : Vous aviez l'intention de le tuer lui aussi ?

Smith : Non. Pourquoi j'aurais fait ça ? Ce serait bientôt l'heure de rentrer les vaches pour la traite. En fait, j'ai choisi ce jeudi-là parce qu'Eli ne devait revenir que l'après-midi. On n'a pas d'embrouille, lui et moi.

Me Samson : Inspecteur, il doit être bien clair que mon client a l'esprit très confus en ce moment. J'ai essayé de lui expliquer ce qu'est la préméditation, mais je ne suis pas sûr qu'il ait parfaitement compris.

Smith : Je ne suis pas bête, je sais ce que c'est. Mais si je vous dis que c'est ce que j'ai fait, c'est ce que j'ai fait.

Insp. H. : Que s'est-il passé quand Eli est arrivé ?

Smith : Il est entré dans la cuisine. Il m'a demandé ce que j'avais fait. Je lui ai dit que j'avais tué papa et maman. Il a vu papa par terre et il est passé devant moi pour aller dans la buanderie, pour voir maman, j'imagine. Pour voir si je l'avais vraiment fait. Et puis il est revenu, il est repassé devant moi, mais sans rien dire, et il est sorti dans la cour. Je crois que ça lui a fait un sacré choc. Mais bon, c'est comme ça…

Insp. H. : Et ensuite, Nathan, qu'avez-vous fait ?

Smith : Je suis monté me laver. Pour enlever le sang de mes mains et de ma figure. C'était le sang de papa. J'en avais partout. Ça fait ça, avec les fusils à pompe.

Insp. H. : Quelle était votre intention quand vous avez lavé ce sang ? Pourquoi vouliez-vous vous laver ?

Smith : Je voulais être propre quand vous alliez venir. Enfin, la police…

Insp. H. : Et vous avez juste attendu là, dans la maison, que la police arrive ?

Smith : Oui. J'ai pensé à aller rentrer les vaches avec Eli mais, à ce moment-là, j'ai entendu une voix de femme dans la cour. C'était Doreen Warble, je crois. C'est une amie de maman et elle vient tout le temps lui acheter des œufs. Je n'avais pas envie de la voir. C'est une fouinarde.

La porte du bureau qui s'ouvrait produisit un bruit doux en balayant le sol. Jess releva la tête. Elle était si absorbée dans sa lecture qu'elle n'aurait pas été surprise de voir l'un des protagonistes du drame surgir devant elle.

Ian Carter se tenait dans l'embrasure, un pied dans la pièce, l'autre à l'extérieur, et la main sur la poignée.

— On travaille tard, Jess ?

Elle ne se souvenait pas qu'il l'ait déjà appelée par son prénom. Elle était même sûre que non.

— Oui, monsieur, enfin… Je lisais le rapport sur le double meurtre qu'il y a eu autrefois à la ferme du Criquet.

— Ah… fit-il, hésitant manifestement à entrer. Mais vous savez, ce n'est pas la peine de travailler aussi tard. La journée suffit.

— J'allais bientôt partir.

Il demeura immobile, l'image même de l'indécision. Elle comprit ce qu'il avait à l'esprit. *Si j'étais un homme, il me demanderait d'aller boire un verre avec lui avant de rentrer. Mais comme je suis une femme et qu'il ne me connaît pas encore très bien, il n'ose pas. Ou peut-être qu'il croit que je n'ai pas le temps parce que quelqu'un m'attend à la maison. Je n'ai pas cette chance, hélas…*

— Bien, conclut-il. Alors bonsoir !

— Bonsoir, monsieur. À demain…

De nouveau seule, elle rangea le dossier et décrocha sa veste du portemanteau. C'était l'heure de s'en aller pour elle aussi. Le travail peut vous accaparer, songea-t-elle. Peut-être était-ce pour ne pas se laisser envahir que Carter avait délibérément cultivé ces manières détachées qu'il affichait. Il devait être résolu à conserver son espace de liberté.

Elle s'aperçut tout à coup que son téléphone portable vibrait comme une abeille affolée coincée derrière une vitre. Elle avait oublié qu'elle avait coupé la sonnerie. Elle s'empressa de répondre.

— Allô ?

C'était Tom Palmer, qui tentait ce que Carter n'avait pas eu l'audace de faire : l'inviter à prendre un verre après le travail.

— Et si tu n'as pas dîné, ça tombe bien, moi non plus !

Ce ne serait pas la première fois que tous deux passeraient la soirée ensemble, en toute amitié. Tom avait un problème qu'elle comprenait très bien : il exerçait un métier qui l'éloignait des gens. Il ne pouvait pas parler de ce qu'il faisait. Les détails de son travail n'étaient pas un sujet de conversation bienvenu autour d'une table et, s'il rencontrait des individus qui se montraient vraiment intéressés par les autopsies, il les considérait avec méfiance. Tout cela réduisait considérablement le cercle de ses connaissances. Lorsqu'il serrait la main d'une personne, celle-ci se demandait aussitôt ce que ses doigts avaient trituré ce jour-là. S'il mangeait du steak, les convives qui l'entouraient le regardaient couper sa viande avec fascination.

« Un jour, lors d'un dîner, j'ai commencé à discuter avec ma voisine de table, lui avait-il raconté. Elle a vite été curieuse de ce que je faisais dans la vie et je le lui ai dit. Elle m'a demandé, c'est normal, pourquoi j'avais choisi ce domaine en particulier, et je lui ai répondu que ce travail me plaisait beaucoup. Qu'il m'intéressait. Eh bien, après cela, elle ne m'a plus adressé la parole de tout le repas ! Elle ne m'a même plus regardé ! Quand nous nous sommes levés de table, elle a pris soin de se retrancher à l'autre bout de la pièce. Pour elle, j'étais le Dr Frankenstein ! »

Jess avait plus d'une fois vécu cette expérience elle aussi. Expliquer qu'elle était inspecteur de police avait le même effet dévastateur sur les conversations. Lorsqu'elle prenait un verre avec Tom dans un café, elle pensait souvent qu'ils ressemblaient à deux compatriotes en exil dans un pays lointain.

Toutefois, sortir avec lui valait mieux que manger seule devant la télévision une assiette de pâtes ou un riz sauté au poulet acheté au fast-food.

— D'accord, répondit-elle. Où allons-nous ? Si tu n'y vois pas d'objection, j'aimerais bien essayer un endroit qui s'appelle le Hart. C'est près de la ferme du Criquet.

— C'est pour le travail ? fit la voix suspicieuse de Tom.

— Non, juste par curiosité.

Le Hart n'avait pas suivi la voie adoptée par le Foot to the Ground vers le haut de gamme mais, en contemplant sa façade de pierre, on repérait néanmoins de nombreuses similitudes avec son concurrent. Implanté sur des fondations médiévales, il ouvrait depuis toujours ses portes aux assoiffés et aux affamés. Comme le Foot to the Ground, il attirait du monde, mais la carte de son restaurant était moins ambitieuse, puisque tous les plats s'accompagnaient de frites. Au cours des siècles, il avait accueilli des voyageurs et des bergers, des fermiers et des journaliers, des passagers fatigués après une longue journée de route, bref, tous ceux qui avaient besoin d'une pause. On n'y arrivait plus à pied ni à cheval désormais : comme Tom et Jess, les clients s'y rendaient en voiture.

À l'intérieur, tout semblait très ancien et il régnait une odeur de friture et de bière. Dans un coin, l'écran clignotant d'une machine à sous attirait l'œil, tandis que, dans un autre, était assis un homme âgé accompagné d'un épagneul fatigué aux yeux rouges. L'atmosphère générale était joviale et bon enfant.

— C'est plutôt sympa, ici, commenta Tom.

Étant donné l'environnement dans lequel il évoluait durant la journée, il devait apprécier la normalité que traduisaient la machine à sous et le vieux chien. Une fois installé, il étudia la carte qu'il avait prise sur le comptoir en passant.

— Poisson pané-frites, steak-frites, hamburger au bacon-frites, poulet-frites… Ah ! Et lasagnes… avec frites !

— En fait, chuchota Jess en se penchant vers lui au-dessus de la table, je crois que nous allons être obligés de terminer très vite notre verre et d'aller dîner ailleurs. Tu vois ce couple ?

D'un léger mouvement de tête, elle désigna Penny Gower et Andrew Ferris, assis en tête à tête près de la fenêtre.

— Aïe… Qui est-ce ? s'enquit Tom.

— La fille tient un haras et le gars lui donne parfois un coup de main. Je les ai interrogés tous les deux dans le cadre de mon enquête actuelle.

Elle esquissa une grimace et poursuivit :

— La fille a remarqué une voiture suspecte et elle en a parlé à son ami, qui a appelé le propriétaire de la ferme. Celui-ci est aussitôt allé là-bas, il a découvert le corps et nous a prévenus. Je ne crois pas qu'ils seront très contents s'ils me voient, ils vont penser que je les espionne. Tu comprends, hein, Tom ? Ça ne t'ennuie pas de changer d'endroit ?

— Bien sûr que je comprends ! Tu as envie d'oublier un peu le travail, pas de rester ici à manger tes frites avec deux témoins de ton enquête sous les yeux !

Ils burent leur verre, puis se levèrent pour se frayer un chemin dans le bar de plus en plus bondé. En jetant un coup d'œil vers la fenêtre, Jess s'aperçut que Penny les avait repérés. Elle parlait à Andrew, qui se retourna vers eux d'un air surpris. Jess arrêta Tom.

— Je suis obligée d'aller dire bonjour, soupira-t-elle. Attends-moi dehors !

Puis elle se dirigea vers la table et salua le couple.

— Hé, bonsoir, inspecteur ! s'exclama Ferris. Quel bon vent vous amène ? À moins que vous ne soyez là dans un cadre officiel ?

— Non, non, pas du tout ! Je suis venue prendre un verre avec un ami. Nous ne restons pas.

— C'est la carte qui vous a dissuadés ? interrogea Penny avec un sourire.

— C'est un peu chargé en calories, c'est vrai, reconnut Jess. Mais nous n'avions pas l'intention de dîner ici de toute façon.

— Ce n'est pas à cause de nous, j'espère ? s'enquit Penny, perspicace.

— Oh, mon Dieu, non ! assura Jess avec désinvolture.

Un instant plus tard, elle gagnait la sortie tout en songeant que, si Penny ne lui avait pas parlé de ses relations avec Ferris, elle aurait pensé qu'il y avait quelque chose entre eux. Mais pourquoi la jeune femme avait-elle tant tenu à mettre les choses au clair vis-à-vis d'elle ?

— Bon, c'est toi qui choisis le restaurant, cette fois ! lança-t-elle à Tom en le rejoignant. J'aurais pu me douter que Penny y serait, c'est le pub le plus proche du haras !

Ils parcoururent une dizaine de kilomètres jusqu'à une autre auberge presque identique, qui s'appelait cette fois le Black Dog.

— Ça te va ? demanda Tom en descendant de voiture. Le nom ne te fait pas peur ?

— Pourquoi ? Il devrait ?

— Les chiens noirs sont associés au diable et à la sorcellerie dans le folklore britannique, non ?

— Laisse tomber : je n'ai aucun besoin de paranormal. Ce qu'on qualifie de *normal* me suffit amplement, côté histoires à faire peur !

Ils franchirent la porte d'entrée et elle regarda autour d'elle.

— Tout va bien ! annonça-t-elle. J'espère juste qu'on ne va pas voir débarquer Eli Smith venu boire sa bière du soir…

Tom se mit à rire et ils prirent place à une table.

— Tu peux me le dire, maintenant : pourquoi as-tu voulu aller au Hart ? Ce pub-ci sert exactement les mêmes plats. Ah non ! Il n'y avait pas de chili-frites là-bas…

— Je vais m'en tenir à l'option végétarienne, je crois : cannellonis aux épinards et à la ricotta. Tu me demandes pourquoi j'ai voulu aller au Hart ?

Jess eut la grâce de paraître embarrassée.

— Parce que, il y a vingt-sept ans, c'est de là que Doreen Warble a appelé la police après le drame. C'était le téléphone le plus proche du Criquet. Elle n'a pas voulu utiliser celui de la ferme.

— Quel drame ? Et qui est cette Doreen Warble ?

Jess lui résuma la tragédie des Smith aussi brièvement que possible.

— J'ai lu la transcription des interrogatoires de cette enquête. Et j'ai gardé en tête le nom du Hart.

— Un lieu propice au crime, cette ferme du Criquet ! Alors, tu veux le plat végétarien, tu es sûre ? Je vais aller commander, à condition que j'arrive à accéder au bar…

Quelques minutes plus tard, il revenait s'asseoir.

— Ce que je me demande, c'est si le double meurtre d'il y a vingt-sept ans a oui ou non un rapport avec mon affaire actuelle, reprit Jess.

— Qu'en pense ton nouveau patron ?

Elle le considéra, étonnée par la question.

— Je n'en sais rien. Il n'est pas du genre à livrer facilement le fond de sa pensée, tu sais !

— Tu crois que tu vas bien t'entendre avec lui ?

— Je l'espère, bien sûr. Il vient à peine d'arriver. Disons que, jusqu'à présent, je n'ai rien découvert chez lui qui puisse nous empêcher de bien travailler ensemble.

Elle marqua un temps d'arrêt, pensive, avant de reprendre :

— Dis-moi, Tom… Toi qui es souvent appelé à l'extérieur, as-tu déjà eu affaire au commissaire Markby ?

Il fronça les sourcils.

— Une fois, oui. Il est à Cheriton, n'est-ce pas ? Nous avons été en contact la fois où j'ai remplacé James Fuller.

— Markby était quelqu'un de brillant, commenta Jess. C'était formidable de travailler avec lui. Carter a voulu savoir pourquoi j'avais demandé ma mutation. Il a mentionné Markby, mais en restant très… disons très énigmatique à son sujet…

— Ils ont peut-être eu des démêlés, tous les deux, commenta Tom. Attention ! Oh, ma parole ! Quels cannellonis ! Ils ont des dimensions industrielles.

Penny et Andrew étaient restés assis à la table de chêne bancale à laquelle les avait vus Jess. Ils avaient pris leurs boissons au bar et passé commande de leurs plats et ils attendaient d'être servis. Penny avait choisi du poulet, Andrew un steak. Pour patienter, ils piochaient dans une assiette de nachos, une gourmandise salée que Palmer n'avait pas repérée sur la carte quelques minutes plus tôt. Avec le monde qui était arrivé, l'endroit devenait très bruyant et l'on entendait de moins en moins la musique, autre différence entre le Hart et le Foot to the Ground. La clientèle de ce dernier répugnait à être importunée par une quelconque musique de fond, tandis que celle du Hart, plus jeune, la tolérait volontiers. Sans le rythme sourd de la batterie d'une lointaine musique pop, beaucoup se seraient même sentis floués.

— À ton avis, qu'est-ce qu'ils faisaient là, les flics ? demanda Andrew en portant sa chope à ses lèvres.

— L'inspecteur Campbell a tout de même le droit d'aller prendre un verre avec un ami, comme toi et moi ! Je ne sais pas qui était l'homme qui l'accompagnait, mais il ne ressemblait pas à quelqu'un de la police.

— N'empêche que c'est bizarre qu'elle soit venue jusqu'ici, non ? C'est loin pour elle !

— Elle était dans le coin tout à l'heure. Elle est revenue me voir au haras.

Andrew but une longue gorgée de sa bière.

— Ah bon ? Eh bien, l'endroit lui plaît bien, on dirait ! Et puis, elle a vu le Hart et elle s'est dit : ça, c'est un pub qui est fait pour moi, il faut absolument que j'entre ! Au fait, qu'est-ce qu'elle est venue faire au haras ?

— Nous montrer une photo. Il y avait Eli avec moi et il s'est un peu énervé. J'espère que l'inspecteur a compris son point de vue.

Andrew reposa sa chope sur la surface de chêne, ajoutant un rond humide aux nombreuses traces de verres qui s'y étaient imprimées au fil des ans.

— C'était quoi, cette photo ?

— Une photo de groupe du personnel d'un pub, pas très loin d'ici : le Foot to the Ground. Tu connais ?

— J'en ai entendu parler, oui. Ils ont la bière la plus chère à des kilomètres à la ronde, paraît-il. Ils mettent la barre très haut pour éloigner le petit peuple…

— Eh bien, apparemment, la jeune fille qui est morte a été identifiée, et elle travaillait là-bas. Elle s'appelait Eva Zelenà.

— La police ne perd pas de temps, je vois ! s'exclama Andrew. Et qu'espérait l'inspecteur en vous montrant cette photo, à Eli et à toi ?

— Elle voulait savoir si nous reconnaissions les gens qui y figuraient. Moi, pas du tout, bien sûr. Mais Eli a reconnu la jeune fille morte et il est monté sur ses grands chevaux quand l'inspecteur lui a demandé s'il en était sûr. J'imagine que la police est toujours obligée d'insister. Ils cherchent quelqu'un qui aurait aperçu l'une des personnes de la photo dans les environs du Criquet. Cela inclut le haras, je suppose, vu qu'il est juste à côté. La police va sans doute poser les mêmes questions à Selina et à Lindsey, et même à toi ! Selina, cela ne la dérangera pas. Je crois qu'elle a pris beaucoup de plaisir à lui parler la première fois, le jour où tu étais là. Je les ai observées du bureau.

— Elle a pris du plaisir à lui parler de quoi, d'après toi ? fit Andrew, les sourcils froncés. Qu'est-ce que Ma Foscott peut bien avoir à raconter, en dehors de critiquer tout le monde ?

— Oh, Dieu seul le sait ! Ça ne m'étonnerait pas qu'elle lui ait tout dévoilé sur la famille d'Eli. Selina est du coin, tu comprends. Ça fait des siècles que sa famille vit dans la région. J'espère juste que la police ne va pas harceler ce pauvre Eli. Ce n'est tout de même pas sa faute si quelqu'un a laissé un corps dans son étable ! Le problème, c'est qu'il y a l'histoire de ce lieu, qui n'est pas très gaie, c'est le moins qu'on puisse dire… Tu crois qu'Eli pourrait être soupçonné ? Oh, Andrew ! ce serait affreux ! Cet homme-là ne ferait pas de mal à une mouche ! Et puis, si c'était lui qui avait tué cette fille, il ne serait pas allé prévenir la police juste après, si ?

Andrew se pencha au-dessus de la table et lui tapota la main.

— Ne t'inquiète pas pour lui, dit-il. Il est parfaitement capable de se défendre. Je ne crois pas une minute que la police le soupçonne de quoi que ce soit. Transporter des frigos déglingués à travers le pays, ce n'est pas illégal, que je sache !

Penny fronça les sourcils.

— Je crois qu'on est tout de même obligé de les déposer dans des endroits bien précis quand on veut s'en débarrasser, non ? À cause des gaz CFC et autres…

— Tu sais, c'est sur un meurtre que ces flics enquêtent. Ils se fichent pas mal de savoir ce qu'Eli fabrique avec ses vieux frigos. D'ailleurs, je ne comprends pas pourquoi tu te fais autant de souci pour ce type. Il doit gagner des fortunes avec sa ferraille. C'est une activité qui rapporte, tu sais ? Avec la pénurie de métal qui sévit au niveau mondial en ce moment, il y a des gens qui en volent partout où ils en trouvent : sur les toits des églises, les monuments aux morts, partout !

— Mais Eli n'est pas un voleur ! protesta Penny, choquée. Ça m'étonnerait qu'il ait des plaques de toiture en plomb ou des statuettes en bronze dans sa ferme ! En tout cas, moi, je n'en ai jamais vu là-haut ! Il ne fait qu'entasser des congélateurs défoncés et de vieilles cuisinières. Et je ne crois pas qu'il en fasse quoi que ce soit, il les laisse rouiller, c'est tout. De toute façon, l'argent n'a pas l'air d'être une chose qui l'intéresse.

Elle se pencha en avant et ses cheveux retombèrent de part et d'autre de son visage, qui avait pris une expression grave.

— Il paraît qu'ils ont ouvert la ferme, tu sais… Ils ont retiré les planches qui barraient les portes et ils sont entrés. Eli était très en colère. Tout était condamné depuis cette horrible histoire, depuis l'époque où son frère a perdu la raison et a assassiné leurs parents.

— Alors la police est au courant ?

Il haussa les sourcils et poursuivit en esquissant une grimace ironique.

— J'aurais bien aimé y être. J'adorerais voir ce qu'il y a dans cette vieille baraque sinistre ! Elle est encore ouverte, d'après toi ? On pourrait y faire un tour, tous les deux, pour regarder !

— Sans moi, même si tu me paies ! De toute façon, c'est de nouveau fermé. Eli est monté là-haut cet après-midi avec des planches et des clous. Du club, j'ai entendu ses coups de marteau pendant une heure.

— Pas sûr que les flics soient au courant. Ils pourraient appeler ça modifier une scène de crime. Mais non, ce serait y aller un peu fort : je suppose que, à part des souris, il n'y a pas grand-chose dans cette maison.

Andrew se tut et posa les coudes sur la table pour se rapprocher de Penny.

— Mais nous ne sommes pas ici pour parler d'Eli, Penny, ni du macchabée qu'il a trouvé dans son étable…

— Désolée. Tu as raison. Seulement, c'est dur de parler d'autre chose, non ? On ne peut pas ignorer un événement pareil, surtout qu'il s'est passé juste à côté ! Je suis sûre que la moitié des gens qui sont ici en discutent !

— Dans ce cas, je comprends pourquoi il y a deux fois plus de monde que d'habitude ! Et ce doit être aussi pour cela que nos plats mettent aussi longtemps à arriver. Le patron s'en fiche peut-être, mais pas moi ! Bon, écoute… Je voudrais te parler de nous.

Penny eut un mouvement de recul.

— Si, si, Penny, écoute-moi, s'il te plaît ! s'empressa-t-il de reprendre. J'ai reçu une lettre de Karen. Elle ne reviendra pas.

— Elle ne reviendra pas ? répéta la jeune femme sans comprendre. De sa croisière sur le Danube ?

— Non, ce n'est pas ça. Elle va rentrer en Angleterre, bien sûr, du moins pour un certain temps. Mais elle ne reviendra pas *avec moi*.

Il conclut ses paroles par un haussement d'épaules.

— Oh, Andrew ! s'exclama Penny. Je suis désolée pour toi !

Sur une impulsion, elle posa la main sur la sienne et il la saisit aussitôt.

— Mais il ne faut pas être désolée ! assura-t-il. Je ne le suis pas, moi, au contraire ! Je te l'ai dit, mon couple était au bord du gouffre depuis des années, il était fini ! Il fallait juste que l'un de nous deux prenne la décision, et Karen vient de le faire, Dieu merci ! Pour tout t'avouer, j'ai cru comprendre qu'elle a rencontré quelqu'un, un vieux veuf américain. Alors maintenant, elle n'a plus qu'une idée en tête : rompre tous ses liens avec moi pour pouvoir partir s'installer aux États-Unis avec ce type. Grand bien lui fasse, je leur souhaite beaucoup de bonheur à tous les deux ! Et si je t'ai invitée au restaurant ce soir, Penny, c'est pour fêter l'événement.

— Tu ne devrais pas dire ça, Andy ! protesta Penny en dégageant sa main pour la glisser sous la table. C'est triste, ce qui t'arrive. C'est toujours triste, un mariage qui se brise ! Tu ne peux pas accepter ça comme ça. Vous pourriez peut-être consulter un conseiller conjugal ?

— Mais qu'est-ce que tu racontes, Penny ? Nous avons dépassé depuis longtemps le stade du conseil conjugal ! Karen a rencontré quelqu'un d'autre, tu comprends ce que ça veut dire ?

— Mais votre maison ? Tous ces meubles que vous avez achetés ensemble ?

— Karen propose que nous communiquions par l'intermédiaire de nos avocats respectifs. Elle a un ami qui travaille dans un cabinet de Londres, sans doute un spécialiste du divorce. Pour ma part, je vais devoir me débrouiller avec l'avocat que j'ai ici. De toute façon, qu'est-ce que je risque, hein ? Nous pouvons vendre la maison et les meubles, je m'en fiche complètement, et nous partagerons l'argent en deux. C'est ce qu'elle veut, c'est même son idée, d'ailleurs. Financièrement parlant, elle a un travail et, en plus, le vieux qu'elle s'est trouvé doit être plein aux as. Nous avons toujours eu des comptes en banque séparés et elle n'a pas de vues sur le mien, elle me l'a affirmé.

— Vous devriez tout de même vous rencontrer. Il faudra qu'elle te revoie. Ne serait-ce que pour récupérer ses affaires personnelles.

— Elle suggère de convenir avec moi d'un moment où je suis absent pour venir les chercher à la maison.

— Mais tu ne crains pas qu'elle en profite pour emporter la moitié des tiennes par la même occasion ? argumenta Penny. Tu ne vas pas attendre tranquillement dehors pendant qu'elle se sert, Andy !

— Ça m'étonnerait qu'elle se sauve avec mes clubs de golf ou ma collection de Toby jugs ! Ces chopes, elle les a toujours détestées. Je ne la vois pas non plus découper mon meilleur costume avec des ciseaux. Je ne l'intéresse pas assez pour qu'elle fasse ça ! Mais si tu te fais vraiment du souci, je retirerai de la maison tout ce qui a de la valeur avant son arrivée. Et si elle attend trop pour venir chercher ses affaires, je les mettrai dans un box de stockage. Comme ça, elle n'aura pas besoin de rentrer dans la maison. Quoique… à mon avis, elle voudra le faire, ne serait-ce que pour s'assurer que je n'ai pas gardé des choses à elle. Oh, et puis zut ! Bon sang, quelle importance ? Les avocats se débrouilleront entre eux pour ces détails, après tout ! Le principal, c'est ce que ça signifie pour nous, tu ne vois pas ? Je suis libre ! Ou en tout cas, je le serai très bientôt. Nous pouvons nous marier !

— Non !

Elle avait presque crié et les consommateurs de la table voisine tournèrent la tête vers eux.

— Non, répéta-t-elle dans un chuchotement bien audible.

Andrew la dévisageait, comme sous le choc.

— Ma parole, je ne savais pas trop comment tu allais réagir, mais je ne m'attendais pas à te voir horrifiée à ce point…

— Je ne suis pas horrifiée… Enfin, si, surtout après ce que j'ai expliqué cet après-midi à notre sujet…

Elle s'interrompit net et porta la main à sa bouche. Mais le mal était fait.

— À qui as-tu parlé de nous ? À Eli ? À ce fichu inspecteur de police ?

Ferris, les traits crispés, semblait sérieusement ennuyé.

— Qu'est-ce qui se passe, Pen ? Je croyais que c'était d'une photo que voulaient te parler les flics, pas de nous ! Car je suppose que c'est ça ? Tu as parlé de nous à l'inspecteur Campbell ? Mais pourquoi ? Qu'est-ce que ça peut lui faire ? Elle enquête sur un cadavre qu'on a trouvé à la ferme d'Eli. D'ailleurs, je ne comprends pas pourquoi elle est venue fouiner ici ce soir, ni pourquoi elle est allée rôder autour des écuries avec son album de photos de serveuses décédées ! Et puis, surtout, je vois mal pour quelle raison tu as décidé de lui raconter ta vie, et en particulier de lui confier des choses intimes qui ne concernent que nous deux !

— Ne sois pas en colère contre moi, Andy, je t'en prie ! s'écria Penny dans un élan sincère.

— Je ne suis pas en colère contre toi !

Il prit une profonde inspiration, dans un effort visible pour se calmer.

— J'aimerais juste savoir à quel petit jeu joue cet inspecteur de police quand elle se met à poser des questions sur toi et moi. Ce ne sont pas ses oignons, nom d'un chien, et crois-moi que, quand je la verrai, je ne me gênerai pas pour lui dire le fond de ma pensée !

— Non, non, ne fais pas ça ! En fait, ce n'est pas comme ça que ça s'est passé. Elle ne m'a rien demandé du tout ! C'est moi… c'est moi qui ai tenu à lui expliquer. Je ne voulais pas qu'elle se fasse une idée fausse. D'ailleurs, au début, elle ne voulait même pas m'écouter. J'ai dû insister. Je lui ai dit que nous n'étions rien d'autre que de bons amis, toi et moi.

Les traits de la jeune femme se décomposèrent.

— Mais maintenant, je me rends compte que c'est moi qui me faisais une idée fausse. Oh ! je me sens tellement bête… Tu sais, Andy, je suis très contente que tu considères que, entre Karen et toi, la situation est en train de se résoudre. Cependant, de mon côté, j'ai toujours veillé à bien te faire comprendre que nous n'étions rien d'autre que de bons copains, toi et moi ! C'est sûr que le métier de Karen n'était pas fait pour arranger les choses entre vous. Mais moi, tu le sais, j'ai le haras. J'y suis toute la journée, du matin au soir. Alors quel genre de couple est-ce que nous formerions, tous les deux ? Te marier avec moi, ce serait tomber de Charybde en Scylla pour toi. Le mari de Lindsey n'arrête pas de lui faire des remarques désobligeantes parce qu'elle passe le plus clair de son temps auprès des chevaux. Ce qui ne l'empêche pas d'être toujours à l'extérieur, lui, soi-disant pour son travail. Il me semble que Lindsey a des soupçons, d'ailleurs. Elle pense qu'il a quelqu'un à Londres. Elle est en train de vérifier comment il a réparti l'argent, pour le cas où... ça la fait passer pour quelqu'un de vénal, mais elle ne l'est pas du tout. En tout cas, pas dans des circonstances normales. Mais comme c'est Mark qui détient tout l'argent... Elle n'a rien à elle et elle ne lui fait pas du tout confiance. Si elle demande le divorce, elle ne veut pas qu'il s'en tire à bon compte ! C'est pour cette raison que je te dis que tu dois prendre le partage des biens entre Karen et toi très au sérieux. Les gens deviennent grippe-sou quand ils divorcent.

— Je n'ai pas de biens cachés, répondit Ferris, alors je m'en fiche pas mal ! Harper, lui, d'accord : ça ne m'étonnerait pas qu'il ait plusieurs comptes offshore. Si Lindsey divorce, elle le menacera sûrement de faire le ménage dans tout ça... Mais je ne suis pas son comptable, alors je m'en contrefiche. Quant à toi, Penny, je te prends en flagrant délit : tu t'occupes toujours des autres et tu te fais du souci pour eux !

— Non, pas du tout ! C'est de nous que je parle. En plus, tu travailles chez toi. Tous les matins, tu me verrais disparaître et je ne reviendrais que tard le soir, week-ends compris ! Tu te retrouverais dans la situation que tu as connue avec Karen.

— Non, ce ne sera pas pareil ! riposta-t-il. Karen et moi, nous étions très différents. Je dirais même plus, nous n'avions rien en commun. Alors que toi et moi, nous nous ressemblons beaucoup. Je continuerai à venir t'aider aux écuries. Je sais très bien que tu es obligée d'y passer beaucoup de temps. Quoique, à nous deux, nous aurons de quoi payer un employé à plein temps…

— Tu vois ! Tu cherches déjà à contourner le problème ! Tu cherches un moyen pour que je reste davantage de temps avec toi, ailleurs, à faire autre chose que m'occuper des chevaux !

Ces mots parurent agacer Andrew au plus haut point.

— Écoute, Penny, c'est ça que tu comptes faire toute ta vie ? Juste t'occuper des chevaux ? C'est de ça que tu as envie ? Tu veux continuer à habiter dans ce cottage minable que te loue Eli pendant le restant de tes jours ?

Les joues de Penny virèrent au cramoisi.

— Ce cottage minable, comme tu dis, je suis très contente de l'avoir ! Grâce à lui, je suis tout près du haras. S'occuper des animaux, ce n'est pas un travail comme un autre, il faut être sur place. Et tu ne dois pas le dénigrer. C'est ce que j'ai envie de faire et je suis très heureuse de le faire. Je l'ai dit à l'inspecteur Campbell, d'ailleurs !

— Mais qu'est-ce qui t'a pris d'aller raconter toute ta vie à cette femme ? explosa-t-il. Et puisque tu es si pressée de décharger tes états d'âme sur elle, il ne t'est pas venu à l'esprit que tu aurais surtout pu te montrer plus franche vis-à-vis de moi ? Ne viens pas me dire que tu ne savais rien de mes sentiments pour toi. Je ne te croirai pas !

Un court silence s'installa. Andrew regardait ses mains.

— Je ne peux pas l'expliquer, Andy, je suis désolée, finit pas déclarer Penny. J'aimerais pouvoir. Je n'ai jamais cherché à te mentir. Je… J'aime beaucoup ce que nous partageons, tous les deux, notre amitié compte énormément pour moi. Elle est très forte, ou du moins je pensais qu'elle l'était, et je n'ai pas envie de m'en remettre au hasard en l'échangeant contre une chose qui risque de ne pas marcher. J'ai été en couple, à Londres. Nous avons rompu, tout comme Karen et toi allez rompre. Ce ne serait pas bien pour toi de te précipiter tout de suite dans une nouvelle relation. En tout cas, je sais que ce ne serait pas bien pour moi. Alors, pour le moment, et pour l'avenir proche, je suis prête à donner toute ma vie au haras. Je suis heureuse, Andy, et j'ai peur de perdre ce bonheur-là.

— Mais de me perdre, moi, non ? demanda-t-il en tendant un visage interrogateur vers elle.

— Mais bien sûr que je ne veux pas te perdre, Andy ! assura-t-elle d'un ton désolé. Peut-être que je ne suis pas juste envers toi mais, en tout cas, ce que je sais, c'est que je ne veux pas t'épouser.

— Très bien, nous n'en parlerons plus, rétorqua-t-il froidement. Tu veux boire autre chose ?

Une ombre tomba sur leur table et tous deux relevèrent la tête. Une femme qu'ils ne connaissaient pas se tenait près d'eux, lourdement maquillée et vêtue d'un jean serré et d'un top en lurex. Elle fixait Penny d'un regard insistant entre ses cils noirs lourds de mascara.

— Hé ! lança-t-elle en guise d'entrée en matière. Ce n'est pas toi, la fille qui s'occupe des écuries ? Tu es juste à côté de la ferme où ils ont trouvé la morte, non ? La police a dû débarquer chez toi en masse. Dis-moi, est-ce que tu as vu quelque chose ? Tu n'as pas entendu des cris ?

Ferris éclata de rire.

— Tu savais ça, Penny ? Tu es devenue une célébrité ! Bientôt, tu vas pouvoir raconter ton histoire à la presse à sensation ! Mais cette fois, je t'en prie, tu me laisseras en dehors, d'accord ?

11

Au moment où Jess fit irruption dans son bureau, Phil Morton raccrochait le téléphone.

— Alors, demanda-t-il, par quoi veux-tu que je commence ?

Son allure négligée n'avait rien d'inhabituel, mais il semblait encore plus débraillé que d'ordinaire. En dépit de la litanie de jérémiades dont il accompagnait tout ce qu'il faisait, Jess avait une totale confiance en lui. En le voyant travailler dur sur l'affaire du meurtre, elle le soupçonnait d'être mû cette fois par un intérêt particulier. Mais peu importait. Quelle que soit la raison derrière cette diligence, elle comptait bien faire savoir à Ian Carter combien de temps et d'efforts le sergent investissait dans sa tâche.

Le temps filait à toute allure : déjà une semaine s'était écoulée depuis la découverte du corps. Les souvenirs des témoins s'estompaient peu à peu et d'autres événements venaient remplacer le meurtre dans les esprits. On avait sacrément besoin d'une percée.

— J'ai l'impression que les nouvelles sont bonnes, Phil, répondit-elle. Elles vont faire progresser l'enquête, j'espère ?

— Oh, sans doute ! Tout dépend de la façon dont on considère les choses, de quel point de vue on se place… Il y a une minute, au téléphone, expliqua-t-il en désignant du menton l'appareil silencieux, j'ai eu un avocat du nom de Fairbrother.

— Je suis censée le connaître ? C'est quelqu'un d'ici ?

— En tout cas, si nous réinterrogeons David Jones, tu auras l'occasion de le rencontrer. Les parents du « petit » David craignent que nos questions ne déstabilisent leur enfant et ne provoquent une rechute de sa dépression nerveuse. Donc, la prochaine fois que nous voudrons lui parler, Me Fairbrother sera présent.

Jess s'assit sur la chaise du bureau voisin, dont l'occupant habituel tirait au même instant son chariot de golf sur le fairway d'un green portugais.

— Précise-moi un peu ça, Phil : à la demande de qui ce Fairbrother nous a-t-il appelés ? David Jones lui-même, ou son père ?

— À mon avis, c'est plutôt son père, mais je n'en sais rien. Fairbrother est resté vague sur ce point.

— Ça ne m'étonne pas, fit sombrement Jess. David Jones est majeur. Si nous le convoquons pour un interrogatoire, il aura bien sûr le droit de venir avec un avocat, mais je ne vois pas pourquoi il estimerait en avoir besoin ! Enfin, si c'est son choix à lui, ça va. En revanche, le père ne peut pas exiger cela en son nom : les intérêts des mineurs sont toujours représentés par des adultes, mais David Jones doit bien avoir vingt-cinq ans, même si, indéniablement, il fait plus jeune.

— L'avocat ne m'a pas dit que c'était le père qui lui avait demandé de nous appeler, déclara Morton. Mais il n'a pas dit non plus que l'idée venait de David. Il a indiqué qu'il avait un certificat du médecin de famille attestant que l'état mental du jeune homme était fragile.

— Bon sang ! s'énerva Jess. Mais qu'est-ce qu'ils cherchent ? Ils veulent attirer notre attention sur David ou quoi ? La famille se précipite chez le médecin pour obtenir un certificat médical, elle ne veut pas qu'on parle au fils sans la protection d'un chien de garde... Ces gens-là ne se rendent pas compte qu'ils sont en train de nous le désigner comme suspect ? Je suis surprise que Barney Jones, qui est lui-même avocat, ait fait quelque chose d'aussi maladroit !

— Ce n'est peut-être pas lui, suggéra Morton, songeur.

Jess eut un claquement de doigts triomphal.

— Mais bien sûr, Phil ! Ce n'est pas Barney qui est allé chercher cet avocat et ce certificat médical ! C'est Mme Jones, la mère de David ! Selina Foscott avait l'intention d'aller lui parler ; elle a dû le faire, et voilà le résultat ! La pauvre, quand son mari apprendra ça, il va sauter au plafond !

— De toute façon, reprit Morton en consultant son carnet, nous n'avons aucune raison de convoquer le jeune David pour le moment. J'ai appelé le garage où l'équipe technique examine la camionnette du pub mais, jusqu'à présent, ils n'ont trouvé ni sang ou fluides corporels ni objets suspects. Et il ne semble pas que le véhicule ait été nettoyé récemment. Mais on a tout de même découvert des cheveux longs de la couleur de ceux d'Eva sur l'appui-tête du siège passager.

Jess eut une exclamation d'impatience.

— Ce n'est pas ça qui va beaucoup nous aider... Même si on parvient à déterminer que ce sont bien les cheveux d'Eva, il est logique d'en retrouver dans la camionnette du pub ! Jones accompagnait souvent Eva à Cheltenham ou ailleurs, il me l'a dit et c'est sans doute vrai. Selon Westcott, les deux filles demandaient régulièrement à être conduites à droite ou à gauche. Ce qu'il nous faut, ce sont des preuves que le *corps* d'Eva a été transporté dans cette camionnette. Après sa mort.

— De toute façon, David Jones n'était pas le seul à l'utiliser, souligna Morton. Westcott aussi la conduit. Il a pris Eva avec lui je ne sais combien de fois. Même chose pour Mme Westcott, d'ailleurs. Elle est très gentille avec les filles et elle leur proposait toujours de les emmener lorsqu'elle allait en ville, m'a dit Milada.

— Milada ?

— Oui, Milada, acquiesça Morton en rougissant un peu. Tu ne me feras pas prononcer son nom de famille, je n'y arrive pas. C'est plus simple pour moi de l'appeler par son prénom.

— Et elle, comment est-ce qu'elle t'appelle ?

Morton rougit de plus belle.

— Elle m'appelle « Sergent », qu'est-ce que tu crois ? D'ailleurs, si tu l'entendais prononcer ce mot, tu te dirais que c'est elle qui dirige ce poste de police, pas Carter !

— Écoute, déclara Jess sans aménité, il y a juste une chose que je ne veux pas que tu oublies : si tu comptes aller plus loin avec cette fille, attends la fin de l'enquête, d'accord ? Pour le moment, c'est un témoin important.

— Eh, madame l'inspecteur, vous n'allez pas m'apprendre mon boulot, quand même ! s'indigna Morton.

— Pas la peine de t'énerver, Phil ! Je ne cherche pas à t'apprendre ton boulot, tu le fais très bien, nous le savons l'un comme l'autre. Et je ne veux pas non plus me mêler de ta vie privée. Seulement, nous avons un nouveau commissaire et il ne faudrait pas qu'il découvre que tu fricotes avec l'un de nos témoins.

La colère disparut du visage de Morton, vite remplacée par sa morosité habituelle.

— Encore faudrait-il que j'aie mes chances ! soupira-t-il. Mais ne t'en fais pas, je ne suis pas idiot. En tout cas, pour ce qui est de la camionnette du pub, sache que l'homme à tout faire, celui qui est malade en ce moment, s'en sert lui aussi. Il s'appelle Robert Lawson, mais tout le monde l'appelle « Bert ».

— Ah bon ? fit Jess. Un suspect de plus ?

Morton parut prendre un malin plaisir à la décevoir.

— Non, pas du tout. Le gars a une hernie discale et ça fait dix jours qu'il ne peut pas bouger. Je l'ai rencontré, il m'a paru sincère. Il se traîne chez lui comme un malheureux et sa femme n'en peut plus de l'avoir dans les jambes. Il a remis à Westcott un certificat médical pour justifier son absence du boulot.

— Et Westcott, tu l'as vu quand tu es allé au pub ? Et tu as pu parler à sa femme ?

— Je leur ai parlé à tous les deux, oui. Le petit nom de la dame, c'est Bronwen, elle est originaire du pays de Galles. C'est elle qui cuisine. Les serveuses lui donnent un coup de main avant l'arrivée des clients. Elles épluchent les légumes, surveillent les cuissons, bref, de petites choses… Une fois que les consommateurs commencent à s'installer à table, leur travail, c'est de prendre les commandes et de faire des allers-retours entre la cuisine et la salle. Bronwen Westcott a l'air de beaucoup les apprécier l'une comme l'autre. Elle est vraiment bouleversée par la mort d'Eva.

— Par sa mort, ou par son assassinat ?

— Les deux, répondit vivement Morton. Elle dit qu'elle va tout faire pour qu'il n'arrive rien de fâcheux à Milada.

— Tu crois qu'elle se sent coupable ? Elle s'en veut que quelque chose de « fâcheux » soit arrivé à Eva ?

— On se sent toujours coupable quand quelqu'un meurt avant l'heure, répondit Morton, faisant preuve d'une psychologie inattendue. Si c'est un proche, on pense qu'on aurait dû pouvoir l'empêcher. Bronwen Westcott regrette de ne pas avoir davantage cherché à savoir ce qu'Eva faisait de son temps libre. Mais les deux filles étaient majeures, comme elle dit, et elle était leur employeur, pas leur ange gardien.

— Bon… Et les habitués du pub ? Tu en as vu quelques-uns ?

Morton sourit.

— Ça ne faisait pas plaisir à Westcott que je sois là, alors j'ai essayé de procéder avec tact. Je me suis installé au bar et j'ai commandé un jus de tomate. J'avais l'intention de discuter avec les autres consommateurs et d'amener discrètement le sujet sur le tapis, mais on m'en a empêché.

— On t'en a empêché ? fit Jess, surprise. Qu'est-ce que ça veut dire ?

— Figure-toi que Harper est arrivé. Il a tout de suite commencé à dire que la police perdait son temps, qu'on gaspillait l'argent des contribuables. « Comment peut-on savoir ce que cette gamine faisait de son temps libre ? » a-t-il encore répété. Charmant garçon !

— Oui, soupira Jess. Ce Mark Harper…

— Il trouve qu'on le harcèle. La prochaine fois qu'il nous voit, il déposera plainte ! Quoi qu'il en soit, une fois qu'il était là, c'était terminé : plus personne n'a voulu m'adresser la parole !

— Fichu Harper ! pesta Jess. Tu peux être sûr que je vais le garder à l'œil. Il a peut-être convaincu sa bonne amie de Londres de lui servir d'alibi, qui sait ?

— De toute façon, ses copains de beuverie ont dit à peu près la même chose que lui : non, ils ne font pas beaucoup attention aux serveuses, ce sont toujours des étrangères et elles se ressemblent toutes, impossible de les différencier les unes des autres… Non, ils n'ont pas remarqué qu'il en manquait une. Le vieux Jake avait bien dit quelque chose à ce sujet, mais ils ne se souviennent plus quoi exactement. En tout cas, ils sont tous choqués qu'elle ait été assassinée. On n'est plus en sécurité dans les campagnes, de nos jours… La police prend son temps… Le gouvernement se fiche de ce qui se passe en dehors des villes… Je te laisse imaginer le reste…

— Ils sont dans le déni, commenta Jess, furieuse. Par choix. Ils préfèrent ne rien savoir !

Phil se frotta le menton.

— Quant à imaginer Westcott fricotant avec ses serveuses, je n'y crois pas une seconde : ce serait trop difficile pour lui, sa femme s'en apercevrait forcément. Ils travaillent tous ensemble sous le même toit. En plus, les deux filles habitaient en haut, sous les combles, et les Westcott vivent dans une annexe à l'extrémité du bâtiment. Tu vas me dire que, si Jake s'était entiché d'une des serveuses, c'était pratique pour lui de passer d'une maison à l'autre, mais il y a quand même très peu d'intimité ! Nous savons toutes les précautions que devait prendre le petit ami d'Eva pour que personne ne le voie…

Morton eut un petit rire.

— J'y suis allé, dans l'annexe. C'est là que j'ai interrogé les deux Westcott. Ils vivent dans un petit deux pièces, à peine la place de se retourner ! Mais Mme Westcott m'a expliqué que, comme ils n'étaient jamais chez eux, ce n'était pas grave. Ils travaillent sans arrêt, l'un comme l'autre !

— Et tu n'as pas eu l'impression qu'elle cherchait surtout à disculper son mari ? En t'expliquant qu'il n'avait ni le temps ni la possibilité de mal se conduire avec les filles ?

Morton ouvrit la bouche pour répondre mais, au même instant, la sonnerie stridente du téléphone de son bureau retentit. Il saisit le combiné et le porta à son oreille.

— Oui ?

Il écouta un instant, puis tourna son fauteuil pour faire face à Jess en levant le pouce, triomphal.

— Merci, c'est très bien. Redis-moi ça ?

Il prit un stylo de sa main libre et griffonna sur son bloc.

— OK, salut !

Reposant brutalement le combiné, il s'autorisa un large sourire.

— On le tient !

— Qui ? David Jones ? Mark Harper ?

— Non, ni l'un ni l'autre. On tient M. Mercedes grise. Les gars de la circulation ont fini par le repérer sur leurs caméras. Celles qui fonctionnent, bien entendu ! Il est passé sur la route de Cheltenham vendredi dernier à seize heures vingt en faisant chauffer la gomme. Il était si absorbé dans ses pensées qu'il n'a pas dû remarquer qu'il avait été flashé ! D'après la plaque d'immatriculation, le monsieur s'appelle Lucas Burton, et voilà son adresse…

Il poussa son carnet vers Jess.

— Parfait ! s'exclama-t-elle. Nous allons de ce pas rendre une petite visite à ce M. Burton, et nous verrons ce qu'il a à nous dire pour sa défense.

La pluie s'était mise à tomber en un crachin déplaisant. Debout sur le perron du domicile de Burton à Cheltenham, Jess et Phil Morton avaient sonné et attendaient, déjà mouillés. Avec l'automne qui s'installait, les arbres qui se succédaient en enfilade sur le trottoir commençaient à prendre de douces teintes rousses et ocre. Toutes les maisons de la rue étaient parfaitement entretenues. Certaines avaient été divisées en appartements, mais leurs habitants n'en restaient pas moins attentifs à les maintenir en bon état. Le stuc ne pelait pas, les rambardes des balcons étaient soigneusement laquées de noir. Il y avait quelques voitures garées à l'extérieur, dont celle de Jess et Phil, mais le temps de stationnement était limité et les résidents devaient pour leur part mettre leurs véhicules à l'abri dans des garages. Une règle qui concernait sans doute la Mercedes gris métallisé de M. Burton.

— Joli quartier, fit observer Morton en observant les façades. Entre la maison de Harper à Lower Lanbury et maintenant celle-ci, je commence à fréquenter les gens de la haute, moi ! Ce Burton a l'air d'avoir de l'argent. Je me demande ce qu'il fait dans la vie. Ce qui est sûr, c'est qu'il ne travaille pas dans la police…

— Quelqu'un arrive ! chuchota Jess.

On entendait des pas approcher derrière la porte laquée. Celle-ci s'ouvrit avec une chaîne et la partie médiane d'un visage apparut dans l'embrasure. On en voyait juste assez pour savoir que son propriétaire était une femme.

Jess tendit sa plaque sous des yeux soupçonneux, qui l'examinèrent un moment.

— Inspecteur Campbell et sergent Morton, annonça-t-elle. Nous aimerions parler à M. Burton.

— Il n'est pas là, répondit une voix.

— Pouvez-vous nous dire à quelle heure il rentrera ?

— Il n'a pas laissé de mot.

Jess fronça les sourcils et Morton se pencha vers son oreille.

— Tu crois qu'il a mis les voiles ? lui glissa-t-il.

— Vous êtes Mme Burton ? interrogea Jess en songeant qu'elle connaissait déjà la réponse.

Elle eut en effet droit à un petit rire sardonique.

— Non, pas du tout. Il n'y en a pas, de Mme Burton. Il habite ici tout seul.

— Peut-être pourriez-vous ouvrir cette porte normalement, suggéra Jess, agacée, pour que nous parlions un peu avec vous ?

— Si vous voulez, répondit la femme. Mais je ne vais rien pouvoir vous dire sur lui. Je suis juste là pour faire le ménage.

La porte se ferma, on entendit un cliquetis de chaînes, puis le battant se rouvrit pour révéler une silhouette massive enveloppée dans une blouse bleue boutonnée, portée sur un jean large. Les pieds étaient chaussés de sabots de plastique rose. La femme avait la cinquantaine bien tassée, mais avec sa chevelure courte teinte en roux faite d'épis qui partaient en tous sens, elle arborait un style jeune assez inapproprié. De larges créoles dorées lui encadraient le visage.

— Vous ne préférez pas entrer ?

Jess dissimula son soulagement. Bien sûr qu'ils préféraient entrer, et même jeter un coup d'œil à l'intérieur. Toutefois, ils n'avaient pas apporté de mandat et, en l'absence de Burton, ils n'auraient rien pu exiger. La femme donna aussitôt l'explication de cette hospitalité inattendue :

— Parce que, si je reste là à vous parler avec la porte ouverte, la pluie va pénétrer à l'intérieur et je vais devoir refaire mon parquet…

— Ah, très bien ! fit Jess en s'empressant de franchir le seuil, escortée de Morton.

La porte fut promptement refermée.

— Je suis obligée de le cirer, soupira la femme d'un ton plein de ressentiment.

— Nous comprenons. Votre nom, c'est… ?

— Sandra Pardy. *Mme* Sandra Pardy. Ça fait cinq ans que je travaille chez M. Burton.

— Ce doit être agréable de travailler dans une belle maison comme ça, fit remarquer Morton en désignant d'un geste ample le hall d'entrée où ils se tenaient.

— Il y a trop d'escaliers, objecta Mme Pardy. Et les plafonds sont trop hauts. Moi qui ai horreur de monter sur les échelles, je suis obligée, pour attraper les toiles d'araignées qui se planquent dans les corniches. Je l'ai dit à M. Burton, que je n'aime pas faire ça. J'ai le vertige.

— Oui, acquiesça Morton, qui devait se trouver des affinités avec cette femme aussi experte que lui dans l'art de se plaindre. Ça, ce n'est pas drôle…

— Et puis, je n'ai plus les genoux de mes vingt ans, poursuivit Mme Pardy. L'humidité d'un jour comme aujourd'hui, ça ne leur fait pas du bien. Bon, qu'est-ce que vous vouliez me demander ?

— Vous nous avez dit que votre employeur, M. Burton, ne vous avait pas laissé de mot. Cela veut dire qu'il est parti, à votre avis ? Il vous en laisse un, d'habitude ?

— Il en laisse partout dans la maison, vous voulez dire ! s'exclama la femme. Écoutez, vous ne voulez pas venir à la cuisine ? C'est l'heure où je bois mon thé.

Ils la suivirent sans se faire prier, s'émerveillant au passage des teintes bleu et jaune pâle de la décoration et du blanc étincelant des corniches, et arrivèrent bientôt dans une vaste cuisine dont toutes les surfaces brillaient. Jess eut l'impression de se retrouver dans l'un de ces décors parfaits présentés en exposition chez les cuisinistes. Était-ce parce que Mme Pardy était une excellente femme de ménage ? s'interrogea-t-elle. Ou parce que personne ne cuisinait jamais dans ce lieu ?

— C'est vous qui préparez les repas de M. Burton ? s'enquit-elle en s'installant à la table en bois de pin, sur laquelle il n'y avait rien d'autre qu'un journal plié en quatre.

— Non, personne ne lui prépare ses repas. Et lui encore moins.

Mme Pardy mit la bouilloire en marche.

— Je vous offrirais bien des biscuits, mais il n'y en a plus. Mes sablés au chocolat ont disparu, il me les a mangés. C'est bien la première fois que ça arrive, il n'y touche jamais, d'habitude ! J'en avais laissé un paquet intact dans le placard et j'ai trouvé l'emballage vide dans la corbeille à papier de son bureau lundi matin. M. Burton n'était pas là quand je suis arrivée, il avait dû partir de bonne heure. Mais sans me laisser de mots, ce que j'ai trouvé bizarre…

— Il mange toujours à l'extérieur, alors ? demanda Morton.

— Pas toujours, non. Il lui arrive aussi de se faire livrer des plats cuisinés. Quand c'est comme ça, je retrouve les barquettes en alu dans la poubelle. Parfois, quand j'arrive le matin, la cuisine empeste le curry. J'ai l'impression qu'il adore les plats indiens et chinois. Il commande aussi des pizzas de temps en temps. Enfin, la plupart du temps, il mange quand même au restaurant. Il a de l'argent, il a les moyens…

Jess songea avec amertume que les habitudes alimentaires de Burton ressemblaient aux siennes. Elle non plus ne cuisinait pas, pour ainsi dire. Sa poubelle débordait généralement de barquettes et de boîtes de pizzas, ses placards ne contenaient guère que des conserves et des sauces toutes prêtes. En revanche, à la différence de Burton, elle n'allait pas souvent au restaurant.

— Vous venez tous les jours ? interrogea Morton. Qu'est-ce que vous pouvez bien…

Jess réussit à l'arrêter en lui décochant un léger coup de pied sous la table. Ce n'était pas le moment de se mettre Mme Pardy à dos en suggérant que son travail était une sinécure.

— Je viens le lundi, le mercredi et le vendredi, répondit l'intéressée en commençant à servir le thé. Vous prenez du sucre ? Je ne travaille jamais le week-end.

— Il y en a qui ont de la chance… marmonna Morton à mi-voix.

— Alors quand avez-vous vu M. Burton pour la dernière fois ? demanda Jess.

La femme de ménage déposa une tasse devant chacun d'eux, avant de s'asseoir lourdement à son tour en repoussant le journal sur le côté.

— Ça doit faire une semaine… Oui, c'est ça : c'était vendredi dernier. Je suis arrivée à neuf heures, comme d'habitude, et il venait de terminer son petit déjeuner. Des corn-flakes et du café. Je lui ai demandé s'il ne voulait pas des toasts, je lui en fais griller parfois, même si je ne suis pas payée pour faire la cuisine…

Jess et le sergent Morton l'écoutaient avec attention.

— Il m'a dit que non, qu'il déjeunerait à l'extérieur à midi. Il est sorti vers dix heures, et c'est la dernière fois que je l'ai vu. Depuis, les gens n'arrêtent pas d'appeler, tout le monde veut lui parler, comme vous, d'ailleurs, alors je leur dis ce que je vous ai dit à vous : que je ne sais pas où il est. J'ai téléphoné à son autre appartement, parce que j'ai pensé qu'il y était peut-être, juste pour lui demander ce que je devais dire quand on le réclamait au téléphone. Je suis tombée sur un répondeur et je n'ai pas laissé de message. Mais de toute façon, ce serait plutôt à lui de m'appeler, non ?

— Il a un autre appartement ? s'enquit Morton en sortant son carnet.

Mme Pardy suivit chacun de ses gestes tandis qu'il l'ouvrait devant lui.

— Vous voulez l'adresse ? C'est à Londres. Il dort là-bas quand il a des affaires à régler dans la capitale.

Elle tendit la main pour saisir un large sac posé sur le rebord d'une fenêtre à côté d'elle et entreprit d'en explorer les profondeurs.

— Ah, voilà ! dit-elle en posant un papier sur la table. Le numéro de téléphone y est aussi. Ça fait une éternité qu'il me l'a donné, une fois qu'il était resté là-bas quinze jours. Je devais lui faire suivre son courrier et l'appeler si quelqu'un cherchait à le joindre ici. Ce n'est pas arrivé, de toute façon, mais des lettres, oui, j'en ai réexpédié quelques-unes. C'était il y a un an.

Morton saisit le papier et le recopia.

— Êtes-vous sûre que M. Burton n'est pas revenu dans la maison ? Peut-être un jour où vous n'étiez pas là ? s'enquit Jess.

Mme Pardy secoua la tête et ses boucles d'oreilles dansèrent, de même que ses épis roux.

— Il n'a pas dormi dans son lit depuis vendredi, la salle de bains n'était pas mouillée, les serviettes étaient toujours pliées et il n'y avait rien dans la poubelle. Ah ! Et sa boîte aux lettres déborde de courrier…

Elle se pencha vers eux, le regard sombre.

— Moi, s'il ne m'appelle pas ou qu'il ne se montre pas aujourd'hui, je ne reviens plus. Je ne suis pas son esclave, je ne travaille pas pour rien, faut pas exagérer ! D'ailleurs, aujourd'hui, je suis juste venue pour ça : parce qu'il me paie ma semaine le vendredi.

— Il vous a donc payée vendredi dernier ?

— Oui, puisqu'il était là, comme je vous l'ai dit. Il me paie le vendredi matin, parce que, après, il sort, et moi, je m'en vais à trois heures de l'après-midi. C'est ce qui s'est passé la semaine dernière, il m'a réglée et il est parti. Mais là, j'ai l'impression que j'ai travaillé toute la semaine pour des clopinettes !

Elle s'adossa à son siège en croisant les bras d'un mouvement rageur.

Jess et Morton échangèrent un regard. Lucas Burton avait été vraiment vu une semaine plus tôt, le matin du jour où l'on avait découvert le corps. Il avait payé sa femme de ménage comme d'habitude et quitté la maison. Tout paraissait normal jusque-là. Que s'était-il passé ensuite ? L'après-midi, il était allé à la ferme du Criquet pour des raisons que l'on ignorait et il en était reparti en toute hâte, affolé. Penny Gower l'avait aperçu alors qu'il se cachait dans sa Mercedes, à mi-chemin entre la ferme et le haras. Selina Foscott avait failli entrer en collision avec lui en quittant le club équestre et, quelques minutes plus tard, il avait été flashé par un radar. Tout cela s'était passé le vendredi après-midi et le seul signe de vie que l'on avait de lui ensuite était l'emballage du paquet de biscuits retrouvé dans une corbeille à papier. Lui qui avait l'habitude d'inonder sa femme de ménage de messages n'en avait laissé aucun pour le lundi.

Phil Morton vida sa tasse et posa la question la plus logique en l'état actuel des choses :

— Où gare-t-il sa voiture ?

— Et cet appartement à Londres, alors ? lança Morton tandis qu'ils parcouraient la courte distance séparant la maison du garage que louait Burton. S'il n'a pas mis les voiles, il y est peut-être…

— Passe-moi le numéro de téléphone.

Morton lui tendit le papier où il avait noté les coordonnées et Jess appela de son téléphone portable.

— Personne, conclut-elle au bout d'un moment en rangeant l'appareil dans son sac. Nous demanderons à la police de Londres d'envoyer quelqu'un là-bas. De notre côté, concentrons-nous sur ce garage en espérant qu'il nous apprenne quelque chose. S'il est vide, nous saurons que Burton est parti quelque part. Mais si la voiture s'y trouve, alors où peut-il bien être, lui ?

Le garage faisait partie d'une série de box fermés par des portes basculantes en acier. Morton secoua la serrure.

— C'est verrouillé, dit-il. Si c'était une maison, nous pourrions trouver un moyen d'entrer ou fracturer la serrure, mais là ? Il va falloir la crocheter.

— Lucas Burton a été signalé comme disparu par sa femme de ménage, répondit fermement Jess. Nous pensons qu'il se trouvait à la ferme du Criquet quelques heures à peine avant la découverte d'un corps dans l'étable. Nous avons de bonnes raisons de penser que cet homme a été secoué et qu'il n'a plus toute sa tête. Appelle un serrurier.

— Et voilà, c'est fait ! Vous allez pouvoir ouvrir.

L'ouvrier s'effaça pour laisser Morton faire basculer la porte métallique. L'intérieur du box apparut alors et les deux policiers savourèrent un instant leur triomphe en découvrant une grosse Mercedes gris métallisé. Mais aussitôt, une odeur écœurante les prit à la gorge.

— Pouah ! s'exclama le serrurier en reculant, pris d'une quinte de toux.

Ils avaient retrouvé Lucas Burton. Mais celui-ci, hélas ! ne pourrait plus rien leur raconter, ni à eux ni à quiconque.

12

— Et c'est reparti ! s'exclama Tom Palmer en se glissant derrière la Mercedes pour aller examiner la forme blottie dans un coin du garage. Ma parole, on l'a bien arrangé ! Il a reçu un sacré coup sur la tête, vous n'avez pas besoin de moi pour le savoir. C'est vraiment moche…

Il gratta sa crinière brune sans lâcher le corps des yeux, l'air préoccupé.

— Nous avons quand même besoin de ton rapport, Tom, et le plus rapidement possible, insista Jess. Quand pourras-tu pratiquer l'autopsie ?

— Pas avant demain matin.

— Et moi, je suis encore bon pour la morgue ! soupira Morton d'un ton lugubre.

— Les scientifiques sont au travail dans le garage, annonça Jess.

L'après-midi était déjà bien avancé et la jeune femme était retournée au bureau faire son rapport à Ian Carter.

— L'avantage, c'est que cette scène de crime-là est limitée. Ils vont aussi examiner la voiture, bien sûr. Il y a du sang autour de la tête de la victime mais, en dehors de ça, rien n'est en désordre. Burton devait être un maniaque de la propreté, même pour son garage. Il n'y a pas un gramme de poussière ni sur le sol ni sur les outils au mur. Le chef de l'équipe n'a pas grand espoir de trouver des empreintes exploitables. Quant à la voiture, elle a été nettoyée récemment. Et jusqu'à présent, nous n'avons pas l'arme du crime.

« Tout laisse à penser que Burton était en train de bricoler dans son garage quand c'est arrivé. D'après les objets qui l'entourent, il a passé du temps à effacer une éraflure sur le rétroviseur. Il a dû faire cet accroc à la ferme du Criquet, sur le poteau où nous avons trouvé de la peinture grise. Le labo nous dira si c'est la marque de peinture qu'utilise Mercedes. On dirait que notre homme aimait bichonner sa voiture. Il y a un crochet vide au mur, un emplacement où devait se trouver un outil qui n'y est plus. Cet outil n'est pas non plus par terre et il y a de fortes chances pour que ce soit l'arme du crime. Une clé anglaise, selon Tom Palmer. Si tel est le cas, l'assassin l'a décrochée et a frappé Burton à un moment où celui-ci lui tournait le dos. Et il a eu la présence d'esprit de l'emporter avec lui. À l'heure qu'il est, elle peut être n'importe où : au fond d'une rivière, au milieu d'un bois ou en pleine campagne…

« D'après le témoignage de la femme de ménage et selon la première évaluation du Dr Palmer, le meurtre a eu lieu soit très tard le vendredi soir, jour où le corps a été découvert à la ferme, soit le lendemain, samedi. En tout cas, Burton n'était pas chez lui lundi matin à neuf heures quand l'employée de maison est arrivée, il n'avait pas dormi chez lui de tout le week-end et elle n'a eu aucune nouvelle de lui depuis. Il semble raisonnable de supposer qu'il a rayé sa voiture à la ferme du Criquet : quand il s'en est rendu compte, son premier réflexe a été de réparer les dégâts lui-même. Il avait terminé son travail quand son assassin est arrivé. Mais attendait-il cette visite ? Et comment le meurtrier savait-il où se trouvait son garage ? Celui-ci n'est pas attenant à la maison, il est situé trois rues plus loin. Et puis, on sait que la victime tournait le dos à son assassin quand elle a été frappée. Nous pouvons donc supposer que c'était une personne que connaissait Burton.

Carter, qui avait écouté tout cet exposé sans réagir, hocha la tête.

— Le corps a-t-il été officiellement identifié ?

— Mme Pardy, la femme de ménage, a confirmé que c'était bien son employeur. J'avais des scrupules à la prier de venir regarder, mais je n'aurais pas dû : elle n'a même pas cillé ! Elle a simplement dit : « Oh, c'est lui ! aucun doute là-dessus ! », et elle a demandé à être mise en contact avec son avocat pour récupérer le montant de sa semaine de travail sur la succession.

— Et cet avocat, sait-on qui c'est ?

Jess secoua la tête.

— Mme Pardy veut être tenue au courant dès qu'on aura éclairci ce point. Cette femme est la personne la plus centrée sur elle-même que j'aie jamais vue ! Chez Burton, elle avait une place en or, c'était vraiment l'employeur idéal. On aurait pu croire qu'elle exprimerait un minimum de regrets en apprenant sa mort, mais non, pas un mot ! Juste cette obsession de récupérer son argent…

— On peut être l'employeur idéal sans pour autant inspirer de sympathie ni d'affection, fit remarquer Carter.

Un silence gêné suivit ces paroles et Jess s'empressa de reprendre :

— J'allais justement retourner dans la maison jeter un coup d'œil. J'aimerais découvrir avec qui il travaillait et s'il a un avocat. Mme Pardy m'a laissé les clés. Ah, au fait : on n'en a trouvé aucune sur le corps. On suppose donc que l'assassin détient en ce moment celles de la maison et de la voiture. Il a aussi celle du garage, puisqu'il l'a verrouillé derrière lui en partant. Il n'y avait pas non plus de téléphone portable ni de BlackBerry dans les vêtements de Burton. L'assassin a dû les prendre aussi. Ça a l'air d'être quelqu'un de très méticuleux. D'ailleurs, celui qui a tué Eva a lui aussi pris soin de prélever tous ses effets personnels avant d'abandonner le corps : elle n'avait ni téléphone, ni porte-monnaie, ni bijoux.

Carter plissa les yeux et Jess se sentit de nouveau mal à l'aise sous son regard brun-vert.

— Mais la femme de ménage n'a pas l'impression que quelqu'un soit entré dans la maison, n'est-ce pas ? Pourtant, si le meurtrier a pris les clés, c'est sans doute avec l'intention de les utiliser. Peut-être estimait-il qu'il pouvait y avoir dans la maison des choses susceptibles de le compromettre…

Il haussa les sourcils et attendit.

Consciente qu'elle était censée se faire l'avocat du diable, Jess se prêta au jeu.

— Peut-être aussi a-t-il eu peur d'être aperçu en train d'entrer. La maison se trouve sur une artère très passante et, à l'avant, il n'y a qu'une grille pour la séparer de la rue. Je ne sais pas si on peut entrer par-derrière. C'est une chose que nous devrons vérifier. Mais de toute façon, on est obligé de franchir la grille et il y a nécessairement un moment où l'on est visible de la rue et des voisins.

Carter s'adossa à son siège.

— Cette femme de ménage est-elle vraiment attentive, selon vous ? demanda-t-il.

Jess sourit.

— En fait, elle n'a presque rien à faire dans cette maison ! Elle nettoie la cuisine et la salle de bains, peut-être aussi la chambre à coucher, bref, les pièces utilisées au jour le jour. Pour le reste, ma foi, elle a juste un petit coup d'aspirateur à passer sur les tapis et un chiffon sur les meubles.

— Nous savons que Burton vivait seul, souligna Carter, et le meurtrier ne devait pas l'ignorer non plus. Il devait donc savoir qu'à part la femme de ménage, personne ne pourrait venir le déranger une fois Burton mis hors d'état de nuire. S'il était minutieux et qu'il s'est concentré sur le bureau, par exemple, Mme… comment s'appelle-t-elle, déjà ? Mme Pardy a très bien pu ne rien déceler de son passage.

Il se leva et contourna sa table de travail.

— Bon, eh bien, nous n'avons plus qu'à aller explorer cette maison ! conclut-il.

Contrairement à Phil Morton, Carter ne fit aucun commentaire en contemplant l'hôtel particulier de Lucas Burton. Jess et lui se tenaient sur le seuil, comme le matin même, lorsqu'elle était venue avec le sergent. Des siècles semblaient s'être écoulés depuis, et non huit heures à peine, tant Jess avait l'impression d'être familière des lieux. Peut-être parce qu'elle avait parlé au commissaire de la curiosité des voisins, elle se surprit à regarder à droite et à gauche, et dans la rue derrière eux.

Un petit vent froid s'était levé en ce début de soirée et le jour déclinait rapidement. Une ou deux feuilles mortes voletaient sur les dalles de l'allée. Une femme pressée passa dans la rue en serrant les pans de son manteau. Elle ne se tourna pas vers eux, mais dut avoir conscience de leur présence. Venu de la direction opposée, un homme tenait en laisse un petit chien dodu ; l'animal et son maître prenaient de l'exercice avant la tombée de la nuit. Âgé d'une soixantaine d'années, l'homme habitait manifestement le quartier. Il les avait repérés et ne dissimulait pas son intérêt. Aucune pancarte ne signalait l'existence de patrouilles organisées pour la surveillance du secteur, mais Jess ne doutait pas que les habitants se relayaient entre eux en un système informel. Peut-être aussi que, après leur départ ce matin-là, Mme Pardy avait parlé de la visite qu'elle avait reçue. La rue savait désormais que la police était venue. Un jeune homme en blouson de cuir quitta la maison voisine et s'engouffra dans une voiture pour démarrer aussitôt. S'agissait-il d'une pure coïncidence ? Ou l'individu les avait-il aperçus de sa fenêtre et avait-il préféré ne pas être chez lui quand la police viendrait frapper aux portes ?

Quoi qu'il en soit, Carter et elle manquaient de discrétion, immobiles devant cette porte. L'obscurité commençait à tomber sur le quartier et, bientôt, les réverbères s'allumeraient.

— Monsieur ? murmura Jess.

Sa voix parut tirer Carter de sa rêverie.

— Oui, qu'y a-t-il ? Vous avez la clé de la femme de ménage, n'est-ce pas ?

Elle déverrouilla la porte et ils entrèrent.

Retrouver l'élégant intérieur de Burton fit une étrange impression à Jess. La première fois, au moins, c'était la femme de ménage qui les avait invités à entrer. Cette fois, elle s'introduisait d'elle-même dans la maison avec Carter. Les lieux étaient froids et inhospitaliers sans la présence de Mme Pardy, si pisse-vinaigre fût-elle, et sans ses tasses de thé. La perfection jaune et bleu ciel de cet intérieur semblait exclure les intrus. Carter s'immobilisa près du téléphone de l'entrée pour examiner le guéridon. Le plateau en marqueterie était orné de motifs de torsades, de fleurs et de fruits. C'était une pièce magnifique, une antiquité sans doute très onéreuse, et le téléphone posé dessus ne semblait pas du tout à sa place, tout comme les deux visiteurs qui se tenaient là. Jess leva les yeux vers le palier du premier étage, comme si elle s'attendait à voir quelqu'un les observer d'en haut. Mais tout était horriblement silencieux et elle songea soudain qu'elle n'enviait pas Mme Pardy. Passer trois fois par semaine plusieurs heures dans cet endroit trop parfait, dans un silence juste troublé par une portière qui claquait au-dehors ou par le vrombissement d'une voiture dans la rue avait de quoi donner la chair de poule.

Visiter la ferme du Criquet aussi avait été éprouvant et, pourtant, il ne pouvait exister contraste plus frappant qu'entre ces deux maisons. L'atmosphère du Criquet évoquait morosité et dur labeur, elle transpirait la misère paysanne. Ceux qui y avaient vécu n'avaient pas été heureux, mais au moins, ils avaient eu un foyer. Chez Burton, tout respirait l'opulence, mais on ne voyait absolument rien d'autre.

Tandis qu'ils passaient de pièce en pièce, la sensation qu'ils n'étaient pas les bienvenus et que tout était fondamentalement faux autour d'eux s'accrut. La décoration était magnifique, de bon goût et impeccable, et les compétences de la femme de ménage n'y étaient pour rien : cela tenait à la personnalité du propriétaire.

— C'est… On dirait un décor de théâtre, murmura Jess.

Carter tourna vers elle un visage un peu surpris.

— On dirait que Burton a choisi son intérieur pour l'impression qu'il voulait donner, reprit-elle, et qu'il a tout fait pour obtenir ce résultat. Je me demande s'il n'était pas comme ça aussi en tant que personne…

Carter garda le silence, comme s'il attendait de l'entendre poursuivre sur ce thème. Elle s'empressa de reprendre :

— Rien n'a l'air réel. Quand nous étions à la ferme du Criquet, la maison avait été fermée pendant près de trente ans et pourtant, on sentait que des gens avaient vécu là, avec leurs émotions et leurs soucis. Ce que nous avons vu nous a révélé beaucoup de choses sur eux et sur leur vie. Ici, on ne peut rien savoir de ce

Lucas Burton, si ce n'est qu'il avait de l'argent et qu'il vivait en solitaire.

— J'ai la même impression, répondit Carter contre toute attente. Il sera intéressant de découvrir de quelle façon il a gagné tout son argent. Je pense que nous pouvons affirmer qu'il s'est rendu à la ferme du Criquet vendredi dernier. Ce que nous ne savons pas, c'est ce qu'il venait y faire. Nous imaginons que sa visite avait un lien avec Eva Zelenà. Peut-être qu'il avait décidé de cacher le corps… Si elle est montée à un moment ou à un autre à bord de la Mercedes, vivante ou morte, elle y aura nécessairement laissé une trace. En revanche, si ce n'est pas lui l'assassin, il nous reste à trouver qui cela peut bien être…

Il secoua la tête et demeura quelques instants pensif.

— L'autre possibilité, c'est qu'il n'ait jamais connu Eva Zelenà et qu'il soit monté à la ferme du Criquet pour tout autre chose. Là, il découvre le corps et il panique. Peut-être que son meurtre n'a rien à voir avec celui de la jeune fille. Il peut s'agir d'une dispute avec l'un de ses associés en affaires. Nous ignorons donc si nous avons une seule enquête ou deux enquêtes distinctes sur les bras, conclut-il avec un soupir irrité.

Lorsqu'ils parvinrent dans le bureau de Burton, au premier étage, la nuit était tombée et ils durent allumer. Dès lors, tous ceux qui passeraient dans la rue sauraient qu'ils étaient là. Si le meurtrier les avait précédés, soit il était venu de jour, soit il s'était muni d'une torche.

Jess regarda autour d'elle. A priori, la pièce était aussi propre et bien rangée que le reste de la maison. Un ordinateur portable posé sur le bureau leur présentait son visage blême. Comme le téléphone du hall d'entrée, cette touche de modernité détonnait au milieu des antiquités qui composaient le décor. Carter le désigna d'un mouvement de tête.

— L'équipe technique va devoir l'examiner…

Jess le rejoignit et, après avoir enfilé des gants en plastique, saisit la poignée du tiroir central, qui était muni d'une serrure ancienne, avec la certitude qu'il serait verrouillé. À son grand étonnement, il s'ouvrit sans difficulté.

— J'aurais pensé qu'un homme comme celui-là mettait sous clé ses papiers personnels, dit-elle. D'autant qu'il n'est jamais chez lui et que la femme de ménage a tout le loisir de fouiner…

— Ou alors, l'assassin a trouvé la clé de ce tiroir parmi celles qu'il a prises sur le corps, suggéra Carter.

Il se posta près d'elle et regarda le tiroir, dans lequel lettres, factures et notes manuscrites s'entassaient pêle-mêle.

— À mon avis, notre homme n'aurait jamais rangé tout ça de cette façon, ajouta-t-il.

Il désigna alors une pince à dessin dont on apercevait l'extrémité sous les papiers.

— Je vous parie qu'une partie des documents de ce tiroir ont été retenus par cette pince à un moment ou à un autre…

Jess releva les yeux et observa la pièce. Sur un mur, une aquarelle représentant un paysage marin était pendue légèrement de travers. Suivant son regard, Carter se dirigea vers elle et la souleva de ses mains gantées. Il n'y avait rien derrière, et rien non plus n'était accroché au dos du tableau. Il la replaça.

— L'autre n'est pas droit lui non plus, fit remarquer Jess en désignant une deuxième marine, sur le mur d'en face.

Carter la contrôla également, sans plus de résultat.

Il se retourna et, après avoir parcouru la pièce du regard, se dirigea vers une élégante bibliothèque vitrée.

— Cette bibliothèque n'est pas à sa place, affirma-t-il. Elle devrait être collée au mur, mais là, regardez : elle fait un angle.

— Mme Pardy avec son aspirateur ? suggéra Jess.

Carter examina le meuble quelques instants, puis secoua la tête.

— Quelqu'un est venu dans cette pièce, mais ce n'est pas la femme de ménage. L'intrus a sorti les livres et il les a remis sans trop faire attention. Regardez, il y a là les deux premiers tomes du *Comte de Monte-Cristo*, mais le troisième est sur l'étagère du dessous. Et *Pierre le chasseur de baleines* est à l'envers ! Ce sont des éditions anglaises du début du XXe siècle que les enfants lisaient à l'école avant la Première Guerre mondiale… D'après vous, M. Burton était-il amateur de romans classiques ? Ou a-t-il acheté ces ouvrages dans un magasin d'antiquités dans un souci de décoration, pour aller avec la bibliothèque ?

Il se redressa en se frottant les mains.

— Je ne sais pas qui a fouillé cette pièce, mais c'est quelqu'un d'organisé et de méthodique, qui a dû se dépêcher. Je dirais que c'est un cérébral : il est trop malin pour vider le contenu du tiroir ou les livres de la bibliothèque sur le tapis, mais il n'a pas pris le temps de remettre les papiers comme il les avait trouvés à l'intérieur du tiroir, ni de ranger les livres dans le bon ordre.

Jess comprit une fois de plus que son supérieur attendait une objection de sa part.

— N'est-il pas possible que, après notre départ, ce matin, la femme de ménage se soit mise à chercher de l'argent ou des objets de valeur à glisser dans ses poches ? Quand elle nous a vus, Morton et moi, elle a acquis la certitude que son employeur ne reviendrait pas. Elle s'est dit qu'elle ne serait pas payée de sitôt et qu'elle avait tout de même droit à une compensation !

La réponse fusa aussitôt :

— Elle n'aurait pas vidé la bibliothèque. Il lui suffisait de choisir un petit objet de prix, comme une tabatière, une chose qu'elle n'aurait aucune peine à revendre à un antiquaire en racontant qu'elle la tenait d'une vieille tante. Non, ma main à couper que c'est notre assassin, et qu'il s'est servi d'un trousseau de clés prélevé sur le corps. Nous arrivons trop tard. Il a fouillé partout et a pris tout ce qui aurait pu nous mettre sur sa piste. Il a veillé à tout laisser tel quel, mais quelques petits détails le trahissent. Il n'a pas pris l'ordinateur, par exemple, parce que nous nous serions aperçus qu'il manquait, ce qui nous aurait indiqué qu'il était venu. Mais sans doute a-t-il effacé certains dossiers ou messages compromettants pour lui…

— Selon moi, il cherchait un coffre-fort, déclara Jess à mi-voix en désignant successivement les deux tableaux.

— Oui, mais est-ce qu'il l'a trouvé ? S'il y en a un, nous devrions le trouver aussi…

Ils cherchèrent encore un long moment, mais en vain. Carter finit par pousser un soupir.

— Nous enverrons l'équipe technique relever les empreintes demain, résolut-il. Mais quoi qu'elle trouve, cela ne nous sera d'aucune utilité tant que nous n'aurons pas de suspect. Demandez aussi à Stubbs et Bennison de prendre le contenu des tiroirs du bureau et tous les documents qu'ils trouveront, ainsi que l'ordinateur, qu'il faudra faire examiner.

Tous deux s'attardèrent encore un peu dans l'entrée, puis, d'un commun accord, ils gagnèrent la porte et sortirent en silence, laissant la maison garder ses secrets en son sein glacé.

Il était tard lorsque Jess rentra chez elle et referma la porte. Son appartement, petit et poussiéreux, était néanmoins bien réel, et c'était son intérieur. D'ailleurs, la jeune femme ne doutait pas qu'il était heureux de la voir de retour. Ce n'était pas un mausolée, comme la ferme du Criquet ou même, à sa façon, la maison de Burton. Elle sortit la photographie agrandie des employés du Foot to the Ground et posa son petit sac à dos vert par terre. Puis elle plaça soigneusement le cliché à côté de celui de sa propre famille et recula pour mieux les observer tous les deux.

— Deux photos de famille… murmura-t-elle pour elle-même.

Car Westcott et son personnel formaient en quelque sorte une famille. C'était normal, ils passaient toutes leurs journées ensemble. Les jeunes filles dormaient sous le même toit que les Westcott. À bien regarder l'image, on avait l'impression que ces derniers étaient les parents et Bert, l'homme à tout faire, un vieil oncle bienveillant. Et les trois jeunes gens ? David Jones, lui, avait ses vrais parents qui vivaient juste à côté. Le couple Westcott avait-il estimé devoir assumer le rôle de père et de mère de substitution pour les deux filles ? Non, si l'on en croyait ce que Bronwen avait dit à Phil Morton. Ils étaient restés des employeurs, avait-elle souligné avec une bonne dose de mauvaise conscience, et ne s'étaient pas pris pour des « anges gardiens », selon ses termes. Et maintenant, elle se sentait coupable de ne pas avoir assumé ce rôle.

Les photos de famille en disaient long lorsqu'on savait les observer. Était-ce pour cette raison qu'Eli les avait toutes retirées de la ferme du Criquet, alors qu'il n'avait touché à rien d'autre ?

Jess se pencha pour examiner le groupe de plus près. Eva Zelenà et David Jones se tenaient l'un à côté de l'autre. Était-ce le photographe qui les avait placés ainsi ? Étaient-ils côte à côte par hasard ? Ou David s'était-il arrangé pour se retrouver près d'Eva ? Il était légèrement penché vers elle, tandis que la jeune fille se tenait très droite et regardait l'appareil photo bien en face. Il avait une attitude protectrice, il s'associait à elle.

Mais Eva, sur ce cliché, semblait tenir à son indépendance.

Jess sortit de sa contemplation. Elle n'avait plus de doute : elle allait devoir retourner au Foot to the Ground pour s'entretenir encore une fois avec David Jones.

13

La ferme du Criquet avait de la visite. Le soir tombait, c'était le moment où le jour cédait soudain place à la nuit et où le rouge qui teintait l'horizon achevait de disparaître. La lune avait émergé tel un malade de sa chambre d'hôpital, pâle et sans éclat ni substance, mais sa luminosité permettait quand même d'y voir assez dans la cour.

Le visiteur évitait de se retrouver à découvert. À pas de loup, il longeait les murs à l'abri des ombres. Ainsi atteignit-il l'entrée de l'étable, dans laquelle il se glissa sans bruit. Là, l'obscurité était totale, mais il avait ses repères ; la disposition des lieux était imprimée dans son esprit. Au-dessus de sa tête, la tôle ondulée qui faisait office de toit grinçait et craquait sous le vent. Il faisait froid ici, au sommet de la colline. Il devait toujours en être ainsi, même en plein été. Quant à l'hiver, il devait être glacial. Cette pensée l'habitait tandis qu'il se déplaçait dans l'étable avec lenteur mais sans hésiter, en tendant parfois la main pour sentir le bois d'une porte de stalle. Lorsqu'il eut fait le tour, il revint vers l'entrée où il resta un long moment immobile, à l'endroit même où l'on avait découvert le corps. Puis il se pencha et toucha le sol, et ses doigts fouillèrent la paille et la terre humide.

Il se redressa enfin et sortit dans la cour. La lune avait abandonné sa pâleur maladive et était devenue un ballon étincelant qui régnait en maître suprême sur la terre. Soudain le visiteur distingua de petites formes palpitantes qui piquaient du nez vers le sol puis se mettaient à planer au-dessus de sa surface. Des chauves-souris avaient surgi du grenier de la maison. Autour de la cour, les ombres formaient comme des rideaux de velours noir de chaque côté d'une scène de théâtre, tandis que l'espace vide au centre était baigné de la lueur argentée de la lune. Levant la tête vers la maison, il vit briller les vitres entre les interstices des planches qui barraient les fenêtres du premier étage. Puis ce fut un rai de lumière, qui se déplaçait à l'intérieur. Il fronça les sourcils. Il n'était pas le seul visiteur à la ferme ce soir-là. Il y avait quelqu'un dans la maison condamnée. Il se retrancha à l'ombre du monticule de ferraille pour attendre.

Le faisceau de la torche disparaissait par intermittence pour ressurgir soudain ailleurs. La personne passait de pièce en pièce mais, de la cour, on ne pouvait prédire le sens de ses déplacements. Elle ne prenait, semblait-il, aucune précaution. Sans doute se croyait-elle seule en ces lieux. Derrière les planches d'une fenêtre barrée plus hermétiquement que les autres, la lumière mourait et il ne restait plus qu'à deviner où elle allait réapparaître.

Au bout de dix minutes, elle s'évanouit totalement et, quelques instants plus tard, un bruit se fit entendre derrière la maison. Pan ! C'était un coup donné contre ce qui semblait être une surface de bois. Pan ! Un autre coup. L'observateur de la cour comprit et s'autorisa un sourire : pour pénétrer dans la ferme, l'intrus avait retiré les planches fraîchement clouées en travers d'une porte et voilà que, maintenant, il les remettait en place. Demain, tout paraîtrait intact pour un œil peu attentif.

Peu après, on entendit des pas se rapprocher et une forme sombre émergea d'un côté de la maison. Sous le clair de lune, ce n'était qu'une silhouette indistincte et l'on ne pouvait voir ses traits. Elle était grande, dégingandée et plutôt gauche dans sa démarche. Avec ses vêtements amples, il pouvait autant s'agir d'un homme que d'une femme. Elle franchit le portail de la cour et se dirigea vers la droite. Cinq minutes plus tard, l'observateur resté près du tas de ferraille entendit un moteur démarrer. L'intrus avait garé son véhicule un peu plus loin sur la crête de la colline. Il s'éloigna.

Désormais, le visiteur pouvait s'en aller à son tour et la ferme du Criquet serait rendue aux chauves-souris et à tous les habitants de la nuit.

— Un certain sergent Gary Collins, du Met, te demande au téléphone, annonça le lieutenant Bennison en passant la tête dans le bureau de Jess le lundi matin. Tu veux lui parler ?

— Bien sûr, passe-le-moi !

Rien de nouveau n'avait émergé durant le week-end et la prière secrète qu'elle avait faite pour qu'il se passe quelque chose – n'importe quoi – semblait avoir été exaucée. Elle saisit le combiné tandis que Bennison repartait, ses multiples tresses bondissant autour d'elle comme si elles possédaient une vie propre.

— Gary Collins à l'appareil, annonça une voix à son oreille. C'est bien l'inspecteur Campbell ? Oui, très bien, alors j'ai pensé que vous aimeriez être informée : je suis allé à l'adresse où vous nous avez envoyés, cet appartement des Docklands. Du grand luxe, il n'y a pas à dire ! Si je gagne au Loto, peut-être que je m'achèterai quelque chose là-bas et que je vivrai comme les gens de la City…

— Vous avez pu jeter un coup d'œil à l'intérieur ? le pressa Jess en songeant qu'elle devait parler au frère jumeau de Phil Morton à la Metropolitan Police, un rouspéteur prêt à en découdre au premier prétexte.

— Figurez-vous qu'on a eu de la chance sur ce coup-là ! Au début, j'ai bien cru qu'on se heurtait à un mur. Le gardien est un imbécile fini, une sorte de fonctionnaire borné du nom de Cyril Sprang. Il défend son immeuble comme si la sécurité de l'État en dépendait. Pour commencer, il n'a même pas voulu nous laisser monter. L'appartement est au premier étage. Ensuite, il a accepté, mais à condition de venir avec nous. On y est allés et on est restés tous les trois comme des abrutis à discuter devant la porte. Comme Burton n'était pas chez lui, Sprang voulait que nous revenions un autre jour. On a répondu que c'était hors de question : on était là et on voulait entrer dans l'appartement. Mais non, il n'en démordait pas, il faudrait attendre le retour de Burton ou alors, revenir avec un représentant accrédité par lui et muni de ses clés. J'ai été obligé de lui dire que ça ne risquait pas d'arriver, parce que Burton n'était plus de ce monde. Je ne lui ai pas dit comment il était mort, mais je lui ai fait comprendre que l'appartement appartenait maintenant au domaine de l'enquête.

« Là, ça lui a fait un choc. Il a paniqué et on a dû encore l'écouter déblatérer, et puis, tout d'un coup, on a compris qu'en fait il avait la clé ! Il y avait eu un problème de plomberie et, comme Burton ne pouvait pas être présent au moment de la réparation, il avait donné une clé au concierge pour qu'il fasse entrer l'ouvrier, avec l'instruction expresse de ne la confier à personne d'autre. Sprang est resté à côté du plombier tout le temps de la réparation. Le malheureux, il a dû adorer travailler comme ça !

« Quand j'ai su ça, je lui ai demandé de me remettre la clé, mais non, pas moyen qu'il me la donne ! Burton lui avait témoigné une incroyable marque de confiance en la lui laissant, paraît-il, et il répétait qu'aucun autre que lui-même ne devait l'avoir entre les mains, personne ! Même pas nous… On a eu beau lui rappeler qu'on était de la police, rien à faire ! Ce vieil idiot voulait qu'on lui montre un mandat de perquisition. Je n'ai pas l'autorité pour vous donner la clé, et vous, vous n'avez pas l'autorité pour m'obliger à vous la donner, qu'il disait. Seulement moi, je n'avais aucune envie de me coltiner tout le chemin pour aller chercher un mandat, alors je lui ai dit que, si c'était comme ça, on allait forcer la porte. Vous auriez vu sa tête ! Bref, ça a marché, il est allé chercher la clé dans sa loge et il nous a ouvert.

« L'appartement a l'air de ne pas avoir été touché depuis un certain temps. Sprang a vu Burton il y a trois semaines, le fameux jour où il y a eu le problème de plomberie. Sprang savait qu'il n'était pas revenu entretemps, puisqu'il n'avait pas récupéré sa clé. Avec mon collègue, on a regardé un peu partout, mais on n'a pas vraiment fouillé l'appartement. Pour ça, c'est vous qui allez venir, je pense. Par contre, il y avait un message sur le répondeur téléphonique : un gars qui demandait à Burton de le rappeler et qui lui laissait son numéro de portable. Vous avez un stylo sous la main ?

— Oui, répondit Jess en prenant un carnet. Cet homme disait-il à quel sujet il appelait ?

— Non, il a juste demandé à Burton de le contacter le plus vite possible. Le message remonte à lundi dernier, onze heures trente.

À ce moment-là, songea Jess, Burton était sans doute déjà mort. Elle frissonna, saisie par l'arbitraire de la condition de mortel. *On peut toujours faire des projets...*

— Le nom du gars est Archie Armstrong, reprit Collins, avant de lui dicter le numéro. Il vit dans le Nord.

Rappelée au présent, Jess nota les informations.

— Quand vous dites dans le Nord, s'enquit-elle, soucieuse de bien préciser les choses, vous voulez dire dans le nord du pays ?

— Mais non, voyons ! Le nord de Londres...

Jess sourit. Collins était si attaché à son insularité londonienne que, pour lui, rien n'existait en dehors de la capitale.

— Je voulais juste m'en assurer, commenta-t-elle. Merci, sergent.

Collins avait bien travaillé et elle lui en était reconnaissante. Il lui avait fait gagner du temps.

— Vous avez encore besoin de moi ? demanda-t-il.

— Non, pas pour le moment, merci, répondit-elle. Je viendrai demain à Londres pour jeter un coup d'œil à l'appartement. Le gardien sera là ?

— Ce sera, soit lui, soit un autre hurluberlu dans son genre. Vous n'aurez qu'à dire que vous venez de ma part…

Contre toute attente, il éclata de rire, avant de poursuivre :

— Ah ! Mais la clé est ici, au poste, si vous voulez passer avant. J'ai dit à Sprang qu'on allait devoir mettre des scellés sur l'appartement à cause de la nature de l'enquête. Quand il a vu que je gardais la clé, il a failli faire une attaque. J'ai dû lui signer un reçu. Mais je suis sûr qu'il vous expliquera tout ça en détail quand vous serez là. On dirait que c'est la clé de la salle des joyaux de la reine !

Jess se surprit une nouvelle fois à sourire.

— Je survivrai ! assura-t-elle. J'espère aussi pouvoir parler à des voisins quand je viendrai. Nous essayons de comprendre un peu quel homme était ce Burton. Et bien sûr, je vais appeler le dénommé Archie Armstrong.

Collins riait de nouveau lorsqu'elle raccrocha. Elle posa les yeux sur les notes qu'elle venait de prendre. Qui que soit ce M. Armstrong, et quelles qu'aient été ses relations avec Lucas Burton, il n'apprécierait pas de voir la police se présenter sur le pas de sa porte. Elle reprit le combiné.

La voix masculine qui lui répondit semblait pressée.

— Oui ?

Jess déclina son identité et sa fonction. Les mots suivants furent prononcés avec précaution.

— Inspecteur Campbell ? répéta l'homme. Désolé, puis-je vous demander d'où vous avez obtenu mon numéro de téléphone portable ?

— Je vous appelle simplement pour obtenir des renseignements, répondit-elle, ignorant la question.

Elle entendit un claquement de langue irrité.

— Bon, alors comment puis-je vous aider ? fit la voix.

— Je suis désolée de vous déranger, commença Jess, soucieuse de le rassurer. J'ai cru comprendre que vous connaissiez un certain Lucas Burton…

— Burton ? Oh ! Euh… oui, enfin, façon de parler. Nous avons fait affaire ensemble par le passé, mais tout était en règle et régulier. Vous pouvez vérifier.

— Vous avez laissé un message sur son répondeur lundi dernier.

— Ah ! s'exclama l'homme d'un ton plus ferme. Alors c'est comme ça que vous avez eu mon numéro ! Qu'est-ce qui se passe ? Burton a des problèmes ? Si c'est le cas, je n'ai rien à voir là-dedans. Comment se fait-il que vous ayez écouté ses messages ?

— Je regrette d'avoir à vous annoncer cette nouvelle, mais M. Burton est décédé.

Un silence choqué suivit ces paroles.

— Nous recherchons actuellement des personnes qui l'ont connu, reprit Jess. Il semble avoir été quelqu'un de très solitaire. Nous ignorons s'il avait de la famille proche et, dans un premier temps, ses relations d'affaires nous paraissent la voie la plus logique pour notre enquête.

— Euh, attendez une minute ! protesta Armstrong. Quand vous dites qu'il est décédé… Comment est-il mort, et quand ?

— Cela s'est passé lundi, le jour où vous l'avez appelé à son appartement.

— À Londres ? Il est mort à Londres ?

La voix semblait de plus en plus tendue.

— Non, dans le Gloucestershire.

Elle perçut distinctement le soupir de soulagement à l'autre bout du fil.

— Je ne vais jamais dans le Sud-Ouest, affirma Armstrong. Je vais sur la côte sud de temps en temps, parce que j'ai un petit bateau là-bas, mais je n'ai jamais rencontré Lucas en dehors de Londres, et encore, nous ne nous sommes vus que deux ou trois fois en tout !

— Mais vous vouliez qu'il vous rappelle, souligna Jess en songeant que son interlocuteur devait amèrement regretter d'avoir laissé ce message à Burton.

— C'était histoire de garder le contact, lança Armstrong d'un ton peu convaincant. C'est important, en affaires, vous comprenez ! J'aime bien tenir mes partenaires au courant. Mais en fait, je ne connaissais Lucas Burton que sur un plan professionnel, et je ne vois pas trop comment je pourrais vous aider. Je ne l'ai jamais entendu parler de sa famille. Bien sûr, ça me fait de la peine d'apprendre qu'il a cassé sa pipe, le pauvre ! Et ça me surprend un peu, d'ailleurs. Il avait l'air en bonne santé.

Le doute s'insinua de nouveau dans sa voix quand il ajouta :

— Comment est-il mort ? Crise cardiaque ou quelque chose comme ça ?

— Pourrais-je venir vous voir, monsieur ? Demain, c'est possible ? Je suis désolée si je dois bousculer votre emploi du temps.

— Non, non, aucun problème.

Il se montrait conciliant à présent. Il avait eu le temps de se remettre du premier choc et jouait désormais les citoyens soucieux de faire leur devoir en aidant la police. Il avait compris que ses faibles protestations ne dissuaderaient pas Jess de lui rendre visite.

— Je travaillerai de la maison en vous attendant.

— Vous voulez que je vienne chez vous, alors ? Nous pouvons nous rencontrer ailleurs, si vous préférez.

Manifestement, Armstrong n'avait aucune envie de la recevoir à son bureau ni en des lieux où ses relations d'affaires risquaient de les surprendre.

— Non, non, répondit-il avec vivacité. Ça ira très bien. Ma compagne est partie à New York pour affaires et je suis seul en ce moment. Venez chez moi. Vous ne serez pas en uniforme, n'est-ce pas ?

Archie Armstrong vivait dans une maison ancienne qui devait dater de la même époque que celle de Burton à Cheltenham. Mais, contrairement à Burton, qui habitait seul dans la sienne, celle d'Armstrong avait été divisée en appartements. Le logement ne devait pas être meilleur marché pour autant. Jess appuya sur le bouton de l'interphone, se présenta et reçut l'instruction de monter au dernier étage. Un bourdonnement annonça l'ouverture de la porte d'entrée et elle s'engagea dans un escalier étroit. Tout était silencieux et immobile. À chaque étage, des portes blanches très élégantes signalaient la présence d'autres habitants. Vivre ici devait coûter cher et nécessiter de gros moyens.

En débouchant sur le dernier palier, elle découvrit Armstrong qui était sorti pour l'attendre.

— Inspecteur ? lança-t-il. Votre voyage s'est bien passé depuis le Gloucestershire ?

— Oui, merci, acquiesça Jess en serrant brièvement la main qu'il lui tendait.

— Parfait, parfait ! Entrez, je vous en prie.

Elle eut l'impression qu'il avait préparé avec soin son entrée en matière. Ne pas aller la chercher en bas : trop empressé. Sortir sur le palier : juste ce qu'il fallait de respectueux. Lui serrer la main en s'enquérant de son voyage : de quoi rompre la glace. En d'autres termes, produire une bonne première impression, de façon à passer pour une personne normale et agréable.

Tout, dans son apparence, suggérait d'ailleurs qu'Armstrong travaillait à cultiver ce côté bonhomme. Il était de taille moyenne, plutôt jeune, mais sans doute plus âgé qu'on ne se le figurait au premier regard, et d'allure sportive. On l'imaginait bien passer ses week-ends à faire du bateau. Sans doute aussi fréquentait-il un club de gym. Il avait des cheveux blonds coupés court et le teint rose, portait une chemise bleu pâle sur un pantalon beige. Malgré son air de bonne santé, il commençait à prendre du ventre. La montre qu'il portait au poignet n'était pas bon marché.

Il lui tint la porte pour la laisser entrer et elle se retrouva dans un immense espace. Elle comprit qu'il s'agissait d'un penthouse conçu à partir d'anciennes chambres de bonnes mansardées. L'appartement occupait toute la superficie du dernier étage et son plafond incliné était percé de larges baies vitrées descendant presque jusqu'au sol. La pièce était très spartiate : deux longs canapés de cuir blanc et une table basse en verre en constituaient tout le mobilier. Un tapis d'Orient était jeté sur le sol bien ciré et une peinture moderne dont elle ne put identifier l'auteur ornait un mur couleur pêche. En face était accroché un téléviseur à écran plat. La partie salle à manger, aménagée dans un renfoncement, comportait une table de verre et des chaises en acier. Le couvert avait été dressé comme pour un repas de gala mais, songea Jess, cela ne signifiait pas pour autant qu'Armstrong aurait des invités à dîner. Sans doute la table était-elle toujours ainsi, avec cet espace ménagé au centimètre près entre les assiettes, les serviettes rouge vif bien repassées et la rose unique dans un vase boule au centre. Tout évoquait une savante mise en scène, et les mots qui vinrent à l'esprit de Jess lorsqu'elle découvrit cet intérieur furent ceux de « bocal à poisson rouge ». Si

Armstrong n'avait pas parlé d'une compagne la veille, elle aurait pensé qu'il vivait seul.

— Je peux vous proposer du thé ou du café, déclara-t-il.

— Inutile de vous déranger, répondit Jess en prenant place sur l'un des canapés blancs. C'est déjà très aimable à vous de me recevoir.

— Oh ! C'est normal. Si je peux apporter ma contribution à une enquête de police, il est naturel que je le fasse... Quoique, comme je vous l'ai dit hier au téléphone, je ne suis pas sûr de pouvoir vous aider.

Armstrong semblait satisfait qu'elle se soit assise. Il s'installa en face d'elle et se lança dans un autre de ses discours manifestement préparés :

— Je suis désolé pour Lucas. Non que je l'aie bien connu, il me semble que je vous l'ai dit aussi au téléphone. Mais c'était quelqu'un d'ouvert et de sympathique. Je n'ai jamais eu de raison de le soupçonner de quoi que ce soit de malhonnête. Si cela avait été le cas, je n'aurais pas conclu la moindre affaire avec lui, vous pensez bien ! À mon avis, tous les gens que vous rencontrerez vous diront la même chose. Mais vous ne m'avez pas expliqué de quelle façon il était mort. Eh, dites donc... !

Cette dernière exclamation était due au petit magnétophone que Jess venait de sortir de son sac. Les manières décontractées d'Armstrong s'évanouirent aussitôt.

— Vous avez l'intention de m'enregistrer ? s'enquit-il d'une voix tendue. C'est vraiment nécessaire ?

— Oh ! c'est la routine, monsieur. C'est soit ça, soit prendre des notes. Cela vous ennuie si je choisis la solution la plus simple pour moi ?

— Euh... non, bien sûr que non... répondit-il en considérant l'appareil comme s'il allait soudain bondir de la table basse et le mordre.

— La mort de M. Burton est au cœur de notre enquête, et je ne peux malheureusement pas vous donner beaucoup de détails, reprit Jess en souriant.

— Mais si j'ai bien compris, vous la traitez comme une mort suspecte, non ?

Armstrong semblait toujours fasciné par le magnétophone, dont il ne détachait pas les yeux.

— Oui. Il a été retrouvé mort lundi dernier.

— Chez lui ? Il me semble qu'il avait une maison à Cheltenham. Il m'en a parlé.

— On l'a retrouvé dans son garage.

Armstrong se pencha en avant.

— Oh mon Dieu ! Il ne s'est pas gazé, tout de même ! Vous savez, le moteur qui tourne, les gaz d'échappement, la porte fermée…

— Non, il ne s'est pas suicidé.

Jess estima qu'il était temps de prendre le contrôle de la conversation.

— Vous dites que vous ne connaissiez pas bien M. Burton, déclara-t-elle, mais j'ai l'impression que vous l'avez tout de même rencontré plusieurs fois. Étaient-ce seulement des rendez-vous d'affaires ? Pourriez-vous être plus précis et me dire de quelles affaires il s'agissait exactement ?

Armstrong parut se mettre sur ses gardes à ces mots.

— Euh… oui. Avec quelques amis – et Burton –, nous avons formé une petite société qui investit dans l'immobilier locatif. Les seuls contacts que j'aie eus avec Burton concernaient cette société. Je suis sûr qu'il avait beaucoup d'autres intérêts ailleurs, mais je n'en ai pas connaissance. Je n'étais pas… enfin, je ne suis pas partenaire dans ses autres affaires. Évidemment, ajouta-t-il après un léger temps d'arrêt, je ne vais pas pouvoir vous fournir la liste de nos investissements communs sans en parler au préalable à mes autres associés…

— Je n'en ai pas besoin pour le moment, assura Jess. Plus tard, peut-être. Ce que j'aimerais savoir, c'est si vous aviez prévu de conclure d'autres affaires ensemble. Est-ce dans cette intention que vous lui avez laissé le message vous demandant de le contacter ?

— Non, non, non ! Je l'appelais juste pour lui parler un peu, je vous l'ai déjà dit.

Jess n'était guère encline à le croire sur parole, mais elle se doutait que, si son interlocuteur prévoyait de se lancer dans une nouvelle entreprise, celle-ci devait encore être à un stade très précoce et ni Armstrong ni ses associés ne voudraient éventer le projet. Ils auraient besoin d'en discuter d'abord ensemble de toute façon. Et elle ne doutait pas, d'ailleurs, qu'à l'instant même où elle quitterait l'immeuble Armstrong se jetterait sur son téléphone.

— Bon, dit-elle. Cela dit, j'aimerais que vous vous montriez un peu plus sincère au sujet de Lucas Burton. Excusez-moi mais, jusqu'à présent, vous avez dit tout ce qu'il fallait, tout en vous cantonnant dans les généralités. Je comprends que vous aviez confiance en ce monsieur puisque, dans le cas contraire, vous n'auriez pas conclu d'affaires avec lui. Mais votre opinion personnelle sur l'homme qu'il était nous intéresse. D'après ce que vous m'avez dit, M. Burton était tout de même un peu plus qu'une simple connaissance. Il a dû vous arriver de bavarder avec lui, d'échanger des propos autour d'un bon dîner, de boire un ou deux verres ensemble, de façon informelle…

Armstrong l'observa un instant avant de répondre.

— Si vous étiez journaliste, déclara-t-il enfin, je demanderais que tout ce que je vais vous dire reste entre nous, mais je sais bien qu'avec vous, ce ne sera pas possible. Et puis, Lucas est mort, il ne risque pas de m'intenter un procès ! Alors je veux bien être franc avec vous. En fait, certaines personnes trouvaient Burton très doué pour embobiner les gens. Pour mes associés et moi, c'était bien sûr quelqu'un de très droit tant qu'il s'agissait de nos propres intérêts. Notre société travaille dans la légalité la plus absolue. Nous sommes des gens honnêtes et nous n'aurions pas fait entrer Lucas si nous avions pensé qu'il risquait de nous attirer des problèmes. Mais indéniablement, l'avoir avec nous était très utile. C'était l'un de ces personnages qui savent toujours tout ce qui se passe, mais qui, comme les journalistes, ne nomment jamais leurs sources. Vous voyez ce que je veux dire ?

Oui, je connais bien ces gens-là, pensa Jess avec amertume. *Ce sont les rois de la manigance. Ils connaissent toujours « quelqu'un qui... ». Dans quelles autres opérations plus ou moins louches Lucas Burton était-il impliqué ? Armstrong désirait être reconnu comme étant au-dessus de tout soupçon et il se disait disposé à voir ses affaires passées au crible. Mais les autres associés... ?*

— C'était quelqu'un d'avenant, insista Armstrong, et il se montrait généralement charmant. Il n'était pas marié et il sortait toujours avec des filles incroyables. Je ne l'ai jamais vu deux fois avec la même. Il ne voulait pas s'attacher, j'imagine. Mais sous ce vernis, c'était un dur, ça se sentait. Si vous voulez mon avis – et ce n'est qu'une impression, bien sûr –, il venait d'un milieu défavorisé. Parce qu'il avait aussi un côté tranchant, vous voyez ce que je veux dire ? Il présentait une face douce et lisse, mais on sentait quand même que ce n'était pas tout à fait authentique. Enfin, je l'aimais bien malgré tout ! Je n'ai jamais eu de problèmes à travailler avec lui, et je ne connais personne qui se soit plaint de lui. Dans le cas contraire, nous nous serions vite débarrassés de lui, croyez-moi !

Et on dirait que quelqu'un l'a bel et bien fait, songea Jess en se remémorant le corps sans vie dans le garage, près de la voiture étincelante. Ce groupe d'investisseurs n'a jamais eu de problèmes avec lui, mais quelqu'un d'autre a dû en avoir…

Armstrong s'adossa au cuir souple du canapé.

— C'est quelqu'un qui avait de la chance en général. Mais une chose est sûre, il s'entourait de mystère.

— Je vous remercie, déclara Jess en arrêtant le magnétophone. Vous m'avez été très utile, monsieur.

Elle vit son interlocuteur se détendre.

— Je serai obligé de parler de votre visite à mes associés, indiqua-t-il. Vous comprenez, n'est-ce pas ? Le décès de Lucas laisse un vide et il y aura des implications financières. Quelqu'un va devoir établir son patrimoine et cela affectera nécessairement nos affaires et nous-mêmes. Savez-vous s'il a des héritiers ?

Jess secoua la tête.

— Aucune idée. Je comprends que vous deviez tenir vos associés au courant, mais je vous serais reconnaissante de ne pas trop ébruiter cette affaire. N'informez que ceux qui ont besoin de savoir.

— Comme le fait la police ?

— La discrétion est toujours préférable, répliqua Jess d'un ton sec. Pourriez-vous me donner la liste de vos associés, avec leurs numéros de téléphone ? J'aurai sans doute besoin de leur parler.

— Euh… Oui, je pense… Oui, bien sûr, vous n'allez pas vous contenter de discuter avec moi. Mais ça va leur faire un choc. Je n'ai rien lu dans la presse au sujet de cette disparition, et eux non plus, sinon, ils m'en auraient parlé.

— Nous fournirons l'information à la presse au cours de la semaine.

— Pauvre Lucas ! Qui aurait imaginé une chose pareille ? Je le revois comme je vous vois, assis là où vous êtes sur ce canapé, un whisky à la main… Nous… Oh ! Plus j'y pense et plus j'ai l'impression que cela va être un casse-tête pour nous ! En fait, il a été assassiné, n'est-ce pas ? Grands dieux, qui a bien pu faire ça ? Et pour quelle raison ?

Armstrong blêmit soudain et fixa Jess d'un regard angoissé.

— Dites-moi, vous ne nous considérez pas comme suspects, n'est-ce pas ?

Cyril Sprang fut, à sa façon, aussi réticent qu'Archie Armstrong, et tout aussi soucieux de faire bonne impression.

— M. Burton était quelqu'un de très bien, dit-il en détaillant Jess de haut en bas à travers les verres épais de ses lunettes.

Il n'en aurait de toute évidence pas dit autant de Jess. Encore maintenant, on trouvait des gens qui n'approuvaient pas que la police emploie des femmes à des grades élevés, et ce concierge en faisait clairement partie. Il avait tenu la plaque de Jess à bout de bras pour l'étudier durant une bonne minute, avant de la lui rendre. C'était comme s'il la soupçonnait de l'avoir fabriquée elle-même, pensa-t-elle, mi-amusée mi-agacée.

Sprang était un homme d'âge moyen et de taille moyenne, un individu moyen en tout point, en somme, aux cheveux grisonnants et au teint blanc. Ce fut à contrecœur qu'il l'autorisa à entrer dans sa loge, d'où il gardait un œil attentif sur les allées et venues. Dans cet ensemble d'appartements créé dans un ancien entrepôt des quais de la Tamise, les résidents étaient riches et très soucieux de leur intimité et il tenait à ce qu'ils aient entière satisfaction sur ce plan. En retour, il y avait fort à parier qu'ils ne lésinaient ni sur les étrennes à Noël ni sur les pourboires.

— J'ai déjà eu la visite d'un poulet, déclara-t-il d'un ton aigre. Quelqu'un du Met. Je suppose que vous allez vouloir monter là-haut, vous aussi ?

— Le sergent Collins est venu voir l'appartement, je sais. Je lui ai parlé.

— Dans ce cas, il a dû vous dire qu'il a emporté la clé. J'ai la responsabilité de cette clé, vous savez. Est-ce qu'il vous l'a donnée ?

— Oui, je l'ai.

— Eh bien, il n'avait pas à la passer à une tierce personne. Il n'a aucune autorité pour faire ça. Je n'aurais jamais dû la lui confier, parce que, en fait, il n'avait pas le droit de me la prendre. Seulement, il m'a menacé de casser la porte, voyez-vous ! D'entrer par effraction ! Pour faire ça, il aurait fallu qu'il passe sur mon corps, je le lui ai dit ! Mais comme ils étaient deux flics, je n'ai pas eu le choix. Il me semble qu'il y a là une violation des libertés civiques ! Mais soit, il est entré et il a fait le tour de l'appartement. Il a vu tout ce qu'il y avait à voir, pourquoi faut-il que vous y retourniez maintenant ?

— Pour les besoins de l'enquête, monsieur. Nous enquêtons sur les circonstances de la mort de M. Burton.

— Louches, hein, ces circonstances ?

Une lueur mauvaise passa dans son regard, amplifiée et déformée par les verres épais de ses lunettes.

Un journal à sensation était ouvert sur une console en dessous du tableau des clés. Si des informations croustillantes pouvaient être glanées lors de la visite de Jess, il se montrerait sans doute enclin à plus d'amabilité.

— J'en ai peur. Nous suspectons un homicide. Mais nous n'en sommes qu'au début de l'enquête, bien sûr.

— Le pauvre homme ! soupira Sprang, manifestement plus enjoué depuis qu'il savait compter parmi les premiers à être informés d'un événement dont on parlerait sans doute bientôt dans son journal.

Il allait pouvoir transmettre la nouvelle à tous les habitants de l'immeuble à mesure qu'ils rentreraient du travail. Il aurait la satisfaction de jeter un pavé dans la mare et de créer l'effervescence. Aucun résident n'aurait envie de se trouver impliqué dans une enquête pour meurtre.

— Vous voulez que je monte avec vous ? Ça ne me dérange pas, vous savez…

Il se frotta les mains, produisant un son des plus désagréables.

— Ce n'est pas la peine, monsieur. Je ne pense pas en avoir pour très longtemps.

— Le problème, c'est que je suis responsable de l'appartement, et même de tous les appartements quand les propriétaires ne sont pas là.

Les yeux derrière les verres grossissants s'approchèrent de Jess et elle s'efforça de ne pas reculer.

— Si vous prenez certaines choses, j'aurai besoin de le savoir. Sinon, on pourrait dire que c'est ma faute s'il manque des objets.

— Si j'emporte quoi que ce soit, je vous donnerai un reçu, assura Jess.

Manifestement dépité, Sprang fit encore une tentative.

— Bon, en tout cas, je vais monter avec vous pour vous montrer le chemin…

Jess ouvrit la bouche pour répondre qu'il n'avait pas besoin de se déranger, mais se ravisa. Elle lui concéderait cela. Elle préférait l'avoir de son côté.

— Merci, monsieur.

Il y avait un ascenseur, mais l'appartement était au premier étage et Jess opta pour l'escalier.

— M. Burton utilisait-il souvent cet appartement ? demanda-t-elle à Sprang, qui lui ouvrait la voie.

— Il allait et venait, répondit l'homme en se tournant à demi. Disons qu'il était là deux ou trois fois par mois. Parfois, il restait plusieurs jours de la semaine et rentrait à son autre logement le week-end. Parfois, il passait le week-end ici.

— Recevait-il beaucoup de visites ?

Le gardien ne répondit pas tout de suite. Ils étaient parvenus devant la porte de l'appartement et il resta silencieux, à regarder Jess manœuvrer la clé dans la serrure et ouvrir.

— Non, pas beaucoup, indiqua-t-il enfin. Très peu de gens venaient le voir. De temps en temps…

Il laissa la phrase en suspens tout en regardant l'intérieur de l'appartement.

— Ça vous dérange si je rentre juste pour jeter un coup d'œil ? Je ferai très attention.

Ce serait donnant donnant : Sprang était prêt à tout lui raconter, mais à condition d'obtenir quelque chose en échange.

— Je vous en prie, faites un petit tour, répondit Jess. Mais surtout, ne touchez à rien. Nous aurons peut-être besoin de relever des empreintes par la suite.

Sprang s'engouffra aussitôt dans l'appartement, mais ne fut pas récompensé par quelque vision extraordinaire. Pas de meubles renversés ni de tiroirs retournés. Dieu soit loué, songea Jess, Collins n'avait pas mis l'appartement sens dessus dessous lors de sa visite.

Sprang dissimula bien sa déception.

— Comme je vous le disais, il était célibataire, me semble-t-il. Il ne m'a jamais parlé d'une épouse et aucune femme ne venait régulièrement dans son appartement.

— Mais il recevait parfois des femmes, n'est-ce pas ?

Sprang eut un regard qu'on ne pouvait vraiment qualifier de concupiscent, mais en tout cas chargé de sous-entendus, et la lumière qui fit briller ses épaisses lunettes lui donna une expression sinistre.

— Oh ! Oui de temps en temps. Il y en avait qui étaient de vraies beautés. Elles ressemblaient à des top models, si vous voyez ce que je veux dire…

— C'étaient des mannequins ?

Sprang secoua la tête.

— Ma foi, c'étaient sûrement des prostituées, mais pas comme celles qu'on voit d'habitude. Elles avaient toutes de la classe.

— Des escort-girls, alors ?

Sprang hésita et Jess poursuivit :

— Ne me dites pas que vous n'en voyez jamais dans l'immeuble !

— Il n'y a que des gens respectables qui vivent ici ! protesta Sprang d'un ton outré.

Il était manifestement soucieux de défendre l'honneur de ses résidents. Et s'il était prêt à tout révéler sur le défunt Lucas, il refusait de salir les vivants.

— C'est au sujet de M. Burton que vous êtes venu m'interroger, ajouta-t-il d'un ton ferme. Je pense que… qu'il avait un petit cercle d'amies. Il n'amenait pas toujours la même chez lui, mais il me semble bien en avoir vu certaines revenir plusieurs fois, si vous voyez ce que je veux dire…

Je vois très bien, songea Jess. Burton devait avoir un répertoire portant les noms de femmes qu'il appréciait, un classique chez les célibataires argentés. Ils ne l'avaient pas trouvé dans la maison de Cheltenham, mais peut-être était-il dans l'appartement londonien ?

— Eh bien, je vous remercie, monsieur, déclara-t-elle. Je vais rester un peu ici pour regarder et je repasserai vous voir en repartant.

Sprang accepta bon gré mal gré d'être ainsi congédié.

Restée seule, Jess enfila des gants en caoutchouc et entreprit des recherches méthodiques. Elle eut tôt fait de constater que Burton n'avait rien laissé d'important dans ce lieu. Il avait donné une clé au gardien et avait apparemment prévu de s'absenter pendant une longue période.

Elle ne trouva ni agenda ni carnet d'adresses. Carter était sûr que, avant leur visite, le meurtrier avait fouillé la maison de Cheltenham grâce aux clés prélevées sur le corps de Burton. Que cherchait-il ? Armstrong avait dit que Burton était un homme secret, quelqu'un qui avait le bras long, mais qui ne divulguait pas ses contacts, même à ses associés. Si tel était le cas, son carnet d'adresses devait comporter, outre le numéro de ses bonnes amies, les téléphones et les adresses mail de ces mystérieux correspondants qui lui fournissaient des informations confidentielles. Sans doute disposait-il d'un réseau similaire à celui des indics qu'avait la police.

Était-ce ce « livre noir » que l'assassin avait cherché à Cheltenham, et l'avait-il trouvé ? Et avait-il également fouillé ce deuxième appartement, en prenant soin de ne laisser aucune trace de son passage ?

Jess résolut de monter interroger d'autres habitants de l'immeuble, mais ses efforts furent vains. Ceux qui lui répondirent ne purent la renseigner.

— Je ne peux pas vous dire que je connaissais ce monsieur, déclara un voisin. J'ai dû le croiser à l'occasion dans le hall ou prendre l'ascenseur avec lui. Mais j'avoue que je ne connais même pas son nom. Les gens qui habitent ici travaillent tous à la City et, franchement, nous ne cherchons pas à lier connaissance.

Ainsi vivait-on dans les immeubles de luxe… Jess se félicita d'habiter son petit appartement de Cheltenham. Au moins, elle savait qui logeait au-dessous de chez elle.

Sprang surgit de sa loge lorsqu'elle parvint au rez-de-chaussée et ses lunettes lancèrent des éclairs. Elle dut le contrarier.

— Nous allons revenir avec une équipe technique, annonça-t-elle. D'ici là, l'appartement restera sous scellés. Dites-moi, en dehors des femmes que recevait M. Burton, y avait-il d'autres personnes, des hommes, qui lui rendaient visite ?

— Quasiment jamais, répondit le gardien avec mauvaise humeur.

— Si vous me le permettez, je vais vous poser une question un peu différente : avez-vous remarqué des personnes étrangères à l'immeuble récemment ? Des visiteurs que vous n'avez pas reconnus ? Serait-il difficile pour quelqu'un d'entrer ici sans se faire remarquer ? Que se passe-t-il en dehors de vos heures de service ?

— Il est impossible d'entrer sans se faire remarquer ! rétorqua Sprang d'un ton sans appel. Je suis le gardien en chef, mais j'ai une équipe avec moi, oui. Mickey Fisher fait la nuit, en général. Personne ne franchit l'entrée quand il est là. Il y a aussi le remplaçant de secours, Jason Potts. Lui aussi est très vigilant. Il n'y a pas de tire-au-flanc dans mon équipe, vous savez. De toute façon, la société n'aimerait pas beaucoup ça non plus !

— La société ?

— Celle qui gère la sécurité.

Peut-être Gary Collins est-il prêt à nous rendre de nouveau service, songea Jess. Elle l'enverrait discuter avec cette société, trouver les deux autres portiers et s'entretenir avec eux. Il pourrait aussi parler aux habitants qui ne lui avaient pas ouvert leur porte, à elle. Collins lui avait paru serviable au téléphone, mais il était vrai que le Met avait déjà beaucoup de travail de son côté et Collins pourrait estimer qu'il avait consacré assez de temps aux problèmes de Jess. Mais sans doute Morton ne rechignerait-il pas à passer une journée à Londres.

Sprang se redressa en bombant le torse, prenant des allures de commandant en chef.

— Je vous préviens, si vous perdez cette clé, il y aura du grabuge. Le responsable de ces appartements, c'est moi ! Ce n'est ni vous ni le sergent du Met !

14

Avec le week-end, puis l'escapade à Londres, Jess avait dû mettre entre parenthèses l'idée d'aller réinterroger David Jones. Le mercredi matin, ce projet revint de lui-même au premier plan.

Jess actionna la télécommande pour ouvrir la barrière et un signal lumineux lui donna le feu vert. Elle avait prévu de commencer sa journée en exposant à Ian Carter le fruit de ses démarches londoniennes. Elle se gara sur le parking et allait se diriger vers l'entrée du bâtiment lorsqu'elle entendit quelqu'un appeler son nom. Elle se retourna. Un jeune homme en tenue de motard venait vers elle d'un pas pressé. Il tenait son casque sous le bras de la même manière que le fantôme décapité d'Anne Boleyn, disait-on, portait sa tête.

— Inspecteur ? Vous avez une minute ? Il faut que je vous parle, c'est urgent !

Elle n'était pas allée vers David Jones, il était venu à elle. Il s'arrêta à sa hauteur, essoufflé et dans un état d'agitation extrême, et elle se demanda ce qui avait bien pu arriver.

— Bien sûr, répondit-elle. Venez avec moi à l'intérieur.

Il jeta un coup d'œil angoissé à la porte du commissariat. Visiblement, franchir le seuil de ce lieu équivalait pour lui à risquer une arrestation imminente.

— Nous serons plus à l'aise pour parler, insista-t-elle. Et je pourrai nous préparer du café.

— Je ne viens pas pour faire une déposition, précisa-t-il en se dandinant d'un pied sur l'autre. Je veux juste mettre certaines choses au point. Je suis capable de parler pour moi, vous savez. Je n'ai pas besoin que d'autres le fassent en mon nom.

Sa voix tendue menaçait de se briser.

Elle aurait dû s'en douter : il se trouvait là à cause de Me Fairbrother. Il avait eu vent de l'appel de l'avocat, sans doute par sa mère, et cela l'avait mis dans tous ses états. Il avait compris quelle image négative cela donnait de lui.

— C'est très bien, répondit-elle, mais rien ne nous empêche d'aller nous asseoir.

Elle avait lancé ces mots d'un ton léger dans l'espoir de le tranquilliser. Avec ses joues rouges et ses yeux brillants, le David Jones qui se tenait devant elle était bien différent du jeune homme qu'elle avait questionné dans la cour du Foot to the Ground le mercredi précédent : ce jour-là, il était resté impassible, son visage presque figé ne s'animant que par intermittence. Là, on avait l'impression que chacun de ses muscles tressautait, comme traversé de décharges électriques. Elle n'aurait pas été surprise de voir des éclairs bleus autour du casque de moto sous son bras.

Sans plus attendre, elle se remit en marche vers le bâtiment et le crissement de bottes sur le gravier lui indiqua qu'il lui emboîtait le pas.

Quelques minutes plus tard, il était assis dans le bureau de Jess, le dos voûté et les mains serrées autour d'une tasse brûlante. Son casque traînait au sol à côté de lui. Si le café avait pour fonction de le décontracter, le stratagème n'avait pas encore fonctionné : c'était une vraie boule de nerfs. On comprenait que sa famille se fasse du souci pour sa santé et se soit adressée à cet avocat, songea Jess, prise de pitié.

— Fairbrother vous a téléphoné, pas vrai ? commença-t-il. Je veux que vous sachiez que je n'y suis pour rien.

Ces premières paroles la confortèrent dans ses soupçons. David Jones avait le regard plein de colère, mais cette agressivité n'était pas dirigée contre elle.

— Oui, il nous a appelés, confirma-t-elle.

Énervé, le jeune homme sursauta et un peu de son café se renversa.

— Faites attention, dit Jess avec un sourire. Je sais que ce n'est pas le meilleur café du monde, mais il est très chaud !

David Jones posa sa tasse sur le bureau usé.

— C'est ma mère, dit-il. C'est elle qui a eu cette idée. À cause d'une copine à elle, Mme Foscott.

— Selina Foscott ?

— Oui. Vous lui avez parlé et, apparemment, vous lui avez montré la photo de la brochure. Ma mère a paniqué, parce qu'elle a toujours très peur que je fasse une rechute, que je me remette à dérailler.

— Vous avez souffert de dépression nerveuse, on ne peut pas appeler ça dérailler…

— C'est une maladie, oui ! répliqua-t-il avec vivacité. Mais vous ne pouvez pas vous imaginer le nombre de choses insensées que j'ai faites pendant cette période. Ma famille et mes amis en ont bavé, je vous assure ! Tenez, par exemple, j'ai repeint ma chambre en noir.

— Vous vous êtes lancé dans la décoration ? fit Jess en s'efforçant de masquer sa surprise. Pourquoi pas ? Mais le noir est une couleur un peu triste, je ne sais pas si c'est celle que j'aurais choisie…

— J'ai tout peint en noir, persista-t-il avec mauvaise humeur : les murs, le plafond, les meubles. J'ai même teint mes draps en noir.

Il s'interrompit, pensif, et secoua la tête.

— J'avoue que ça n'a pas été très réussi. En fin de compte, c'est sorti d'une drôle de couleur, ce n'était pas vraiment noir…

— Vos parents ont-ils été… *contrariés* quand vous avez fait cette dépression nerveuse ?

Cette conversation très intime aurait pu ajouter encore à l'agitation du jeune homme, mais Jess remarqua que, au contraire, il se détendait à mesure qu'il parlait. Évoquer sa récente maladie était manifestement plus facile pour lui que prétendre qu'il s'agissait d'une histoire ancienne, sans lien avec l'instant présent.

Il me prend pour sa psychologue, songea-t-elle avec ironie. *Dommage qu'il n'y ait pas de divan dans cette pièce...*

— Oui, très. Ce n'est pas gentil de présenter les choses comme ça, mais c'est vrai. Je ne dis pas qu'ils ne m'ont pas soutenu, attention ! Ils ont fait tout ce qu'ils pouvaient, mais ce n'est pas facile d'avoir un dépressif à la maison, quelqu'un qui se traîne toute la journée, qui pleure et qui raconte n'importe quoi, qui *fait* n'importe quoi…

Il regarda Jess droit dans les yeux.

— Mais ça y est, maintenant, c'est fini. Je vais bien.

— Oui, je vois ça.

Il haussa les épaules.

— Pourtant, eux, ils continuent d'être inquiets. Tous les deux, mais surtout maman. Elle a peur que je retombe malade. Je ne peux pas lui en vouloir. Mais là, c'est Mme Foscott qui lui a monté la tête. Elle est tellement lourde… Vous le saviez ?

— Vous parlez de Selina Foscott ?

— Oui, bien sûr, pas de ma mère ! Papa n'est pas à la maison en ce moment : il a assisté à un congrès international à Strasbourg et, ensuite, il est allé à Londres. Il va loger à son club pendant quelque temps, pour préparer un procès difficile. Du coup, maman a pris sur elle de contacter Fairbrother et elle l'a obligé à vous appeler, parce que Selina lui a montré la photo et lui a peint la situation en noir. À mon avis, Fairbrother a dû essayer de la dissuader mais, comme elle était paniquée, il a fini par céder. Évidemment, mon père a hurlé quand il a appris ça. J'ai bien cru que le téléphone allait prendre feu ! En fait, ma mère a juste cherché à me protéger, mais papa lui a expliqué que la police allait croire qu'on voulait l'empêcher de m'interroger. Autrement dit, que j'avais des choses à cacher au sujet de la mort d'Eva. Mais c'est faux, je n'ai rien à cacher. Papa était prêt à vous contacter lui-même, mais je lui ai dit que j'étais assez grand pour m'en occuper et que tout ce qu'il pourrait faire maintenant pour arranger les choses ne ferait qu'aggraver la mauvaise impression produite par l'appel de Fairbrother. Il a donc accepté de me laisser gérer le problème, il veut juste que je l'appelle ensuite. Alors voilà, je suis là !

— J'imagine que votre mère doit regretter amèrement d'avoir pris cette initiative, commenta Jess avec un sourire.

David Jones eut un rictus moqueur.

— Oui. Si vous mettez trop de temps à retrouver l'assassin d'Eva, je pense que c'est elle qui fera une dépression ! Oh, je n'aurais pas dû dire ça… Seulement, quand on aime une personne, on se fait du souci pour elle, non ?

À ces mots, l'image de Simon installé dans les conditions rudimentaires d'un camp de réfugiés traversa l'esprit de Jess.

— Oui, bien sûr, acquiesça-t-elle.

— Moi, je me faisais toujours du souci pour Eva, reprit David Jones avec gravité. Parce que je l'aimais bien. Mais j'imagine que vous l'aviez deviné…

— Je l'ai supposé, oui. C'est normal, c'était une très jolie jeune fille.

— Oui, on peut le dire ! La photo que vous avez ne lui rend pas justice. Et puis, une fois morte, elle ne devait pas être belle à voir… En tant qu'ex-étudiant en médecine, j'ai vu la mort de près, je sais à quoi ça ressemble…

— Non, en effet, confirma Jess à mi-voix, elle n'était pas très jolie quand je l'ai vue.

— La mort prive les gens de leur personnalité, commenta David Jones, le regard perdu dans le vague. Le corps n'est plus qu'une enveloppe. Je suis sûr que nous avons une âme, ou quelque chose comme ça. Je suis sûr que quelque chose quitte le corps quand nous mourons.

Il était absorbé dans ses réflexions, et sans doute dans ses souvenirs. Jess jugea bon de le rappeler à la réalité.

— David… murmura-t-elle en se penchant vers lui.

Il tressaillit et cligna des yeux.

— Oh ! Enfin bref… Eva n'était pas que jolie, c'était aussi quelqu'un de bien, et je suis tombé amoureux d'elle. Le problème, c'est qu'elle avait un petit ami.

— Oui ? le pressa Jess, voyant qu'il s'interrompait encore.

— Est-ce que Milada vous a dit quelque chose sur lui ? interrogea-t-il en fouillant son regard.

— Elle m'a expliqué qu'un homme venait régulièrement la chercher les jours où elle était en congé, et qu'elle le rejoignait en bas de l'allée. Il paraît qu'il ne montait jamais la prendre devant l'entrée du pub.

— Non, jamais ! s'indigna David Jones. Vous ne trouvez pas ça louche, vous ? Quel que soit le temps qu'il faisait, elle devait descendre le retrouver au croisement. Et il ne la raccompagnait pas jusqu'en haut non plus, même s'il pleuvait des cordes ! Elle était obligée de remonter à pied de la route.

— À votre avis, pourquoi faisait-il ça ?

— Parce qu'il ne voulait pas qu'on le voie, évidemment ! J'en ai parlé avec Milada une fois. Eva était revenue très tard la veille et Milada avait été obligée de descendre lui ouvrir. Eva l'avait appelée sur son portable à trois heures du matin. Le pub était fermé depuis longtemps et elle avait quand même dû remonter à pied dans l'obscurité ! Quel genre de type peut laisser sa petite copine faire ça ? Milada est sûre qu'il est marié.

— C'est une possibilité, oui. Mais ce n'est pas la seule. Peut-être que cet homme est un rustre…

Jess marqua une pause.

— Vous n'avez jamais cherché à savoir qui c'était ? En posant la question à Eva, tout simplement ?

— Si, je le lui ai demandé un jour, mais elle s'est mise en colère. Elle m'a dit que ce n'étaient pas mes affaires. Elle avait raison, bien sûr. Alors je ne lui en ai plus reparlé, j'ai laissé Milada s'en charger. Je me suis dit que c'était plus facile entre filles ; c'est vrai, les filles, ça bavarde tout le temps. Et comme en plus, elles partageaient la même chambre… Je pensais qu'Eva finirait par se confier, mais apparemment, elle ne l'a pas fait.

David Jones prit son café qui refroidissait et en but quelques gorgées, avant de poursuivre :

— Je regrette maintenant de ne pas avoir demandé à Bronwen Westcott de parler à Eva de ce type. Et Bronwen regrette de ne pas l'avoir fait ! Elle culpabilise beaucoup de ne jamais avoir cherché à savoir où Eva passait son temps libre. Elle pense qu'elle aurait dû assumer son rôle de mère de substitution. Je lui ai dit qu'elle n'avait pas à s'en vouloir, parce que Eva n'était plus une enfant. Mais elle estime que, comme Eva était venue seule dans ce pays et qu'elle vivait sous son toit, elle aurait dû faire plus attention… Son mari et elle ont l'impression qu'ils étaient responsables d'elle, ou qu'ils auraient dû l'être. Enfin, surtout Bronwen.

— Jake Westcott, moins ?

— Il commence à avoir mauvaise conscience lui aussi, parce que sa femme lui rebat les oreilles avec ça. S'il était seul, je ne pense pas qu'il verrait les choses de cette façon. Jake est un commerçant. Il se fiche complètement de la vie privée de son personnel, du moment que le travail est bien fait. Moi, ça me va. C'est la seule personne qui ne se demande pas sans arrêt si je vais rechuter. Je l'aime bien, Jake. C'est un type correct.

Le silence se fit quelques instants. David Jones terminait son café et ne semblait pas pressé de s'en aller.

— Autre chose ? s'enquit Jess.

Il rougit.

— Avec ce que je vais vous dire, vous allez trouver que je suis trop curieux, limite voyeur…

— Écoutez, David, répondit Jess avec sincérité, si les gens venaient d'eux-mêmes nous raconter toutes les choses bizarres qu'ils ont vues, notre travail serait nettement plus facile et beaucoup de crimes seraient évités. Mais la plupart du temps, ils n'ont pas envie de s'en mêler, ou alors, ils ont peur de paraître ridicules, voire paranoïaques, ou même, comme vous dites, voyeurs. Dès lors, ils font semblant de ne pas voir les hématomes sur le visage d'une femme, le regard terrifié d'un enfant quand le nouveau petit ami de sa mère se profile à l'horizon, des jeunes qui s'amusent trop près d'une voie ferrée… Je sais que, parfois, c'est le contraire : la police ne tient pas compte des choses que certaines personnes viennent lui rapporter et elle ne réagit pas, de sorte que la catastrophe a lieu malgré tout. Il est normal d'être en colère quand cela arrive, et il est très triste que ce soit le cas de temps en temps. Mais il ne faut pas se dispenser d'essayer pour autant…

— D'accord, l'interrompit David. Mais il n'y a rien eu de ce genre. Eva n'avait pas peur, personne ne la frappait au visage ! Je n'avais aucune raison d'imaginer qu'elle courait un danger quelconque. Tout ce que je me disais, c'est que celui avec qui elle sortait était un sale type et qu'il ne prenait pas assez soin d'elle.

Il eut un petit haussement d'épaules.

— Après ma dispute avec Eva au sujet de son copain, enchaîna-t-il, quand elle m'a demandé de me mêler de mes affaires, j'ai ruminé ça un bon moment. Je ne dis pas qu'elle avait eu tort de me remettre à ma place, mais ça m'est quand même resté en travers de la gorge. Si je lui avais posé des questions, c'était juste parce que je me faisais du souci pour elle. Pas parce que j'étais jaloux. Bon, d'accord, j'étais un peu jaloux, mais je respectais son droit de choisir avec qui elle voulait sortir. Je savais qu'elle avait la tête sur les épaules, elle n'aurait pas pris n'importe qui. Je l'avais vue envoyer promener Harper et les autres. Elle n'était pas idiote.

« Enfin, bref, j'ai attendu son jour de congé et je suis descendu au croisement avant elle. Jake s'était absenté ce matin-là, ça tombait bien, il était parti chez un fournisseur. Il ne m'a pas vu quitter mon poste de travail. Je me suis planqué derrière une haie et j'ai attendu. À travers les branchages, j'ai vu Eva arriver. Elle portait son blouson rose. Elle est restée à attendre presque dix minutes. J'étais de plus en plus en colère. Je me disais, nom d'un chien, pourquoi est-ce qu'elle ne remonte pas au pub ? Comment pouvait-elle permettre à ce type de la traiter comme ça ? De la faire poireauter aussi longtemps ? J'ai failli sortir de ma planque pour lui dire tout ça, alors que je savais que ça la mettrait en rage contre moi mais, au même moment, une voiture est arrivée. Elle roulait vite et elle s'est arrêtée dans un crissement de pneus. Une portière a claqué et elle est repartie. Le temps que je me redresse pour regarder par-dessus la haie, j'ai juste pu voir le blouson rose d'Eva côté passager et elle a disparu dans le virage. Je vous assure que j'avais honte de moi. Je n'avais pas le droit de l'espionner comme ça, ce n'était pas beau. Milada m'a dit que, ce soir-là, Eva était rentrée extrêmement tard. Ça ne lui plaisait pas non plus, à elle, vous savez. En plus, ça la dérangeait, parce qu'elle devait se lever et descendre lui ouvrir alors qu'elle était déjà endormie.

— Mais c'est un témoignage très important que vous m'apportez là, David ! s'exclama Jess. De quoi faire progresser l'enquête ! Vous avez vu cet homme, vous êtes la seule personne à l'avoir vu !

— Non, je ne l'ai pas vu, c'est sa voiture que j'ai vue. Et seulement très peu de temps. Je sais juste qu'elle était gris métallisé. Je n'ai pas pu lire le numéro, malheureusement. Même pas en partie…

Il était désolé et s'excusait presque, tandis que Jess avait bondi de sa chaise.

— Gris métallisé ? s'écria-t-elle. Était-ce une grosse voiture ? Avez-vous une idée de la marque ?

— Je pense que ce pourrait être une Citroën Saxo. J'ai un copain qui en a une et ça y ressemblait beaucoup. En tout cas, c'était à peu près le même gabarit.

— Alors ça n'aurait pas pu être une Mercedes ?

Il secoua la tête sans hésitation.

— Non, c'est sûr que non. C'était une petite voiture, et ça n'avait pas du tout la forme d'une Mercedes.

Dommage... songea Jess. *Deux pas en avant, un en arrière.*

— Écoutez, David, déclara-t-elle, je n'ai pas besoin d'une déposition concernant les craintes de votre mère, mais j'aimerais vraiment avoir votre témoignage écrit au sujet de cette voiture que vous avez réussi à apercevoir. C'est un élément de preuve crucial. Vous vous rendez compte que vous êtes la personne qui a été le plus près de l'ami d'Eva, même si vous ne l'avez pas vu ? Vous n'avez pas à vous en vouloir de vous être caché derrière ce buisson ! Croyez-moi, nous entendons des choses bien pires ! Mais soyez gentil de rédiger une déclaration écrite et de la signer, d'accord ? Parce que c'est une chose que nous aurons sans doute besoin d'exploiter.

— D'accord, soupira le jeune homme, si vous voulez. J'avouerai que j'ai espionné Eva, tant pis. Vous devez me trouver égocentrique. Ou obsédé par Eva. Mais elle n'est plus là et, comme vous le dites, j'ai vu la voiture de son assassin. J'imagine que j'aurais dû vous raconter ça la première fois, quand vous êtes venue au pub, mais j'avais trop honte. Enfin, je suis content de l'avoir fait maintenant…

— Moi aussi.

David Jones semblait apaisé. Il jouait avec sa tasse vide, qu'il tenait encore entre les mains.

— Votre frère, reprit-il contre toute attente, celui qui est médecin dans des camps de réfugiés… Je suppose que vous n'avez pas souvent de ses nouvelles ?

Elle avait commis une erreur. Elle aurait dû y réfléchir à deux fois avant de confier des détails de sa vie à un témoin. Surtout à un témoin qu'elle ne connaissait pas et qui avait travaillé avec la victime. Cela établissait un lien entre eux et c'était dangereux. En tant qu'enquêtrice, elle avait été mise en garde contre ce genre de faute et elle aurait dû rester neutre. Parfois, se montrer cordial faisait progresser l'enquête, mais un inspecteur de police ne devait jamais fournir d'otages, et elle en avait offert un à David Jones en lui parlant de son frère.

Certes, jusqu'alors, David n'avait pas cherché à exploiter l'information pour la manipuler. Mais les choses pouvaient changer.

— Pas souvent, non, répondit-elle d'un ton qu'elle voulait détaché, tout en terminant son café devenu tiède.

— Et vos parents, comment réagissent-ils ? Ils sont encore en vie ?

De plus en plus personnel, songea-t-elle.

— Ils l'acceptent.

Ce n'était pas vrai. Son père supportait stoïquement la situation, mais cela ne l'empêchait pas d'y penser et de se faire du souci. Sa mère, elle, était inquiète en permanence. Et elle-même, la jumelle de Simon, se tourmentait tout autant.

— Pourquoi me demandez-vous ça ?

Il fallait rétablir l'équilibre, poser les questions et non y répondre. C'était elle qui était assise derrière ce bureau, elle l'inspecteur de police. Le jeune homme qui lui faisait face était un témoin et un suspect potentiel.

Tandis qu'elle se faisait ce raisonnement, une autre pensée la saisit. *Ce garçon doit avoir entre vingt-cinq et trente ans, mais il a l'air d'un adolescent !*

David Jones avait été malade et, souvent, la maladie modifiait l'apparence physique des gens, au-delà de la perte de poids ou de cheveux attendue. Elle faisait vieillir ou, au contraire, comme dans le cas de David Jones, rajeunir. À bien y réfléchir, il devait avoir à peine quelques années de moins qu'elle, mais elle avait peine à intégrer cette réalité. *Ce n'est pas un garçon, c'est un homme...*

Mme Jones non plus ne voyait pas son fils comme un homme. Son appel affolé à l'avocat de la famille l'avait prouvé.

Jess s'aperçut que son interlocuteur la dévisageait et elle eut le sentiment désagréable qu'il lisait dans ses pensées. *Je ne dois pas le sous-estimer*, se rappela-t-elle. Durant ses études de médecine, il avait appris à déchiffrer les symptômes, à deviner ce que le patient cachait ou ignorait lui-même. Chaque indice comptait : le tressaillement d'un muscle, la texture de la peau, les mains qui remuaient, tout cela devait raconter une histoire pour David. En fait, il existait un parallèle entre leurs deux formations. Observer un témoin ou un patient revenait à peu près au même. Depuis qu'elle avait rencontré le jeune homme, elle n'avait cessé de l'étudier, mais il avait dû en faire autant avec elle. Son malaise grandit.

— Je suis enfant unique, déclara-t-il.

Ses manières étaient soudain beaucoup plus détendues et cela la frappa comme l'eût fait un brutal changement de température.

— Et vous pensez qu'à cause de cela votre mère est plus encline à s'inquiéter pour vous ?

— Il y a de ça, oui, répondit-il.

Il semblait presque parler de quelqu'un d'autre, comme s'il discutait d'un cas d'école, d'égal à égale avec elle, tels des collègues appelés à poser un diagnostic difficile.

— Je crois vraiment que, si les parents n'ont qu'un seul petit, cet oisillon-là est obligé de voler très haut une fois qu'il a des plumes. Parce que tous leurs espoirs sont liés à un seul et unique enfant. Et s'il n'est pas à la hauteur, ils ont l'impression que ce sont eux qui ont échoué.

— Je ne sais pas, répondit vivement Jess.

Qui était assis en face d'elle ? Un témoin nerveux, ou le Dr Freud ?

— Je vous assure que vous pouvez me croire, insista David Jones avec un sourire, avant de se pencher pour ramasser son casque de moto. Il faut que je retourne au pub maintenant. J'ai du travail, et je suis sûr que vous en avez aussi.

— N'oubliez pas votre déposition au sujet de la voiture, lui rappela-t-elle. Je vais vous conduire auprès de l'agent Stubbs pour que vous la fassiez avec lui. Cela ne prendra pas longtemps.

— D'accord.

Toute la tension qui l'habitait à son arrivée au commissariat avait quitté le jeune homme. Cette séance sur le divan du psychanalyste s'était révélée bénéfique.

J'ai peut-être choisi le mauvais métier, songea Jess.

— Nous ne pouvons pas rayer ce jeune homme de la liste de nos suspects, déclara Carter lorsqu'il eut entendu le compte rendu de l'entrevue avec David Jones. Il a un passé d'instabilité et, quoi qu'il dise, il était obsédé par cette fille. Il prétend que, s'il s'est caché pour espionner Eva, c'était parce qu'il s'inquiétait pour elle, mais il s'agit là d'un prétexte assez classique chez les psychopathes, vous le savez aussi bien que moi. « Je ne voulais pas lui faire de mal, ni à elle ni à quiconque, j'ai agi dans son intérêt… »

— Humm… oui, admit-elle à contrecœur. Mais tout de même, je ne le vois pas faisant du mal à Eva.

— Peut-être ne l'a-t-il pas fait exprès. Gardons-le à l'œil de toute façon ! Et à Londres, comment cela s'est-il passé ?

Jess lui résuma l'enquête qu'elle avait menée dans la capitale.

— Je me demande si Burton investissait seulement dans l'immobilier, conclut-elle. Ce secteur ne se porte pas très bien en ce moment, si ? En tout cas, c'est ce qu'on dit dans les journaux que je lis…

— Si ses associés et lui ont acheté au bon moment, ce qui semble être le cas, ils n'ont pas trop de souci à se faire, à mon avis, répondit le commissaire. Mais, vu sa fortune, il doit avoir des intérêts ailleurs aussi, il a forcément diversifié ses avoirs. Nous tâcherons de découvrir quels autres contrats il a signés, même si cela prend du temps. Peut-être a-t-il piétiné quelques plates-bandes au passage…

— D'après Armstrong, il vient d'un milieu défavorisé. Celui qui l'a tué a pu le connaître dans le passé, souligna Jess. Nous devons à tout prix localiser des membres de sa famille, des gens qui pourront nous expliquer qui il était, d'où il venait et comment il a commencé à gagner de l'argent, enfin, toutes ces choses… Jusqu'à présent, il ne semble manquer à personne, mais il doit bien avoir des proches…

— Certaines personnes n'en ont pas, vous savez, assura Carter en courbant les épaules. Des enfants uniques dont les parents sont décédés, et qui n'ont pas gardé contact avec le reste de leur famille. Des solitaires. Mais ce que vous ne savez pas, c'est que Burton avait un avocat dans notre ville. Ce monsieur m'a contacté hier, quand vous étiez à Londres. Comme il voulait s'entretenir avec son client, qui ne répondait pas au téléphone, il est allé chez lui et a trouvé porte close. Finalement, il a réussi à remonter jusqu'à la femme de ménage, qui l'a informé que Burton était mort et que la police était sur l'affaire. Il insiste pour nous parler. Enfin, *vous* parler. Et il paraît que vous l'avez déjà rencontré.

— Moi ? s'étonna Jess.

— Oui, vous êtes allée voir sa femme. Il s'appelle Me Foscott. Reginald Foscott. J'ai sa carte professionnelle ici, si vous préférez ne pas retourner à son domicile.

Jess saisit le petit carton blanc qu'il lui tendait.

— Qui l'eût cru ! s'exclama-t-elle. Reggie Foscott !

— J'étais sûr que vous seriez surprise, répondit Carter.

— Ah, inspecteur ! Il me semble que nous nous connaissons déjà ! lança Foscott en se levant pour lui tendre une longue main décharnée.

Jess la serra et elle lui parut sans consistance, comme s'il n'y avait pas d'os à l'intérieur, une impression que Reginald Foscott lui-même donnait lorsqu'on l'observait de près. De la première fois qu'elle l'avait vu, à son domicile, elle n'avait gardé que le souvenir d'un homme dégingandé, maigre et pâle. Là, face à lui, elle ne pouvait s'empêcher de songer au célèbre tableau de Munch, *Le Cri*.

Il l'invita courtoisement à prendre un siège et elle s'exécuta, pour se retrouver assise sur l'une de ces chaises dont le dossier venait s'enfoncer à l'endroit du dos où cela faisait le plus mal. Elle fut donc contrainte de se tenir très droite, loin de cet appui inconfortable, dans une position qu'un professeur de maintien aurait approuvée. Pour quelle obscure raison les Foscott étaient-ils incapables, que ce soit chez eux ou sur leur lieu de travail, de procurer des sièges convenables à leurs visiteurs ?

— Je vous suis reconnaissant de votre visite, entonna Me Foscott. Il est vraiment dommage que, le jour où vous êtes venue voir mon épouse, nous n'ayons pas réalisé que votre enquête inclurait aussi mon client – mon défunt client, devrais-je plutôt dire, peut-être – Lucas Burton. Quoique…

Une étrange expression marqua ses traits osseux et Jess s'aperçut avec stupéfaction que c'était un sourire qu'il esquissait.

— Le client d'un avocat n'en reste pas moins son client une fois décédé, n'est-ce pas ?

Me Foscott venait de faire une plaisanterie ! Le Reggie comique était encore plus déconcertant que le Reggie austère… Néanmoins, il devint aussitôt manifeste que cette échappée du côté de l'humour noir n'était que fugitive. L'avocat devait lancer cette blague chaque fois qu'il avait des exécuteurs testamentaires en face de lui, dans une tentative de détendre l'atmosphère.

De fait, il recouvra sans attendre son expression lugubre.

— Bon, venons-en à nos affaires ! s'exclama-t-il d'un ton brusque.

Jess résolut de prendre les choses en main.

— Je vous remercie moi aussi de bien vouloir me consacrer un peu de votre temps, maître, dit-elle, et surtout, merci d'avoir contacté la police ! En fait, nous avons des difficultés à localiser des proches de M. Burton et nous espérons que vous pourrez nous y aider.

Me Foscott posa les mains sur la table et joignit le bout de ses longs doigts.

— Ah, très bien… Hélas ! madame, je ne pense pas vous être d'un grand secours sur ce plan, du moins dans l'état actuel des choses. Figurez-vous que je comptais plutôt sur vous pour me fournir des informations à ce sujet…

Jess manifesta un instant sa surprise, mais se reprit très vite.

— M. Burton était un homme d'affaires qui avait de nombreux intérêts dans des entreprises rentables. Nous imaginons donc qu'il a laissé un testament, n'est-ce pas ?

— Il en a rédigé un par le passé, en effet, répondit l'avocat. Mais à l'heure qu'il est, il n'y en a plus, et c'est un problème, voyez-vous… De sorte que je suis très désireux de contacter sa famille, s'il en a, ou au moins toute personne estimant avoir des droits sur ses biens. Dans le cas contraire, son capital ira à la Couronne. Comme vous l'avez dit vous-même, cela représente une somme d'argent considérable. Il y a déjà deux propriétés foncières de luxe, du très beau mobilier ancien, des biens meubles… autant de choses qu'il faut prendre en considération avant même de commencer à répertorier ses avoirs sur ses comptes en banque, ses investissements et autres. Il faudra du temps pour démêler tout cela, pour déterminer ce qu'il y a et pour parvenir à un accord avec le fisc. D'autant qu'il avait dû investir aussi à l'étranger…

— Pourquoi dites-vous qu'il n'y a plus de testament ? S'il en avait rédigé un, qu'est-il devenu ?

— Mon client l'a annulé, et il avait une bonne raison pour cela. Laissez-moi vous expliquer : M. Burton était l'un de ces individus extrêmement fortunés qui n'ont personne à qui léguer leurs biens. Il n'était pas marié, ou plutôt, il était divorcé, et il n'avait pas d'enfants. Il n'était pas en contact avec sa famille, il disait qu'il n'en avait pas. Quoique, à en croire mon expérience, des gens qui n'ont aucun parent, ça n'existe pas. Il y a toujours quelqu'un. Ce peut être une personne que le testateur n'a jamais rencontrée ou dont il ignorait même l'existence, un cousin très éloigné en Australie, par exemple. Oui, en général, il y a quelqu'un.

Il avait raison. Quoi qu'en dise Carter, certaines personnes avaient beau se croire seules au monde, il suffisait d'aller fouiller un peu pour leur découvrir une flopée de cousins insoupçonnés. Ces recherches indispensables allaient, à n'en pas douter, devenir le problème de Me Foscott.

L'étrange expression de tout à l'heure revint sur le visage de l'avocat.

— Parfois, on découvre que cet héritier ignoré était le mouton noir de la famille, dont le nom a été rayé de l'arbre généalogique et dont on ne parlait jamais à voix haute. Croyez-moi, inspecteur, vous pouvez faire confiance aux familles pour receler bien des surprises ! Les décès, les enterrements et, surtout, les testaments font remonter tous les secrets à la surface.

Sa tentative de légèreté s'arrêta là. Ses traits reprirent leur morosité coutumière qui, à la vérité, lui allait beaucoup mieux. *La jovialité, ce n'est vraiment pas pour toi, Reggie !* songea Jess.

— M. Burton m'a expliqué que son mariage avait été un amour de jeunesse et qu'il n'avait duré que dix-huit mois. Sa jeune épouse et lui se sont séparés en toute amitié et ont continué à avoir des contacts sporadiques au fil des ans. Elle s'est remariée puis a divorcé de nouveau. Elle s'appelait Janice Grey. Enfin, Grey est le nom de son second mari, qu'elle avait gardé. Je crois que M. Burton l'invitait à dîner de temps en temps lorsqu'il était à Londres. Étonnamment – et je trouve cela très touchant, d'ailleurs – il se sentait une sorte de responsabilité vis-à-vis d'elle. Il l'a donc nommée unique légataire de son patrimoine. Si je me souviens bien, ses termes exacts ont été : « Ça peut tout aussi bien être Janice qui hérite… ».

Au ton de sa voix, on comprenait que Me Foscott désapprouvait grandement la façon cavalière qu'avait eue son client de s'occuper de son héritage, pourtant considérable.

— Je lui ai suggéré de nommer un bénéficiaire subsidiaire, pour le cas où cela se révélerait nécessaire. Une œuvre caritative, par exemple, ou une institution à qui l'héritage reviendrait au cas où Mme Grey décéderait avant lui. Mais M. Burton n'a rien voulu entendre, et il a même parlé avec… disons, une certaine véhémence des œuvres caritatives. Bref, il a catégoriquement refusé d'ajouter une telle clause. En fait, Mme Grey avait trois ans de moins que lui. Il me semble qu'elle en avait seize à peine lorsqu'ils se sont mariés, et lui, dix-neuf. Il n'est pas étonnant que leur mariage n'ait pas tenu… Quoi qu'il en soit, il m'a affirmé que Janice était sportive et en bonne santé, qu'elle avait « la peau dure », une expression que je n'ai pas trouvée très élégante, mais soit… Ce commentaire m'a paru encourageant, dans la mesure où il s'agissait de nommer un bénéficiaire…

« Hélas ! Si robuste qu'elle ait pu être, cette jeune femme a perdu la vie il y a six mois dans un accident de voiture sur la M25. M. Burton est alors venu me voir, il était bouleversé. Je crois que c'est la seule fois où je l'ai vu déprimé. Il m'a donné pour instruction de détruire sur-le-champ le testament et m'a rendu son propre exemplaire, pour que je l'annule aussi.

— Il a donc été obligé de réfléchir à un autre bénéficiaire, en fin de compte, commenta Jess.

— Parfaitement ! Je lui ai expliqué qu'il devait me donner des instructions en vue d'établir un nouveau testament dans les plus brefs délais. Je ne veux pas avoir l'air de pousser à la consommation, comme on dit, mais j'avais le sentiment que M. Burton avait l'intention de remplacer celui qu'il venait d'annuler par un autre. Avec toute la délicatesse requise, j'ai attiré son attention sur le… enfin, sur le caractère aléatoire de la destinée. Lorsque nous avons eu cette conversation, M. Burton avait quarante-six ans. J'ai pris comme exemple cet accident que venait d'avoir Mme Grey. Il m'a répondu que je ne devais pas le bousculer, qu'il allait prendre le temps d'y réfléchir et qu'il me recontacterait. Le problème, c'est qu'il ne l'a, hélas ! jamais fait.

Me Foscott interrompit son récit et s'adossa à son fauteuil en attendant la réaction de Jess.

— Et vous cherchiez à reprendre contact avec lui lorsque son employée de maison vous a appris son décès, déclara la jeune femme. Enfin, il me semble que c'est ce que vous avez expliqué au commissaire Carter.

Me Foscott inclina gracieusement la tête.

— Tout à fait. Je commençais à être ennuyé. Lorsque les clients font traîner les choses, le temps perd sa signification pour eux. Dans son cas, six mois s'étaient déjà écoulés et, très vite, cela devient un an, puis deux… Voir mon client décéder intestat promettait d'être un casse-tête bureaucratique pour tout le monde. Ma foi, c'est ce qui s'est passé ! Il se trouve que nous nous sommes aussi occupés de l'achat de la maison de M. Burton. Mon clerc a rédigé le titre de propriété et M. Burton nous a demandé de le garder ici, dans notre coffre, avec divers autres documents personnels et de nature privée. Il n'aimait pas que des choses importantes traînent chez lui. Dès lors, nous n'avons pas le choix, il nous incombe de rechercher des héritiers et de démêler la situation confuse dans laquelle nous nous trouvons maintenant.

Durant quelques instants, le silence plana dans le bureau. Jess réfléchissait. Elle comprenait maintenant pourquoi on n'avait pas trouvé de coffre chez Burton. Manifestement, celui-ci confiait tous ses documents importants à son homme de confiance. Peut-être y avait-il parmi eux une enveloppe qui portait les mots : À ouvrir si je venais à décéder…

Me Foscott avait toujours les mains jointes et semblait perdu dans ses pensées. Jess reprit la parole :

— Lucas Burton avait quarante-six ans, dit-elle. La fortune qu'il possédait, il ne l'avait pas gagnée du jour au lendemain. N'est-il pas possible qu'il existe un testament antérieur à celui dont vous m'avez parlé, établi par un autre avocat ? Par exemple, à Londres, il y a une vingtaine d'années ? Peut-être même l'un de ces formulaires que fournissent les banques et que l'on peut rédiger soi-même ?

— Nous n'approuvons pas cette pratique, répliqua l'avocat, qui semblait s'exprimer au nom de toute sa profession.

— Mais ne pourrait-il pas exister un tel document quelque part ? insista Jess. Et dans ce cas, comme vous avez détruit celui que vous aviez rédigé selon ses instructions, ce serait celui-là qui prévaudrait désormais ?

Elle vit Me Foscott frémir.

— C'est possible, pourquoi pas ? Mais comme je connaissais cette éventualité, inspecteur, j'ai bien pris soin de lui poser la question à l'époque où j'ai établi le testament au profit de Mme Grey. Je lui ai expliqué que, dans ce cas, le document antérieur devait être détruit sans délai. Il n'est pas rare, dans le monde du notariat, de voir d'anciens bénéficiaires arriver en brandissant des testaments obsolètes pour réclamer un héritage. Généralement, ils ne sont pas à prendre avec des pincettes quand ils apprennent qu'il existe un document plus récent qui annule celui qu'ils détiennent et les disqualifie. Je me souviens d'avoir fait une plaisanterie à M. Burton à ce sujet, d'ailleurs : je lui ai dit que ce genre de confusion entre testaments avait inspiré à Agatha Christie bon nombre de ses romans policiers ! Mais il m'a assuré qu'il n'avait jamais rédigé d'autre testament.

Oh, Reggie, toi et tes petites blagues ! songea Jess. *Combien de fois as-tu raconté celle sur Agatha Christie ?*

— Et pour le testament que vous avez détruit ? interrogea-t-elle à haute voix. Qui étaient les exécuteurs testamentaires ?

— Sa banque.

— Ma foi, reprit Jess, nous n'allons pas pouvoir vous aider. Pas sur ce plan, en tout cas. Mais nous continuons d'espérer que vous-même pourrez bientôt nous fournir des informations qui nous seront utiles. M. Burton a connu une mort violente. Nous considérons qu'il s'agit d'un meurtre.

— J'ai lu son nom dans le journal ce matin, déclara Me Foscott d'un ton désapprobateur. L'article confirmait ce que sa femme de ménage m'avait expliqué. J'ai pensé que, si l'on n'avait pas rendu son identité publique tout de suite, c'était parce que la police cherchait à prévenir d'abord ses proches. Cela fait de nous des alliés, inspecteur ! C'est la raison pour laquelle j'ai aussitôt contacté le commissaire Carter.

— Peut-être que maintenant, quelqu'un, l'un de ses proches, va se présenter à nous en apprenant son décès. Nous l'espérons, en tout cas.

— Cela ne me surprendrait pas qu'une demi-douzaine de personnes surgissent tout à coup, répondit Me Foscott avec rudesse, et qu'aucune d'entre elles ne soit légitime. Un homme très fortuné meurt dans des circonstances mystérieuses. Les journalistes cherchent toujours à découvrir une ex-petite amie, voire une veuve éplorée, de préférence photogénique. Et quand ils établiront, comme cela se produira très vite, que Burton était un solitaire qui n'avait aucune famille connue, cela ne manquera pas d'inciter des opportunistes à tenter leur chance en venant revendiquer une part du gâteau. D'autant que nous serons de toute façon contraints de faire passer des annonces dans la presse demandant à toute personne qui pense avoir droit à quelque chose de se faire connaître. Et nous prendrons grand soin, quand nous recevrons ces requêtes, de vérifier qu'elles sont justifiées. Vous pouvez me faire confiance pour cela.

Il porta la main à sa bouche et s'éclaircit la gorge.

— Il y a un autre problème, dit-il.

— Oui ?

Jess attendit, le cœur battant.

— Il ne s'est pas toujours appelé Lucas Burton.

— Quoi ?

Elle vit les yeux de son interlocuteur briller. Malgré le problème que lui posait son client, il prenait manifestement un plaisir intense à la situation.

— Non. En fait, il est né Marvin Crapper. Il a changé d'identité quelques années avant son installation à Cheltenham. À cette époque, il avait déjà gagné de belles sommes d'argent et il commençait à s'élever socialement. Pour lui, l'achat de sa maison a été très symbolique. Il a eu l'impression d'acquérir un statut. Peut-être avait-il estimé que, étant donné sa nouvelle situation, son nom de naissance le desservirait en véhiculant une image négative de lui. Il était donc devenu Lucas Burton.

Jess recula sur son siège et prit le temps de digérer l'information. Reggie lui souriait avec bienveillance.

À présent, ils allaient devoir rechercher non seulement un Lucas Burton, mais aussi un certain Marvin Crapper.

— Étant donné que ce monsieur était extrêmement fortuné, reprit-elle enfin, un inventaire de ses biens va être dressé. J'ai vu sa maison de Cheltenham et son appartement de Londres. À Cheltenham, il y a des dizaines de meubles anciens et d'objets d'art, comme vous l'avez évoqué. L'appartement des Docklands contient des choses plus modernes, mais qui semblent également de grande valeur. Sans parler des tableaux aux murs ! Je ne m'y connais pas beaucoup en art moderne, ni en art tout court, d'ailleurs, mais je suis sûre que ce sont des originaux. Tout cela va devoir être authentifié, j'imagine… Je veux dire, tous les biens qu'il possédait, et même sa voiture. Il avait une voiture de luxe, n'est-ce pas ?

— Je crains de ne pas pouvoir répondre à cette question, rétorqua Me Foscott, toujours souriant. Mais je suis persuadé qu'il ne conduisait pas la voiture de M. Tout-le-monde !

Soit ! Reggie Foscott n'était pas tombé de la dernière pluie : il avait repéré le piège dressé par la question anodine de Jess et pris soin de le contourner. S'il avait su que Burton conduisait une Mercedes gris métallisé, et si Selina lui avait raconté qu'elle avait failli percuter une voiture identique le jour de la découverte du corps à la ferme du Criquet, il n'aurait pas manqué de faire le rapprochement à un moment ou à un autre. Jess ne doutait pas que, depuis le fameux vendredi, Selina avait eu tout le loisir de lui exposer l'incident dans ses moindres détails.

Mais peut-être se montrait-elle injuste. Car, à bien y réfléchir, Me Foscott n'avait aucune raison de savoir dans quelle voiture roulait Burton.

À cet instant, une nouvelle idée lui traversa l'esprit.

— Un homme tel que M. Burton, dont les revenus étaient si importants, devait bien avoir un comptable pour établir sa déclaration d'impôts et autres, non ? interrogea-t-elle.

— En ce qui concernait ses affaires professionnelles, il s'en remettait à une société d'experts-comptables de Londres, dont je peux vous donner l'adresse si vous voulez.

Me Foscott se cacha la bouche et toussota discrètement.

— Mais pour ce qui était de sa déclaration d'impôts personnelle, ajouta-t-il, il avait quelqu'un en ville qui s'en occupait pour lui depuis peu, et qui tenait aussi ses comptes.

— À Cheltenham ? s'étonna Jess, tout en refrénant l'enthousiasme qui perçait dans sa voix. Dans ce cas, je voudrais le rencontrer. Comment s'appelle le cabinet ?

— Oh ! ce n'est pas un cabinet à proprement parler, c'est un expert-comptable indépendant, mais qui jouit d'une très bonne réputation sur le plan local. Il s'appelle Andrew Ferris et travaille chez lui. Je pourrai vous fournir ses coordonnées à lui aussi.

Décidément, ce Reggie Foscott avait l'art de ménager ses surprises ! Jess effectua *in petto* une rapide réorganisation des informations dont elle disposait désormais. C'était comme l'un de ces jeux d'ordinateur où un clic sur une touche fait dégringoler des blocs de couleur pour former un nouveau motif.

— Inspecteur ?

Me Foscott haussait les sourcils. Il avait remarqué qu'elle n'était plus concentrée sur lui et la rappelait à l'ordre. Elle se ressaisit.

— Euh, oui, je veux bien, répondit-elle. Je comptais de toute façon aller parler à M. Ferris. Je voulais lui montrer cette photographie que votre épouse a déjà vue l'autre jour.

— Ah bon ?

— Oui, confirma-t-elle en se levant, et je vous saurais gré de ne pas vous presser de décrocher votre téléphone après mon départ pour lui signaler que je m'apprête à l'interroger.

Me Foscott rougit.

— Ce n'était pas du tout mon intention, assura-t-il.

15

Entre notables, on se serre les coudes, songea sombrement Jess en quittant l'étude de Me Foscott. *Et l'on se fréquente en dehors du travail. J'ai demandé à Reggie de ne rien dire à Andrew Ferris, mais je ne serais pas étonnée qu'il le croise dès aujourd'hui « par hasard », au club-house du golf ou ailleurs, et qu'il lui dise quelque chose du genre « Alors, ça se passe bien avec la police ? », suivi d'un « Oups ! Désolé, je n'étais pas censé vous en parler... »*

De toute façon, la visite au comptable ne pouvait pas attendre. Toute cette affaire avait suffisamment traîné. Phil Morton reviendrait peut-être de Londres avec de nouveaux éléments, mais Jess préférait ne pas compter sur cette hypothèse.

— Demain, nous serons jeudi et ce sera l'anniversaire du carnage de la ferme du Criquet…

Elle s'aperçut qu'elle avait prononcé ces mots à voix haute. Bien sûr qu'ils souhaitaient en finir avec cette enquête, mais pourquoi avait-elle le sentiment que tout devait absolument être résolu avant le lendemain ? Cette date, étrangement, recelait un caractère oppressant. Elle angoissait Eli et elle l'angoissait elle aussi. Les deux meurtres récents – celui d'Eva, puis celui de Burton – semblaient réclamer d'être élucidés avant l'anniversaire des deux précédents, survenus près de trente ans plus tôt.

À strictement parler, les anniversaires tombaient à des dates précises. Eli, lui, préférait commémorer le meurtre de ses parents le jeudi le plus proche du jour anniversaire de l'événement, parce que le marché se tenait le jeudi et que son frère avait choisi d'accomplir son acte un jour de marché. Après tout, que signifiait une date du calendrier pour un homme non seulement illettré, mais qui avait grandi dans un monde gouverné par les saisons et le temps qu'il faisait, et non conformément à des numéros encadrés sur des morceaux de papier ?

Ferris vivait à la périphérie de la ville dans un ensemble résidentiel vieux d'une vingtaine d'années. Les jardins avaient eu le temps de se constituer et la végétation de pousser, et certains arbres menaçaient de causer sous peu des problèmes d'affaissement du sol. Les façades en briques étaient déjà dégradées tandis que les trottoirs se craquelaient. Il s'agissait néanmoins de constructions de standing dont le prix à l'achat avait dû être élevé et qui avaient encore acquis de la valeur depuis. Les maisons étaient toutes individuelles et certaines, comme celle d'Andrew Ferris, possédaient un double garage. Jess descendit de voiture et s'approcha, intriguée. La large porte basculante était légèrement soulevée et des cartons de déménagement s'empilaient devant elle.

Curieuse, Jess y jeta un coup d'œil. Le premier contenait des livres et des CD, un autre était plein de vêtements de femme et un troisième, de paires de chaussures, manifestement luxueuses puisque Jess reconnut des escarpins Jimmy Choo et Manolo Blahnik. Elle se pencha pour admirer de ravissantes ballerines vernies vert clair, puis passa au carton suivant, rempli d'équipement de cuisine : un mixeur, un robot multifonction et une batterie de casseroles en inox quasi neuves, le tout surmonté de deux ou trois beaux livres de cuisine, qui semblaient aussi intacts que les ustensiles.

— Inspecteur ?

Jess sursauta et se retourna en se sentant rougir. Andrew Ferris se tenait là, les bras chargés de robes.

— Désolée, s'excusa-t-elle. Je suis venue vous voir et je ne m'attendais pas à découvrir tout ceci… Vous déménagez ?

— Pas moi, ma femme ! Nous divorçons. Elle est à Londres pour le moment et nous communiquons par l'intermédiaire de nos avocats.

Ah ! songea Jess. Celui d'Andrew serait à n'en pas douter Reggie Foscott. D'où la lueur d'intérêt dans le regard de ce dernier lorsqu'elle avait évoqué la visite qu'elle ferait au comptable.

Andrew Ferris s'approcha du carton de vêtements et y ajouta négligemment ceux qu'il venait d'apporter.

— Karen doit venir chercher ses affaires et j'essaie d'accélérer le processus en rassemblant tout ce qui lui appartient. Je n'avais jamais réalisé qu'elle possédait autant de choses ! Ce carton, précisa-t-il en désignant celui qu'il venait de remplir, ce n'est que le début, je n'y ai mis que le contenu d'un placard. Elle en a un autre dans la chambre d'amis, avec tout son équipement de ski et de randonnée… Elle est guide, vous comprenez, elle accompagne des groupes de touristes. Elle possède des tenues pour chaque occasion, je m'en aperçois maintenant ! conclut-il avec un sourire.

— Je suis désolée que vous divorciez, hasarda Jess, ne sachant que dire.

— Il ne faut pas ! C'était dans l'air depuis longtemps, nous aurions déjà dû faire ça il y a au moins deux ou trois ans. Étant donné que Karen n'est jamais là, nous vivons séparés *de facto* la plupart du temps. Mais venez, entrez ! J'ai bien envie de café, ou même de quelque chose de plus fort, pourquoi pas ? Ah, mais vous êtes en service, je suppose ?

— Oui. Du café, ce sera très bien, merci.

Elle le suivit dans la maison. L'entrée était encombrée d'objets qui n'avaient pas encore été rangés dans les cartons : des livres, dont bon nombre de guides touristiques, des CD, deux lithographies encadrées représentant des paysages italiens, des poupées russes, ainsi que des céramiques africaines.

— Quand j'aurai fini et que Karen aura tout pris, je me retrouverai dans une maison quasi vide ! s'exclama Andrew Ferris avec entrain. J'ai de la chance, elle ne veut pas les meubles, à part deux ou trois qu'elle tient de ses parents. Je ne serai donc pas obligé de m'asseoir sur des cageots d'oranges ! N'empêche que ça fera vraiment nu !

Il enjamba des livres pour gagner le fond du couloir et Jess le suivit dans une cuisine dont tous les placards étaient ouverts. Il désigna la pièce d'un geste ample.

— C'est ici le plus dur, parce que tout ce qu'il y a, nous l'avons reçu en cadeaux de mariage. Du coup, je dois me rappeler ce qui vient de ma famille et ce qui a été offert par la sienne. Je suis sûr que Karen le saura mieux que moi, j'aurais peut-être intérêt à l'attendre, tout simplement. Je me demande si elle voudra le micro-ondes… ajouta-t-il en fronçant les sourcils. C'est elle qui l'a acheté, elle a le droit de le prendre, mais c'est à peu près la seule chose que j'utilise. Il faut dire que je ne suis pas un cordon-bleu…

Il entreprit de faire bouillir de l'eau et plaça plusieurs cuillerées de café moulu dans un haut récipient.

— Vous l'aimez fort ? interrogea-t-il. J'ai l'habitude d'en mettre tellement que la cuillère tient presque droite dedans !

— Oh ! Pas aussi fort pour moi, s'il vous plaît ! répondit-elle avec un sourire.

Elle ôta son sac à dos de son épaule et voulut faire glisser la fermeture Éclair pour sortir la photographie du Foot to the Ground, mais le sac étant plein, il n'était pas commode de l'ouvrir d'une main en le tenant de l'autre. Elle chercha des yeux une surface libre où le poser, mais n'en trouva pas.

— Vous avez un problème ? s'enquit Andrew Ferris en la voyant hésiter. Vous voulez poser votre sac ? Allez dans le salon, il y a moins de désordre et nous pourrons nous asseoir.

Jess suivit la direction qu'il lui indiquait, zigzaguant entre les objets posés par terre. Le salon était en effet moins encombré en comparaison, mais il était loin d'être en ordre. Une haute bibliothèque en chêne occupait tout un pan de mur. Les livres qu'elle avait vus dans les couloirs devaient venir de là, car il y avait de larges espaces vides sur les étagères, et les volumes restants s'étaient effondrés les uns sur les autres. D'autres, peut-être parce qu'on ne savait plus à qui ils appartenaient, étaient au sol en piles instables, accompagnés de CD. Les seuls objets auxquels on n'avait pas touché étaient une vingtaine de pichets à bière typiques, des Toby jugs dont les personnages la fixaient de leur air goguenard à travers la vitrine d'une petite armoire. Soit Karen ne souhaitait pas les récupérer, soit ils appartenaient sans conteste à Andrew. Jess comprenait que les Ferris aient tant repoussé le moment de leur séparation : la somme de travail que constituait le partage de toutes ces possessions amassées au fil des ans avait de quoi faire flancher même les plus énergiques.

Une chose était sûre : Andrew Ferris ne s'intéressait pas à son intérieur. S'il ne cuisinait pas, il ne faisait pas le ménage non plus. Jess aurait pu écrire son nom dans la poussière sur n'importe quelle surface du salon. À la différence de Burton, il n'avait manifestement pas d'employée de maison. Une fois la répartition des biens achevée, parviendrait-il jamais à tout remettre en ordre ? Jess en doutait, et elle espéra qu'il se montrait plus méticuleux lorsqu'il s'agissait des comptes de ses clients.

Mais je suis mal placée pour critiquer...

Il lui fallait reconnaître que le ménage n'était pas son activité favorite à elle non plus. Elle se consola en songeant qu'il existait beaucoup de gens comme Ferris et elle, qui tenaient leur bureau dans un ordre parfait tandis que leur lieu de vie laissait à désirer.

Elle s'installa confortablement sur le canapé et parvint à extraire la photographie du groupe. Alors qu'elle se redressait en entendant Andrew Ferris arriver avec le café, le coussin du dossier s'affaissa près d'elle et un fin catalogue chiffonné apparut. Elle le saisit pour le poser sur la table basse et arrêta son geste : c'était la brochure du Foot to the Ground, la même que lui avait remise Jake Westcott et dont elle avait fait agrandir la photographie de la dernière page.

Elle releva les yeux vers le nouveau venu.

— Qu'est-ce que c'est ? demanda celui-ci. Oh là là ! Excusez mon désordre ! J'ai dit qu'il y en avait moins dans cette pièce qu'ailleurs, pas que c'était rangé !

— Ce n'est pas ça... répondit Jess en lui tendant la publicité. C'est cette brochure, là...

— Ah... ça ?

Il posa les deux tasses sur la table basse.

— Quand j'ai appris l'histoire de cette pauvre gosse assassinée dans l'étable d'Eli, j'ai eu envie d'aller voir ce pub. Je n'y étais jamais allé, ni avec Penny ni avec Karen, celle qui deviendra bientôt mon ex-femme. Pen et moi, nous dînons généralement au Hart, où vous nous avez vus l'autre soir. Vous savez, les gens parlent beaucoup de cette affaire ! Et jeudi dernier, après votre départ, une effrayante femme blonde est arrivée à notre table, à moitié ivre, et elle a demandé à Penny si elle n'avait pas entendu des cris. Vous vous rendez compte ?

Il esquissa une grimace et secoua la tête.

— C'est là que je me suis dit que nous étions trop connus au Hart. Le Foot to the Ground a la réputation d'être un peu cher mais, du coup, il est probable que les clients soient moins enclins à importuner les autres consommateurs !

Et la police du coin ne risque pas de s'y arrêter pour boire une bière, aurait-il pu ajouter.

Il s'installa dans un fauteuil en face de Jess et prit sa tasse pour se plonger dans la contemplation de son café, comme s'il cherchait à se souvenir de quelle façon il l'avait préparé.

— Quand êtes-vous allé au Foot ? interrogea Jess en se concentrant de nouveau sur la brochure.

— Dimanche dernier, en fin de matinée. C'est un bel endroit. Je pense qu'il plaira à Penny.

— Ma foi, si vous avez déjà vu la publicité, cela atténue un peu l'impact de ce que je voulais vous montrer.

Elle lui tendit l'agrandissement.

— Je vous ai apporté ce cliché pour savoir si vous reconnaissiez quelqu'un, ou si vous auriez vu l'une de ces personnes dans les environs de la ferme du Criquet ou ailleurs, à Cheltenham peut-être, dans un restaurant ou un pub. Mais comme vous aviez la brochure…

— Oh, j'ai remarqué qu'il y avait une photo à la fin, répondit Andrew Ferris en saisissant la feuille, mais je ne l'ai pas vraiment regardée. Ce qui m'intéressait, c'était surtout la carte avec les prix. Ce n'est pas donné, effectivement. Mais il paraît que c'est très bon et, en plus, je commence à en avoir assez des frites, je vous l'avoue.

— En fait, j'aurais bien aimé vous montrer ce cliché plus tôt. Quand je suis allée au haras mercredi dernier, j'espérais vous y trouver, mais vous n'y étiez pas, et j'ai été très occupée par la suite. J'ai dû me rendre à Londres et, ce matin, je suis allée voir Reginald Foscott, l'avocat.

Nous enquêtons sur une autre mort, et pas seulement sur celle de la jeune fille de la ferme du Criquet : il s'agit de Lucas Burton, un homme d'affaires de cette ville.

Elle avait prononcé ces derniers mots sans lâcher des yeux son interlocuteur. Celui-ci parut embarrassé.

— Ah… dit-il. En fait, je me demandais si je n'aurais pas dû vous contacter ce matin à la première heure à ce sujet. J'ai lu dans le journal que l'un de mes clients avait, comme qui dirait, rejoint son créateur. Il paraît que vous l'avez retrouvé dans son garage, c'est ça ? Il a dû tomber sur un type qui essayait de lui voler sa Mercedes. Lucas Burton, pauvre vieux… Qui aurait pu penser ça ? C'est Reggie qui s'occupera de la succession, j'imagine ? Dans ce cas, il devra se mettre en contact avec moi. Je vais lui passer un coup de fil.

— En fait, vous connaissez assez bien les Foscott, d'une façon ou d'une autre, fit observer Jess. La fille de Selina a son poney au haras de Berryhill.

— Je ne dirais pas que je les connais bien, objecta Andrew Ferris. Reggie, j'ai souvent l'occasion de le croiser, c'est vrai, chez des amis communs ou à des soirées, et nos chemins se rencontrent aussi sur le plan professionnel, bien sûr. Et maintenant que je suis en procédure de divorce, je vais vraiment avoir affaire à lui, sans doute ! Mais quant à Selina, je suis bien content de ne l'avoir jamais vue en dehors du club d'équitation ! Reggie, ça va, mais sa femme est une terrible mégère, et il paraît qu'en plus elle le mène à la baguette !

— Saviez-vous qu'elle a été à deux doigts de percuter une Mercedes gris métallisé en quittant le club d'équitation, le vendredi où le corps a été retrouvé à la ferme ?

Il secoua la tête.

— Non… Ah, vous pensez que c'est la voiture que Penny a repérée cet après-midi-là ?

— Nous pensons que c'était celle de Lucas Burton.

Un silence suivit ces paroles.

— Quelle histoire… murmura Andrew Ferris.

— Vous saviez évidemment qu'il possédait une Mercedes.

— Oui, bien sûr. Il venait ici avec. Mais je vous assure que je n'ai pas pensé une seconde que ce pouvait être la sienne qu'avait vue Penny ! Comment aurais-je eu cette idée ? Il n'était pas le seul à rouler en Mercedes dans la région, et je ne vois pas du tout ce que Lucas serait allé faire à la ferme du Criquet ! Oh ! Mais…

Il se redressa et la dévisagea quelques instants, bouche bée.

— Vous ne croyez tout de même pas que… ? Lucas ? Oh, ce n'est pas sérieux ! Si Lucas avait eu envie de s'amuser avec une serveuse de bar, il s'en serait débarrassé ensuite sans avoir à lui tordre le cou ! Il lui aurait donné de l'argent et puis c'est tout ! C'était un célibataire professionnel, vous savez, c'est comme ça qu'il se définissait. Une dénomination qui lui correspondait bien, d'ailleurs ! Mais honnêtement, vous pensez vraiment qu'un homme comme Lucas avait le profil pour commettre ce crime au Criquet ?

— Nous ne pensons rien, monsieur, répliqua Jess d'un ton ferme. L'enquête est en cours. Mais Lucas Burton semble bien s'être rendu sur place le vendredi en question, et nous espérions pouvoir l'interroger. Maintenant, cela va de soi, nous allons devoir nous débrouiller sans lui. Peut-être l'a-t-on tué précisément pour nous empêcher de lui parler. Alors, tout ce que vous pourrez nous apprendre à son sujet nous sera utile. Il semble qu'il ait été quelqu'un de très secret.

Andrew Ferris considéra Jess un moment en se mordillant la lèvre inférieure.

— Désolé, je ne vais pas pouvoir vous donner de détails graveleux sur sa vie… Je ne m'en serais pas privé si je savais quelque chose, je vous assure ! Quoique… Vu qu'il a été assassiné, ses petites histoires, je serais plutôt allé les vendre aux tabloïds ! Eh, je plaisante, bien sûr ! se reprit-il en la voyant blêmir. Lucas était mon client, et tout ce que je sais de lui reste confidentiel de toute façon ! Sauf pour la police, évidemment ! Je veux bien vous dire sur lui tout ce qui serait susceptible de vous aider, mais ce n'était pas un ami personnel, vous comprenez… C'était un client, ni plus ni moins. Je m'occupe de ses impôts, mais vous devrez me présenter un mandat pour que je vous donne accès à son dossier fiscal, n'est-ce pas ? Je ne pense pas avoir le droit de vous le remettre comme ça. Du moins, pas avant d'avoir demandé l'avis juridique de Reggie. Je ne suis pas avocat, moi, je ne suis qu'un vulgaire gratte-papier…

— Nous verrons. De toute façon, ce n'est pas pour M. Burton que je suis venue vous voir. Si vous pensez à quelque chose à son sujet, n'hésitez pas à m'appeler mais, en attendant, c'est cette photographie qui m'intéresse.

Andrew Ferris s'adossa à son fauteuil, l'image entre les mains, et fronça les sourcils.

— Non, je ne reconnais personne. Ah si, attendez ! Ce garçon, là ! Je crois que c'est lui qui m'a servi au pub, dimanche. Il était derrière le bar.

— Très bien. Et les jeunes serveuses ?

Il étudia l'image quelques instants encore et secoua la tête.

— Je ne les ai jamais vues ni l'une ni l'autre, j'en suis sûr.

— Merci, fit Jess en reprenant le cliché. La presse divulguera cette photo demain et, avec un peu de chance, des témoins auront vu l'une de ces jeunes filles.

— Attendez une minute ! s'exclama Andrew Ferris. Je suis en train de me couvrir de ridicule, n'est-ce pas ? Je suis stupide ? En fait, la jeune fille qui est morte travaillait au Foot to the Ground, c'est ça ? Alors c'est l'une de ces deux-là ?

Il tendit la main vers la feuille et Jess la retourna vers lui pour la lui montrer encore. Il l'examina de nouveau, puis soupira.

— Non, je ne l'ai jamais vue. Belle gamine, d'ailleurs ! Je ne peux pas blâmer Lucas si elle lui a tapé dans l'œil !

— Je vous remercie, répondit poliment Jess en rangeant le cliché dans son sac à dos.

Puis elle but une ou deux gorgées de sa tasse.

— Ce café est délicieux, commenta-t-elle, mais malheureusement, je ne vais pas pouvoir rester pour le terminer. Je vous remercie pour le temps que vous m'avez accordé et je vous laisse à vos cartons.

— Aux cartons de Karen ! rectifia-t-il.

Sous le regard de son hôte qui lui adressait un dernier signe d'au revoir du seuil, Jess monta dans sa voiture. Elle démarra et s'éloigna, pour s'arrêter dès qu'elle eut tourné à l'angle de la rue. Pendant un long moment, elle demeura immobile, plongée dans ses réflexions.

Je suis stupide, lui avait dit Andrew Ferris quelques minutes plus tôt. C'était faux, il était loin de l'être. Il avait l'esprit vif, au contraire. Et il ne répugnait pas à enfoncer mine de rien la pointe du couteau dans le dos de son ancien client Lucas Burton. *Il lui aurait donné de l'argent, et puis c'est tout... Je ne peux pas blâmer Lucas si elle lui a tapé dans l'œil !* Jess savait reconnaître une technique de diversion lorsqu'on lui en opposait une. Car en fait, Andrew Ferris ne pouvait ignorer que la jeune fille assassinée avait travaillé au Foot to the Ground. L'information circulait déjà, la presse en avait parlé. Aussi, lorsqu'il avait examiné le personnel sur la photographie que Jess lui présentait – ou, plus tôt, sur la brochure qu'il possédait lui-même –, il savait que la victime s'y trouvait. Dès lors, pourquoi avait-il feint d'y songer après coup ?

C'est l'une de ces deux-là ? avait-il demandé à Jess la deuxième fois qu'il avait regardé la photographie. Jess n'avait pas répondu, elle n'avait pas montré Eva du doigt. Et pourtant, Ferris avait affirmé qu'il ne l'avait jamais vue.

Peut-être sa langue avait-elle fourché. Peut-être avait-il voulu dire : « Je n'ai jamais vu aucune de ces deux filles. » Mais il avait bel et bien répondu : *Je ne l'ai jamais vue*. Et il avait d'ailleurs ajouté son commentaire sur la *belle gamine* qu'elle était…

Il savait très bien laquelle des deux jeunes filles regarder.

Jess tapota le volant de ses doigts. Le jeudi précédent, Andrew Ferris et Penny Gower avaient dîné ensemble au Hart, elle les y avait vus. Plus tôt ce même jour, Jess était venue aux écuries montrer la photographie. C'était un événement qui sortait de l'ordinaire et Penny n'avait pu manquer d'en parler à son ami ce soir-là. Se pouvait-il qu'Andrew Ferris soit allé au Foot to the Ground le dimanche suivant dans le seul but de prendre la brochure, afin de pouvoir examiner tout à loisir la photographie qu'elle contenait ? Dans ce cas, était-ce par pure curiosité ? Ou parce que l'idée que la police détenait un portrait d'Eva Zelenà, une image qui paraîtrait certainement dans la presse sous peu, le tourmentait ? Il avait choisi son moment pour se rendre au Foot to the Ground : il y avait du monde le dimanche, y compris des touristes qui visitaient la région et parmi lesquels il était facile de passer inaperçu.

Jess descendit de sa voiture et la verrouilla, puis repartit à pied vers la maison. Elle s'en approcha aussi discrètement que possible, redoutant de trouver Andrew Ferris de nouveau dehors avec les cartons. Mais la porte d'entrée était fermée et il n'était nulle part en vue. En longeant les murs et sans cesser de jeter des coups d'œil vers la maison, elle gagna le double box, espérant qu'aucun voisin ne s'aviserait de venir lui demander ce qu'elle faisait là. Elle se pencha pour regarder par-dessous la porte basculante, mais celle-ci était trop basse et elle ne put rien voir. Alors, avec mille précautions, elle la souleva lentement, en maudissant le léger grincement que produisit le mécanisme. Avec un peu de chance, se dit-elle, il ne serait pas audible de la maison.

Deux voitures étaient garées côte à côte dans le garage. La première était la Passat bleu marine d'Andrew Ferris, qu'elle avait aperçue lors de sa première visite au haras. L'autre, qui devait appartenir à Karen, l'épouse absente, était une Citroën Saxo gris métallisé. Non, Andrew Ferris n'était pas stupide. Il avait eu l'intelligence de ne pas utiliser son propre véhicule quand il allait chercher sa petite amie tchèque, une infidélité qu'il faisait à sa pseudo-relation avec Penny Gower. Il avait pris la voiture de sa femme et l'amoureux transi qu'était David Jones l'avait repérée un matin, avec Eva à l'intérieur. Seulement, de là où il se trouvait, derrière une haie, il n'avait pas pu distinguer le conducteur, ce qui avait été la chance d'Andrew Ferris. Dans le cas contraire, David Jones l'aurait reconnu le dimanche matin au pub, puisqu'il l'avait servi au bar. Bien qu'Andrew Ferris ait toujours pris grand soin de ne pas s'approcher du Foot to the Ground du temps où il sortait avec Eva, il s'était mis en danger en y pénétrant ce dimanche. Bien sûr, il ignorait que David Jones s'était mis en tête d'espionner sa jeune amie, mais cela n'en restait pas moins un pari, et il n'aurait pas couru ce risque s'il n'avait pas été inquiet. Non sans raison : en voyant le visage d'Eva dans le journal ou à la télévision, des gens pourraient la reconnaître et se souvenir d'un endroit où ils l'avaient vue, et de la personne qui l'accompagnait alors…

Ce fut sa dernière pensée consciente. Elle sentit soudain une vive douleur à l'arrière du crâne et des étoiles se mirent à danser devant ses yeux. Puis ce fut l'obscurité.

Elle s'éveilla peu à peu dans d'épaisses ténèbres et batailla pour distinguer quelque chose, mais sans succès. Comment émerger de ce brouillard, comment voir la lumière ? Les étoiles restaient présentes, mais plus petites, et elles arrivaient par bancs tels des poissons argentés fusant d'une extrémité à l'autre de son cerveau. Elle voulut remuer la tête et s'entendit crier de douleur. Alors elle s'efforça de réfléchir, s'intimant de procéder par étapes. *Pas de panique, Jess ! Essaie tout doucement. Encore. C'est mieux...*

Au prix d'un effort démesuré, elle parvint à ouvrir les yeux et constata, épouvantée, qu'il faisait toujours aussi noir. L'avait-on mise dans un coffre ? Dans une grotte ? Non, elle se trouvait dans une pièce sombre, une chambre à coucher, elle était étendue sur le dos sur un grand lit. Il planait une odeur infecte de moisi et d'humidité, une odeur de cimetière. Avec une infinie lenteur, elle tourna de nouveau la tête de côté, mais la douleur vint la transpercer en retour. Quelque chose pourrissait juste à côté de son visage, elle devait s'en éloigner, et aussi vérifier si elle était capable de se redresser, si elle n'était pas blessée, ni attachée. Et elle devait savoir où elle était.

En appui sur les coudes, puis sur les mains, elle parvint à se mettre en position assise. Elle sentait sous ses doigts quelque chose de mou, d'humide et de très froid qui l'écœurait. Désormais, elle commençait à distinguer de minuscules rais de lumière. Ses yeux s'accoutumaient à l'obscurité, mais la pièce restait encore invisible. Une chose était sûre : elle n'était pas chez Andrew Ferris.

Alors, soudain, elle comprit : c'était la ferme du Criquet. Le lit était celui où avaient dormi pendant des années les parents assassinés par leur fils, et le couvre-lit que leurs corps avaient jadis réchauffé pourrissait lentement sous elle.

Sans plus écouter les cuisantes pulsations dans sa tête, elle posa les pieds au sol et cet effort lui arracha un hurlement de douleur. Quand elle essaya de se lever, ses jambes se dérobèrent sous elle, un éclair aveuglant de lumière blanche traversa son crâne et elle se retrouva de nouveau assise au bord du lit, sur la courtepointe en satin pourrissante.

Laisse-toi du temps, Jess ! s'ordonna-t-elle. *Compte jusqu'à dix. Voilà, c'est bien...*

Comment était-elle arrivée là ? C'était Andrew Ferris qui l'avait amenée. Elle venait de découvrir la voiture grise de Karen quand il l'avait rejointe sans bruit. Avait-il tué Burton de la même façon ? Ce dernier était mort dans son garage, alors qu'il s'occupait de sa voiture. Était-ce Andrew Ferris qui s'était introduit derrière lui, un outil lourd à la main ? Dans ce cas, il lui avait donné un coup bien plus fort que celui qu'elle-même avait reçu. Mais pourquoi tuer son client ? À n'en pas douter, ce meurtre était lié à la visite de Burton à la ferme du Criquet. Restait à comprendre pour quelle raison Burton s'était rendu là-bas…

Tu te poseras ces questions plus tard. Un problème à la fois !

Elle ignorait pourquoi Andrew Ferris avait assassiné Burton, mais ce qui était sûr, c'est qu'il n'avait pas voulu la tuer, elle. Il avait simplement cherché un moyen de ne plus l'avoir dans les jambes et l'avait transportée jusqu'à la ferme du Criquet. Une drôle d'idée… Et dans quel but ? Pour avoir le temps de fuir ? C'était ridicule, il serait vite retrouvé. Il devait bien savoir que, dès son réveil, elle donnerait l'alarme.

Elle chercha du regard son sac à dos, mais ne le vit nulle part. Le sac contenait son portable, sans lequel elle ne pouvait appeler au secours. Elle allait devoir se débrouiller autrement, quitter la ferme à pied et trouver un téléphone. Au haras, par exemple. Il n'était pas très loin, elle pourrait appeler de là. À condition que Penny ou quelqu'un d'autre s'y trouve… Quelle heure pouvait-il être ?

Jess palpa son poignet et poussa un soupir de soulagement. Ferris ne lui avait pas retiré sa montre. Elle essaya de déchiffrer le cadran, mais il faisait décidément trop sombre. Alors elle se leva et réussit cette fois à rester debout. D'un pas chancelant, elle gagna la fenêtre et leva son bras gauche devant le peu de clarté qui filtrait entre deux planches. Cinq heures.

Ainsi, elle était restée inconsciente toute une demi-journée ! Elle devait s'en aller. Elle se tourna vers la porte et se figea.

Elle n'était pas seule. Il y avait quelqu'un d'autre dans la pièce. Andrew Ferris ? Il était revenu la chercher ? Elle sentit les battements de son cœur qui s'affolait dans sa poitrine. Mais non, ce n'était pas lui. L'homme qui lui faisait face était plus petit. Eli ? La silhouette avait la même constitution trapue, mais portait des guenilles. Oui, c'était bien Eli, qui d'autre ? Il était venu inspecter sa maison et l'avait trouvée là, contre toute attente, étendue sur le lit de ses parents. Il devait se demander ce qu'elle faisait chez lui. Cela lui avait sans doute causé un choc aussi fort que celui qu'elle avait eu en le découvrant soudain. Toutefois, sa présence était une aubaine : l'aide dont elle avait besoin se trouvait là, à portée de main.

— Eli ? appela-t-elle.

L'autre ne répondit pas et elle s'aperçut que ce n'était pas Eli, en fin de compte. C'était un homme qu'elle n'avait jamais vu, qui ressemblait à Eli, mais en beaucoup plus jeune. Dans la pénombre, elle le vit esquisser un sourire narquois. Et il avait quelque chose sur l'épaule… Une corde ?

L'expression « sentir son sang se glacer » n'avait jamais eu pour elle qu'une signification abstraite, mais ce fut exactement ce qu'elle éprouva à cet instant. Elle se retrouva glacée jusqu'aux os.

— Qui êtes-vous ? articula-t-elle en cherchant en vain à maîtriser le tremblement de sa voix.

Toujours aucune réponse. Allons, elle était officier de police, elle devait se ressaisir, se souvenir de la formation qu'elle avait reçue… Très vite, ses réflexes professionnels reprirent le dessus. D'un pas aussi décidé que possible dans son état, elle s'avança vers l'inconnu.

— Police ! lança-t-elle avec l'impression de se couvrir de ridicule.

Elle glissa la main dans la poche intérieure de sa veste, mais sa plaque n'y était plus. Andrew Ferris la lui avait enlevée, de même qu'il prenait soin de dépouiller ses victimes de tout ce qu'elles portaient. Elle n'avait rien pour prouver son statut.

Elle n'en eut pas besoin, car l'autre personne ne lui demanda rien. Au contraire, sa réaction fut extraordinaire : l'homme s'évanouit purement et simplement.

Ce n'était pas possible…

Son cœur battait à toute allure dans sa poitrine. Elle avait vu ce type, nom d'un chien ! Elle cligna des yeux, voulut secouer la tête, y renonça à cause de la douleur. Elle fit un pas en avant et tendit la main vers l'endroit où s'était tenu l'inconnu. Ses doigts rencontrèrent la vieille robe de chambre de Mme Smith, qu'elle avait vue, suspendue derrière la porte, lors de sa visite avec le commissaire Carter. Un nuage de poussière vint agacer ses narines. Elle discernait maintenant le cordon de satin qui servait de ceinture au vêtement et pendait en haut du cintre. C'était cela qu'elle avait pris pour une corde.

Une multitude d'émotions l'assaillirent : du soulagement d'abord, puis la gêne d'avoir été si ridicule, et même une envie d'éclater de rire.

— Le coup que tu as reçu sur la tête t'a fait plus de mal que tu ne crois, Jess ! dit-elle à haute voix.

Peut-être aussi la lecture des procès-verbaux des dépositions de Nathan, d'Eli et de Doreen Warble l'avait-elle impressionnée plus que de raison. Voir cette vieille robe de chambre se transformer en Nathan Smith ! Elle avait besoin de repos !

Il fallait maintenant quitter ces lieux avant le retour éventuel d'Andrew Ferris. Ce n'était pas le moment de perdre du temps à s'interroger sur les visions que l'on pouvait avoir dans cette maison.

Elle sortit de la chambre et s'engagea sans bruit dans l'escalier pour gagner le rez-de-chaussée. Elle ignorait si Andrew Ferris ne se trouvait pas quelque part dans la ferme, tout comme elle ne s'expliquait pas pour quelle raison il l'avait amenée ici. Au début, dans la chambre, elle avait songé qu'il cherchait à gagner du temps, mais cette explication ne la satisfaisait pas. Elle n'était pas logique : même s'il avait décidé de s'enfuir ou de se cacher, la police le retrouverait tôt ou tard, où qu'il aille, il ne pouvait l'ignorer. Peut-être, alors, avait-il quelque chose à faire ? Mais quoi ? Peut-être ne parvenait-il plus à réfléchir ? Il avait paniqué en voyant Jess revenir, il avait compris qu'elle le soupçonnait et il avait fait n'importe quoi…

Elle aussi, d'ailleurs, avait du mal à ordonner ses idées. Elle pouvait poser les questions, mais n'espérait pas trouver les réponses. Sa tête la mettait au supplice et elle entendait un bourdonnement permanent dans ses oreilles. Si Andrew Ferris partait en vrille, elle, Jess, n'en avait pas le droit, quoi qu'il arrive. Elle devait réfléchir logiquement et, pour commencer, quitter ces lieux sans plus attendre.

Cela se révéla plus facile à dire qu'à faire. Les planches qui barraient portes et fenêtres étaient plus serrées en bas qu'au premier étage et l'on n'y voyait goutte dans la maison. À tâtons, elle essaya sans succès la porte d'entrée, puis gagna la cuisine et s'acharna contre la porte de derrière, en vain. En pénétrant dans la buanderie, elle évita de s'attarder sur la vieille lessiveuse, de crainte que l'image d'une Millie Smith ensanglantée adossée au métal émaillé ne vienne troubler son esprit. Le coup sur sa tête pouvait encore lui jouer des tours…

Elle saisit la poignée de la porte du fond et la secoua avec force. À sa grande surprise, le battant s'ouvrit vers l'intérieur et elle manqua tomber en arrière. Elle se rétablit tant bien que mal. La lumière entrait dès lors dans la maison, car l'ouverture n'était barrée que par trois grosses planches. L'espace était néanmoins trop étroit pour lui permettre de se faufiler entre elles. Elle ne pourrait passer sans en retirer au moins deux.

Jess retourna à la cuisine et chercha un ustensile susceptible de faire office de bélier. Ce qui s'en rapprochait le plus était une grosse marmite en fonte posée sur le réchaud. Elle la saisit par les deux poignées et retourna dans la buanderie. La tenant devant elle à bout de bras, elle prit son élan et se précipita sur la planche du milieu. Le choc fit un bruit assourdissant, mais la planche se contenta de trembler légèrement. Jess poussa un soupir. Andrew Ferris – ou un autre – avait bien fait les choses. Elle n'était pas près de s'échapper de cette maison.

Décidée à ne pas se décourager, elle fit une nouvelle tentative en s'efforçant d'ignorer la douleur dans sa tête. Cette fois, elle fut récompensée par un craquement sec. Les clous avaient un peu cédé d'un côté, elle allait pouvoir repousser la première planche au prochain assaut.

Elle se préparait à recommencer lorsqu'une voix masculine lui parvint de l'extérieur.

— Qui est là ? Qui est dans la maison ?

Elle s'immobilisa. Était-ce Andrew Ferris ? Mais non, il ne poserait pas une telle question, il savait très bien qui était à l'intérieur. Et puis, le ton semblait inquiet. La personne ne s'attendait pas à trouver quelqu'un dans cette vieille ferme abandonnée.

— Je suis l'inspecteur Campbell ! hurla-t-elle.

— Inspecteur ?

La voix semblait plus surprise encore. Jess crut la reconnaître.

— Qu'est-ce que vous faites là-dedans ?

— Peu importe ! cria-t-elle. Sortez-moi de là !

— Attendez !

Elle entendit des pas s'éloigner, puis revenir peu après.

— J'ai trouvé une barre de fer. Je vais faire levier. Écartez-vous, au cas où…

Jess battit en retraite derrière la lessiveuse. Elle entendit l'inconnu batailler contre les planches en marmonnant et en poussant des jurons étouffés, puis il y eut un dernier craquement et la planche centrale tomba. Celle du dessus la rejoignit bientôt sur le sol.

Le visage de David Jones apparut alors dans l'ouverture. Il était rouge et en sueur, mais son regard traduisait le choc.

— Vous arriverez à enjamber la planche du bas ? s'enquit-il.

— Oui ! Donnez-moi la main !

Quelques instants plus tard, elle était enfin à l'air libre.

— Vous avez un téléphone ? demanda-t-elle sans même reprendre son souffle.

— Oui, j'ai mon portable…

Il sortit l'appareil de sa poche arrière et le lui tendit.

— Il est déverrouillé ? J'ai besoin d'appeler des renforts !

Peu après, Jess entendait la voix de son collègue à l'autre bout du fil.

— Phil ? C'est moi, Jess ! lança-t-elle. Il faut aller arrêter Andrew Ferris tout de suite ! C'est notre homme !

Et envoie une voiture de patrouille à la ferme du Criquet pour me prendre. Non, ne me pose pas de questions, je t'expliquerai tout plus tard !

Elle rendit le portable à David Jones.

— Merci, dit-elle.

— Comment vous êtes-vous retrouvée là-dedans ? interrogea-t-il en désignant la maison. Et pourquoi avez-vous parlé d'Andrew Ferris ? Vous avez dit, c'est notre homme ? C'est lui qui a tué Eva ?

— Encore faut-il que je le prouve… En tout cas, il m'a assommée et m'a enfermée dans cette maison. Merci d'être venu à mon secours ! Mais au fait, que faisiez-vous là ?

David Jones rougit.

— Je viens ici de temps en temps, pendant mes heures de liberté. Je traîne un peu. Ça me donne l'impression d'être plus près d'Eva.

Il haussa les épaules.

— Ou peut-être que je cherche juste à me faire peur, je ne sais pas… Cet endroit file la chair de poule !

— C'est vrai, acquiesça sobrement Jess. Il est un peu angoissant.

Le vent commençait à souffler et Jess sentit soudain une odeur emplir ses narines. Elle pensa d'abord que c'était celle de la maison qui persistait, puis elle se ravisa : non, il s'agissait d'autre chose. Elle renifla.

David Jones, qui avait remarqué cela lui aussi, promenait les yeux autour d'eux.

— Ça sent le brûlé, dit-il. Eh, regardez là-bas !

Il désignait le bosquet qui dissimulait le bas de la colline. Par-dessus les cimes, on voyait s'élever de la fumée. Soudain, une fontaine d'étincelles rougeoyantes monta vers le ciel, comme si quelqu'un avait allumé un feu d'artifice géant.

— Il y a le feu au haras ! s'écria Jess.

16

— Il faut y aller ! décida Jess. Avez-vous un moyen de transport ? Comment êtes-vous arrivé ici ?

— À moto ! répondit David Jones en se mettant à courir. Mais je n'ai pas de casque pour vous !

— Pas le choix, c'est une urgence ! riposta Jess en lui emboîtant le pas. Mais arrangez-vous pour que nous arrivions en bas intacts !

La moto toussota avant de prendre vie puis, avec Jess qui s'accrochait fermement au conducteur, s'engagea sur la route en direction des écuries de Berryhill.

La roue arrière dérapa lorsque David Jones freina à l'intersection. De là, on entendait bien les craquements du feu, mais aussi les hennissements terrifiés des chevaux.

— Appelez les pompiers et la police ! cria Jess en descendant de la moto.

Elle s'élança aussitôt et, quand elle se retourna pour lui jeter un coup d'œil, le jeune homme parlait déjà au téléphone.

Arrivée dans la cour, Jess évalua rapidement la situation. L'incendie avait débuté dans un tas de paille et gagnait maintenant la rangée de box sur la gauche. Malgré la fumée qui s'épaississait au-dessus du toit et les craquements sinistres du bois qui envoyait des étincelles, il était encore temps de faire sortir les chevaux. Mais ceux-ci produisaient un tel vacarme et se trouvaient dans tel état de panique que Jess se demanda comment elle devait s'y prendre. Jamais encore, elle n'avait eu à gérer des animaux affolés qui bondissaient en tous sens, tous dents et sabots dehors.

À sa grande surprise, David Jones prit la direction des opérations.

— Il faut ouvrir la barrière de l'enclos ! commanda-t-il. On va faire sortir les chevaux des box et les envoyer là-bas !

Au même instant, elle perçut des bruits différents, venus de l'autre côté. Elle se retourna et son regard se posa sur le box qui tenait lieu de bureau. Il était barricadé de l'extérieur, alors que des coups furieux étaient frappés contre le double battant, accompagnés de cris désespérés. Jess se mit à courir dans sa direction.

— Il y a quelqu'un ? hurlait une voix féminine. Je suis enfermée, je ne peux pas sortir ! S'il y a quelqu'un, s'il vous plaît, aidez-moi !

— Penny ! cria Jess en retour.

Les deux battants étaient rabattus et maintenus fermés à l'aide des crochets que l'on fixait aux anneaux scellés dans le mur. Une fourche calée en renfort maintenait en outre le panneau inférieur. Jess la jeta de côté, avant d'entreprendre de défaire les crochets.

— Ça va aller, Penny ! Je suis là, c'est moi, Jess Campbell ! Je vais vous sortir de là !

Le bas de la porte s'ouvrit et Penny apparut. Pliée en deux, elle se faufila dehors en agrippant Jess pour ne pas tomber. Jess l'aida à se redresser.

— Ça va aller, répéta-t-elle, tandis que ses poumons s'emplissaient de fumée.

Elle fut prise d'une quinte de toux qui la plia en deux à son tour. Ses yeux pleins de larmes la brûlaient. Elle lâcha Penny.

— Non, ça ne va pas aller ! s'écria cette dernière. Ça ne va pas aller parce qu'il y a une bonbonne de gaz à l'intérieur ! Une bonbonne de gaz ! Si le feu la touche, tout explose !

Tandis qu'elle parlait, le box voisin du bureau s'était mis à vibrer sous l'effet de ce qui ressemblait à de violents coups de sabots.

— Solo ! hurla encore la jeune femme en se précipitant vers lui. Il est là, il faut que je le fasse sortir !

— Non, Penny ! Il faut vous éloigner ! S'il y a du gaz, ça peut sauter à tout moment !

Mais Penny semblait ne pas l'entendre. Déjà, David Jones arrivait vers les deux femmes en courant. Il avait envoyé le premier groupe de chevaux dans la carrière et allait s'attaquer à la seconde rangée de box. Il commença à ouvrir une à une les portes de bois et Jess vint en renfort, priant pour que la bonbonne de gaz n'explose pas tout de suite. Une fois libérés, les chevaux se mettaient à galoper dans la cour, tandis que David Jones hurlait en remuant les bras comme un moulin à vent pour les diriger vers l'enclos. Tous franchirent l'entrée de celui-ci, à l'exception d'un poney, que Jess crut reconnaître : c'était Sultan, déterminé à gagner plutôt la route, de l'autre côté.

Jess se retourna vers le premier box : la porte était ouverte, mais Solo n'était toujours pas sorti. Il tournoyait sur lui-même comme un fou en envoyant des coups de sabots en tous sens, s'élançant parfois comme une boule de flipper contre les parois de bois qui commençaient à se consumer et poussant des hennissements effroyables.

— Solo ! criait Penny de l'extérieur.

Jess se rapprocha, impuissante à lui venir en aide.

— Il ne voit que d'un œil et il ne sait pas où aller ! lui lança Penny, affolée. Je vais essayer de l'attraper.

— Non, vous ne pouvez pas rentrer dans ce box ! protesta Jess en la saisissant par le bras. Il ne va pas vous reconnaître et il est fou de terreur ! Il va vous écraser !

— Passez-moi votre veste ! ordonna Penny. Vite !

Jess retira son vêtement et Penny le lui arracha presque, avant de disparaître à l'intérieur du box. Jess l'entendit parler à l'animal effrayé en l'apaisant par le ton de sa voix. Puis elle ressurgit, tirant par son licol le cheval dont la tête était recouverte par la veste de Jess. Comprenant qu'il était enfin à l'air libre, l'animal donna une ruade qui envoya Penny s'étaler dans la boue. La veste s'envola dans les airs et Solo s'élança pour galoper, par miracle, vers la porte de l'enclos.

Au même instant, la sirène des pompiers leur parvint de la route.

— Éloignez-vous des box ! ordonna Jess à Penny. Et allez aider David à s'occuper des chevaux !

Sans plus attendre, elle se précipita pour sa part vers l'entrée du haras afin d'accueillir les pompiers.

— Il y a une bonbonne de gaz ! leur cria-t-elle de sa voix la plus forte dès que le camion fut là, tout en désignant les box de droite.

Elle savait que, de tous les dangers, le gaz était celui que les pompiers redoutaient le plus.

— D'accord ! Tenez-vous à l'écart ! répondit le capitaine sur le même ton.

Déjà, plusieurs véhicules de police remontaient l'allée et venaient s'arrêter à côté du camion. Jess s'empressa de rejoindre le premier, dont Carter descendit, accompagné de l'agent Bennison. La plupart des box étaient maintenant en flammes et il n'y avait plus aucun espoir de les sauver. Même les parties du bois qui n'étaient pas encore touchées commençaient à noircir dangereusement.

— C'est un incendie criminel, annonça Jess à son supérieur, criant de nouveau pour couvrir le grondement du feu, le bruit des lances à eau des pompiers et les craquements du bois qui se rompait. Doublé d'une tentative de meurtre. Quelqu'un a barricadé Penny Gower dans son bureau. C'est moi qui l'ai délivrée quand je suis arrivée.

— Vous savez qui ça peut être ? interrogea Carter.

— À première vue, Andrew Ferris. Mais ne me demandez pas pourquoi ! J'étais sûre qu'il était amoureux d'elle !

Elle se retourna et vit Penny retraverser la cour dans leur direction. Son visage noir de suie était strié de larmes. Elle agita les bras en un mouvement de désespoir lorsqu'elle parvint à leur hauteur.

— Comment a-t-il pu faire une chose pareille ? gémit-elle. Comment Andy a-t-il pu me faire ça à moi ?

— Vous êtes sûre que c'était lui ? s'enquit Jess en lui prenant le bras. Penny, l'avez-vous vu ? Ou entendu ?

— Mais bien sûr ! Il est entré tout à coup dans le bureau sans s'annoncer, en criant contre moi. Il hurlait que, si je voulais passer le reste de ma vie avec les chevaux et sans lui, il allait pouvoir m'arranger ça ! Je ne comprenais rien… Et puis, il m'a flanqué un coup de poing qui m'a envoyée par terre et il m'a enfermée ! Il a essayé de me tuer, Jess ! s'exclama-t-elle d'un ton furieux. Andy a voulu me tuer !

Sur ces mots, elle éclata en sanglots.

— Beaucoup de meurtres sont commis par des gens amoureux, fit remarquer Carter d'un ton énigmatique, qui aurait intrigué Jess si son esprit n'avait pas été ailleurs.

Le mal de tête qui allait et venait dans son crâne depuis son réveil à la ferme du Criquet se rappela soudain à elle avec force et des milliers d'éclats de diamant brouillèrent alors sa vision. La nausée la prit à la gorge et le monde dansa autour d'elle. Elle sentit qu'on l'attrapait par les épaules, entendit la voix de Carter résonner à son oreille mais ne parvint pas à distinguer ses paroles.

17

L'arrestation d'Andrew Ferris s'opéra sans encombre. La police se rendit chez lui et le trouva encore occupé à trier méthodiquement les affaires de sa femme. Il n'opposa aucune résistance.

L'interrogatoire devait être mené par Carter. Jess eut beau supplier avec la plus grande ferveur, le commissaire demeura intraitable : il était hors de question qu'elle s'en charge.

— Je vous rappelle que vous n'êtes même pas censée être ici, déclara-t-il avec fermeté. Vous êtes en congé de maladie. Vous avez une commotion cérébrale.

— J'ai *eu* une commotion cérébrale, rectifia-t-elle. Mais je vais bien maintenant. Je n'ai plus mal à la tête. Il me reste à l'arrière du crâne une bosse qui est douloureuse au toucher, mais c'est tout. Et c'est *mon* enquête ! Je suis la mieux placée pour interroger Ferris !

Elle s'en tortillait presque de frustration.

— En plus, vous faites partie des victimes, poursuivit Carter. Le suspect s'est rendu coupable d'agression grave sur un représentant des forces de l'ordre et nous l'inculperons aussi pour ça, en plus de tout ce que nous trouverons contre lui. Vous ne pouvez en aucun cas l'interroger, et il serait à la fois peu judicieux et contre-productif que vous soyez même présente dans la salle d'interrogatoire.

— Quoi ? Je ne peux même pas assister ? Mais…

— Inspecteur, coupa sèchement Carter. Je suis quelqu'un d'assez souple en règle générale, mais j'attends de mes subordonnés de tous rangs qu'ils se comportent de façon professionnelle, quelles que soient les circonstances !

— Bien, monsieur… parvint à articuler Jess entre ses dents.

Sur ces mots, elle regagna son bureau pour ruminer tout son soûl.

Le commissaire avait raison, bien sûr, elle le savait. Et il savait qu'elle savait. Mais cela ne changeait rien.

Un appel du standard vint la tirer de sa neurasthénie : Penny Gower était en bas et demandait à la voir. Elle descendit sans attendre.

— Bonjour, lança-t-elle en découvrant la petite silhouette dépenaillée près du guichet de Joe Hegarty.

Une légère ecchymose marquait le front de la jeune femme. Jess la désigna d'un geste.

— Comment allez-vous ? s'enquit-elle.

— Oh, ça va, répondit Penny. Ça, c'est… juste un souvenir. Chaque fois que je me regarde dans la glace, je me rappelle qu'Andy me disait qu'il m'aimait. Je ne croirai plus jamais aucun homme, c'est fini ! Là, je suis passée devant le commissariat et j'ai eu envie d'entrer pour savoir où nous en sommes et prendre de vos nouvelles.

— Je vais bien moi aussi, merci, assura Jess.

Un silence embarrassant se fit entre les deux femmes.

— Cela vous dirait d'aller prendre un café ? proposa-t-elle sur une impulsion. Pas au commissariat, bien sûr ! Ce n'est pas que je ne veuille pas vous recevoir dans mon bureau, mais le café est meilleur au petit bar du coin…

— J'imagine que vous n'avez pas le droit de parler de l'affaire, commença Penny lorsqu'elles furent installées, chacune devant sa boisson. Du moins, pas avec moi.

— Non, vous avez raison. Et en plus, tout cela n'est plus entre mes mains, puisque j'ai moi aussi été agressée, expliqua Jess, dépitée. En fait, nous pourrions former un petit club, vous et moi : celui des femmes victimes d'Andrew Ferris…

— Il y en a eu une troisième, fit remarquer Penny. Et celle-là est morte.

— C'est vrai. En fait, je suis la seule qu'il n'avait pas l'intention de tuer. Il a juste cherché à me neutraliser pour avoir tout le loisir de s'occuper de vous ! Il a dû avoir peur de s'en prendre à un officier de police. Pourquoi a-t-il choisi d'aller m'enfermer dans cette maison, ça, je ne l'ai pas compris, si ce n'est que c'était sur son chemin pour venir au haras… Mais vous, Penny, vous l'avez échappé belle ! Et vos écuries en ont pris un coup… Enfin, l'essentiel est que vous soyez saine et sauve. Et que tous les chevaux soient indemnes eux aussi.

Elle s'interrompit pour considérer un instant son interlocutrice, qui baissait la tête, accablée.

— Écoutez, poursuivit-elle, ce que j'essaie de vous dire, c'est que cette expérience, si dramatique soit-elle, ne doit pas gâcher toute votre vie. Prenez le temps de vous remettre et tâchez de surmonter tout cela, je vous en prie ! Vous savez, la vie continue, vous rencontrerez quelqu'un d'autre.

— Rencontrer quelqu'un est la dernière de mes préoccupations ! s'exclama Penny avec une moue dégoûtée. Je vous l'ai dit, après Andrew, je ne croirai plus jamais les hommes, et je ne me vois pas vivre avec quelqu'un en qui je n'ai pas confiance. Je ne suis pas comme Lindsey.

— Celle qui vous aide au haras ? La femme de Mark Harper ?

— Oui… Ils traversent une sorte de crise, tous les deux. Lindsey a découvert que son mari avait une maîtresse à Londres et elle a voulu divorcer sur-le-champ. Seulement, Mark ne l'entendait pas de cette oreille. Il lui a juré qu'il allait quitter cette femme et qu'il serait sage dorénavant. Enfin, bref… En fait, ledivorce lui coûterait une fortune, mais il n'y a pas que ça : socialement, il a besoin de Lindsey, vous comprenez ? Elle vient d'une très vieille famille de propriétaires terriens. Tout le monde la connaît dans la région – je veux dire, toute la bonne société et les gens qui comptent ici – et tout le monde connaît ses parents. Et comme c'est un cercle auquel Mark avait très envie d'appartenir, il a épousé Lindsey, et il doit rester avec elle pour continuer à en faire partie. Même avec de l'argent, on n'y est pas accepté si l'on n'est pas lié d'une manière ou d'une autre à quelqu'un d'ici.

Jess hocha pensivement la tête.

— Je vois…

Selina Foscott, Lindsey Harper, Eli Smith : tous trois étaient nés sur ces terres et c'était cela qui comptait, non le statut social ou l'argent. La réputation de votre famille pouvait ne pas être irréprochable, vous pouviez même avoir un double meurtrier comme frère, peu importait : l'essentiel était d'appartenir à ce sol, par des liens qui remontaient à des générations, et d'avoir vos ancêtres enterrés dans le petit cimetière près de l'église. Les autres habitants étaient tolérés, mais seulement tant qu'ils ne commettaient pas d'erreur. C'était une réalité qu'elle-même avait intérêt à ne pas oublier…

D'une certaine façon, songea-t-elle encore, Lucas Burton et Mark Harper se ressemblaient. Tous deux avaient voulu renvoyer une image d'eux-mêmes qui n'était pas la vraie. Lucas Burton était resté solitaire, il avait craint que, en le côtoyant de trop près, les gens ne viennent à soupçonner ses origines. Mark Harper, lui, avait tout fait pour entrer dans le club très étroit des notables de cette petite ville de province. Pour cela, il avait tout misé sur son mariage. Il découvrait maintenant qu'il avait davantage besoin de Lindsey qu'elle, de lui. Lucas Burton s'était manifestement montré plus intelligent.

— Ce que j'ai, ce n'est pas un chagrin d'amour, vous savez, expliqua Penny. Je n'étais pas amoureuse d'Andrew, je vous l'avais dit, d'ailleurs. Je le prenais pour un ami, un très bon ami. Le jour où je vous en ai parlé, je ne m'étais pas rendu compte qu'il se faisait toutes ces idées à mon sujet. Oh, il lui arrivait de me dire qu'il m'aimait, mais toujours sur le ton de la plaisanterie, et je m'empressais chaque fois de le rappeler à l'ordre. C'était une sorte de jeu entre nous, en fait. En tout cas, c'est ce que je croyais. Quelle imbécile !

Elle sirota quelques instants son café, puis enchaîna :

— J'ai du mal à croire que j'aie pu être aussi bête. J'avais vraiment de la peine pour lui quand il me parlait de son couple qui allait à vau-l'eau. Le jour où il m'a annoncé qu'il divorçait, j'ai voulu le réconforter, je pensais que ce serait une période difficile pour lui ! Vous ne pouvez pas vous imaginer comme ça m'énerve d'avoir été aussi stupide ! J'étais triste pour lui ! Et puis, je voulais qu'il se méfie, qu'il ne se fasse pas rouler dans la farine par sa femme. Il n'avait pas l'air de se soucier de ce qu'elle allait prendre dans la maison. C'est parce que j'ai beaucoup insisté là-dessus qu'à la fin il a décidé de trier lui-même leurs affaires et de préparer les cartons de Karen.

— D'après ce que j'ai pu voir, ça représentait un travail considérable ! commenta Jess. Il m'a dit qu'il ne s'attendait pas à découvrir qu'elle possédait autant de choses.

— Oui, c'est ce qu'il m'a dit aussi. Et si elle ne venait pas chercher ses affaires très vite, il avait prévu de les entreposer dans un box de stockage. Mais moi, la seule chose à laquelle j'ai pensé lorsqu'il m'a annoncé son divorce, c'est que Karen risquait de le dépouiller de tout. Pas une minute, l'idée ne m'est venue que désormais, Andy était libre d'être avec moi. Libre de se marier avec moi, pour dire les choses comme elles sont ! Et quelques jours plus tard, il m'enfermait dans la sellerie et il tentait de me brûler vive. Et pas seulement moi, les chevaux aussi ! Les pauvres bêtes, qu'est-ce qu'elles lui avaient fait ? En plus, il les aimait, ces chevaux ! Il était très doux avec eux. J'ai l'impression que… que je ne l'ai jamais vraiment connu, en fait…

Elle avait élevé la voix et les consommateurs assis aux autres tables leur lançaient à présent des regards intéressés. Elle se pencha vers Jess et continua plus bas :

— Vous savez, être trahie par un ami, c'est encore pire qu'être trahie par un amoureux éconduit. On peut concevoir qu'un homme que vous repoussez devienne fou de frustration et qu'il ait des envies de meurtre. Mais un ami, on est supposé pouvoir s'appuyer dessus, non ?

Il n'y avait aucune réponse à donner à cela, aussi Jess orienta-t-elle la conversation sur un autre terrain, qui n'était peut-être pas moins douloureux.

— Et les écuries ? demanda-t-elle. Vous avez pu commencer les réparations ?

Penny poussa un soupir et parut plus abattue encore.

— Ça m'étonnerait que je puisse aller jusqu'au bout. L'assurance me fait des difficultés. Elle a découvert que j'avais une bonbonne de gaz dans la sellerie. Je n'aurais pas dû, je sais. Ce qui est drôle, c'est qu'Andrew m'avait mise en garde, il me disait toujours qu'il ne fallait pas la laisser là ! Et puis, il y a Solo. Il mange comme quatre et il me coûte beaucoup d'argent, mais il ne me rapportera rien, je ne peux plus le faire travailler… Pour le reste, j'espère pouvoir construire avant l'hiver une sorte d'abri provisoire pour les chevaux de mes clients, mais je vais être obligée de baisser les prix. Quant à reconstruire les box…

Elle fixa Jess d'un regard plein de hargne.

— La vie n'est vraiment pas un long fleuve tranquille, conclut-elle.

Jess leva sa tasse devant elle.

— Je vais boire à ce constat, déclara-t-elle.

Andrew Ferris était assis dans la salle d'interrogatoire à côté de son avocat, Me Reginald Foscott. Le commissaire Carter leur faisait face, tandis que, posté à la porte, Phil Morton se préparait à suivre les débats, le visage fermé. On commença par indiquer la date, l'heure et le nom des personnes présentes à l'intention de l'enregistrement. Andrew Ferris écouta, impassible. À le regarder, on aurait pu croire qu'il n'était là qu'en spectateur. Me Foscott chassa une poussière invisible de sa manche, croisa les bras et pencha la tête de côté comme un chien de chasse attentif. Le commissaire Carter entra dans le vif du sujet :

— Un témoin a vu la victime, Eva Zelenà, monter dans une voiture gris métallisé décrite comme pouvant être une Citroën Saxo, à l'extrémité du chemin qui descend du Foot to the Ground, le pub où elle travaillait. Il y avait dans votre garage un véhicule correspondant à cette description, voiture que nos experts de la police scientifique ont examinée. Ils ont trouvé dans le coffre des traces de fluides corporels dont une analyse ADN a démontré qu'ils venaient d'Eva Zelenà. Il a aussi été prouvé que des cheveux découverts dans l'habitacle appartiennent à Eva Zelenà. Nous avons par ailleurs découvert une tache de sang qui, lui, est le vôtre. Le véhicule avait été nettoyé de fond en comble mais, croyez-moi, il n'est pas facile de faire disparaître ce genre de traces. Il faut davantage qu'un aspirateur et du shampoing pour tissus ! Nous avons par ailleurs décelé sous le châssis de la boue identique à celle présente dans la cour de la ferme du Criquet.

— Si vous le dites… marmonna Andrew Ferris.

Reggie Foscott porta le poing à sa bouche et toussa. Carter enchaîna :

— L'ensemble de ces preuves montrent qu'Eva est montée dans votre voiture alors qu'elle était encore en vie, et qu'elle a été transportée dans votre coffre après avoir été tuée. Nous pensons que vous avez emporté son corps à la ferme du Criquet, où M. Lucas Burton a été le premier à le découvrir.

Andrew Ferris écoutait avec un air totalement détaché. À l'évidence, il s'attendait à tout cela. Me Foscott avança un peu sa chaise et les pieds en tubes d'acier raclèrent le sol.

— Mon client est prêt à faire une déclaration au sujet de la jeune femme, Eva Zelenà, dit-il.

Carter haussa les sourcils.

— Des aveux ?

Ferris lui renvoya un demi-sourire sardonique, sa première réaction depuis son entrée dans la pièce.

— Une déclaration, répéta l'avocat. En réalité, il n'était pas dans son intention de lui faire du mal. Il n'a fait que se défendre.

— Se défendre ? Dans ce cas, monsieur, expliquez-nous exactement quelle était votre intention et comment cela a pu se solder par la mort de cette jeune femme. Dites-nous aussi si vous êtes allé déposer son corps à la ferme du Criquet, et pour quelle raison vous avez choisi cet endroit.

— Cette mort a été accidentelle, affirma Ferris en détachant chaque syllabe, comme s'il s'attendait à voir Carter écrire sous sa dictée.

Puis il s'arrêta, espérant peut-être un commentaire mais, devant le commissaire qui le fixait sans rien dire, il se résolut à continuer.

— Vous devez savoir que ma femme et moi, nous sommes en train de divorcer…

— Nous l'avons compris, acquiesça cette fois Carter. Votre épouse, Karen Ferris, nous l'a indiqué. Elle confirme vos dires.

— C'est trop gentil à elle ! lâcha Ferris, ironique. Il se trouve que, en réalité, nous sommes séparés depuis pas mal de temps. Pas officiellement, mais par toutes sortes de circonstances pratiques. Je suis par ailleurs devenu très ami avec Penny Gower. Pour être sincère, j'ai espéré que cette amitié évoluerait en quelque chose de plus profond. Mais ça n'a pas eu l'air de se passer et, ma foi, ça m'a frustré. Alors un soir, je suis sorti boire un verre tout seul, dans ce pub qui s'appelle le Foot to the Ground et que j'avais choisi parce que je n'y étais jamais allé avec Penny, et c'est là que j'ai rencontré Eva.

— Eva Zelenà ? interrogea Carter pour l'enregistrement.

— Oui. Elle était mignonne et sympathique. J'ai engagé la conversation avec elle. Situation classique : un gars déprimé qui a un peu trop bu épanche son cœur auprès d'une serveuse. Enfin, je ne lui ai pas raconté tous mes problèmes, je n'étais pas soûl, ni stupide à ce point ! Mais ça m'a fait du bien de parler à quelqu'un. En fin de compte, je me suis entendu lui proposer qu'on se revoie. Elle a accepté. Je l'ai invitée au cinéma, et voilà, ça a commencé comme ça… Entre nous, ça a toujours été une relation décontractée, rien de sérieux. Au début, un homme seul qui flirte avec une jolie fille. Il devait y avoir des centaines d'autres types dans le pays qui faisaient la même chose que moi au même moment. Seulement pour moi, ça a mal tourné, comme à peu près toutes les relations que j'ai pu avoir dans ma vie !

Andrew Ferris, qui avait commencé son récit d'un ton monocorde, comme s'il récitait une leçon apprise par cœur, s'était soudain animé. Foscott dut s'en rendre compte, car il le regarda et pinça les lèvres.

— Écoutez…

Andrew Ferris tendit la main sur la table et se pencha vers Carter. Près de la porte, Phil Morton se redressa, en alerte.

— Vous ne pouvez pas me reprocher d'avoir voulu m'amuser un peu… Ma femme était en train de me larguer et je n'allais nulle part avec Penny. Comment je me sentais, à votre avis ? Vous auriez été heureux, vous, dans cette situation ? J'ai eu envie de passer du temps avec une jeune femme sympathique, qui ne puait pas le cheval comme Penny, qui ne me parlait pas par l'intermédiaire d'un avocat comme Karen, et qui aimait le sexe. Je suis sûr que vous pouvez comprendre ça !

— Contentez-vous d'expliquer ce que vous ressentiez et comment vous avez réagi à tout ça, répliqua Carter, impassible devant cette tentative d'éveiller une complicité masculine.

— Comment j'ai réagi ? Eh bien, j'ai commencé à sortir régulièrement avec Eva. Mais ça n'avait rien de sérieux. Dans mon esprit, cela restait un flirt, un moment de relaxation. Je prenais ça comme une sorte de thérapie, si vous voulez. Eva, ça n'avait pas l'air de la déranger. Elle adorait s'amuser, danser, explorer la région avec moi. J'étais généreux, je l'emmenais dans de bons restaurants. Nous sortions au théâtre et dans des night-clubs. J'avoue que moi, je n'aime pas beaucoup les boîtes de nuit. À mon âge, on n'apprécie plus tellement ces lieux, ces lumières qui clignotent et cette musique assourdissante, mais elle aimait ça et je voulais lui faire plaisir. Nous allions au cinéma aussi… Enfin bref, tout le bazar habituel…

— Vous n'aviez pas peur que Mme Gower découvre votre liaison ?

— Alors là, pas du tout ! Penny ne sortait jamais de son haras avant la tombée de la nuit et elle voulait se coucher tôt pour pouvoir se lever à l'aube le lendemain et retourner décrotter ses chevaux, les nourrir, les panser, est-ce que je sais… Quand on sortait tous les deux, c'était au Hart, pour dîner en vitesse ou boire une bière. Notre vie sociale s'arrêtait là ! Penny, ça lui suffisait ! On ne peut pas dire que je lui étais infidèle puisque, elle et moi, ce n'était pas une relation !

Il y avait une réelle douleur dans sa voix. Le silence plana quelques instants, puis il reprit avec un haussement d'épaules.

— Quant à Eva, je pense que je lui donnais tout ce qu'elle attendait de moi. Elle n'avait pas l'air d'en vouloir davantage. J'étais sûr qu'elle voyait notre relation de la même façon que moi. Quand on sortait, je n'allais jamais la chercher devant le pub, parce que je ne voulais pas que les gens se fassent des idées fausses. D'ailleurs, Eva ne m'a jamais demandé de monter jusque là-haut, même quand je la raccompagnais tard dans la nuit. Cela confirme qu'elle non plus ne voulait pas que nos noms soient associés. Ce n'était vraiment pas ce qu'on appelle une *liaison*, pour dire les choses clairement. Je pensais plutôt… Enfin, j'estimais que c'était un *accord* que nous avions conclu, elle et moi.

Derrière lui, sur sa chaise, Morton esquissa une grimace dégoûtée.

Andrew Ferris eut une hésitation.

— Je me sentais très stressé durant cette période, et peut-être que je ne réfléchissais pas clairement. La perspective du divorce n'était pas la seule chose qui me donnait du souci.

Il s'arrêta encore.

— Oui ? le pressa Carter. Qu'est-ce qui vous donnait du souci ?

— J'avais un client qui m'ennuyait. Lucas Burton.

— Mon client rejette toute responsabilité dans la mort de Lucas Burton, intervint vivement Me Foscott.

— Pourquoi ? Quel était le problème avec Burton ? interrogea Carter sans tenir compte de l'interruption.

Andrew Ferris secoua la tête.

— Peu importe. Ça n'a aucun rapport avec cette histoire.

— Nous pensons que si, au contraire, persista le commissaire. Nous avons la liste des conversations téléphoniques que vous avez eues avec lui la veille de la découverte du corps. Vous l'avez appelé dans la soirée du jeudi, jour présumé de l'assassinat d'Eva Zelenà. Le lendemain, le corps de cette jeune femme était retrouvé à la ferme du Criquet, et vous avez eu deux autres conversations téléphoniques avec M. Burton. Nous aimerions savoir quelle était la teneur de ces conversations.

— C'était pour le travail, répondit Andrew Ferris. J'avais des questions à lui poser sur sa comptabilité.

— Je me dois de vous signaler que nous avons eu une longue et intéressante conversation avec Mme Karen Ferris, continua le commissaire. Elle nous a expliqué que vous connaissiez Lucas Burton depuis longtemps, mais que vous n'étiez devenu son comptable que récemment. Selon elle, vous l'aviez rencontré à Londres, à une époque où vous exerciez là-bas. C'était il y a un certain nombre d'années et il ne s'appelait pas Lucas Burton en ce temps-là. Elle pense que vous vous êtes plus ou moins fâchés, tous les deux, parce que vous vous mettiez en colère chaque fois que vous parliez de lui. D'après elle, Burton vous avait piégé par le passé, si bien qu'elle a été extrêmement surprise le jour où il est devenu votre client. Quand elle vous a interrogé à ce sujet, vous avez crié, paraît-il, et vous lui avez conseillé de s'occuper de ses affaires. À l'époque, elle a mis cet accès de colère sur le compte de la détérioration de votre relation. Maintenant, elle n'est plus si sûre que cela ait un rapport.

— Mme Karen Ferris doit être considérée comme étant hostile à mon client, souligna Me Foscott d'une voix forte. Tout ce qu'elle peut dire doit être soigneusement pesé, sachant que le couple est en procédure de divorce.

— Je vous remercie, maître. Monsieur Ferris ?

— Très bien, soupira Andrew Ferris. Faisons un plongeon dans le passé, puisque c'est comme ça ! Mon premier véritable emploi a été au sein d'un cabinet d'expertise comptable assez modeste du sud de Londres. Nos clients étaient surtout de petits commerçants, des marchands forains, mais nous avions aussi deux ou trois gros poissons : des types bronzés en manteau d'alpaga qui tenaient des clubs où vous n'aimeriez pas rencontrer votre sœur… Tout le travail que nous faisions pour eux était légal, remarquez bien ! Mais bon, ces clients-là étaient assez spéciaux. Le cabinet en question n'existe plus aujourd'hui, au fait.

« Je ne gagnais pas bien ma vie et Londres est une ville chère. Je venais de me fiancer avec Karen. Elle… elle a toujours été très ambitieuse, commenta-t-il avec une grimace. Je devais économiser le moindre penny. Alors à midi, j'allais grignoter quelque chose au coin de la rue, dans un pub où on ne faisait pas de plats cuisinés, juste des sandwiches, des frites, des choses comme ça. C'était l'endroit le moins cher du quartier pour déjeuner.

« Dans ce pub, j'ai rencontré un type, un petit escroc. Lui aussi était un habitué.

Il esquissa un sourire sombre.

— C'était un beau parleur. Il embobinait qui il voulait et il avait toujours un projet sur le feu. À cette époque, il y en avait beaucoup, des gars comme lui, surtout dans ce genre de quartier. J'aimais bien l'écouter, parce qu'il était drôle. J'avais remarqué qu'il cherchait à se rapprocher de moi, à cultiver notre relation… Mais je n'étais pas stupide. Je me doutais bien que, s'il faisait copain copain comme ça, c'était qu'il avait une idée derrière la tête. Je m'attendais à ce qu'il me demande de m'occuper de sa comptabilité pour pas cher, au noir. Ce type s'appelait Marvin Crapper.

Il se tut pour voir si ce nom suscitait une réaction. Carter acquiesça, mais ne dit rien.

— En fait, ce n'était pas ce qu'il avait à l'esprit. Il préparait un « gros coup ». Il voulait des informations – des informations confidentielles – sur la situation financière d'un type qui était client de ma société. L'un des plus gros, l'un de ceux dont je vous parlais tout à l'heure, qui arrivait en voiture de sport, avec un M. Muscles comme garde du corps. J'ai dit à Marvin de ne rien attendre de moi, que j'étais comme les prêtres, que je gardais les secrets ! Pour tout vous avouer, ce n'étaient pas les scrupules qui me retenaient, mais plutôt la peur : je n'avais pas envie de me retrouver avec les deux jambes cassées ! Mais Marvin ne m'a pas lâché. Il m'a offert beaucoup d'argent et il m'a assuré que personne n'en saurait jamais rien. Nous ne serions que deux à être au courant et lui, il ne dirait rien, c'était évident. Il avait autant à perdre que moi, voire plus…

Andrew Ferris poussa un nouveau soupir et haussa les épaules.

— En fait, Karen voulait acheter une maison, ou au moins un appartement, et il fallait que j'apporte ma part de la mise de fonds. En fin de compte, j'ai écouté Marvin avec plus d'attention. J'aurais dû plutôt éviter le pub et ce type, lui faire comprendre que je n'allais pas entrer dans son petit jeu, mais je ne l'ai pas fait. Je lui ai fourni l'information qu'il me demandait et il m'a payé. Stupidement, j'ai pensé que ça s'arrêterait là. J'ai changé de travail, je suis parti dans un autre quartier de Londres, j'ai épousé Karen… Quelques années plus tard, nous sommes venus nous installer ici, à Cheltenham et je me suis mis à mon compte. Tout allait bien. Enfin, pas tout à fait, puisque Karen et moi, nous ne nous entendions plus. Mais du point de vue du travail, j'étais satisfait.

Andrew Ferris releva les yeux vers le commissaire.

— Seulement, Marvin Crapper n'était pas un homme dont on pouvait espérer se débarrasser une bonne fois pour toutes. Je me doutais bien que, tôt ou tard, il reviendrait à la charge. Où que j'aille et quoi que je fasse, au bout d'un an ou de dix ans, il finirait par frapper à ma porte. Cela a pris du temps, mais c'est exactement ce qui s'est passé.

Il eut un sourire dépité.

— Il a sonné chez moi. J'ai ouvert et il était là, devant moi. Enfin non, ce n'est pas aussi simple que ça : au départ, je ne l'ai pas reconnu. Fini le blouson de cuir et la chaîne en or. Fini aussi l'accent vulgaire des bas quartiers de Londres. C'était un monsieur en veste de sport et chaussures sur mesure, avec une montre de luxe, mais pas d'autres bijoux, qui parlait comme un aristocrate du terroir. Adieu, Marvin Crapper, et bonjour, Lucas Burton ! Il avait même changé son nom. Il s'était métamorphosé !

Contre toute attente, Andrew Ferris éclata soudain de rire et le son se répercuta contre les murs de la petite pièce, déconcertant les trois autres personnes présentes. Carter recula sur sa chaise, Phil Morton se leva, puis se rassit, tandis que Reggie Foscott, alarmé, se penchait vers son client comme pour lui donner un conseil.

Andrew Ferris le repoussa d'un geste négligent.

— Tous ses petits trafics avaient dû porter leurs fruits, il avait très bien réussi. Cependant, sur certains plans, il n'avait pas changé. Sous la couche de vernis, c'était toujours Marvin Crapper. Il est entré et il s'est assis comme en terrain conquis. Il a passé un certain temps à me raconter qu'il avait fait fortune. Il m'a montré sa montre en me disant combien elle avait coûté, il voulait que je sache que c'était une Cartier. Il m'a parlé de la grande maison qu'il avait achetée à Cheltenham et de son pied-à-terre des Docklands, à Londres. Il était en train de chercher quelque chose en Floride pour les vacances, avec une piscine, et il venait de revendre une maison qu'il avait achetée à Marbella, en Espagne, parce qu'il ne la trouvait pas assez grande. Il en avait tiré un très gros bénéfice au passage. Moi, j'étais là, à l'écouter, comme un lapin hypnotisé par une belette. Il m'a dit qu'il savait que je m'étais installé à mon compte dans la région et qu'il avait eu envie de me revoir… C'est ça, j'ai pensé, je vais te croire… Il a enchaîné en disant que justement, il cherchait quelqu'un pour lui établir sa déclaration de revenus. Et qui pouvait s'en occuper mieux que son vieux copain, Andy Ferris ?

Il secoua la tête d'un air désabusé.

— J'aurais dû lui demander tout de suite de débarrasser le plancher. Je ne l'ai pas fait. Je n'ai pas pu. J'étais lié à lui. Et pas seulement parce qu'il savait qu'un jour je m'étais comporté aussi mal que lui. Une défaillance ne fait pas de moi un voyou ! Je ne voulais pas être associé avec un homme comme lui. Mais lui… lui, c'était Svengali[1], un manipulateur de première ! À la fin, je lui ai dit que je voulais bien lui faire sa déclaration d'impôts, mais qu'il ne devait pas compter sur moi pour ses combines…

« Il m'a tapé dans le dos en me souriant de toutes ses dents et il m'a affirmé que les magouilles, c'était du passé. Que nous n'étions plus les mêmes ni lui ni moi. J'avais réussi dans la vie, et lui aussi… En vérité, il avait mille fois mieux réussi que moi, je peux vous le garantir !

1. Personnage de *Trilby*, roman de George du Maurier, paru en 1894. Hypnotiseur, Svengali est devenu l'archétype du manipulateur.

Pensif, Andrew Ferris laissa planer un silence avant de reprendre, toujours plongé dans ses souvenirs.

— Pendant tout le temps qu'il parlait, je ne parvenais pas à détacher les yeux de ses dents. Même elles, il les avait fait changer ! Elles étaient blanches et régulières, comme dans une pub de dentifrice…

« J'ai encore protesté, il m'a écouté sans s'énerver et il m'a dit que je ne devais pas m'en faire. Il me prenait pour un idiot, c'était clair. Son baratin était aussi faux que son sourire. Il avait des allures de type respectable, d'accord, mais juste à l'extérieur. Au fond, il n'avait pas changé. Évidemment ! Chassez le naturel, il revient au galop ! Un jour ou l'autre, il inventerait une nouvelle combine et il essaierait de m'entraîner dedans. Et à ce moment-là, je n'étais pas sûr de pouvoir m'en dépêtrer. Je savais, à son regard, à ses sourires de conspirateur, qu'il n'espérait pas que je le croie. Dans son esprit, nous jouions la comédie tous les deux. Il était sûr que j'étais comme lui, que nous étions sur la même longueur d'onde.

Cette fois, Andrew Ferris s'interrompit et demanda d'un ton poli s'il pouvait avoir un peu de thé.

Le thé arriva quelques minutes plus tard, apporté par Bennison, et l'interrogatoire reprit.

— Bon, maintenant, Eva ! lança Andrew Ferris.

Me Foscott se redressa à ces mots. Ils revenaient au témoignage qu'ils avaient répété. Il était clair que l'avocat n'avait pas apprécié d'entendre son client évoquer Burton, sans doute n'en avaient-ils pas parlé entre eux au préalable. En revanche, ce qu'il s'apprêtait à raconter sur Eva avait été soigneusement élaboré. Le commissaire Carter n'était pas dupe. *Mais de toute façon*, pensa-t-il, *c'est moi qui mène la danse ici…*

— J'étais très inquiet, et aussi très déprimé, commença Andrew Ferris. Je voulais que Crapper sorte de ma vie, et j'avais envie qu'Eva en sorte aussi. Malgré toutes les précautions que je prenais, je craignais que Penny ne finisse par découvrir son existence, ce qui compromettrait mes projets. J'ai donc invité Eva à déjeuner et je lui ai annoncé que je voulais casser. Enfin, je ne lui ai pas dit ça à table, je ne voulais pas qu'une dispute éclate en plein restaurant et que tout le monde nous regarde. Le problème, quand on exerce une profession libérale comme moi, c'est qu'il ne faut pas faire de vagues. J'étais marié, même si ma femme était toujours par monts et par vaux en compagnie de vieux millionnaires. Et quand on a une bonne clientèle, les gens savent qui on est et il y a toujours le risque que quelqu'un nous reconnaisse. Même si je n'emmenais Eva que dans des établissements éloignés de chez moi, je prenais soin de ne pas attirer l'attention. Donc, c'est dans la voiture que je lui ai parlé de séparation, après le repas. Elle était de bonne humeur et j'espérais qu'elle prendrait ça bien. En plus, nous avions bu du vin et elle était un peu indolente…

Il s'interrompit un instant tandis que l'incrédulité marquait ses traits.

— En fait, je n'ai pas du tout compris sa réaction : Eva s'est retrouvée subitement bien réveillée, et sa bonne humeur s'est envolée d'un coup ! Elle est devenue hystérique ! J'ai dû arrêter la voiture et nous avons eu une dispute violente. Son anglais n'était pas parfait, mais elle en savait assez pour jurer comme un charretier. Elle m'a dit qu'elle allait appeler ma femme. Je lui ai répondu que je m'en fichais, que ma femme n'en avait rien à faire de toute façon, parce qu'elle avait un amant de son côté. Alors, elle a menacé de tout raconter à Penny. Elle criait qu'elle savait très bien que j'avais une autre petite amie, une fille qui puait le crottin… Je ne lui avais jamais dit le nom de Penny et je ne lui avais jamais parlé du haras non plus, mais bon, j'avais dû me laisser aller un soir…

Il haussa les épaules.

— Bref, j'ai essayé de la calmer, mais cette petite pute ne voulait pas la fermer ! Elle m'a attaqué. Elle m'a physiquement attaqué ! Elle m'a frappé avec ses poings, et elle était bien plus forte qu'elle n'en avait l'air. Le sang que vous avez trouvé dans la voiture provient d'un coup qu'elle m'a donné sur le nez. J'ai dû me battre avec elle pour me protéger. Je lui ai pris les poignets, et puis, je l'ai attrapée par les épaules et je l'ai secouée pour la ramener à la raison. Mais ensuite… Ensuite, enchaîna-t-il avec un geste fataliste, je ne sais pas comment, mes mains se sont retrouvées sur son cou et là, j'ignore ce qui s'est passé, mais elle est devenue toute molle d'un coup. J'ai cru qu'elle s'était évanouie, que c'était temporaire… Mais je n'ai pas réussi à la ranimer et j'ai compris qu'elle était morte. C'était… c'était horrible.

Il releva vers Carter un regard chargé de désespoir.

— Je ne voulais pas la tuer ! Je ne voulais lui faire aucun mal ! Grands dieux, je suis comptable, je suis quelqu'un de respectable et j'ai une réputation à préserver ! Pourquoi serais-je allé l'assassiner ?

Il se tut, guettant une fois de plus la réaction du commissaire.

— Continuez, monsieur, dit celui-ci.

— Bon, eh bien, d'abord, j'ai paniqué, bien sûr ! reprit Andrew Ferris en se concentrant de nouveau sur ses souvenirs. Ensuite, je me suis dit que, si j'arrivais à laisser le corps quelque part, dans un endroit où on ne le découvrirait pas avant longtemps, personne ne pourrait faire le lien avec moi. J'ai pensé à l'enterrer. Il y a plein de terrains en friche autour du Criquet. Certes, on y fait paître des moutons parfois, Eli s'y promène de temps en temps et Penny et ses clients y passent à cheval, mais personne ne va en inspecter chaque recoin. C'était donc une possibilité. Et puis, j'ai eu une idée encore meilleure, un éclair de génie, en tout cas, c'est ce que j'ai pensé. Je pouvais faire d'une pierre deux coups : me débarrasser du corps d'Eva et faire sortir Marvin Crapper de ma vie.

« Il était clair que Marvin n'aimerait pas voir la police traîner autour de chez lui, lui poser des questions, fouiller son passé. Il s'était construit une nouvelle vie impeccable, coupée de son histoire personnelle, et il n'aurait pas envie que ses nouveaux amis apprennent qu'il ne s'était pas toujours appelé Burton.

« Seulement, les gens comme lui sont trop intelligents. Ma grand-mère disait toujours : "Quand on a l'esprit trop aiguisé, on finit par se couper." Le vieux Marvin, celui qui se cachait sous le nouveau Lucas, il était différent : il ne pouvait pas résister à la perspective d'une belle arnaque.

« Je lui ai téléphoné pour lui dire que j'avais une affaire juteuse à lui proposer, un gros coup. Que je voulais lui en parler, mais pas chez moi, et encore moins dans un lieu public. Que je connaissais l'endroit parfait. Je lui ai décrit la ferme du Criquet et je lui ai donné rendez-vous là-bas à quinze heures trente le lendemain. Je savais qu'il ne pourrait pas refuser, ne serait-ce que par curiosité. J'ai attendu la tombée de la nuit pour emporter le corps d'Eva à la ferme. Là-haut, il n'y avait que moi et les chauves-souris qui volaient autour de la maison de Dracula. Je l'ai arrangé… je veux dire, le corps… Je l'ai mis dans l'étable, juste à côté de l'entrée. Je savais que, dès son arrivée, Lucas ferait un petit tour du propriétaire, qu'il partirait en reconnaissance pour s'assurer qu'il n'y avait personne. J'étais certain qu'il irait fureter dans l'étable et qu'il découvrirait Eva.

« Bien sûr, il y avait toujours le risque qu'Eli vienne le matin, avant lui, et qu'il soit le premier à trouver Eva. Dans ce cas, ce serait raté, tant pis ! Mon plan pour me débarrasser de Lucas n'aurait pas fonctionné mais, au moins, j'aurais trouvé la solution pour Eva. La ferme du Criquet a une histoire sanglante et je me disais qu'Eli n'irait pas prévenir les flics. Je pensais qu'il partirait l'enterrer quelque part dans ses champs. En fait, Eli était comme Marvin, lui non plus ne voulait pas avoir affaire à la police. Ce vieux-là a ses petites combines, et puis il a horreur des étrangers. Évidemment, je préférais que Marvin découvre Eva le premier, parce que ça lui ficherait une trouille bleue. Il décamperait et il se dépêcherait de couper tous les ponts avec moi, vu que c'était moi qui lui avais proposé ce lieu pour la rencontre. Je l'avais fait venir sur une scène de crime et vous, les flics, vous aviez toutes les chances de le soupçonner ensuite.

Andrew Ferris eut un petit rire ravi.

— Et vous savez quoi ? Ça a marché comme sur des roulettes ! Il m'a téléphoné quelques minutes à peine après avoir trouvé le corps, aux cent coups, pour annuler le rendez-vous et me dire de ne surtout pas venir. Il était terrorisé. Et dans la soirée, il m'a rappelé pour m'annoncer qu'il voulait que j'arrête de travailler pour lui. J'ai fait semblant de protester, pour la forme. Je ne suis pas sûr qu'il ait été dupe. Mais ça n'avait pas d'importance. Il était mort de trouille et il n'y avait aucune chance qu'il aille prévenir la police. Les gens qui vous apportent ce genre d'information, vous les avez dans le collimateur, pas vrai ? Pour le cas où ce serait l'assassin qui cherche à faire le malin ?

Il se tut, interrogeant le commissaire du regard. Carter confirma d'un hochement de tête, puis ajouta tout haut, pour l'enregistrement :

— Oui.

Andrew Ferris acquiesça, satisfait, avant de poursuivre son monologue.

— Donc, vous auriez enquêté sur Lucas Burton. Vous auriez découvert qu'il avait changé de nom. À mon avis, Marvin Crapper devait traîner pas mal de casseroles derrière lui. En tout cas, il y avait toutes les chances que vous vous intéressiez de près à lui. Les criminels ont un comportement bizarre, paraît-il. C'est ce qu'on lit dans les polars… Ils reviennent sur le lieu de leur crime. Vous auriez sûrement pensé que c'était ce qu'avait fait Marvin. Enfin, Lucas… Non, Lucas Burton n'avait pas du tout envie d'attirer votre attention !

Il secoua la tête.

— Mon plan était donc parfait… sauf que Penny, manque de chance, a vu Lucas dans sa voiture, garé au bord de la route, et qu'elle l'a trouvé bizarre. Du coup, j'ai tout de suite téléphoné à Eli, qui a sauté dans son camion pour monter à la ferme vérifier ce qui avait bien pu se passer. Et le plus drôle, c'est que lui, il vous a appelés. Je n'en revenais pas ! Mais de toute façon, à ce moment-là, ça n'avait plus aucune importance. J'étais tranquille et je savais que Marvin se retrouverait tôt ou tard sur la sellette !

— Alors qu'est-ce qui vous a décidé à le recontacter le lendemain matin ? interrogea le commissaire. Pourquoi êtes-vous allé le trouver à son garage ?

— Je n'y suis pas allé, répondit sereinement Andrew Ferris. Pourquoi aurais-je fait ça ? J'avais déjà obtenu le résultat escompté : Marvin mort de trouille. Je n'ai rien à voir avec son meurtre. Je n'avais pas besoin de le tuer, je voulais juste qu'il arrête de me relancer. Des gens qui ne pouvaient pas l'encadrer, il doit y en avoir un paquet ! Vous imaginez tous les coups tordus qu'il a pu faire dans sa vie ? Ce gars-là doit avoir des ennemis partout !

Il se pencha en avant, une lueur moqueuse dans le regard.

— Vous avez peut-être des preuves ADN qu'Eva est montée dans ma voiture, mais vous n'avez rien qui prouve que je suis allé dans ce garage, et vous ne trouverez rien !

Il s'adossa à son siège.

— Je ne l'ai pas tué. Que vous le vouliez ou non, vous devez me croire. Et si vous pensez le contraire, prouvez-le ! conclut-il.

Me Foscott se racla la gorge, comme s'il cherchait à le mettre en garde.

— Nous ferons de notre mieux, répondit le commissaire Carter. Nous avons récupéré une empreinte partielle de paume sur la Mercedes dans le garage. La voiture venait d'être lavée et lustrée, ce qui suggère que l'empreinte a été faite après. Ce n'était pas celle de M. Burton, elle appartenait à quelqu'un d'autre, une personne qui est entrée dans le garage. Nous l'avons donc comparée avec vos empreintes, et nous pensons que ce visiteur, c'était vous, monsieur Ferris.

L'espace d'un instant, le suspect parut dérouté. Il se redressa sur son siège, ouvrit la bouche, mais n'eut pas le temps de proférer le moindre son, car Me Foscott prit la parole en se penchant vers lui, les sourcils froncés.

— Nous n'avons pas été informés de cet élément, dit-il au commissaire. Pour le moment, mon client n'a rien à déclarer à ce sujet.

Carter acccpta la rebuffade sans broncher et continua :

— Par ailleurs, il y a d'autres charges contre vous : vous êtes accusé de coups et blessures sur la personne de l'inspecteur Jessica Campbell, qui lui ont occasionné des lésions corporelles. Vous l'avez kidnappée et enfermée dans la ferme du Criquet. Dans un deuxième temps, vous avez emprisonné Penelope Gower dans la sellerie de son haras et vous avez mis le feu aux box voisins, avec l'intention d'attenter à ses jours.

Andrew Ferris le fixa d'un œil mauvais.

— Saletés de femmes ! Toutes les mêmes ! maugréa-t-il soudain. On ne peut pas leur faire confiance, à aucune ! Si je me retrouve dans ce foutoir, c'est à cause d'elles ! D'abord, il y a eu cette idée de Karen d'acheter un appartement nettement au-dessus de nos moyens.

C'est sa faute si je me suis mis à écouter Crapper et que je me sois retrouvé mêlé à ses combines. Et après ça, Karen m'a laissé tomber comme une vieille chaussette ! Elle a fait ça en douceur, petit à petit, mais je savais bien ce qu'elle complotait, moi ! Et puis, il y a eu Penny… J'ai sué des heures dans ses écuries, à ramasser le crottin, à construire des obstacles, à réparer tout ce qui nécessitait un marteau et des clous. Je faisais ça par amour, et elle le savait très bien ! Ah, mais non ! elle ne voulait pas m'épouser, quelle idée ! J'étais juste la bonne poire qui travaillait à l'œil ! Elle m'utilisait, de la même façon qu'elle utilisait le vieil Eli. Elle m'a dit qu'elle désirait passer toute sa vie au milieu de ses canassons, alors moi, je me suis dit, d'accord ! Je vais t'arranger ça, ma belle ! Je vais t'arranger ça comme j'arrange tes toits qui fichent le camp et comme je remets les obstacles que cette saleté de gamine…

Il s'interrompit pour se tourner sur sa chaise et lancer à son avocat interloqué un regard rageur.

— … que votre sale gamine passe son temps à démolir, figurez-vous ! Penny pouvait bien mourir avec ses chevaux, ça ne me dérangeait pas, j'allais même l'y aider ! Quant à votre inspecteur Campbell, qu'est-ce que vous voulez, elle est revenue fouiner chez moi ! J'avais déjà répondu à ses questions, qu'est-ce qu'elle voulait encore ? Est-ce qu'elle avait besoin de fourrer son nez dans mon garage ? Pareil pour Crapper… Enfin, Burton, comme cet abruti voulait qu'on l'appelle ! Il n'avait pas besoin de revenir me casser les pieds, il l'a cherché ! Vous comprenez ?

Il pointa un index furieux sur le commissaire Carter, dont l'expression attentive ne s'était pas modifiée tandis qu'il lançait sa tirade d'une voix qui n'avait cessé de monter dans les aigus.

En revanche, Phil Morton avait quitté son siège près de la porte et s'était rapproché. Il se tenait maintenant juste derrière Andrew Ferris qui, sentant sa présence, jeta un coup d'œil par-dessus son épaule, avant de s'adresser de nouveau à Carter.

— J'ai aimé deux femmes dans ma vie, reprit-il. Karen, et puis Penny. Ni l'une ni l'autre n'ont voulu de moi. Par contre, les deux personnes dont je voulais me débarrasser se sont accrochées : Eva, quand je lui ai dit que notre petite amourette était terminée, et Crapper, ce type que je n'aurais jamais voulu revoir ! La justice naturelle, ça n'existe pas, vous le saviez, ça ? La vie n'arrête pas de vous jouer de sales tours. La vie, ce n'est rien d'autre qu'une grosse blague vicieuse…

Il se tut et il ne resta que l'écho de ses cris suspendu dans l'air de la petite pièce. La colère avait déserté son expression. Sa chaise émit un craquement de protestation lorsqu'il s'y adossa. Des perles de sueur mouillaient son front mais, en dehors de cela, tout son être avait recouvré ses manières détachées du début de l'entretien. C'était comme si la fenêtre qui s'était ouverte sur son esprit venait de se refermer. Andrew Ferris fixait Carter comme si le commissaire était un objet relativement intéressant du décor.

— Rien de tout ça n'est ma faute, vous voyez bien ! conclut-il avec l'air d'une personne qui vient de résoudre un problème. Si tous ces gens s'étaient comportés de façon raisonnable, il ne serait rien arrivé du tout.

18

— Crois-moi, ce gars est complètement cinglé.

Phil Morton était venu voir Jess dans son bureau et tous deux avaient passé en revue les éléments de l'enquête dont ils disposaient.

— Pas la peine d'être psy pour s'en rendre compte ! ajouta-t-il.

— Mais il n'est pas assez atteint pour s'en sortir à bon compte devant la justice, répliqua Jess avec fermeté. C'est un assassin enragé qui avait tout à fait conscience de ce qu'il faisait. Espérons que le jury arrivera à cette conclusion le moment venu. Et que le juge le mettra hors d'état de nuire le plus longtemps possible. Ferris est un égocentrique incapable d'assumer la responsabilité de ses actes, et il est vindicatif. Beaucoup plus qu'un sale type !

— Oh ! Mais avec le coup qu'il t'a donné sur la caboche, tu n'es pas objective, assura Morton d'un ton docte. Ça a influencé l'image que tu as de lui. C'est du moins ce que dira son avocat. Tu sais comment sont les hommes de loi…

— L'image que j'ai de Ferris, c'est que c'est un assassin ! persista-t-elle. Pour justifier le fait qu'il m'ait attaquée, qu'est-ce qu'il a dit ? Que j'étais revenue chez lui ! Que j'avais fourré mon nez dans son garage ! C'est pour ça qu'il a été obligé de m'assommer. C'était ma faute, quoi ! Ces gens qui se prennent pour des victimes, c'est la pire engeance…

— La moitié des gars dans les prisons sont comme ça, commenta Morton, qui poursuivit en adoptant une petite voix aiguë : « Ce type, je ne l'aurais jamais tué s'il n'avait pas voulu m'empêcher de lui piquer son portable ! »

Il esquissa une grimace.

— C'est bien ce que je dis, conclut Jess : Andrew Ferris est un psychopathe.

— Oui, un timbré. Au fait, comment ça va, toi ? Non que ce ne soit pas un plaisir de te revoir au bureau… fit Morton avec l'un de ses rares sourires.

— Ça va, merci. Bon, maintenant, à nous de constituer un argumentaire en béton. Ce gars est intelligent et il s'exprime bien. Au moindre faux pas de notre part, il serait bien capable de se dépêtrer des deux inculpations de meurtre.

— Il n'est pas né de la dernière pluie, c'est certain… soupira Morton.

Jess bascula sa chaise contre le mur comme on le lui interdisait toujours lorsqu'elle était petite et leva les yeux. Une toile d'araignée se balançait au plafond dans la brise qui entrait par la fenêtre entrouverte.

En béton... répéta-t-elle en son for intérieur. *Ferris risque-t-il d'être innocenté du meurtre d'Eva Zelenà à cause d'un vice de forme juridique, d'un détail que nous aurions – que j'aurais – négligé ?*

Elle résuma pour elle-même les faits dont ils étaient sûrs. Ferris reconnaissait qu'Eva était montée dans sa Citroën et qu'une violente dispute avait éclaté entre eux. Il avouait avoir placé les mains autour de son cou. Les fluides corporels retrouvés indiquaient qu'il avait ensuite caché le corps dans le coffre de la même Citroën et il ne le niait pas. Cela n'avait pas dû être simple : un coffre de Citroën Saxo n'est pas grand. Toutefois, Eva était un petit gabarit. Par ailleurs, le sang retrouvé dans la voiture était celui de Ferris, et c'était regrettable. Un bon avocat exploiterait cet élément pour prouver que la jeune fille avait bel et bien agressé son client, même s'il faisait deux fois sa taille. Ferris continuerait à soutenir qu'il avait agi en légitime défense et que la mort d'Eva n'était qu'un déplorable accident. Il faudrait alors s'en remettre au jury pour trancher dans le bon sens. Car en réalité, ce n'était pas Ferris qui s'était défendu, mais Eva. S'il avait saigné du nez, c'était que l'un des coups de la jeune femme, par un heureux hasard, avait porté.

Il fallait aussi envisager l'ordre des événements. Ferris avait affirmé avoir d'abord tué Eva sans le faire exprès. C'était seulement ensuite qu'il avait eu l'idée d'impliquer Burton dans la découverte du corps, en espérant se libérer ainsi de l'ancien malfrat. Mais n'était-il pas possible que son objectif premier ait été de se débarrasser de Burton, et qu'il ait décidé de tuer Eva (l'autre personne qui le gênait) pour parvenir à ses fins ?

Elle rétablit sa chaise en position normale.

— Quoi qu'il en soit, déclara-t-elle, Ferris ne pourra pas nier qu'il m'a donné un coup sur la tête et enfermée dans cette maison des horreurs. Ni qu'il a verrouillé la sellerie du haras, avec Penny Gower à l'intérieur, et qu'il a mis le feu aux écuries.

— Ça, c'est sûr ! s'exclama Morton avec un entrain qui ne lui était pas familier, avant de revenir à sa morosité habituelle. Mais pour l'inculper du meurtre de Lucas Burton, nous n'avons pas grand-chose à nous mettre sous la dent. Il continue de nier. J'aurais bien aimé qu'on retrouve l'arme du crime, mais je n'y crois plus. Je ne le sens pas… Quant à l'empreinte de paume, même si elle n'est que partielle, elle suggère que Ferris s'est trouvé près de la Mercedes à un moment donné, mais elle ne suffit pas à l'incriminer.

Il se gratta la nuque, pensif.

— Vois-tu, quand Carter lui a parlé de cette empreinte, Ferris a eu l'air mal, tout d'un coup. Il a paru surpris et très embêté. C'est quelqu'un de méticuleux, il devait être sûr de ne pas avoir touché la voiture.

— Il soutient que l'empreinte doit être plus ancienne, souligna Jess. Comme Burton venait toujours le voir en voiture pour sa comptabilité et que lui, qui travaillait chez lui, sortait accueillir ses clients dans la rue, il estime qu'il a touché la Mercedes à l'une de ces occasions et que Burton a négligé cette parcelle de la carrosserie quand il l'a nettoyée. Ce type a réponse à tout, c'est terrible…

Morton poussa un juron.

— Après sa petite escapade à la ferme du Criquet, Burton a dû mettre beaucoup de soin à lustrer sa Mercedes, crois-moi ! La carrosserie était impeccable, prête à être exposée dans un showroom ! Il faudrait un miracle pour qu'il ait raté l'endroit précis où Ferris avait posé sa main !

— On doit tout de même s'attendre à un duel acharné au sujet de cette empreinte le jour du procès, soupira Jess. Parce que personne n'a vu Ferris entrer dans ce garage et que, en plus, il prétend qu'il ne savait même pas où Burton rangeait sa voiture ! Et puis, il est vrai que ce Burton devait avoir des ennemis, quantité d'ennemis. Ce genre de manipulateur écrase beaucoup de monde sur son passage…

Morton lui jeta un coup d'œil inquisiteur.

— Et le chef, qu'est-ce qu'il en dit ?

— Il dit que le seul ennemi de Burton que nous connaissons, nous, c'est Ferris. Et Ferris, nous le savons, n'avait qu'une idée en tête : se débarrasser de lui. Carter pense – et je partage son opinion – que Ferris ne pouvait pas être certain que Burton ne reviendrait pas à la charge dans le futur, même après son plan très élaboré pour le conduire jusqu'au cadavre. Burton était resté des années sans le voir, rappelle-toi ! Et il a quand même fini par ressurgir ! Comment être sûr que, au bout d'un certain temps, une fois le moment de frayeur passé, il ne se présenterait pas de nouveau à sa porte ? Carter et moi, nous pensons que Ferris s'est dit qu'il voulait pouvoir dormir sur ses deux oreilles.

— Un point sur lequel nous sommes tous d'accord, c'est formidable ! s'exclama Morton, énigmatique. Espérons maintenant que le ministère public s'associera à notre petit club !

La toile d'araignée se balançait toujours avec grâce au-dessus de leurs têtes. Soudain excédée, Jess se leva et s'empara d'un vieux parapluie noir qui attendait dans un coin, pour le cas où un orage imprévu éclaterait. L'objet était arrivé dans ce bureau bien avant elle, abandonné par un propriétaire inconnu, et il était en si mauvais état que tous ceux qui l'empruntaient ne manquaient pas de le rapporter. Sous le regard attentif de Morton, Jess s'en servit pour décrocher la toile d'araignée.

— Je t'ai eue… murmura-t-elle.

Elle brandit triomphalement sa prise sous les yeux de Morton, qui haussa les sourcils.

— Tu sais ce qui serait bien, Phil ? reprit-elle. C'est de pouvoir prouver que Ferris est allé chez Burton après le meurtre. Je suis prête à parier un mois de salaire que c'est ce qu'il a fait ! Qu'il a prélevé les clés sur le corps et, par la même occasion, qu'il a aussi retiré tout ce qui pourrait révéler l'existence d'un lien entre Burton et lui.

— Ma grand-mère disait toujours qu'on ne doit pas parier de l'argent qu'on ne peut pas se permettre de perdre, répliqua Morton, sentencieux. Nous n'avons pas réussi à établir que Ferris est entré dans la maison. Nos services techniques l'ont passée au peigne fin, ils n'ont pas trouvé la moindre empreinte, pas une trace d'ADN. Aucun voisin n'a vu Ferris franchir le seuil dans un sens ni dans l'autre. Le témoignage de la drôle de bonne femme qui faisait le ménage ne nous apprend rien : elle a déclaré que tout était comme d'habitude le lundi matin, à part l'emballage des biscuits dans la corbeille à papier du bureau. Remarque, ce doit être la personne la moins observatrice de tout le Gloucestershire !

Il secoua la tête, perplexe.

— Je n'en reviens toujours pas que Burton l'ait payée trois fois par semaine pour qu'elle vienne boire du thé dans sa cuisine…

— C'est le *modus operandi* de Ferris, persista Jess, concentrée sur son idée. Il dépouille ses victimes de leurs objets personnels : téléphone, clés, cartes de crédit et argent, tout ! Il a pris le portable d'Eva, son porte-monnaie, son rouge à lèvres et toutes les autres choses qu'elle pouvait avoir sur elle.

— Oui, confirma Morton. Milada m'a dit qu'Eva ne sortait jamais sans son portable.

— Comme n'importe quelle fille de dix-neuf ans ! acquiesça Jess. Et pourtant, on n'a rien trouvé sur son corps. Rien du tout. Si au moins nous pouvions localiser ne serait-ce qu'un seul de ces objets… Qu'a-t-il pu faire de tout ça ? On a mis son domicile sens dessus dessous sans rien trouver qui ait pu appartenir à Eva ou à Burton. Nous avons fait ouvrir le coffre de Mᵉ Foscott pour examiner le paquet que Burton lui avait confié, mais il ne contenait que des documents personnels relatifs à son changement d'identité. Rien qui puisse le relier à Ferris.

— Ferris a forcément une planque quelque part, opina Morton. Il s'est peut-être débarrassé sans problème de l'arme du crime, mais il n'a pas pu détruire tout le reste sans laisser de trace, ce n'est pas possible.

Il saisit le parapluie resté sur la table et le remit à sa place.

— Tu sais, dit-il d'un ton hésitant par-dessus son épaule, peut-être qu'il ne fait pas ça. Enfin, qu'il ne détruit pas les choses… S'il a une âme de collectionneur, par exemple, il a pu vouloir conserver les objets personnels de ses victimes, comme le rouge à lèvres d'Eva ou son portable…

— Les Toby jugs ! s'écria aussitôt Jess. Il en a toute une série dans son salon !

Elle se souvenait aussi des nombreuses boîtes remplies d'objets divers qui encombraient l'allée devant la maison, et des montagnes de bric-à-brac qui, à l'intérieur, attendaient d'être jetées.

— Sa femme aussi accumulait les choses, ajouta-t-elle. Tu as dû voir tout ce qu'elle possédait quand tu es allé chez eux.

— Ah, elle… Encore un numéro, on dirait ! C'est une acheteuse compulsive, si tu veux mon avis !

— J'ai pensé qu'il avait pu dissimuler les affaires de ses victimes dans les cartons, parmi les affaires de Karen, justement. Mais, comme tu le sais, nous les avons tous vidés un par un et tout ce que nous avons trouvé, c'est une quantité de paires de chaussures à faire pâlir de jalousie Imelda Marcos[1], et assez de souvenirs de voyages pour remplir toute une boutique !

Elle s'arrêta net, traversée par une idée soudaine, et claqua des doigts.

— Un box de stockage ! s'exclama-t-elle. Penny Gower m'a dit que Ferris avait l'intention d'entreposer les affaires de sa femme quelque part une fois qu'il aurait tout emballé ! C'est là qu'il faut chercher, Phil ! Chez les garde-meubles, dans les coffres de banques, bref, tout ce qui ressemble à ça !

— T'inquiète, je m'en charge ! promit Morton.

Au même instant, Bennison apparut sur le seuil du bureau.

1. Femme de Ferdinand Marcos, président des Philippines de 1965 à 1986. Après leur départ en exil, des milliers de paires de chaussures furent découvertes dans leur résidence.

— Ah ! Vous êtes là, je vous cherchais ! Comment ça va, madame ?

— Très bien, Hayley, merci ! C'est pour ça que tu me cherchais ? Pour prendre de mes nouvelles ?

— Mais non ! répondit Bennison d'un ton léger. Il y a en bas une dame qui voudrait vous voir. Elle dit qu'elle est la tante de Lucas Burton.

Elle s'appelait Joy Gotobed. Dans un concours de combinaisons malheureuses de prénoms et de noms, songea Jess, prise de pitié, elle aurait sans doute décroché le premier prix. Elle avait dû en prendre son parti avec le temps, se résigner à l'avalanche de plaisanteries douteuses dont son entourage devait l'abreuver.

— Avant, je m'appelais Joy Crapper, précisa-t-elle. Et Marvin – enfin, Lucas, puisqu'il a changé de nom –, c'était le fils de ma sœur Marilyn.

Son physique ajoutait une cruauté subtile à son patronyme. C'était une femme âgée, maigre et pauvrement vêtue. La peau de ses mains usées par le travail était lâche et ridée, comme si elle avait enfilé une paire de gants trop grands pour elle. Son alliance aussi était trop large, et elle ne portait pas d'autre bague. Ses dents étaient fausses, trop régulières, trop blanches, mal adaptées à son visage. Et pourtant, il y avait chez elle quelque chose de douloureusement honnête, et une spontanéité qui commandait le respect.

— J'ai lu dans le journal qu'il était mort.

Tout en parlant, elle tordait les mains sur ses genoux avec nervosité.

— À ce qu'on dit, c'est quelqu'un qui l'a tué. Quand j'ai vu ça, je vous assure, ça m'a fait du mal. Il n'était pas… Enfin, je ne sais pas, ça fait longtemps que je ne l'avais pas vu, mais enfin, c'était un être humain, quoi, et puis, c'était le petit de Marilyn. C'est moi qui l'ai élevé, vous comprenez. Moi et mon mari, quoi, ensemble. Nous, on n'avait pas d'enfants, de toute façon, et Marilyn, elle n'était pas capable de s'en occuper ! Le père, on n'a jamais su qui c'était. Elle ne nous l'a jamais dit. Si ça se trouve, elle ne le savait pas elle-même !

Mme Gotobed baissa les yeux sur ses mains et dut prendre conscience de la nervosité qu'elles dénotaient, car elle les croisa fermement.

— Je sais, ce n'est pas très gentil, de dire des choses comme ça sur sa sœur, poursuivit-elle, mais qu'est-ce que vous voulez, c'est la vérité ! Marilyn, elle ne pensait qu'à s'amuser. Et elle aimait boire, aussi. En se réveillant le matin, elle ne se rappelait jamais avec qui elle avait été la veille, ni où… Mais elle avait bon cœur, ça, on peut le dire ! Je l'adorais, ma sœur…

— Si je comprends bien, elle est décédée ? s'enquit Jess en voyant que Mme Gotobed s'était arrêtée.

— Oh oui, ça fait un bail ! Elle n'a pas fait de vieux os, vous savez. C'est normal, avec la vie qu'elle menait, elle n'aurait pas pu aller bien loin. Marvin devait avoir cinq ou six ans quand sa maman est morte. Mais comme je vous ai dit, Ronnie et moi – Ronnie, c'est mon mari –, on l'a élevé comme notre fils. Il est mort aussi, Ronnie, maintenant. Ça fait dix ans qu'il est parti. À cause de l'amiante, vous comprenez. L'amiante lui a bousillé les poumons. Il travaillait sur des sites de démolition et, à l'époque, on ne savait pas tout ce qu'il y avait comme poison dans les vieux bâtiments qu'on détruisait. Oui, les constructions étaient pleines de cochonneries mauvaises pour la santé.

Mme Gotobed parut soudain songer à quelque chose et elle se pencha pour fouiller dans le sac en plastique qu'elle avait avec elle. Elle en tira deux coupures de presse.

— Là, dit-elle en en tendant d'abord une à Jess, c'est l'article qui dit qu'on l'a retrouvé mort. Et ça, fit-elle en lui présentant l'autre, c'est un homme de loi qui demande s'il avait de la famille. J'ai téléphoné au numéro qui est marqué et on m'a dit qu'il fallait que je vienne. Avec des… justificatifs…

Elle prononça ce dernier mot avec précaution, soucieuse de bien le répéter.

— Alors j'ai apporté tout ce que j'avais. Mon livret de famille et le certificat de naissance de Marvin, et puis son brevet qu'il a eu au collège, et puis des photos…

Elle fouilla de nouveau dans le sac.

— J'ai l'acte de décès de Marilyn aussi, c'est le foie qui a lâché, mais c'était fatal, hein ?

Elle reporta son attention sur Jess.

— Seulement, j'ai préféré venir ici d'abord. Pour vous demander si vous savez qui a tué Marvin. Ce saligaud-là, faudra l'attraper, hein ?

— Nous en avons bien l'intention, madame. Et nous faisons de notre mieux. Quand avez-vous vu votre neveu pour la dernière fois ?

La femme ne répondit pas tout de suite et Jess comprit que la question l'embarrassait.

— Ça devait être à peu près un mois avant la mort de Ronnie, finit-elle par déclarer en fixant le mur blanc en face d'elle.

— Il y a dix ans ?

Les joues maigres de Mme Gotobed s'empourprèrent.

— On n'était plus tellement en contact, vous comprenez. Marvin s'est marié très jeune et ça n'a pas marché et, après ça, on ne s'est plus beaucoup vus… La dernière fois que je lui ai parlé, c'était juste avant Noël. J'étais avec une amie qui m'avait obligée à sortir me promener avec elle, elle disait que j'avais besoin de prendre l'air. Elle a voulu qu'on aille faire les magasins. Oh ! sans acheter, bien sûr, juste pour regarder… Moi, ça ne me plaisait pas beaucoup de laisser Ronnie tout seul pendant plus d'une heure, parce que, à cette époque-là, il était déjà très malade. Mais un vieux copain à lui s'est proposé pour venir lui tenir compagnie et, comme Ronnie l'aimait bien, j'ai dit d'accord. On est allées dans Oxford Street, et qui je vois, là, qui arrive sur le trottoir devant moi ? Marvin ! Il avait un peu vieilli, évidemment, et il avait grossi. Et puis, il était très bien habillé. Mais c'était quand même mon Marvin. Alors je lui ai crié : Marvin ! C'est moi, Tatie Joy ! Il a eu l'air assommé, je crois qu'une plume aurait suffi à le faire tomber par terre ! Mais il a été très poli et il m'a demandé des nouvelles d'oncle Ronnie. Je lui ai dit qu'il n'allait pas très bien. Je n'ai pas voulu l'inquiéter en lui racontant dans quel état il était. Il a été désolé d'apprendre ça. Et il m'a expliqué qu'il ne s'appelait plus Marvin, maintenant, mais Lucas, Lucas Burton. Là, c'est moi qui aurais pu tomber par terre ! J'ai juste dit : Ah oui ? C'est bien… Qu'est-ce que vous vouliez que je réponde ? On voyait qu'il n'était pas dans le besoin. Faut dire qu'il avait toujours eu des tas d'idées, des idées pour se faire de l'argent, quoi… Et puis, c'était un garçon intelligent, il travaillait bien à l'école. Je lui ai présenté mon amie, on a parlé un peu des lumières de Noël et du monde qu'il y avait dans les magasins. Ensuite, il a sorti son portefeuille et il m'a donné un billet de cinquante livres en nous disant d'aller manger dans un bon restaurant, toutes les deux. Il était désolé de ne pas pouvoir venir avec nous, mais il avait quelqu'un à voir. Alors il est parti et nous, on a mangé au restaurant. En rentrant, j'ai raconté à Ronnie que j'avais rencontré Marvin et qu'il avait l'air d'avoir bien réussi. Il a été content, je crois. Enfin, pour être honnête avec vous, à cette époque-là, il avait un peu perdu l'intérêt pour les choses…

— Oui, articula Jess, mal à l'aise. Votre neveu avait très bien réussi, en effet.

Que pouvait-elle dire à cette femme ? Joy Gotobed, née Crapper, avait trimé toute sa vie et reçu bien peu en retour. Ça n'avait pas été une partie de plaisir. Toutefois, elle savait que se plaindre ne servait à rien et elle subissait stoïquement l'existence. Et là, au soir de sa vie, elle allait devenir, semblait-il, l'unique héritière d'une immense fortune. Avait-elle la moindre idée de l'étendue des avoirs de son neveu à l'heure de son décès ? Non, sans doute. Me Foscott attendrait d'avoir vérifié avec le plus grand soin ses droits sur l'héritage avant de la renseigner sur ce point. Mais si elle était la seule à pouvoir y prétendre, elle se retrouverait très riche du jour au lendemain. Que ferait-elle de toute cette fortune ? Il était bien trop tard pour que Ronnie en profite, et on l'imaginait mal partir en croisière, ou même retourner dans Oxford Street pour faire des achats, cette fois, et non se contenter de regarder. L'habitude de se priver était sans doute devenue chez elle une seconde nature.

Par ailleurs, elle n'était plus très jeune. Qui hériterait, le jour où elle mourrait ? Elle n'avait pas d'enfants.

Ah, Lucas Burton ! songea Jess. *Cette femme et son mari t'ont recueilli et élevé. Ils t'ont offert un toit quand ta mère irresponsable en était incapable. Ils t'ont considéré comme leur fils. Et toi, tu n'as jamais jugé bon de prendre de leurs nouvelles ! Et quand tu as rencontré Joy par hasard dans la rue, tu t'es contenté de lui glisser cinquante livres dans la main. Cinquante livres ! Même pas le prix de ta paire de chaussures ! À un moment donné, tu as songé à léguer tous tes biens à la femme dont tu avais divorcé, sans jamais informer Foscott que, en fait, tu avais eu des parents adoptifs. Tu as effacé Joy et Ronnie de ta banque de données personnelle. Tu savais à quel point ils étaient pauvres. N'aurais-tu pas pu faire quelque chose pour eux, pour ton oncle Ronnie, durant toutes ces années ? À quoi te servait ta fichue fortune, Lucas ? Il aurait fallu que quelqu'un te rappelle une chose : que tu ne pourrais pas l'emporter avec toi dans la tombe...*

— Ça y est, j'ai trouvé ! s'exclama Phil Morton en reposant son téléphone. C'est une entreprise qui loue des box aux particuliers. Tu sais, ces petites pièces où tu peux entreposer tout ce que tu veux : des archives, des meubles, tout que tu n'as pas la place de garder chez toi. On ne te pose aucune question, tu loues un espace, c'est tout. Dans ce genre d'endroit, les propriétaires mettent des choses qu'ils veulent tenir confidentielles. C'est pourquoi, les rares fois où il y a un cambriolage – la sécurité a beau être bien faite, ça arrive quand même –, tu ne peux pas savoir ce qui a été volé exactement. Personne ne te le dira !

Il ne fut pas facile d'accéder au box d'Andrew Ferris, même en brandissant le mandat de perquisition. Le directeur, un chauve rondouillard à la mine soucieuse qui pouvait avoir aussi bien trente ans que cinquante, parut extrêmement ennuyé quand il comprit qu'il avait affaire à la police.

— On ne demande pas aux clients ce qu'ils comptent mettre dans leur box, inspecteur, déclara-t-il en examinant le mandat avec une expression proche de l'horreur. Ce ne sont pas nos affaires… Tout ce qu'on exige d'eux, c'est qu'il n'y ait pas de substances dangereuses, de produits inflammables ni d'explosifs, bref, de choses qui risqueraient de porter atteinte à la santé du personnel. On fait au départ signer une déclaration à cet effet. De nos jours, la réglementation est très stricte en ce qui concerne la santé et la sécurité. Mais on ne peut pas demander aux gens l'inventaire de ce qu'il y a dans leur box. Les gens, ils achètent la discrétion. La discrétion, et la sécurité. Ils nous font confiance pour ça. Qu'est-ce que serait notre activité sans la confiance ?

— Et mon activité à moi, vous savez ce que c'est ? rétorqua Jess. Là, tout de suite, c'est une enquête sur un meurtre.

On finit par leur ouvrir le box d'Andrew Ferris et là, dans une vieille boîte noire en papier japon, ils retrouvèrent tout : le rouge à lèvres d'Eva, son portable, le portable de Burton, son fameux carnet d'adresses… Dans un sac en plastique posé à côté, Jess découvrit aussi son sac à dos, qui contenait encore, entre autres, son téléphone et sa plaque de police.

— Je t'avais bien dit qu'il n'avait rien jeté ! s'exclama Morton. C'est un collectionneur, et les collectionneurs, ça garde tout !

— Si tu veux mon avis, rétorqua Jess, ce type était aussi un maître chanteur en puissance !

19

— Je suis bien contente que vous l'avez arrêté, déclara Milada.

Les compliments n'étaient pas fréquents dans la bouche de la jeune femme et Phil Morton s'en délectait encore lorsqu'il s'était enhardi à l'inviter à sortir avec lui. Songeant que l'emmener simplement déjeuner manquerait d'originalité et qu'elle apprécierait de franchir les limites de la région, il avait opté pour le champ de courses de Bath. Contre toute attente, elle avait manifesté un instinct aigu pour pressentir les vainqueurs.

— Regarde tout ça ! s'exclama-t-elle en disposant ses billets de vingt livres en une pile nette devant elle. Maintenant, on peut aller où on veut manger un vrai repas !

Morton choisit de ne pas se formaliser. Elle se figurait sans doute que, sans les gains qu'elle venait d'empocher, elle aurait eu droit à une pizza sur le pouce.

— Je comptais vous inviter à un vrai repas de toute façon ! protesta-t-il. Et l'argent que vous avez gagné, vous le gardez. C'est moi qui régale !

— Mais vous avez perdu tout votre argent, lui rappela Milada. Non, non, on paie avec le mien.

Le débat en était resté là. L'addition n'était pas encore arrivée et le couple était assis à la table du restaurant que la jeune femme avait sélectionné elle-même. Dès qu'ils étaient entrés, Morton avait compris, la gorge nouée, qu'il ne s'en sortirait pas à bon compte. Mais il l'avait invitée et, quitte à passer pour vieux jeu, ce serait lui qui paierait la note.

— Je crois que je vais chercher nouveau travail, déclara Milada en saisissant l'un des chocolats à la menthe qui accompagnaient le café.

— Ici, en Angleterre, j'espère ! Vous n'allez pas rentrer chez vous tout de suite, si ?

— Non, non ! Je suis venue pour un an, peut-être deux, je reste. Mais le Foot to the Ground, je n'aime plus. M. Westcott n'est pas content, parce que Eva morte, ça lui a fait mauvaise publicité. Il y a des gens qui viennent prendre photos chez nous. Ça rend le restaurant…

Elle prit une inspiration avant de prononcer le terme qu'elle devait avoir appris depuis peu :

— … bas de gamme.

— Les affaires reprendront vite, assura Morton. Westcott n'a pas de souci à se faire. On dit qu'il n'existe pas de mauvaise publicité.

— N'empêche, je ne vais pas rester. M. Westcott va prendre une nouvelle serveuse et la fille va habiter dans notre chambre, à Eva et à moi. Je voulais bien habiter avec Eva, mais peut-être que la nouvelle, je ne m'entends pas avec elle. Pour le moment, il ne trouve personne, à cause de la mauvaise publicité, justement. Personne ne veut venir travailler au pub.

— Si vous partez, vous le laissez dans la panade, fit remarquer Morton. Il n'aura plus de serveuse du tout.

— Oh ! je vais attendre qu'il trouve une nouvelle. Après, je pars. David Jones, il est déjà parti.

— Ah bon ?

— Oui, au Canada, précisa Milada en prenant un autre chocolat.

— Je ne savais pas !

— Mais il revient pour le procès. Il est témoin, non ? Il a oncle là-bas, au Canada. Il va étudier dans université, peut-être. Pas la médecine, non. Il aime archéologie maintenant.

Elle secoua la tête.

— Il est bizarre, ce garçon. Eva, elle ne l'aimait pas beaucoup.

— Avez-vous rencontré les parents d'Eva quand ils sont venus ?

— Ah oui… Ils ont pris ses affaires. Ils voulaient me parler d'elle. Savoir si elle était heureuse en Angleterre. Ils m'ont demandé comment elle a rencontré le Ferris et pourquoi elle est sortie avec lui, pourquoi elle l'aimait. Mais moi, je ne savais pas beaucoup de choses sur elle, je ne la connaissais pas bien, en fait. Elle ne me disait rien et moi, je ne posais pas de questions à elle. On travaillait ensemble, c'est tout.

Ces paroles, songea Morton, constituaient une bien triste épitaphe pour une courte vie…

— Je suis descendu voir comment ça se passait, avec tous les box qui ont brûlé.

Bien planté sur ses jambes devant les ruines de l'ancienne sellerie, Eli secouait tristement la tête.

— J'ai des problèmes avec la compagnie d'assurances, mais j'espère qu'elle finira par payer, expliqua Penny. Pour le moment, les chevaux peuvent rester dans le pré, puisque vous avez la gentillesse de le laisser à ma disposition. Mais cela signifie que je n'offre plus un vrai service de pension. D'une manière ou d'une autre, il faudra que je trouve de quoi reconstruire ce qui a été détruit.

Eli se massa le menton sans cesser de regarder autour de lui. L'odeur âcre du bois calciné imprégnait l'atmosphère. Par chance, seule la moitié des box était hors d'usage ; la deuxième rangée, en face dans la cour, demeurait plus ou moins entière. Cependant, avec les planches noircies, les flaques d'eau et la pellicule de cendres qui recouvrait tout, le haras offrait un spectacle affligeant.

— Ça rebute les clients, poursuivit Penny. Ils craignent que leurs animaux ne soient plus en sécurité avec moi. Il y en a déjà deux ou trois qui m'ont retiré leur cheval et qui l'ont mis ailleurs.

— Ce qu'il vous faudrait, déclara Eli d'une voix lente en lui décochant un coup d'œil prudent, ce seraient des écuries en briques, et puis un vrai manège pour tous les temps, en parpaings ou quelque chose comme ça. On pourrait même mettre juste un toit par-dessus, pas forcément des murs, juste un toit pour qu'on ne se fasse pas tremper quand il pleut.

Penny le dévisagea, surprise.

— On dirait que vous avez réfléchi à la question, Eli !

Eli rougit.

— C'est que les gens de la ville, ils n'aiment pas se faire mouiller. Et un beau manège couvert, ça attire. Pour ça, ils seraient d'accord pour payer plus.

Penny s'autorisa à rêver un peu. Elle se représenta deux magnifiques rangées d'écuries en briques munies de solides portes en bois par-dessus lesquelles des chevaux heureux pointeraient leur chanfrein, des propriétaires plus heureux encore qui la supplieraient d'accepter leur animal en pension et des parents ambitieux qui viendraient lui confier leur progéniture pour des leçons. Puis elle repoussa ces images et secoua la tête.

— Même si l'assurance prend le maximum en charge, il n'y aura pas de quoi payer tout ça, répondit-elle d'un ton brusque. Au mieux, elle est prête à tout remplacer à l'identique, c'est tout. Pour construire en dur, il faudrait que j'apporte des fonds supplémentaires, et je n'ai pas d'économies. Alors on oublie le manège en parpaings…

Eli s'éclaircit la gorge et frotta plus vigoureusement son menton mal rasé.

— J'ai pensé une chose, finit-il par déclarer. J'ai pas mal de terres, comme vous le savez, et les gens du gouvernement sont tout le temps en train de fureter dans le coin. Ils sont intéressés et moi, je me fais vieux. Je n'ai pas besoin de tout garder. Oh ! je n'ai pas l'intention de vendre tous mes champs, ça, c'est sûr ! Je n'ai pas envie qu'ils disparaissent sous ces petits cubes en briques qu'on appelle des maisons de nos jours. Mais tant d'hectares, ça donne du souci ! Je crois que je vais en vendre une partie mais, après ça, il faudra bien investir l'argent dans quelque chose…

Il se racla de nouveau la gorge sans cesser de se caresser le menton.

— J'aime bien les chevaux, moi, depuis toujours. Et vous avez un joli petit haras, ici. En fait, la seule chose qui vous manque, c'est le capital, et moi, le capital, je l'ai ou, du moins, je l'aurai en vendant des terres. J'ai déjà un petit pécule de côté, d'ailleurs. Mais attention, je n'ai pas l'intention de gérer les écuries à votre place, ça, non ! Vous continuerez à faire tout ce que vous faites déjà, vous les tiendrez comme vous voudrez. Seulement, moi, j'aurai investi mon argent dedans.

Il se tut et risqua un regard en direction de Penny.

— Alors, vous en pensez quoi, de mon idée ?

Rendue sans voix depuis un moment, Penny parvint enfin à se ressaisir.

— Ce que j'en pense ? Mais Eli, ce serait formidable !

— Ah…

Eli parut soulagé. Il poursuivit :

— On prendrait un avocat pour tout faire dans les règles, vous voyez. Et aussi pour que, le jour où je casserai ma pipe, vous récoltiez ma part du gâteau. Parce qu'il faut dire que je suis beaucoup plus vieux que vous, moi, ajouta-t-il en guise d'explication.

— Vous n'avez pas de famille, Eli ? Pas d'héritiers ?

— Toute la famille que j'ai, c'est mon cousin Walter, qui vit à Newnham Way et qui est gaga. Je ne crois pas qu'il me survivra, vu qu'il a déjà quatre-vingt-cinq ans… Pour le nouveau haras, si je ne vends pas toutes mes terres, il restera quand même pas mal de prés pour faire paître les chevaux. Celui qui est à moitié aveugle, vous pourrez le garder autant que vous voudrez. Et puis nous… enfin, vous et moi, si on est associés dans l'affaire… on pourrait acheter deux ou trois jolis poneys d'équitation, pour développer les leçons. Je connais un gars qui en vend.

— Oh, Eli !

Cette fois, Penny sauta au cou du vieil homme et l'entoura de ses bras.

— Vous êtes génial !

Devenu rouge pivoine, Eli marmonna quelques mots incompréhensibles en passant d'un pied sur l'autre.

— De toute façon, se reprit-il, je commence à en avoir par-dessus la tête de la ferraille. Surtout que, l'autre jour, un fonctionnaire est venu me poser des questions sur mon commerce. Il a demandé à voir mes reçus. Je les avais tous, remarquez ! Je les garde dans une vieille boîte à chaussures, et il y a toujours le chat qui dort dessus. Je lui ai donné la boîte et le type est resté toute la journée chez moi pour tout écrire. Il m'a dit que je devais tenir ma comptabilité un peu mieux que ça. Je ne vois pas ce qu'il lui reproche, à ma comptabilité ! Je ne suis pas allé à l'école, moi, et je ne sais pas lire, et encore moins écrire. Alors c'est le mieux que je puisse faire ! Ça lui a fermé le bec quand je lui ai dit ça… Il est remonté dans sa petite voiture et il est reparti. À mon avis, il a dû emporter avec lui une ou deux puces, parce que le chat, il en a quelques-unes. J'ai remarqué ça l'autre jour…

Eli se tut un moment, pensif, avant de reprendre :

— Moi, je suis de la campagne. Je l'ai toujours été et je le serai toujours. Et les chevaux, ça m'irait bien !

— Cet arrangement m'irait très bien à moi aussi, Eli, affirma Penny avec un sourire.

— Bon, puisque c'est comme ça, c'est bien, conclut Eli. Je m'en vais leur dire.

— À qui ? Aux gens qui veulent acheter vos terres ?

— Quoi ? Ah ! Euh… oui. Oui, bien sûr, je leur dirai à eux aussi. Non, je réfléchissais. Je réfléchissais…

Ce soir-là, Eli exposa son nouveau projet à sa famille. C'était la première fois qu'ils revenaient depuis le récent anniversaire. Ils avaient dû avoir vent des changements qu'il se proposait d'introduire dans sa vie, car ils étaient tous là, assis autour de la table. On ne pouvait rien leur cacher, de toute façon.

— Je me lance dans les écuries, annonça-t-il. Pensions et location de bêtes pour les gens de la ville qui veulent monter à cheval.

À ces mots, son père se renfrogna encore plus que d'ordinaire. Le vieux n'aimait pas les nouvelles idées, qu'elles soient émises par l'un ou l'autre de ses fils.

— Je sais que ce n'est pas un travail de paysan, poursuivit Eli avec un accent de défi dans la voix, mais je me fais vieux. Et puis, l'exploitation d'une ferme, ce n'est plus ce que c'était…

Oui, il se faisait vieux et, un jour, il irait les rejoindre. Tiens, ça, il n'y avait pas pensé : coincé avec eux pour l'éternité ! Bah… Coincé avec eux, il l'était déjà de toute façon…

Ce soir-là cependant, un nouveau convive était venu se joindre à la table. Ou plutôt, une convive. La fille qu'il avait trouvée dans l'étable était arrivée sans rien demander à personne. Elle s'était fait une place entre les deux frères en les poussant l'un et l'autre, avec un sans-gêne bien éloigné des bonnes manières, pensa Eli. Un manque de tact manifeste.

Eli songea au chat, qui se promenait dehors, sûrement du côté de la remise à bois, où il aimait bien aller se cacher. Même une fois que tout le monde serait reparti, le vieux Tibs saurait qu'il y avait eu une étrangère. Eli lui-même s'était douté que la fille serait là, il s'y était préparé mais, en la voyant maintenant, il ne pouvait nier qu'elle représentait un problème. Pour commencer, ça le gênait beaucoup de la sentir si proche de lui.

Quant au père, il n'avait pas l'air de savoir comment réagir. Assis en bout de table, il ne cessait de lancer des regards mauvais à droite et à gauche. Et la mère… Bigre, cette nouveauté ne semblait pas lui plaire du tout ! Elle fixait l'intruse d'un œil noir sans manifester le moindre intérêt vis-à-vis des projets d'avenir d'Eli, fût-ce pour les désapprouver. Même Nathan paraissait perturbé d'avoir cette fille assise près de lui. Les yeux lui sortaient presque des orbites. Il avait arrêté de jouer avec la corde autour de son cou et, au lieu de cela, il se lissait les cheveux en arrière en permanence.

Pourtant, la fille ne leur prêtait attention ni aux uns ni aux autres. Elle ignorait les efforts de coiffure de Nathan et n'avait pas l'air d'écouter ce que disait Eli au sujet des écuries. Elle restait assise sans bouger, regardant tout cela de haut, comme si la cuisine n'était pas assez bien pour elle. Pas assez chic, sans doute…

Ce dédain qu'elle manifestait ennuyait Eli. Ce devait être à cause du papier peint, avec ses bouteilles de chianti dans tous les sens, songeait-il. La petite pimbêche ne l'aimait pas. Eh bien, elle allait devoir apprendre à vivre avec ! Enfin, non, ce n'était pas le mot qui convenait : elle apprendrait à être morte avec ! Si elle se croyait supérieure aux autres, tant pis pour elle ! C'était elle qui avait choisi de venir ici, on ne l'avait pas invitée.

Que son arrivée ait été prévisible ou non, c'était une indésirable, point final !

— Il va falloir que tu te pousses, Nat, dit-il à haute voix à son frère en désignant la nouvelle venue du menton. Ça commence à être sacrément encombré ici !

MIXTE
Papier issu de
sources responsables
FSC® C003309

10/18, une marque d'Univers Poche,
est un éditeur qui s'engage pour
la préservation de l'environnement
et qui utilise du papier fabriqué à partir
de bois provenant de forêts gérées
de manière responsable.

10/18 – 92 avenue de France, 75013 PARIS

Imprimé en France par CPI

N° d'impression : 157347
X07643/01